U0024150

中國現代文學史　上編
（1917～1937年）

程光煒、劉勇、吳曉東、孔慶東、郜元寶　合著

大陸學者叢書 CG0017

總　序

1992 年，兩岸開放探親後的第五年，我在埋首撰寫論文〈大陸的台灣文學研究概況〉過程中，驚覺對岸對於台灣文學研究的投入成果，並在種種因緣之下，開始關注對岸文學，一頭栽進大陸文學的研究與教學。

多年來，心中一直記掛著應該把台灣的大陸文學研究情況也整理出來。因為台灣和大陸是現代華文文學研究的兩大陣地，除了兩岸學界的本土文學研究之外，還須對照兩岸學界的彼岸文學研究，才能較完整地勾勒現代華文文學研究的樣貌。去年，我終於把這個想法，部分地呈現在〈台灣的「大陸當代文學研究」觀察〉一文中。但是，這個念頭的萌發到落實，竟已倏忽十年，而在這期間，仍有許多想做和該做的事尚未完成，不禁令人感慨韶光的飛逝和個人力量的局限。

回顧過去半世紀以來的現代華文文學研究，兩岸都因政治環境和社會文化的變遷，日益開放多元；近年更因大量研究者的投入，產生豐盛的研究成果，帶起兩岸文學界更加密切的交流。兩岸的研究者，雖在不同的歷史背景下成長，但透過溝通理解、互動砥礪，時時激盪出許多令人讚嘆的火花。

「大陸學者叢書」的構想，便是在這樣的感慨和讚嘆中形成的。從文學研究的角度來看，成果的交流和智慧的傳遞，是兩岸文學界最有意義的雙贏；於是我想，應從立足台灣開始，將對岸學者的文學研究引介來台，這是現階段能夠做也應該做的努力。但是理想與現實之間，常存在著難以克服的主客觀因素，台灣出版界的不景氣，更提高了出版學術著作的困難度。

感謝秀威資訊公司的總經理宋政坤先生，他以顛覆傳統的數位印製模式，導入數位出版作業系統，作為這套叢書背後的堅實後盾，支持我的想法和做法，使「大陸學者叢書」能以學術價值作為出版考量，不受庫存壓力的影響，讓台灣讀者有更多機會接觸到彼岸的優質學術論著。在兩岸的學術交流上，還有很多的事要做，也還有很長的路要走，我相信，這套叢書的出版，會是一個美好開端。

宋如珊

2004 年 9 月　於士林芝山岩

目　次

緒　論

在 20 世紀中國社會痛苦焦慮、憂患不斷的歷史進程中，貫穿著一個「走向現代化」的總主題。這必然會深刻影響到「中國現代文學」（1919-1949）的基本面貌和走勢，賦予它現代化的文化內涵及其歷史性格。正因為 1937 年抗戰的突然爆發，一度終止了中國社會現代化的進程，把這個有紀年含義的歷史符號帶入 20 世紀民族的集體記憶之中，對文化結構和心理產生了根本性的影響。中國現代文學的研究格局似乎可以考慮作這樣的調整：從「五四」新文化運動到抗戰爆發，構成了中國現代文學的前半期；抗戰爆發到中華人民共和國建立，則形成了它的後半期。中國現代文學始終是以 20 世紀中國的命運為前提、為指歸的，它既是社會大振盪、大陣痛和大調整的產物，也是中西文化大撞擊和大滲透的產物。正像社會歷史轉變的性質經常會呈現出複雜的形態一樣，中國現代文學現代化主題的延伸與變化，在不同的發展階段，必然會呈現出豐富多變的歷史面貌。

第一節　文學啓蒙的意義

啟蒙的歷史依據／在傳統中國與現代中國之間／「現代化」內涵的擴大

20 世紀中國社會的大變革，是自「中國中心論」的徹底破滅開始的。1840 年的鴉片戰爭成為這場全民族總危機的導火線，它後來又把中國帶入到災難深重的甲午戰爭之中。民族危機感對 20 世紀中國民族的文化心理產生了不可估量的巨大影響，造成了現代／傳統、新／舊意識形態和價值觀的對立，在一部分敏感的知識份子中，則導致了激切變革的時代要求。它在思想理論上的重要收穫是嚴復譯的《天演論》，而它在社會體制方面的激進表現，是充滿啟蒙色彩的戊戌變法。如果說，是它把達爾文的進化論引向了包括陳獨秀、胡適、魯迅、周作人在內的現代文學開拓者的文化和歷史的視野，不如說是賦予了中國現代文學最初的「現代化」的文學概念，從而奠定了現代文學的思想基礎。在戊戌變法以及「詩界革命」、「小說界革命」和「白話文運動」的主要組織者康有為、梁啟超、譚嗣同、黃遵憲等人的身上，兼有思想啟蒙與文學啟蒙的雙重色彩。可舉為用思想啟蒙的巨大車輪帶動文學啟蒙典範的，應推梁啟超作於 1901 年的《新民說》和另一篇重要文章《論小說與群治之關係》，他明確提出：「欲新一國之民，不可不先新一國之小說。故欲新道德，必新小說；欲新宗教，必新小說；欲新政治，必新小說；欲新風俗，必新小說，欲新學藝，必新小說；乃至欲新人心，欲新人格，必新小說。」梁啟超的突出貢獻在於，他把新文學提到了挽救民族危亡的歷史高度，將後者置於政治、道德、宗教、人心、風俗和人格變革等社會改革的廣闊背景當中，把文學的現代化與社會、民族的現代化緊密地聯繫在一起，這一思想對中國現代文學史的發展產生了深遠影響。但也應看到，梁啟超君主立憲的保守觀念，以及由此產生的民族功利主義文學觀，也為後來現代文學的深刻矛盾與危機，留下了隱患。

文學啟蒙的工作意味著，人們將要在傳統中國與現代中國之間做出自己的嚴峻選擇。最初力倡文學現代化的，是陳獨秀和胡適。1915 年 9 月，陳獨秀在《敬告青年》這篇《新青年》雜誌實際的發刊詞中，從中西文化比較的角度，抨擊了傳統的文化觀念，提出「自主的而非奴隸的」、「進步的而非保守的」、「進取的而非退隱的」、「世界的而非鎖國的」、「實行的而非虛文的」、「科學的而非想像的」六項主張。稍後，他又和胡適分別在《文學改良芻議》、《文學革命論》等文中，以「口語的」、「言之有物的」、而非「退隱的」、「山林的」等措辭，對現代與傳統的文學觀進行了二元對立式的劃分，鋒芒直接指向「文以載道」的文學傳統，要求文學從對傳統文化的依附地位中解放出來，這對當時無疑有極重大的意義。如此激烈否定傳統、推崇現代性的文學品格，這在中國數千年的文學史上是劃時代的，在近現代世界史上也是極為少見的現象。嚴格地說，陳、胡的言論只是上一階段譚嗣同、嚴復、梁啟超歷史工作的繼續。這實際透露出了一個重要信息：晚清以降的文學啟蒙，已開始由籠統的倡導推進到實際運作的階段，文學現代化的理性思維正逐漸為思慮成熟的文學策略所替代。在自改良主義思想家梁啟超、康有為開始的文學變革和以魯迅、周作人為代表的「五四」文學的現代潮流之間，陳獨秀和胡適扮演了推波助瀾和輿論推動的角色。事實上，作為現代中國知識份子群體中的一員，他們二人不可能完全脫離中國的文化傳統。胡適中年以後的「《紅樓夢》研究」、「《水經注》研究」，陳獨秀在晚年勉力進行的文字學研究，都充分證明了這種傳統文化影響的存在。問題的複雜性還在於，儘管現代／傳統的對立被一部分思想先驅看作了「東西文化之一大分水嶺」[1]，它的目的是通過對舊傳統採取過激的「評判的態度」，來「重新估定一切價值」[2]，但 20 世紀中國的民族危機感，不只是來自現代／傳統這種對立的關係，而且也來自對文學啟蒙本身的深刻懷疑。在激烈的反傳統態度中，一開頭便明確包含或潛埋著對士大夫固有傳統的體認。比如，文學啟蒙的目的重在國民性的改造，從而最後改變中國的政局和社會面貌，這恰好說明它仍未脫離「以天下為己任」的憤世憂國的文化傳統；相反，倒是在更深刻的悖論中顯現了文學啟蒙中現代化主題的內在複雜性和現代性。

把文學啟蒙思潮中的「現代化」內涵繼續擴充並極大地深化了的，是魯迅和周作人。雖然他們二人的思路是循著民族、國家的現代化和人的現代化兩個方面展開的，但顯然這種思考的重心更偏重於後者，即個人的現代化。1907 年至

1　陳獨秀：《吾人最後之覺悟》，載《青年》，第 1 卷第 6 號。
2　《胡適文存》，第 4 卷，上海，亞東圖書館，1926 年，1022-1023 頁。

1908 年，魯迅在《中國地質略論》和《摩羅詩力說》中，鮮明地表露出希望民族、國家實現現代化的態度，但又為之懷著深沉的隱憂：「中國人」會不會從「世界人」中擠出[3]。幾乎在此前後，他在論文《文化偏至論》、《破惡聲論》中，又以施蒂納、叔本華、基爾凱郭爾和尼采的「個人」學說為哲學背景，把「人各有己，朕歸於我」作為通向「人國」的途徑，否定了一切外在於人的物質和精神的「專制」形式：道德、倫理、國家以及「世界人」和「國民」等類屬概念。周作人的《平民文學》和《人的文學》，對魯迅的上述思想做出了理論上的呼應。雖然和魯迅一樣，周作人熱忱地關注著對國民的思想啟蒙，但認為，個人精神世界的建設則更為迫切和必要。周氏兄弟在此基礎上提出的「改造國民靈魂」的重要命題，極大地凸出了中國現代文學中「個人現代化」的內涵和意義，使之成為它後來發展中的核心概念之一。因此就不難理解，儘管魯迅始終是從「知識份子」和「農民」的角度思考改造國民靈魂的問題的。但無論在孔乙己、魏連役還是在祥林嫂、阿 Q 身上，他思考最深、憂憤最廣的仍然是個人生存的「危機」。雖然在文學發展的不同時期，這一命題在演進之中也產生過種種變異，在不同營壘和文化背景的作家之間出現過諸多爭論，但基本思想卻支配並影響了 20 世紀中國現代文學總體的發展。「五四」文學革命乃至抗戰爆發前的各種文學思潮，著重強調的是文學與社會改造的密切聯繫，文學在國家現代化進程中的思想啟蒙作用。魯

3　參見《魯迅全集》，第 1 卷，北京，人民文學出版社，1991 年，357 頁。

迅的「我的取材，多採自病態社會的不幸的人們中，意思是在揭出病苦，引起療救的注意」[4]的文學觀，實際不僅在「五四」時期創造社作家，同時在 30 年代的革命作家那裡也得到自覺的呼應。在創造社作家「為藝術而藝術」的口號中，包含著對文學的「社會影響」的重視。雖然革命文學對文學的社會作用不免有浮誇之辭，某些作品還有公式化、概念化的傾向，違背了文學創作的規律，但它的內核仍保留了改造國民性的色彩，比如張天翼、丁玲、葉紫就把文學啟蒙的對象集中於下層社會，把喚起大多數下層人民的覺醒作為文學的基本任務。在 30 年代，另外一些自由主義作家堅持與政治保持有距離的文學觀，認為「中國社會鬧得如此之糟，不完全是制度問題，是大半由於人心太壞」[5]，卻不贊成「文學為藝術而藝術」的主張。他們關於「怡情養性」、讚美「原始人性」以及回歸自然的文學趣味和審美傾向中，依然保持著改造國民靈魂的內涵，同現代文學的基本信念是並行不悖的。以前大多數研究者較多注意到左翼文學與自由主義文學思想上的分歧，對他們同樣堅持文學啟蒙的共同傾向卻未給予足夠的重視：尤其是用現成的政治性結論替代了對複雜文學現象細緻的考察和辨析，這就容易游離中國現代文學思想啟蒙的發展主線，最終陷入認識論的誤區。值得注意的是，由於過去我們沿用了思想史界關於中國現代史的研究思路，把中國現代文學發展的基本規律概括為「啟蒙與救亡的

4　《魯迅全集》，第 3 卷，512 頁。

5　朱光潛：《談美開場話》，《談美》，北京，開明書店，1932 年。

雙重變奏」[6]，這雖然在文學研究的一定階段有其合理性，但實際上，啟蒙與救亡本來已經包含了 20 世紀中國社會現代化的思想內蘊，它們是現代化總目標下的基本的張力，卻不能說是唯一的矛盾。同樣，通過文學本體論排斥文學的文化因素來達到文學研究純潔化的目的，是另一個今天需要省思的誤區。這是因為，作為一個內涵繁複的概念，現代化本身並不是統一的，其中充斥著矛盾和悖論。由於中國現代文學的命名所遵循的是與輪迴、循環的歷史觀念相對立的一種特殊的時間觀念，一種直線向前、不可重複的歷史時間意識。這種時間觀念以現代／傳統、新／舊甚至文學／政治二元對立的思維模式來處理中國現代文學這個個案，以進化論的歷史觀念為研究的基礎，於是在建構一個獨立的文學領域或系統的同時，增加了它本身的歷史排斥性的功能，從而將大量的不符合這種時間意識和觀念模式的其他大量的文學實踐排斥了出去。因為較多考慮自身的文學性而犧牲、省略和放棄了文化研究的複雜性，研究界對 1937 年以後即現代文學後半期的認識和評價出現分歧，幾乎是不可避免的，作為中國社會現代化進程中的一個重要挫折，抗戰爆發嚴重挫傷了一個民族現代化的夢想，同時使民族主義情緒的普遍高漲成為現代文學這一時期發展中的顯著特徵。在這一情況下，文學的啟蒙對象及其目標必然會發生相應的變化：由抽象的個人轉向具體的社會大眾；個人的現代化開始讓位於國家和民族的現代化。

6 李澤厚：《啟蒙與救亡的雙重變奏》，載《走向未來》，1986 年創刊號。

第二節　對啓蒙的冷靜反觀

周氏兄弟精神世界中充滿矛盾的兩條思路／現代化主題的矛盾與張力／題材的多樣化選擇／文學形式的變革實踐

周氏兄弟精神世界的豐富和複雜即在於，它不只是來自傳統／現代的尖銳對立，以及由此引出的對傳統文化的激烈批判，而且也來自對現代本身的深刻懷疑。1927 年，魯迅明確有過他的進化論思路「從此轟毀」的表示。其實，他早期和前期的思想中不單存在「進化論」的思路，同樣也存在著反進化論、反現代的思路。以「立人」為核心，寄希望於人民群眾的社會自覺和人類歷史必然的進化發展，在此基礎上形成了魯迅「關於現實的人及其歷史發展」的歷史觀，於是有個「任個人而排眾數」、「尊個性而張精神」[7]的明確觀點。他曾說：「我對於『人人都是人類的相待，不是國家的相待，才得永久的和平，但非從民眾覺醒不可』這意思是，極以為然，而且也相信總要做到。」[8]同時，卻對啟蒙的實際作用充滿深刻疑慮：「要適如其分，發展各各的個性，這時候還未到來，也料不定將來究竟可有這樣的時候」[9]。並一再感嘆「舉天下無違言，寂寞為政，天地閉矣」；而「今之中國，則正一寂寞境哉」[10]。以至在晚年，對團體的活動

---

[7] 《魯迅全集》，第 1 卷，46 頁。
[8] 《魯迅全集》，第 11 卷，354 頁。
[9] 同上註，20 頁。
[10] 《魯迅全集》，第 8 卷。

和意義始終懷著很深的不信任感。周作人早先也是思想啟蒙界的「凌厲浮躁」的先覺者，將人的覺醒自覺與民族的覺醒聯繫起來；然而就在「五四」時代，他的《小河》一詩就已透露出一種「古老的憂懼」，從對民眾精神解放可能性的懷疑，轉換為對自身的「幻滅」，由此發現了「思想啟蒙」這一預設本身的可疑：「現代中國上下的言行，都一行行地寫在二十四史的鬼帳簿上面」[11]。綜觀他們的思想，可以發現啟蒙與反啟蒙的兩種思路是互相矛盾，同時悖論地並存著。他們一方面認為人類歷史是一個曲折發展的進化過程，另一方面又認為這個過程不過是一種「偏至」的過程而已，「進化」的每一階段又形成對人的嚴重壓抑；一面說青年勝於老年，顯露了樂觀的歷史信念；另一面則把中國的歷史描繪成永無止境的兩種奴隸時代的循環相續，從而把「歷史循環」不僅看作一種歷史性現象，而且似乎就是一種歷史的宿命。

人們之所以把魯迅、周作人稱為啟蒙思想者，基本根據當然是他們，尤其是魯迅畢生堅持的「立人」和改造「國民性」的思想信念，包括對科學、民主的信念。但是，周氏兄弟思想中與眾不同的「個人」概念卻使得這一思想追求同時具有反啟蒙的特徵。這無疑增加了中國現代文學中現代化主題內涵的複雜性，也使人們對這一命題的理解變得愈加複雜了；另一方面，現代化命題對中國現代文學的反觀，則進一步突破了狹義文學史的歷史框架，使之與政治、經濟、哲學和文化發生了更深刻、密切的聯繫。它們在中國現代文學的

---

[11] 周作人：《偉大的捕風》，《看雲集》，上海，開明書店，1932 年。

主題、題材、文學形式、文學風格和作家的審美旨趣等方面，得到了充分的體現。具體表現在以下方面。

主題的矛盾與張力

個人與社會、個人與傳統、個人與西方文化的衝突、階級衝突等等，構成中國現代文學一系列重要的文學主題。值得注意的是，因為現代文學對待現代化的態度遠不是統一的，主題的呈現往往充滿了矛盾，乃至頗大的差異。如果不把現代文學簡單地等同於新文學，而是包括了其他非主流敘事的文學型態，如都市通俗小說、知識分子自我審省小說等等，便會發現，在堅持思想啟蒙的主流文學敘事之外，事實上一開始就並行著對啟蒙表示懷疑、對現代化懷有深刻不信任的多種敘事態度。拿「五四」時期來說，在以外國文學為藍本、以青年學生為主要讀者的新文學之外，另一種基本承襲了古典文學、通俗文學的歷史脈絡，主要是以城市市民為讀者對象的鴛鴦蝴蝶派文學，呈現出空前活躍的局面。這類靜態的而非動態的社會變革的市井人生悲歡及其心態，不僅與當時揭露尖銳、觸目的人生問題的文學主題形成鮮明反差，客觀上對現代化的文學母題也表現出相當程度的麻木和冷漠。其實即使在新文學的內部，如在魯迅這樣著名的進化論者和新文化英雄的文學世界裡，也是既充滿了對以阿 Q 為代表的國民性激烈的批判，對個人精神世界現代化的熱烈祈望，也滲透著對現代化藍本的不信任態度，比如《野草》等。啟蒙與反啟蒙的反差，還表現在 30 年代初的小說繁榮之中：一方面是唱出封建大家庭挽歌的巴金的《激流三部曲》，表現了中國社會現代化種種衝突的茅盾的《子夜》等作品；另一方面，對現代文明持懷疑態度的沈從文的湘西系列小說，老舍對傳統市民社會及其矛盾的態度，也應是其中值得注意的回應。實際上，周作人早先在熱烈推崇新文學主張時，就已敏感到現代化主題的這種自身矛盾和複雜性，他說：「我們不必記載英雄豪傑的事業，才子佳人的幸福，只應記載世間普通男女的悲歡成敗。因為英雄豪傑才子佳人，是世上不常見的人；普通的男女是大多數，我們也便是其中的人，所以其事更為普遍，也更為切己。」[12]正因為現代化主題在中國現代文學發展中的不平衡性，自我的矛盾性，在抗日民族解放戰爭乃至其後的解放戰爭時期，塑造「民族新人」典型雖然成為不同政治傾向、不同文化背景的作家的共同追求，批判阻礙民族進步的精神痼疾一再受到關注，但同時，張愛玲小說對社會日常生活的精細刻劃，錢鍾書旨在反觀知識分子生存怪圈的《圍城》，仍然是上述主流敘事之外的另一種值得深思的聲音。它們和同一時期湧現的言情、偵探、武俠小說一起，構成中國現代文學後半期主題的「複調現象」。這說明，鑒於中國社會現代的進程的歷史曲折性和複雜性，各種文學主題做出自己不同的回應是十分正常的，而這又恰恰證明了中國現代文學的發展並不只是一個線性

[12] 周作人：《平民的文學》，載《每周評論》，第 5 期，1919 年 1 月。

的時間觀念，它的歷史動力也不單單來自現代化與傳統的衝突對立，而是包括了現代化自身豐富和複雜的矛盾性內涵。

題材的多樣化選擇

現代文學主題實際存在的多樣性，決定了文學題材上的多方面選擇。由於知識分子在中國民族現代化過程中的特殊作用，以及農民的覺醒事實已構成能否實現現代化的重要前提，因此，知識分子與農民的命運及其互動關係，受到作家們持久而深入的關注，由此形成中國現代文學的兩大基本題材：知識分子題材與農村題材。然而，現代文學的題材範圍又是極為廣闊的，中國社會的各個階層在現代化進程中的思想、命運、形象與心理情緒都無一例外地被攝入作家們的藝術視野。正如魯迅所說：「古之小說，主角是勇將策士，俠盜贓官，妖怪神仙，佳人才子，後來則有妓女嫖客，無賴奴才之流。『五四』以後的短篇裡卻大抵是新的智識登了場」[13]。事實上確實如此。在「五四」文學中，一方面「新的智識者」以及被他們所審視的「農民登了場」，同時誠如魯迅所言「古之小說」意義上的人物形象，如俠盜贓官、妖怪神仙、佳人才子、妓女嫖客和無賴奴才之流，仍然是其他作家包括新文學作家表現的對象。從周瘦鵑、包笑天到張恨水，「才子落難、小姐搭救」的才子佳人式的題材模式在他們的作品中一

13 《魯迅全集》，第 4 卷，621 頁。

再被演繹，甚至在一部分「革命加戀愛」的左翼小說中，也保留著這一方面的痕迹。在大多數作家那裡，揭露國民性的弱點（知識分子的自我反省、農民精神的種種缺點）的題材常常居於凸出的地位，具有強烈的批判性與理想色彩相交替的特點。但在沈從文、廢名、蕭紅（後期）、師陀等人的小說世界裡，則多是俠盜意識的古道熱腸、妓女嫖客（如水手）之間的生死相與，是激烈的社會衝突之外的田園牧歌，以及處於現代化都市中人的古老而綿長的鄉愁。文學題材的多樣選擇還表現在知識分子和農村兩大基本題材中。以農村題材為例，一面是以魯迅為代表的批判農民精神缺陷的具有反思色彩的鄉村小說，如魯迅本人的《阿 Q 正傳》、《風波》等。它在現代文學的後半期又被發展為「改造農民」的小說題材，代之而起的是思想落後的農民形象，如趙樹理的《小二黑結婚》、丁玲的《太陽照在桑乾河上》、周立波的《暴風驟雨》中的諸多人物典型。但令人觸目的是，同樣是魯迅開啟先河的「回鄉」題材，也貫穿在從早期鄉土小說、京派小說乃至解放區小說的歷史發展脈絡中。在中國鄉村現代化的總背景中，一批由鄉村到都市的知識分子作家對鄉村社會表現出了悖論性的雙重態度：批判的眼光與回鄉的情結相伴隨，熱烈的希冀與深刻的困惑相交錯、相糾結，從而顯示出中國現代知識分子在民族、國家現代化問題上精神世界的二重性。這種二重性，不僅表現在兩大基本題材的多樣性和廣泛性上，而且也表現在同一題材處理視角的差別方面。這就是說，現代文學的題材不是封閉的、單一的，而是處於一種開放的和不斷交替變化的狀態當中。

文學形式的變革實踐

現代文學形式的變革，與中國作為一個現代民族國家的建立的歷史要求有直接關係，但它卻與文學語言的民族個性產生了直接或間接的矛盾。中國現代文學現代化的特徵，最凸出也最集中地體現在文學形式（敘事態度、語言實踐）的劇烈變革中，現代文學形式變革的實踐，是建立現代民族國家的重要組成部分，然而變革的實踐勢必折射著民族、民眾的心理情緒，說到底依然是一個文化的問題，因此，文學形式變革的實踐很大程度上又是民族國家的自主性的體現。在現代文學的前半期，例如晚清社會已經有許多激進的革命者討論過廢除漢字、採用世界語或西方拼音文字的問題。新文化運動中重要的口號是「文學的國語」和「國語的文學」，也有人提出「理想的白話文」[14]。既然文學形式的變革包含有啟蒙的任務，而啟蒙的對象——文學程度很低的普通民眾對這種實際是「歐化」的白話文在多大程度上能夠接受，卻實在值得懷疑。二三十年代文學與民眾之間的隔膜儘管多少在通俗文學中有所彌補，但「懂與不懂」仍是一個長期爭論的問題。抗戰的爆發，更加凸顯了前半期就已存在的民族國家現代性與民族國家自主性的基本矛盾。儘管「民族形式」討論尤其是延安文藝座談會《講話》之後的現代文學在形式上向著群眾化、民族化的方向大大推進了，這一變化同樣是在民族、國家現代化（農村新人的出現實際說明了村社社會

---

[14] 參見傅斯年：《怎樣做白話文》。

現代化的步驟）的總目標下實現的，然而，它也帶來了對後來現代文學發展影響深遠的一系列問題：「普及」與「提高」的矛盾，「改造農民」和「改造知識份子」過程中現代性與封建性的衝突，文學形式尤其是語言實踐極端化的民族化、群眾化，實際已偏離了中國現代文學前半期確定的現代化目標。中國現代文學文學形式變革中這一悖論性的關係，不僅是現代文學的先驅們所始料不及的，也是它的後繼者們始料不及的，但卻是中國現代文學發展中一個重要的和不容迴避的問題。這顯然告訴人們，在現代文學史發生的諸多論爭和矛盾，表面上看是由於中國社會政治、經濟發展的不平衡等因素造成的，但實質上，作為中國現代文學真正母題的「現代化問題」，才是其中的關鍵性因素。一代又一代作家在思想與文學追求上產生的尖銳衝突和深刻困惑，無一不以這樣或那樣的方式與它發生內在而深刻的關聯。

第三節　國家現代化與文學的新要求

「國家」核心概念的頻繁使用／現代文學內部的變遷／30 年代中期後形成的三個審美空間

20 世紀的中國社會發生過兩次嚴重的民族危機——19 世紀、20 世紀之交西方列強瓜分和 20 世紀 30 年代末的抗日戰爭。它們使來自不同歷史階段和文化背景的中國人強烈意識到：國家的現代化是中華民族擺脫災難、振興自強的唯一途徑。在近百年的歷史空間裡，人們不約而同和頻繁地使用著「國家」這個核心性概念。1902 年，梁啟超在《論小說與群治之關係》中提出：「欲新一國之民，不可不先新一國之小說。」14 年後，陳獨秀在論及國家覺醒的重要性時著重強調：「不出於多數國民之運動，其事每不易成就；即成就矣，而亦無與於國民根本之進步。」[15]在談到新文化運動後的復古尊孔等倒退現象時，李大釗也表示：「我很替中華民國擔憂。」[16]魯迅、周作人兄弟是從「立人」的角度看待國民性問題的，正如前面所述，在他們看來，個人的現代化始終是與國家現代化問題緊密相關的。1925 年，在各種主義競相蜂起、出現進一步分化跡象之際，魯迅曾提醒人們：「以後最要緊的是改革國民性，否則，無論是專制，是共和」，是「全不行的」[17]。「五四」學生運動所最關切的，仍然是「中國存亡」[18]的問題。應該說，在 30 年代中期以前中國現代文學的發展中，個體反抗和群體理想是兩種最具影響力的人生行為模式，它們之間的關係是極其複雜而多變的。如果說，這一階段兩種行為模式的互動乃至爭論，多半停留在理論及觀念的層面，還不至於社會的各個方面產生實質性的影響，那麼，抗戰爆發後因國家現代化危機所引起的一系列思想論爭，如「與抗戰無關論」的大討論，「民族形成」的討論，乃至後來的毛澤東的《在延安文藝座談會上的講話》，則使國家生存與現代化之

---

15 陳獨秀：《一九一六年》，載《青年》，第 1 卷第 5 號。
16 《李大釗文集》，下卷，北京，人民出版社，1984 年，95 頁。
17 參見《魯迅全集》，第 11 卷，31 頁。
18 《「五四」北京學界全體宣言》，轉引自李澤厚：《中國現代思想史論》，北京，東方出版社，1987 年，14、15 頁。

間的矛盾變成頭等重要的問題。在個體反抗與群體理想之間的取捨上，天平發生了有意思的傾斜：後者的空間進一步擴展，前者空間逐漸收縮。正如毛澤東指出的：「『五四』運動的成為文化革新運動，不過是中國反帝反封建的資產階級民主革命的一種表現形式。」「中國資產階級民主革命的過程，……已經過了鴉片戰爭、太平天國戰爭、甲午中日戰爭、戊戌維新、義和團運動、辛亥革命、『五四』運動、北伐戰爭、土地革命戰爭等好幾個發展階段。今天的抗日戰爭是其發展的又一個新的階段」；「這種民主革命是為了建立一個在中國歷史上所沒有過的社會制度」[19]。儘管國家現代化的實質含義在不同階段和不同的知識者那裡，是不盡相同的，但耐人尋味的，是這些角度不同的有關國家現代化的論述恰恰反映了人們一個共同的社會理想：一個中國歷史上所沒有過的現代化國家。它之所以成為中國現代文學歷史發展中的一個基本矛盾，或基本課題，是不令人感到奇怪的。

但僅僅從國家現代化的角度考察中國現代文學內部的變遷是遠遠不夠的。這是因為，現代文學的變遷既是國家意識形態及文化變遷的一個組成部分，又反映了文學觀念變化的要求；國家的現代化從總體上而言，既對現代文學的發展帶有歷史的規定性和推動作用，但二者之間往往又是互動的，甚至後者有時預示了國家現代化的某種前景以及潛在的危機。因此，我們需要觀察的恰恰是現代化作為一種歷史敘事是如何進入文學的歷史、變換文學的主題、重新規劃文學

[19] 《毛澤東選集》，第2卷，北京，人民出版社，1991年，545-546頁。

的形式的。1915 年前後，在美國康乃爾大學與胡適討論文字問題的大多是科學家，問題的討論從文字轉向文學，正是世界範圍內科學運動的結果。事實上，在現代文學先行者的眼裡，國家的現代化從某一角度看首先是語言的科學化，科學化一方面是一個形式的問題，「死文字和活文字」[20]的問題；另一方面，則反映了「非科學」與「科學化」的對立。胡適的《文學改良芻議》、陳獨秀的《文學革命論》中提出的語言科學化問題，不僅凸顯在現代文學的初期階段，實際也凸顯在現代文學後來不同的發展時期。正像魯迅、周作人「改造國民性」的文學觀念，為中國現代文學提供了關於人的現代化的文學主題一樣，以「現代」的眼光發現人、表現人的世界，並賦予它以符合現代人審美趣味的現代語言形式，是中國現代作家在中國社會大振盪和大變革背景下文學變革願望的集中反映。30 年代中期以後，雖然文學主題和形式仍在延續著「五四」時期的文學傳統，如國統區的小說、戲劇、詩歌等，它甚至還凸顯在 1942 年以前延安和根據地的文學創作中，但隨著中國現實環境和文化環境的急劇調整，現代文學與民族文學傳統的繼承與被繼承關係、舊形式利用等問題開始凸顯出來。老舍是國統區內運用大鼓詞等舊形式表現抗戰主題的一個凸出的例子。趙樹理自願「做一個地攤的文學家」的個體要求，出現在時代對文學的民族化要求前，讓人多少感到有些不解；但後來發展成「趙樹理的方向」，卻是符合歷史本身邏輯的。更引人注目的是解放區知

---

20 參見《胡適口述自傳》，上海，華東師範大學出版社，1993 年，146 頁。

識分子出身的作家身上出現的「民族化、民間化」創作傾向。賀敬之、丁毅的歌劇《白毛女》，丁玲、周立波的長篇小說《太陽照在桑乾河上》和《暴風驟雨》，等等，其意義也許不在於從民族性的角度勾畫了一幅現代化國家的新藍圖，而是在此情況下，國家現代化的概念內涵更加複雜和豐富了。

大體說來，在30年代中期以後形成的現代文學的三個審美空間——即淪陷區文學、國統區文學、解放區文學中，鑒於各種原因，不約而同地出現了新變化和新要求：淪陷區文學因為地域（四個淪陷區）、文化背景（十里洋場與文化古都）上的差異，其色調駁雜而不統一。與華北淪陷區相比，身處上海淪陷區的作家張愛玲和錢鍾書的小說更能反映一種審美眼光的調整：作家對社會日常生活的精細觀察及其表現，體現了對主流敘事的嘲諷和懷疑；在他們的小說創作中，「五四」以來歐化的小說敘事框架被突破，中國古典小說的敘事技巧被重新發掘和嫻熟地加以利用。與此同時，中國作家「蟄居時期」的特殊文化心態，也為20世紀中國現代知識分子的精神史增添了值得深思的內容。國統區文學在抗戰前期的基調是吶喊的。1941年以後，隨著新文學主流反封建色彩的逐漸減弱，中年期的沉思色調得到了增強。新詩文學觀念和眼光日益世界化，通俗小說則進一步走向了新文學，形式的追求日漸現代化。在解放區文學中，文學的民族形式問題成為作家和理論家注意的焦點，現代文學開始了與民族的主體——農民的第一次「對話」。民間文學的價值被提前到前所未有的高度。40年代中期以後，「文學與建國」——這一國家現代化的文學主題在國統區和解放區兩大區域受到足夠的重視。朱自清有一段話在當時頗具代表性：「我們現在在抗戰，同時也在建國；建國的主要目的是現代化，也就是工業化。……我們迫切的需要建國的歌手。我們需要促進中國現代化的詩。有了歌詠現代化的詩，便表示我們一般生活也在現代化。」[21]而在解放區，農民形象進一步突破了「五四」以來被同情、被審視的文學格局，他們不僅僅作為文學的新主角，而且也是作為未來國家的主人公來塑造的——現代文學的現代化主題開始顯示了它深遠而切實的內容。值得注意的是，由於政治、文化、地理等方面的複雜原因，解放區文學這時也開始疏離世界文學的潮流，它使現代文學由此從現代化轉向民族化與政治化相結合的歷史道路，從而預示了新中國成立後文學的某種危機。從力主「拿來」主義始，以充滿青春氣息的文化胸襟加入世界文學的潮流，到褊狹地理解「現代化」的主題終，中國現代文學走過了自己一段曲折而漫長的道路。

第四節　現代化的中斷與變異：中國現代文學前、後期的形成

現代化的主要特徵之一是「分化」／「中斷」的關鍵因素：抗日戰爭的全面爆發／矛盾的急劇變化／觀念的調整／現代化問題的觀察與追問

正如前面所說，現代化問題是伴隨著近代中國的民族危機感而發生的，也是伴隨著中國社會的進一步半封建半殖民

---

[21] 朱自清：《詩與建國》，《新詩雜話》，北京，三聯書店，1984 年，44-45 頁。

地過程而進入中國人的文化、歷史視野的。晚清以降，現代化主題是在個人覺醒和民族振興兩條基本脈絡中交替發展與演進的。魯迅和周作人對現代化的反思則達到了前所未有的歷史深度，從而深刻揭示了個人現代化與國家現代化之間的悖論關係，以及這一命題的宿命感：「實在乃真是漆黑的宿命論也」[22]。周氏兄弟對中國社會及歷史處境的深刻洞察，在思想文化的深層次上證實了現代化主題在中國現代文學歷史發展中的命運。表面地看，個人現代化與國家現代化的矛盾是在 1927 年前後公開化的，於是有所謂的「文學革命」與「革命文學」的分歧之說。雖然現代化過程的主要特徵之一是分化，國家與社會共同體的分化，不同利益集團的分化，不同文化集團的分化，知識領域的分化等等，但實際上，以魯迅為代表的「五四」作家、左翼作家和自由主義作家間是屬於中國進步文學的陣營的。30 年代初，不同文學主張的作家集團之間，甚至發生了文學觀念、創作風格和文學形式等方面的「交換現象」：例如魯迅對馬克思主義文藝觀所產生的興趣，左聯文學創作中的現代派技巧及先鋒性姿態等等。這些複雜現象都說明，儘管現代文學中個人現代化與國家現代化之間存在著矛盾，存在著孰先孰後、孰優孰劣的爭論，但從總體上說，它並未根本地改變現代文學的基本格局。真正導致中國社會現代化進程中斷與變異，以致改變了中國現代文學的基本格局和走向的，是 1937 年抗日戰爭的全面爆發。它的表現主要在以下幾個方面。

22 周作人：《日本的衣食住》，載《國聞周報》，1935 年 6 期。

矛盾的急劇變化

民族內部的矛盾上升為民族矛盾，矛盾的性質發生了根本變化。它造成中國社會現代化進程的突然中斷，並徹底改變了中國人對現代化問題的基本看法。魯迅 1925 年所做的「以後最要緊的是改革國民性」的歷史判斷，顯然不再適合山河破碎、國家危在旦夕的緊迫現實；倒是郭沫若的「不是我，而是我們」的詩人式的吶喊，最容易成為那個時代的主調。在抗戰這場如此嚴峻、艱苦、你死我活的民族大搏鬥中，它要求於文學和作家的當然不是自由民主等啟蒙宣言，也不會鼓勵個人自由人格尊嚴之類思想在這個特殊歷史空間裡發展，相反，它凸出的是一切服從抗戰，是統一的民族意志和鋼鐵般的集體力量。任何個人的權力、個性的自由、個體的獨立尊嚴等等「五四」運動以來的文學主張，相形之下，都變得渺小而不切實際。

觀念的調整

既然民族矛盾凸顯為時代的最大矛盾，中國現代文學的基本觀念就會發生由西方化（現代化）向本土化（民族化）的轉換，並引起藝術思維方式、文學觀念、風格和形式等方面的一系列大幅度調整。例如巴金、茅盾早期的小說多半是從西方價值觀的視角看待個人生存的悲劇的，後來又由此產生了以封建大家庭和民族資本家為對象的社會剖析；到了《寒夜》和《腐蝕》，人生的悲劇不再直接緣發於個人與封面禮教傳統的激烈衝突，而是像緣發於民族矛盾之下的倫理學危機和人的精神的萎縮。又例如，國統區先是出現了標榜外來藝術形式的「街頭詩」、「街頭劇」、「朗誦詩」的創作，但接著在解放區進行了吸收民族、民間藝術形式的又一輪嘗試。這一民族化文學的新潮流，被胡風形象地概括為「民族的、大眾的」文學傾向[23]，它後來被總結為「喜聞樂見的民族形式」，並在更大更深闊的領域裡推廣。這就是說，1937年以後的文學發展從總體上看，是個人敘事讓位於民族敘事，個人的現代化讓位於救亡保種的民族化。起於晚清梁啟超等改良派思想家，然後在周氏兄弟手裡趨於成熟的中國現代文學的現代化主題及其文學形式的探索，至此發生了根本性的變化。

現代化問題的觀察與追問

抗戰不僅中斷了現代文學對現代化問題的思考，而且促使其發生了複雜的變異，在此基礎上形成中國現代文學後半期的最大特色。如前所述，抗戰爆發後的現代文學格局中出現了各具特色的三個文學空間（淪陷區文學、國統區文學、

23　參見《大眾化運動一瞥》，《胡風評論集》（中），北京，人民文學出版社，1984年。

解放區文學）。與前期現代文學基本是在批判封建主義舊文學，吸收、借鑒西方文學，借以同世界文學保持同步的基礎上形成自己的總體特點，不同的是，後期現代文學的思想特色與藝術追求可以說是多元的、複調性的。在後期現代文學的發展進程中，既有在黑暗與光明兩大時代之間的抗爭與訴求，同時又充滿各種難以言說的困惑與矛盾。以往文學史把淪陷區文學、國統區文學、解放區文學的基本特色概括為自吟的、反抗的和歌頌的，有其歷史的合理性，但顯然沒有把更為複雜和矛盾的文學內部機制考慮在內。既然現代化過程的特徵是分化，因此中國現代文學對現代化問題的觀察和思考自然會包含了存有差異的文化價值追求，體現為不盡相同的歷史敘事——這不單發生在同一個文學空間，而且也可能發生在同一個作家的創作之中。例如，國統區文學的基調可以說是歌頌抗戰、批判社會黑暗的，但在這其中，人們亦聽到了不同的回響：沈從文未完成的長篇小說《長河》對現代文明（現代化）的痛切反思，路翎的《財主底兒女們》和《郭素娥》等對個人現代化主題的再度呈現，以及穆旦詩歌對這一命題更具超越性的省思等等。在淪陷區文學內部，既有東北作家群對「淪亡感」的情感傾訴，又有上海、華北淪陷區作家筆端的淺唱低吟，但同時也有蘇青的《結婚十年》那種對「五四」運動婦女解放、個性自由這一母題的直接回應。周作人在這一時期墮落為民族的叛徒，然而他寫於同時的文章和小品，則又曲折地折射出某種文化遺民的複雜心態。這就是說，20 世紀上半葉後一階段中國社會的命運、思想、感情、心理的變化，都進入了現代作家的思想視野和藝術表現領域。在此基礎上形成了中國現代文學後半期「複調」與「對話」的基本特徵。

「現代化」概念表徵為未來已經開始的信念。而中國現代文學就發生在近百年來這個為未來而生存的時代，因此，「現代化」主題與現代文學的其他基本觀念和凸出特徵即在於它們的過渡性和成長性。自從梁啟超賦予中國現代文學「文學救國」的濃重色彩，魯迅賦予其「立人」的啟蒙使命以來，它就一直在複雜而曲折的歷史軌道中尋求自己作為現代民族文學的位置和特色。因此，中國現代作家自覺地將文學的內容和形式與時代聯繫起來，明顯地給予現代文學一種明確的目的：即文學的創作是這樣一種時代的工作，它本身是歷史朝向未來過渡的一個重要部份。同時，它也是一個未完成的和將會不斷發展的歷史命題。

中國現代文學史　上編
（1917～1937 年）

第一章

中國現代文學的發生

第一節　「發生」的概念

以不同的「形象」進入歷史敘述／兩種敘述的深刻差異／現代文學「發生」的諸多條件

早在「文學革命」運動發生後不久的 20 年代初，這一時段的文學便以不同的形象進入了歷史敘述。在胡適《五十年來中國之文學》（1922）裡，「文學革命」以其對白話文學的「有意」提倡，成功地將中國文學導入白話文學的正軌，並以此而區別於此前 45 年中的近代文學變遷。胡適指出，「這五十年（1872-1922）是中國古文學的結束時期」，也是白話文學獲得最後勝利的時期。這個最後勝利的標誌就是 1916 年以來的文學革命運動。胡適文學史敘述的特點在於，他將目光更多地投放在古文學內部的危機和變化方面，以進化論史觀構造了一段「古文末運史」。在這種歷史格局中，「文學革命」扮演了一個為古文學發喪送終的角色。有關白話新文學，胡適所言不多。但有一個內容卻成了日後幾乎所有新文學歷史敘述的基本前提，這就是將新文學視為一種與中國古代文學截然異質的文學，並以此建立起新、舊文學的分壘。在此後相當長的一個時期，眾多有關新文學的歷史敘述中，略有差異的只是新文學的具體斷代的年限。胡適把 1916 年作為新文學的始端，此後的文學史敘述則逐漸滑向 1919 年前的「五四」運動。

稍晚於胡適的《五十年來中國之文學》，梁啟超在《五十年中國進化概論》（1923）中，同樣借助進化論的資源將同一個歷史時期描述為近代社會實踐的重心頻繁轉移的過程，這就是由「器物」（洋務運動時期）、「制度」（戊戌變法時期）到「文化」（文學革命時期）變革的依次過渡。在這 50 年的中國「進化」歷史中，「文學革命」既被納入了近代變革的整體框架：成為歷史連續性的一個環節；也顯示了它的獨異之處：在連續性的歷史運動中畢竟開闢了一個新的實踐領域。

表面看起來，除敘述視點上的差異外，這兩種歷史敘述之間似乎不存在根本的衝突。但稍加分析便不難發現其間的深刻差異。在梁啟超的歷史視域中，新文化運動只是近代一系列社會實踐中的一個連續性的階段，其間發生變化的只是實踐的內容。他似乎忽略了在近代社會實踐的轉移中所存在的主體、性質的變異。胡適自有他的清醒，但他一方面在新與舊、活與死之間做出斷然裁決，因之無法對白話文學做出發生學的解釋；而另一方面則又極力模糊時代的界線，同時也放棄了歷史學的解釋原則，以所謂文學進化的必然趨勢，構造理論化的「白話文學史」。這使他的文學史敘述在發生解釋方面趨於武斷，在結構解釋方面因失去基本的依托而流於空泛。周作人清楚地意識到胡適對新文學歷史解釋的缺陷，他在《中國新文學的源流》（1932）中，嘗試拉近晚清以來的文學革新運動與新文學的距離，但也因此而削弱了對新文學結構變異的分析和解釋，最終得出了「古文和白話沒有嚴格界線」的結論，新文學的「新」質自然也就無法得以呈現。

50 年代與 60 年代之交，嚴格的社會分期為現代文學史敘述斷定了性質和時限。一方面，鴉片戰爭以後的近代文學作為它的「先導」和「過渡」，為之準備了「白話」工具和部分思想資源；另一方面，現代文學作為中國現代社會複雜的階級關係在文學的反映，為之打上了鮮明的時代印記和精神印記，使之具有了無須論證的全新性質。

80 年代，尤其是在中期以後，隨著「20 世紀中國文學」概念的提出，文學史敘述上下接通的動機已日漸明顯。但如何處理新與舊、連續與斷裂以及文學史敘述中的發生（歷史）解釋和結構（性質）解釋問題，起碼並未在理論上得到完全解決。這既有一般文學史理論的問題，也有一個多世紀以來中國文學的特殊原因。這裡顯然無意於探究這類理論問題，而只不過是要對本章的「發生」概念做出必須的解釋。

一般認為，中國現代文學揭開了中國文學的全新一頁，並以它的鮮明個性標界出兩個涇渭分明的文學史時期。但中國文學的現代發生並非自天而降，它無疑是要以近代中國一系列社會文化實踐作為它必要的實踐語境和應有的資源準備。事實上，現代文學革命的首倡者胡適等人在對中國近世文學變革和文學革命歷史資源的梳理中，早已將晚清的語文革新運動和詩文界革命的實踐收入視界內。儘管他們都不同程度地區分了兩個歷史時期的實踐活動的不同性質，但結構解釋中的差異判斷並不必然排斥發生解釋中對歷史聯繫的強調和發現。如果說對新文學的結構分析可以得出這樣的結論，即 1917 年開始的文學革命標誌著中國古典文學的終結，那麼，發生學的分析將顯示：這一「終結」的起點和過程都展開在近代中國的歷史實踐之中。這已不是傳統意義的對中國現代文學與旨在謀求社會變革的政治實踐之間歷史關係的發現和說明，它已成為一種新的文學史敘述的方法論前提。在這個意義上，描述一種具有全新性質的文學的發生，並不意味著文學史材料的堆積，也不是要去對眾多非確定性的事實做出歷史因果的解釋和判斷。這裡首先要追問的是：由結構分析所呈現出來的一種與傳統文學截然異質的新文學的實現條件是什麼？

這個條件的產生和成熟的過程就是新文學的「發生」。這個「發生」的條件包括新文學和文化實踐的主體、方式和資源等一整套社會性的機制。因此，這裡的「發生」概念既不是指起源或通常意義上的歷史聯繫，也不在於為新文學的出現尋求一個事件性的界標。在某種意義上，它試圖描述一種新文學結構性的發生，即在前新文學時期去發現某一種可能導向新文學的社會性體制和結構的初步誕生。在這種歷史實踐結構中，任何一種單一的因素都不可能完全解釋新文學的出現，但新文學的出現卻無疑需要汲取並轉化其中各個方面的實踐結果。

第二節　近代知識界的形成

知識分子角色的轉換／近代報業的興起／學會的湧現

這裡所說的「知識界」並不指涉一個天然的群體，也就是說，它並不是由「知識者」所天然形成的一個團體。它是指在近代中國的各種社會力量的作用下所形成的一個「話語」的空間，一個知識、文化、思想和實踐陣營和領域。作為話語實踐的空間，「知識界」的形成固然首先包括人的聚合或是人的組織，但又不遠止於此。它起碼還包括話語實踐的資源、方式和媒介等一系列前提和條件。在這個意義上說，中國近代知識界的形成，不僅是「中國現代文學」發生的條件和背景，而且也同時為它準備了動力和資源。以下僅從三個方面描述近代知識界的背景因素和其基本構成。

知識分子角色的轉換

清王朝的統治，經過「康乾盛世」後，顯露了由盛轉衰的跡象，嘉慶朝至鴉片戰爭前夕，淤積已久的各種矛盾日漸暴露。面對「衰世」的危機，傳統知識分子陣營突起了一股社會批判思潮，鋒芒所指，遍及政治、經濟、軍事、外交、學術、教育、士風等各個領域。至鴉片戰爭前後，這種關心國運、世事，尋求「復興盛世」的批判力量，已在傳統知識格局中形成了不小的聲勢。以龔自珍、魏源、林則徐、包世臣、姚瑩、張際亮等為代表的社會批判力量，雖然仍以維護清王朝的統治為動機，但它無疑是近代思想解放的先聲，它對中國近代思想的發展和知識界的形成產生了巨大深遠的思想影響。僅以龔自珍而論，雖然他的「論切時政，詆排專制」並未越出封建傳統的疆界，但誠如梁啟超所指出：「晚清思想之解放，自珍確與有功焉。光緒間所謂新學家者，大率人人皆經過崇拜龔氏之一時期。」[1]其實，梁啟超之所以將「新學家」這一譜系追溯到龔自珍及其同時代人，還在於他們之中的一部分人已在進行社會批判的同時，為國人打開了放眼西方的視域。早在鴉片戰爭之前 20 年，龔自珍就已提出了「頒製西洋奇器」的倡議。此後，西方的器物、政體、及至風俗，都無不引起了這個思想群體的深切關注。他們在「師夷長技以制夷」的原則之下，精心地組織著這批新的知識資源。

在「中體西用」的思想背景中，30 年的「求富求強」的洋務實踐，最終證明在封建體制不發生變動的前提下，一切「富國」設計都不太可能奏效。這個失敗的實踐過程也正是中國近代知識分子痛苦裂變並重新尋找身份認同的過程。從 19 世紀七、八十年代，直至戊戌變法運動，這個尋找的過程逐步確立了自己的現實判斷和實踐原則，這就是「變」和「新」：變成法，新政治，新國民。與此同時，在甲午戰爭之後西方文化的衝擊下，中國傳統知識分子在一定

1　梁啟超：《清代學術概論》，上海，商務印書館，1921 年，54 頁。

程度上從封建政治體制中游離出來之後，開始了新一輪的分化。面對封建政體「大廈將傾」的局面，梁啟超曾做出這樣的描述「亂無日不可以來，國無日不可以亡。數年以後，鄉景不知誰氏之藩，眷屬不知誰氏之奴，血肉不知誰氏之俎，魂魄不知誰氏之鬼。及今猶不思洗常革故，同心竭慮，摩蕩熱力，震撼精神，致心皈命，破釜沉舟，以自保於萬一。而猶禽視息息，行屍走肉，毛舉細故，瞻前顧後，相妒相軋，相距相離。譬猶蒸水將沸於釜，而鰷魚猶作蓮葉之戰；燎薪已及於棟，而燕雀猶爭稻粱之謀，不亦哀乎！」[2]這種清醒本身就是一種新型知識者的標誌。在自我意識上，他們已從一個往昔共命運的封建王朝中脫身而出，而他們此後「不恤首發大難」所參與的一切「盡變西法」的改革實踐，已同龔自珍式的「為本朝瑰瑋」的忠心之舉判然有別，而成為真正意義上的現代知識分子傳統的發端，並由此開啟了一系列前後相承而又不斷變化和拓展的現代知識實踐。

近代報業的興起

中國「報業」的興起是隨著知識分子的身份轉換而發生的一個具有深遠的歷史意義的近代事件。正如同西方「集納主義」（journalism）為西方世界打開或者說製造了近代的

2　梁啟超：《南學會議》，《飲冰室合集·文集之二》，上海，中華書局，1936 年。

「社會」一樣，報業的興起在為近代中國帶來了一個「變動」的社會的同時，也使某種業已從經學體系中游離出來的知識者獲得了一次真正意義上的「集納」——一種新的知識視界、新的知識組織及傳播形式的建立和在此基礎上的集結。套用當時流行的話來說，它不僅使某些個體得以「去塞求通」，而且確實達到了「群」的作用，凝結和統一了近代知識分子群體。在這個意義上，報業不但裸露了它的社會功能，也充分顯示了它在思想和知識組織方面的強大威力。報業在知識和思想傳播意義上也就是由知識分子所承擔的「啟蒙業」（buiness of enlightenment）。

從 1873 年到 1894 年的 20 年間，是中國近代報業實踐初步建立並日趨活躍的一個時期。這一實踐形式改變了傳統知識分子著書立說和書函往還的單向而又有限的思想交流和知識傳播方式。儘管上述 20 年間，清政府的報禁依舊很嚴，近代新型知識者的報業實踐在數量上也相當有限，但作為一種實踐形式和實踐領域，它的開創意義是重大的。尤其是《循環日報》和它的主筆王韜，不僅有效地宣傳了「變法自強」的政治主張，也對中國知識分子在其後相應的實踐產生了深遠的啟示。

1895 年 5 月，康有為和梁啟超等在他們變法運動中積極地承接並開拓了中國近代報業的實踐。他們先後創辦《中外紀聞》（1895 年 8 月 17 日創刊於北京，初名《萬國日報》）、《強學報》（1896 年 1 月 12 日創刊於上海）、《時務報》（1896 年 8 月 9 日創刊於上海）等。這些報業實踐不只在變法活動中承擔宣傳的任務，而且本身也已成為「維新」知識分子的一種形象展示，成為「維新」運動的一個有待展開的主體實踐部分。梁啟超在《論報館有益於國事》[3]一文中，不但備述報業實踐的諸多益處，而且也急切囑望報業的未來：「……待以歲日，風氣漸開，百廢待舉，國體漸立，人才漸出，十年以後，而報館之規模，亦可以備矣。」事實上，在 1896 年以後的兩年中，由維新派或傾向維新運動的知識分子所主持的報刊已達二十餘種，而其中的《知新報》（1897 年 2 月 22 日創刊於澳門）、《湘學報》（1897 年 4 月 22 日創刊於長沙）、《國聞報》（1897 年 10 月 26 日創刊於天津）、《湘報》（1898 年 2 月 21 日創刊於長沙）等都產生了廣泛的影響。

報業實踐為近代知識傳播和社會資源、思想資源的組織開闢了新的領域，它既是現代化的全民總動員的載體和工具，也是一個民族「現代性」實踐的標誌。中國近代報業的興起在其後的政治和文化實踐中被證明是中國現代性歷史實踐的一個重要開端。

學會的湧現

有的學者將戊戌時期中國近代學會的勃興稱為「學會運動」。這種說法的依據是，在這一時段內，以成立於 1895 年 11 月的北京強學會為開端，在此後的三年間先後組織的

3　載《時務報》，第 1 冊，1896 年 8 月 9 日。

各種學會有六、七十個之多，它們所倡導或標榜的內容幾乎包括中學、西學的所有知識領域。[4]這些學會分布於 12 個省份的約 30 個城市中，它們都以「講求學術」為門徑，為中國謀求著「強國」、「富國」的最初的現代化設計。

儘管這一時期的學會名目繁多、內容駁雜，而且型態也各異，並且大部分學會因謀求政治變革心切，而忽略了學術的專業性。但「學會運動」不僅以它的眾多實踐為中國輸入了具有近代性質的知識組織形式，還以它講求新知和倡導教育的宗旨，開啟了近代知識界的一些新的實踐領域。這些領域包括興辦學堂、創立圖書館、購置科學儀器、出版學報和書籍等等。這些當時從政治、經濟以及自然科學和社會科學方面，為中國近代知識分子提供了又一種公共的知識空間。而且，從歷史的角度看，它無疑是一個開端，此後它日漸成為中國近現代知識傳統的一個部分。它參與創設了中國近現代知識分子社會實踐和民族生活的「公共領域」。此後，這一近代的知識實踐形式，在中國近現代的社會變革的背景之下，不但得以有效的延續，而且被不斷地發揚光大。據不完全統計，僅在 1899 年至 1911 年間，各種公開性的結社就多達六百餘個。[5]

上述三個方面的變化，以其整體性的訊息顯示了中國近代知識界的形成。它既展現為歷時性的實踐領域的轉換，而且又有多個實踐領域的彼此交融互滲，而顯現為一種結構性

4　參見張玉法：《戊戌時期的學會運動》，載《歷史研究》，1998 年 5 月。

5　同上註。

的關係。因此，它們都不只是一種實踐形式而已，還同時是中國現代性實踐的資源和動力。「白話」，這個啟動中國現代新文學實踐的重要因素，正是這個時期由於上述各個領域的實踐推進而必然呈現於中國近代背景之上的。

第三節　「白話」的興起

白話與近代以來的話語實踐／語文革新思路的廣泛展開／「拼音化」方案的推出

中國現代新文學是以「白話」為媒介並且是以「國語的文學，文學的國語」為指歸的。但「白話」這個概念，起碼在它最初出現時是很難找到它的現實對應物的。換一句話說，中國近現代文化實踐中的「白話」這一概念，不應被視為一種歷史的或語言的實存，它是近代以來一系列話語實踐（discursive practice）的生成之物。歷時地看，作為中國近現代一個重要的文化實踐領域，「白話」來自「維新」背景下的域外語言文化的啟示。人們後來在語言學領域為這個概念所確定的直接對應的對象，即自 13 世紀以來以北方話為基礎而逐漸形成的一種漢語書面語形式[6]，在某種意義上和它的近代使用處於不同的領域，並且，可以說是存在著很大

6　參見周祖謨：《從「文學語言」的概念論漢語的雅言、文言、古文等問題》，見《文學語言問題討論集》，北京，文字改革出版社，1957年，18-29 頁。

的語義差別的。也就是說，在中國近代的社會文化和知識語境中，「白話」並不是一個確定的語言學實體，而是社會文化實踐所要尋找和建構的目標和對象：一種普及教育、開啟民智的工具；一個富國強民的良方。這個目標經過一系列的轉換和過渡，最終落定在「白話」這個概念上。

1887 年 5 月，黃遵憲最後完成了全面記述日本自明治維新以來社會政治和文化變遷的《日本國志》的纂述。書中也記述了日本語言的近代變化，從借鑒日本維新經驗的角度出發，著者在紀錄這些變化的同時，還時有對西方新知識的整理以及在此基礎上的有限議論和發揮。其中，有下列一段關於語言文字的較為系統的表述[7]：

> 外史氏曰：文字者，語言之所從出也。雖然語言有隨地而異者焉，有隨時而異者焉；而文字不能因時而增益，畫地而施行。言有萬變而文止一種，則語言與文字離矣。居今之日，讀古人書，從以父兄師長，遞相授受，童而習焉，不知其難。苟迹其異同之故，其與異國之人進象胥舌人而後通其言辭者，相去能幾何哉？

這段有關語言史的知識表述無疑是準確的，但著者的用意顯然還不止於此，他接著援舉近代西方的語言變遷為例，說明語言文字運行狀況與人的智識狀況的關係：

---

[7] 以下三段引文均見黃遵憲：《日本國志》卷三十三，上海，圖書集成書局，1898 年（重印）。

> 余聞羅馬古時，僅用臘丁語，各國以語言殊異，病其難用。自法國易以法音，英國易以英音，而英、法諸國文學始盛。耶穌教之盛，亦在舉《舊約》、《新約》就各國文辭普譯其書，故行之彌廣。蓋語言與文字離，則通文者少，語言與文字合，則通文者多，其勢然也。

上述判斷和推論顯然超出一般語言知識的範圍，但這也許才正是作者的本意。黃遵憲繼之將話題完全轉到了中國的語言文字的歷史和現況，他在書中這樣寫道：

> 泰西論者，謂五部洲中以中國文字為最古，學中國文字為最難，亦謂語言文字之不相合也。然中國自蟲魚雲鳥屢變其體，而後為隸書草書，余烏知夫他日者不又變一字體為越趨于簡、越趨于便者乎？自《凡將》、《訓纂》逮夫《廣韻》、《集韻》，增益之字，積世愈多，則文字出于後人創造者多矣。余又烏知夫他日者不有孳生之字，為古所未見、今所未聞者乎？周、秦以下，文體屢變，逮夫近世，章疏移檄，告諭批判，明白曉暢，務期達意，其文體絕為古人所無。若小說家言，更有直用方言以筆之于書者，則語言文字幾幾乎復合矣。余又烏知他日者不更變一文體為適用於今、通行于俗者乎？嗟夫！欲令天下之農工商賈婦女幼稚皆能通文字之用，其不得不于此求一簡易之法哉！

在黃遵憲的這段記述和相當有限的推論中，重要的不在於它包含了多麼準確和重要的專門知識與專業判斷，而在於它的這種語言觀照方式背後那種尋找社會改良啟示的思想視域。在這種背景下，所謂知識的整理已不可能是一種純專業性的工作，它包含著更靈活的知識鍛接並鼓勵思想的生發。因此，這些知識整理常常會形成一些更為意圖宏大的知識判斷，並產生超乎知識本身的巨大影響，而這一可能性恰恰被此後的事實證明。在甲午戰爭前後近代中國社會越來越強烈的危機意識和越來越迫促的現代化變革的啟蒙實踐中，以下表述無疑具有不可抗拒的誘惑和啟示：「語言與文字合，則通文者多」；「欲令天下之農工商賈婦女幼稚皆能通文字之用，其不得不于此求一簡易之法」。黃遵憲在這裡所提供的這些有限的推斷和微弱的暗示，此後竟以其超乎尋常的活力，涵攝各路訊息並最終進入社會變革的前沿，成為中國現代性話語中相當重要的一脈。正因為如此，它在此後的中國近代的社會文化實踐中得到了眾多的回應。這些回應中有的雖然並不直接，但卻共同參與了對這種「適用於今，通行於俗」的語言工具，或者更確切地說是啟蒙工具的尋找。

1892 年 4 月，中國近代另一位啟蒙思想家宋恕在他闡述維新變法的著作《六齋卑議》中，出於對中國語言文字和智識狀況的認識，最好提出了「造切音文字」的主張。宋恕是一位見聞廣博的學者，他「慨乎國內政俗，多矯激不平」，而「思想往往趨於革新政治」[8]。因此，他的語言革新的目

8　馬敘倫：《六齋卑議》，書後，北京，文學改革出版社，1957 年。

的首先就在於「便幼學」，在於讓更多的人能「通文字之用」，而最終的目的又在於它能解「民之疾困」。

同年，福建同安人盧戇章所編著的清末第一種切音方案和切音學著作《一目了然初階》（中國切音新字廈腔）在廈門出版。他在自序中說明了他創制切音字的目的，他說：「竊謂國之富強，基于格致；格致之興，基于男婦老幼皆好學識理；其所以能好學識理者，基于切音為字；則字母與切法習完，凡字無師能自讀；基於字話一律，則讀于口遂即達于心；又基于字畫簡易，則易于習認，亦即易于捉筆；省費十餘載之光陰，將此光陰專攻于算學、格致、化學以及種種之實學，何患國之不富強也哉？」[9]此外，他還將中國語言文字的狀況，置於一個視野更為開闊的對比中，首先提出中國文字不應「自異于萬國」的主張，表達了他的「思入風去變態中」的緊迫感和憂患意識。他說：當今普天之下，除中國而外，其餘大概皆用二三十個字母為切音字……故歐美文明之國，雖窮鄉僻壤之男女，十歲以上，無不讀書……何為其然也？以其切音字，字記一律，字畫簡易故也。」顯然，「切音字」在盧戇章的眼裡已成了一國「文明」的前提條件，靠著這種緊迫感和使命感，1893 年他的又一部切音字書《新字初階》在廈門出版。

甲午戰爭失敗後，知識界對現實的深入反省中，開始進一步將目光轉向教育與國民整體素質的提高。在普及教育、開通民智的思想要求下，漢字作為思想啟蒙和文化傳播的

---

9 轉引自倪海曙：《清末漢語拼音運動編年史》，21 頁。

「工具」的弊端更是暴露無遺。此後，「語文革新」作為一項重要的社會實踐內容，在各個層面日漸引起人們更大的關注。1895 年，康有為在他的「大同」世界的設計中，也勾畫了一個世界語文大同的理想：「全地語言文字皆當同，不得有異言異文。考各地語言之法，當制一地球萬音室。」承接這一思想，1896 年譚嗣同在他的《仁學》一書中也提出「盡改象形字為諧音，各用土語，互譯其意」[10]他認為，中國國民愚於「三綱五倫」，而使「變法」的至理要道，「悉無起點」。因此希望藉地球之教的「合而為一」，而「盡改民主以行井田」，以達到地球之政「合而為一」的境界。而象形的漢字卻成了這一宏偉藍圖之「梗」。也就是說，漢語言的象形文字已成了中國走向世界、迎納世界的障礙，這在「大同」世界的宏偉構想中顯然是不容姑息的大患。這是直接由中國近代政治變革的實踐構想中推導出來的漢語語言變革的結論。在這裡，語言變革成了整個社會變革程序中的重要一環。

在這同一時期，各種語文革新的思路和實踐也在各地廣泛展開。1896 年，蔡錫永的《傳音快字》在武昌問世。沈學的《盛世元音》也在這年 8 月的《申報》和 12 月的《時務報》上發表。他在自序中指出：「今日之議時事者，非周禮復古，即西學更新；所說如異，所志則一，莫不以變通為懷……余則以變通文字為最先。」由此可見，他把文字放到了整個社會變革中的一個極為重要的位置：「文字者，智器

---

[10] 譚嗣同：《仁學》，北京，中華書局，1958 年，61 頁。

也，載古今言語心思者也。文字之難易，愚智之所由分也。」因此，「得文字之捷徑，為富強之源頭」[11]。

又一年以後，另一位近代政治改革的領袖梁啟超在其所擬的變法綱領《變法通議》中稱：「古人文字與語言合，今人文字與語言離，其利病既縷言之矣」[12]。足見當時對言文分離問題的重視已相當普遍。梁啟超說：「今人出話皆用今語而下筆必效古言，故婦孺農氓，靡不以讀書為難事，……日本創伊呂波等四十六字母，別以平假名、片假名，操其土語以輔漢文，故識字、讀書、閱報之人日多焉。今即未能如是，但使專用今之俗語，有音有字者以著一書，則解者必多，而讀者當益愈夥。自後世學子，務文采而棄實學，莫肯辱身降志，弄此楮墨，而小有才之人，因而遊戲恣肆以出之，誨盜誨淫，不出二者，故天下之風氣，魚爛于此間而莫或知，非細故也。」[13]故他提出：「今宜專用俚語，廣著群書：上之可以藉闡聖教，下之可以雜述史事，近之可以激發國恥，遠之可以旁及彝情，乃至宦途醜態，試場惡趣，鴉片頑癖，纏足虐刑，皆可以窮極異形，振厲末俗。其為補益，豈有量耶！」[14]「俚語」就這樣被整合進了近代政治變革的綱領之中。康有為在其同年為上海大同書局所撰寫的《日本書目志》中，則從「通俗性」和感化作用的角度著眼，對俗話小說大加提倡，他認為，「通於俚俗」小說，是「易逮於民治，善

11　轉引自倪海曙：《清末漢語拼音運動編年史》，42 頁。
12　梁啟超：《變法通議，論幼學》，《飲冰室合集，文集之一》。
13　同上註。
14　同註 12。

入於愚俗，可增七略為八，四部為五，蔚為大國，直隸王風者」。

至此為止，在近代知識分子對啟蒙工具的尋找過程中，拼音化一直被視為主攻的目標。而此時民間的白話報刊開始大量出現，更為這一實踐的推進創造了新的契機。但康有為、梁啟超對「俗話」、「俚語」社會功能的發現，已預示著一個新的實踐方向的出現。1898 年 8 月，戊戌變法的領袖之一、近代白話文運動的前驅裘廷梁在《中國官音白話報》上發表了二千五百餘字的著名論文《論白話為維新之本》。此文第一次將上述關於語言變革的陳述系統地納入了一個新的範疇：「白話」。並將這一概念隆重地推上了中國政治變革的前沿和中心位置。裘文高張「崇白話廢文言」的大旗，將「文言」與「白話」植入了二元對立的格局。裘廷梁認為，古代國家的命運掌握帝王、官吏之手，因之而有亡國之君、亡國之相、亡國之官吏；現代國家的命運則與國民的智識狀況密切相關。

> 是故古之善覘國者覘其君，今之善覘國者覘其民。入其國而智民多者，靡學不新，靡業不奮，靡利不興；君之於民。如腦筋於耳目手足，此動彼應，頃刻而成。入其國而智民少者，靡學不腐，靡業不頹，靡利不湮；士無大志，商乏遠圖，農工狃舊習，盲新法；盡天下之民，去無就暗，蠢蠢如鹿豬；雖明詔頻下，鼓舞而作新之，如擊軟棉，闃其無聲，如震群聾，充耳不聞。

有文字為智國，無文字為愚國；識字者為智民，不識字為愚民；地球萬國之所同也。獨吾中國有文字而不得為智國，民識字不得為智民，何哉？……此文言之危害矣。人類初生，匪直無文字，亦且無話，咿咿啞啞，啁啁啾啾，與鳥獸等，而其音較鳥獸為繁。於是因音生話，因話生文字。文字者，天下人公用之留聲器也。文字之始，白話而已矣。……後人不明斯義，必取古人言語與今人不相肖者而摹仿之，於是文與言判然為二，一人之身，而手口異國，實為二千年來文字一大厄。

接著，文章歷數了「文言」的危害並祈盼著白話可能帶來的前景，文中對文言和白話的價值判斷飽含激情：「二千年來海內重望，耗精蔽神，窮歲月為之不知止，自今視之，僅僅足自娛，益天下蓋寡，嗚呼，使古之君天下者，崇白話而廢文言，則吾黃人聰明才力，無他途以奪之，必且務為有用之學，何至暗汶如斯矣。」在論證「崇白話廢文言」的主張時，裘廷梁還列舉了白話的八大優長：

一約省目力：讀文言日讀一卷者，白話可十之，少亦五之三之，博極群書，夫人而能。二約除驕氣：文人陋習，尊己輕人，流毒天下；奪其所恃，人人氣沮，必將進求實學。三曰免枉讀：善讀書者，略糟粕而取菁英；不善讀書者，昧菁英而務糟粕。……改用白話，決無此病。四曰保聖教：《學》、《庸》、《論》、《孟》，皆二千年前古書，語簡理豐，非卓識高才，未易領悟。譯以白話，間附今義，發明精奧，庶人人知聖教之大略。五曰便幼學：一切學堂功課書，皆用

> 白話編輯，逐日講解，積三四年之力，必能通知中外古今及環球各種學問之崖略，視今日魁儒耆宿，殆將過之。六曰練心力：華人讀書，偏重記性；今用白話，不恃熟讀，而恃精思，腦力越睿越靈，奇異之才，將必迭出，為天下用。七曰少棄材：圓頭方趾，才性不齊，優於藝者或短於文，違性施教，決無成就；今改用白話，庶幾各精一藝，游惰可免。八曰便貧民：農書商書工藝書，用白話輯譯，鄉僻童子，各就其業，受讀一二年，終身受用不盡……。

他還以《新約》、《舊約》在世界各地的「土白」翻譯，使基督教在全球得以廣泛傳播，以及日本的近代語言變革為例，論證了白話對文化的發展和社會的進步所具有的巨大推動作用。由此，他得出一個鮮明的結論：

> ……愚天下之具，莫文言者；智天下之具，莫白話若。吾中國而不欲智天下斯已矣，苟欲智之，而猶以文言樹天下之的，則吾前所云八益者，以反比例求之，其敗壞天下才智之民亦已甚矣。吾今為一言以蔽之曰：文言興而後實學廢，白話行而後實學興；實學不興，是謂無民。

一年以後，另一位白話文的先驅者陳榮袞也發表了《論報章亦改用淺說》[15]一文，明確主張報紙改用白話。他的觀點與裘廷梁並無二致，他說：

---

[15] 載《知新報》，第 111 冊，1900 年 1 月 1 日。

> 今夫文言之禍亡中國，其一端矣，中國四萬萬人之中，試問能文言者幾何？大約能文言者不過五萬人中得百人耳，以百分一之人，遂舉四萬九千九百分之人置於不議不論，而惟日演其文言以為美觀，一國中若農、若工、若商、若婦人、若孺子，徒任其廢聰塞明，啞口瞪目，遂養成不痛不癢之世界……。
>
> 大抵變法，以開通民智為先，開民智莫如改革文言。作報論者，亦惟以淺說為輸入文明可矣。

雖然使用的概念並未統一，但他們的「闡述模式」和「推論策略」卻是完全相同的。

確切地說，中國的古漢語作為「問題」出現，甚至要遠早於黃遵憲《日本國志》的面世。這部分是緣於拼音文字對漢字的挑戰。1605 年，意大利傳教士利瑪竇（Matteo Ricci）在北京出版的《西字奇蹟》為用拉丁字母拼注漢語提供了第一份系統性的方案，1625 年，法國耶穌會傳教士金尼閣（Nicolas Trigault）在利瑪竇方案的基礎上完成了用羅馬字注音的漢字字彙《西儒耳目資》。拼音文字的簡易方便因此而早就引起了中國語言學者的關注，但這些資源很難準確地納入近代中國的思想知識譜系。我們可以確認，在眾多拼音化的漢語文字改革方案中，不乏上述歷史實踐資源的有益啟示。只是與這些歷史實踐性質不同的是，戊戌變法運動前後的語文革新實踐在新的思想和現實背景下對這些資源進行了重新的組織和利用，使它與「白話」一起匯入了近代社會改造的啟蒙實踐之中。繼福建的盧戇章、蔡錫勇之後，廣東的王炳耀，浙江的勞乃宣等，也都開始了漢字的拼音化的嘗試。而戊戌變法的一位領袖人物王照，在變法失敗後，則發憤要創造一種統一中國語言文字的官話字母，用兩拼之法「專拼白話」。1900 年，他出版了《官話合聲字母》一書，參照日本的假名，創制了一種以北京音為標準的、採用雙拼制的「合聲字母」。他在書的序言中鄭重指出：

> 余今奉告當道者：富強治理，央各精其業各擴其職各知其分之齊氓，不在少數之英雋也。朝廷所應注意而急圖者宜在此也。茫茫九州，芸芸億兆，呼之不省，喚之不應，勸導禁令毫無把握，而乃舞文弄墨，襲空論以飾高名，心目中不見細民，妄冀富強之效於策略之轉移焉，苟不當其任，不至其時，不知其術之窮也！

此時，甚至連晚清的古音韻學家勞乃宣這樣的舊學統中的文人，在向清廷講獻的《進呈簡字譜錄折》中，也達到了同樣的認識：

> 今日欲救中國，非教育普及不可，欲教育普及，非有易識之字不可；欲為易識之字，非用拼音之法不可。

在這種時代意識背景下，「白話」所引領的語文革新實踐得以迅速地向各個具體專門的實踐領域延伸，形成了支脈繁多的近代知識實踐的啟蒙話語譜系。

第四節　近代詩文界的「革命」

「詩界革命」的預期目標／「新文體」的來源和多面影響／「小說界革命」對思想啟蒙和社會改良實踐的凸顯

30 年代初，陳子展在《最近三十年中國文學史》一書中曾將「起自甲午，訖於癸亥」（1894-1923）的 30 年作為一個文學發展時期加以描述。他的這一斷代分期顯然有其寫作時的語境規定，即傾向於在新舊對立的緊張格局中展開文學史敘事。而正如他所指出，這個時期最主要的特點就是「文學的各部分都顯現著一種劇變狀態」，各種矛盾和衝突十分尖銳。然而，從晚清的詩界革命、文界革命、小說界革命，直到現代新文化運動，在這持續的「劇變」之中，卻也以其特別的方式積澱著一種屬於它自己的文學傳統，這又可能使這 30 年作為一個文學史的敘述段落而別有理據。

作為新文學的又一種重要的實踐資源，晚清的文學革命運動表現為一系列相互關聯、相互影響和滲透文學革新的思路與實踐活動。其中最先產生較大影響的當是「詩界革命」。作為一個狹義的文學範疇，「詩界革命」始於 1895 年秋冬之際[16]，倡導者為夏曾佑、譚嗣同和梁啟超。據梁啟超說，詩界革命最初所產生的「新詩」，不過是「撏扯新名詞以自表異」，但詩界革命的推進顯然不止於引「新名詞」以入詩，梁啟超後來曾在《夏威夷遊記》和《飲冰室詩話》中對這一時期的

16　關於「詩界革命」的發起時間，學界看法略有不同。參見張水芳：《試論詩界革命評價中的幾個問題》，載《社會科學輯刊》，1989 年 5 期。

詩歌實踐作過反省，他說：「過渡時代，必言革命。然革命者，當革其精神，非革其形式。吾黨近好言詩界革命。雖然，若以堆積滿紙新名詞為革命，是又滿洲政府變法維新之類也。能以舊風格含新意境，斯可以舉革命之實矣。」[17]他提出，真正的詩界革命，「不可不備三長：第一要新意境，第二要新語句，而須以古人之風格入之，然後成其為詩」[18]。而作為詩界革命的第一要義的「新意境」則「不可不求於歐洲」。在梁啟超看來：「歐洲之意境語句，甚繁複而瑋異，得之可以陵轢千古，涵蓋一切。」在這種理論導引下，1902 年至 1904 年間《新民叢報》所闢的「詩界潮音集」一欄中刊登新派詩達五百餘首，作者也有四十多人，將詩界推向了高潮。

1922 年，現代文學革命的倡導者之一胡適在撰寫《五十年來中國之文學》一文時，還曾提到晚近的另一筆文學遺產，那就是早在「詩界革命」倡行的二十多年前，由年僅 20 歲的黃遵憲所發出的一份詩界革命「宣言」：「我手寫我口，古豈能拘牽？」胡適對他「主張用俗語作詩」和「以古文家抑揚變化之法作古詩」都曾給予了很高的評價。其實，早在梁啟超對詩界革命所進行的理論闡釋中，已將黃遵憲和夏曾佑等並列為「近世詩家三傑」之一。如果將「詩界革命」視為晚清以來民族危機所促動的一場廣泛的社會文化實踐的一部分，自然不難發現其間所存在的相互承接、轉換等歷史關聯。所以，很早就有論者指出：

---

17 梁啟超：《飲冰室詩話》，北京，人民文學出版社，1959 年，51 頁。
18 梁啟超：《夏威夷遊記》，《飲冰室合集・文集之二十二》。

> 儘管「詩界革命」沒有達到他們預期的目的，然而這種求新的精神卻一直影響到民國以來的新詩運動，他們開墾新詩界的經驗被新文學運動的健將們接受了，尤其是黃遵憲作新派詩的幾種方法，都隨著時代加以發揚光大。他的「採納方言俗諺」，係持偶爾為之態度，到新文學運動的時候，就變成一種堅決有力的主張——「不避俗字俗語」，以白話代替文言；「用古文學伸縮離合之法以入詩」，也一躍而為「作詩如作文」，詩從此散文化了；至於「我手寫我口」的精神，在黃遵憲的詩裡表現得還不很清楚，原因是當時的社會還不許有「我」存在，思想情感都很受著束縛，不允許隨便發抒，直到新文化運動發生之後，幾千年來丟掉了的「我」，在新文化中找到了，然後才能作到「言之有物」，然後才能作到「不摹仿古人」，因此，「我」的情感才能在詩中「無關闌的泛濫」，「我」的思想，才能在詩中野馬似的奔騰。這才真正實現了「我手寫我口」的理想了。[19]

在時間上略後於詩界革命的是「文界革命」。「文界革命」這個概念最早是在梁啟超寫於 1899 年的《夏威夷遊記》中出現的。他當時因閱讀日本作家德富蘇峰的《將來之日本》和《國民叢談》等著作而受到啟發，他稱：「德富氏為日本三大新聞主筆之一，其文雄放雋快，善以歐西

---

[19] 質靈：《論黃遵憲的新派詩》，見《中國近代文學論文集·概論詩文卷》，北京，中國社會科學出版社，1988 年，543 頁。

文思入日本文，實為文界別開一生面者，余甚愛之。中國若有文界革命，當亦不可不起點於是也。」從德富蘇峰等日本作家那裡獲致的啟示，使梁啟超「文界革命」的計畫未至落空，這個革命的成果便是他經由《清議報》、《新民叢報》等一系列報業的實踐所成就的「新文體」。這種以「歐西文思」啟發和激活漢語思維的寫作，曾多少令梁啟超感到滿足。

> 啟超夙不喜桐城派古文，幼年為文，學晚漢魏晉，頗尚矜煉，至是自解放，務為平易暢達，時雜以俚語韻語及句國語法，縱筆所至不檢束，學者竟效之，號新文體。老輩則痛恨，詆為野狐。然其文條理明晰，筆鋒常帶情感，對於讀者別有一種魔力焉。[20]

應該說，「新文體」的成就，其來源和影響是多面的。它本是近代報業實踐的必然結果，早在 1897 年，譚嗣同就在《時務報》上發表的《論報章文體》中觸及了報業的發展給寫作帶來的變化。梁啟超後來在《飲冰室文集序》中對「新文體」的時代成因作了很好的說明，他說：「吾輩為文，豈其欲藏之名山，俟諸百世之後也；應於時勢，發其胸中所欲言，時勢逝而不留者也，轉瞬之間悉為芻狗。況今日天下大局日接日急，如轉巨石於危崖，變異之速，匪翼可喻。今日一年之變率，視前此一世紀猶或過之。故今之為文，只能以被之報章，供一歲數月之遒鋒也，過其時，則以復瓿可也。」

---

[20] 梁啟超：《清代學術概論》，77 頁。

這同時也是對「新文體」文學史意義的最好說明，它充分顯示了文章（文學）觀念的潛在而深刻的變化。

同樣作為一個狹義的文學史範疇，近代的「小說界革命」的公開亮相是在詩界革命已達於創作高潮的 1902 年。與詩界革命從朦朧中摸索逐漸獲至清晰的實踐線路不同，小說界革命似乎從一開始就被準確地納入了政治變革和社會改良的實踐課題之下。梁啟超在《論小說與群治之關係》一文中斷然指出：「欲新一國之民，不可不先新一國之小說。故欲新道德，必新小說；欲新宗教，必新小說；乃至欲新人心、欲新人格，必新小說。」但事實很清楚，小說界革命能量的蓄積已非一日。從黃遵憲「直用方言以筆之於書」的「小說家言」的看重，以及對「適用於今，通行於俗」的文體的呼喚，到康、梁對俚語、俗語和小說的巨大的社會功能的發現，其中早已蘊涵了小說界革命的種子。

1887 年 10 月，嚴復和夏曾佑為《國聞報》合寫的《本館附印說部緣起》一文，更為小說的崛起提供了辯詞。

> 舉古人之事，載之文字，謂之書。書之為國教所出者，為之經；書之實欲創教而其教不行者，為之子；書之出於後人，一偏一曲，偶有所託，不必當於道，過而存之，為之集；此三者，皆言理之書，而事實則涉及焉。書之紀人事者，謂之史；書之紀人事而不必果有此事者，謂之稗史；此二者並紀事之書，而難言之理則隱寓言焉。

這裡不但將小說（稗史）與經史子集並舉，而且認為：「說部之興，其入人之深，行世之遠，幾幾出於經史上，而天下之人心風俗，遂不免為說部所持。」文中還舉域外的事例作為支持：「歐、美、東瀛，其開化之時，往往得小說之助。……文章事實，萬有不同，不能預擬；而本原之地，宗旨所存，則在乎使民開化。」這顯然同樣是出於社會變革和思想啟蒙的需要而對文類觀念做出的相當重大的調整。而且，這篇為小說地位的提高所提供的證詞，在其最關鍵的部分卻是為「與口說之語言相近」的語言文字提供了一份有利的優勢論證。文中認為，書籍傳播範圍的大小，最終「即以其與口說之語言相去之遠近為比例」。如果文學傳播功能的加強已果真成為一種時代的需要，那麼，文學語言的變革，即「俗語文體」的建設便成為一種必然。這樣一來，白話的提倡和小說的興起便合二為一，在理論上互相印證，在實踐上相互支持。梁啟超等後來所進行的進化論的文學史闡釋，對這一點做出了更明確的說明：

> 文學之進化有一大關鍵，即由古語之文學，變為俗語之文學是也。各國文學史之開展，靡不循此軌道。中國先秦之文，殆皆用俗語，觀《公羊傳》、《楚辭》、《墨子》、《莊子》，其間各國方言錯出者不少可為佐證。故先秦文界之光明，數千年稱最焉。尋常論者，多謂宋、元以降，為中國文學退化時代。余曰不然。夫六朝之文，靡靡不足道矣。即如唐代，韓、柳諸賢，自謂起八代之衰，要其文能在文學史上有價值者幾何？昌黎謂非三代、兩漢之書不敢觀，余以為此即受其病之源也。自宋以後，實為祖國文學之大進

> 化。何以故？俗語文學大發達故。宋後俗語文學有兩大派，其一則儒家、禪家之語錄，其二則小說也。小說者，決非以古語之文體而能工者也。本朝以來，考據學盛，俗語文體，生一頓挫，第一派又中絕矣。苟欲思想之普及，則此體非徒小說家當采用而已，凡百文章，莫不有然。[21]

梁啟超的這些表述，在現代文學革命時期甚至被胡適直接移植進自己的革命宣言中。但應注意到這樣一個事實，近代的詩文界革命始終是在工具的意義將文學納入維新變革的整體社會實踐中加以考慮的，因此，儘管它的「革命」實踐幾乎涉及所有的文學門類，但它的思維和戰略卻始終在於謀求某一個文類（文體）改良或功能的拓展，以便在社會變革的實踐中更有效地扮演一個宣傳和鼓動的角色，沒有一個具有現代意義的「文學」概念為之提供觀念和理論的支持。這正是它不可能在更大的範圍和更深的程度上對中國文學施以影響的原因。

---

[21] 飲冰等：《小說叢話》，載《新小說》，第 7 號，1903 年。

第二章

文學革命與白話文學

第一節　文學革命

《新青年》的「青年形象」與各種新式知識者向它的迅速集結／破壞與建設的兩個思想維度／對文學革命的不同解釋及其交鋒

1915年9月15日，由陳獨秀主編的《青年雜誌》（自第2卷起改名為《新青年》）在上海創刊。在中國報刊發展史上，這份刊物顯現了鮮明的特色和卓然的個性。首先，它的讀者定位是「青年」，毅然將老年中國和「陳腐朽敗」之社會拋在了身後，在近代以來的一系列報刊業實踐之後，也在同時展開的眾多報刊宣傳之中，它確立了自己「新鮮活潑」的形象；其次，它迅速集結了當時的各種「新式」知識者，形成了一個新的實踐陣營。再次，它的話語資源也不曾為那些急切地謀求社會政治變革的近代知識者所共享。具體地說，它以對「人權」、「科學」等新的觀念的倡導，開啟了中國知識界新一輪的文化實踐，並成為中國現代「新文化」運動發端的一個顯著標誌。

《新青年》及其同仁的文化實踐從一開始就明晰地表現為破壞與建設這兩個維度，即抨擊舊（傳統）文化，輸入新（西方）文明。前者首先開展在對中國思想傳統的祖師爺孔子的重新評判，展開在對封建禮教的抨擊以及對中國傳統文化和價值的重新估定。《新青年》不僅刊發了陳獨秀、吳虞、易白沙等人猛烈攻擊孔子學說和封建倫理的文章，還將問題的討論引向了具體的社會和現實領域，如勞工、婦女、教育、文學，等等。這一系列的討論在拓展新文化運動的實踐空間的同時，也逐步形成並確立了「思想自由」的實踐原則。在後一方面，即新文化的建設方面，主要體現為從西方輸入文明的「歐化」戰略和相應的西方思潮的引介實踐。

上述的雙向努力使《新青年》所標示的新文化運動的方向在當時中國的新舊知識界引起了廣泛的關注。為此，陳獨秀在《新青年》（《青年雜誌》）的「回答欄」裡就廣泛的社會文化問題與來自各地讀者展開了對話和交流。在這個過程中，有關文學問題的討論逐漸被提上了日程。1915 年 11 月，《青年雜誌》1 卷 3 號刊出陳獨秀的《現代歐洲文藝史譚》一文，這是《青年雜誌》創刊以來第一篇直接、全面地描述文藝現象和探討文藝問題的文章。作為對於歐洲文藝史的描述，此文提出了一種文藝進化的等級模式，即把歐洲近代文藝史描述為依次由古典主義、理想主義、寫實主義到自然主義的進化過程。這一提法很快引起了讀者的關注，此後，有關文學進化的「等級」和中國文學的未來發展方向問題在《新青年》所刊布的通信中又有了進一步的探討。依據上述的文學進化模式，陳獨秀的觀點是：「吾國文藝猶尚在古典主義理想主義時代，今後當趨向寫實主義。」[1]1916 年 10 月，尚在美國留學的胡適致書《新青年》主編陳獨秀，信中對陳獨秀的文學發展觀表示贊同，並同時將自己「年來思慮觀察所得」，具體概括為「文學改良」的八項主張。信中稱：「今日欲言文學革命，須從八事入手。」這「八事」是：

> 一曰，不用典。
>
> 二曰，不用陳套語。
>
> 三曰，不講對仗。文當廢駢，詩當廢律。
>
> 四曰，不避俗字俗語。不嫌以白話作詩詞。
>
> 五曰，須講求文法之結構。
>
> 此皆形式上之革命也。
>
> 六曰，不做無病之呻吟。
>
> 七曰，不摹仿古人，語語須有個我在。
>
> 八曰，須言之有物。

此皆為精神上之革命也。

此信被立即揭於當月出版的《新青年》2 卷 2 號。陳獨秀在答信中除對五、八兩項略表疑惑外，對其餘六事「無不合十讚嘆」，稱之為「今日中國文界之雷音」，並希望胡適能「詳其理由，指陳得失，衍為一文，以告當世」[2]這篇「詳其理由，指陳得失」的文章，便是被胡適自稱為文學革命「宣言」的《文學改良芻議》。此文刊載於 1917 年 1 月出版的

---

1 見陳獨秀與張永言的通信，《青年雜誌》，1 卷 4 號。

2 《陳獨秀書信集》，北京，新華出版社，1987 年，39 頁。

《新青年》2 卷 5 號。緊接著，《新青年》2 卷 6 號（1917 年 2 月）發表了陳獨秀的《文學革命論》，文中高張「文學革命軍」的大旗，並將胡適奉為文學革命的「急先鋒」，由此遂將胡適的這篇有關文學改良的「未定草」，推上了中國文學革命的前台。一場史稱「文學革命」的運動也從此迅速展開。

1917 年初，也就是在文學革命業已拉開帷幕的時候，陳獨秀被聘為北京大學文科學長，《新青年》編輯部也由上海遷往北京。此後，以當時倡導「思想自由」的北京大學為中心，文學革命的聲勢逐漸壯大，並進而形成了一個輻射全國的新文化運動。新文化運動的實踐目的是除舊佈新，因此，面對著傳統文化尚存的強大優勢，它的實踐範圍自然是十分廣闊的。但在對傳統文化進行全面的批判和清理的過程中，啟動白話文學實踐，倡導文學革命精神，卻很快成為其中一個具體、堅實而又有效的部分。

在《文學改良芻議》一文中，胡適從文學進化論的立場提出了文學變革的必要性。他認為，文學的發展必須適應社會和時代的要求，他以中外文學史史實論證了「一時代有一時代之文學」的文學發展觀。在此基礎上，他將「形式上的革命」作為文學變革的起點，認為文言作為文學的工具已經喪失了活力，因此只有首先解決「文字問題」，即「用白話來做文學的工具」，文學革命才能得以有序而又有效地進行。[3]陳獨秀在他的《文學革命論》中則提出了要宏闊得多

3　參見胡適：《我為什麼做白話詩》，《新青年》，6 卷 5 號。

的「三大主義」作為文學革命的目標和方向：「曰，推倒雕琢的阿諛的貴族文學，建設平易的抒情的國民文學；曰，推倒陳腐的鋪張的古典文學，建設新鮮的立誠的寫實文學；曰，推倒迂晦的艱澀的山林文學建設明了的通俗的社會文學。」他對整個舊文學系統進行了更加徹底的批判和否定，他指出：「際茲文學革新之時代，凡屬貴族文學，古典文學，山林文學，均在排斥之列。」因為：「貴族文學，藻飾依他，失獨立自尊之氣象也；古典文學，鋪張堆砌，失抒情寫實之旨也；山林文學，深晦艱澀，自以為名山著述，於其群之大多數無所裨益也。其形體則陳陳相因，有肉無骨，有形無神，乃裝飾品而非實用品；其內容則目光不越帝王權貴，神仙鬼怪，及其個人之窮通利達。所謂宇宙，所謂人生，所謂社會，舉非其構思所及，此三種文學共同之缺點也。……今欲革新政治，勢不得不革新盤據於運用此政治者精神界之文學。」

繼胡適、陳獨秀之後，錢玄同、劉半農等先後加入了「文學革命」的陣營。錢玄同以語文學家的身份對中國舊文學和積澱著封建毒素的漢語言文字進行了猛烈的討伐。劉半農則就白話的採用和中國文章體制的變革發表了自己的看法。1918 年 4 月，胡適又發表了《建設的文學革命論》，進一步闡明了文學革命的宗旨、方法和途徑。他以「國語的文學，文學的國語」作為建設新文學的唯一宗旨，將文學革命與現代民族語言的建設聯繫在一起，進一步凸顯了它的現代性內涵。在新文學的具體建設方面，他提出了「工具、方法、創造」的三步程序。即先積聚白話資源、磨礪白話工具；然後便是訓練搜集文學材料，結構篇章和文學描寫的技術與方法。只有具備了上述兩個條件，才足以「創造」中國的新文學。胡適特別強調，在進行以上準備時，應當充分師法和取鏡西洋文學。1918 年 12 月，周作人發表的《人的文學》一文，進一步為新文學的建設提供了人道主義的精神取向。與此同時，陳獨秀、李大釗以及北京大學學生傅斯年、羅家倫等也以《每周評論》、《新潮》等報刊為陣地，積極倡導白話文和新文學思想，使文學革命的影響日漸深廣。

在文學革命運動的展開過程中，新與舊、激進與保守的交鋒構成了一個重要內容。可以說，文學和思想的論戰始終沒有完全停歇過。其中出於文學觀念的根本對立而發生的兩軍對壘，在相當一段時間內成為新文學捍衛自身合法性的一項重要任務。新文化運動伊始，林紓作為晚清的古文家和頗有影響的翻譯家就率先起而反對白話文。他還在《致蔡鶴卿太史書》中對新文化運動的思想、行為予以攻擊，稱之「盡反常軌，侈為不經之談」。但在當時的時代環境下，這一反對聲音很快在新文化陣營的合力夾擊下銷聲匿跡。

1922 年 9 月，梅光迪、胡先驌、吳宓在南京創辦《學衡》雜誌，從美國學者白璧德的新人文主義立場出發，對新文化和新文學運動的激進傾向進行了批評，因此引發了新文化運動中的另一場重要論戰。「學衡派」諸人對於新文化運動的批評不乏切中肯綮的意見。但因新文化運動所處的特定時代位置，這種批評和反批評終未能納入一種正常的學理的討論和思想的交流，而更多一些情緒和姿態的成分。

作為中國現代新文化實踐的開端，文學革命運動的意義可以從以下兩個方面加以把握。首先，誠如胡適在《建設的文學革命論》提出的「國語的文學，文學的國語」的宗旨所顯示，它為「白話」最終成為中國現代民族語言奠定了基礎。從中國文化的現代轉型角度而言，這是意義十分重大的。從實踐結果看，至 1920 年，作為現代「國語」的白話已納入官方教育體制。1920 年 1 月，北洋政府教育部頒令全國國民學校，一、二年級的國文教育統一採用語體文（白話）。這自然使文學革命獲得了其合法性，但更是現代中國民族文化轉型的重大契機。

其次，它在完全改變了對待外來文化的態度的同時，也從根本上改變了民族「文學」的生產方式。文學革命打破了近代以來體用之爭的思想藩籬，以前所未有的開放態度和極大熱情吸收和引介外國現代文學和文化思想。《新青年》雜誌創刊伊始，就投入了對外國文學和現代思想的持續不懈的翻譯和介紹活動。在《新青年》帶動下，新文化運動中的核心和外圍刊物，如《新潮》、《文學周報》，以及《少年中國》等，也都紛紛大量刊載翻譯作品。《小說月報》還闢有《海外文壇消息》、《小說新潮》等多個欄目，有時甚至以「專號」的形式推出外來文學的動態、思潮，以及作家作品。上述情況除說明當時開放的文化態度和確實的外來影響之外，還預示著文學生產的一種體制性的變更。這就是它已經裸露在或者說置身於一種國際性的互動關係之中了。在文學革命運動之後的幾年時間裡，西方自文藝復興運動以來的各種思想和學說，都不同程度地找到了機會，暢行於中國的市場。這種影響及其對現代中國的構造作用無疑都是巨大的，只不過對這種影響的方式、後果及其意義仍有待於做出審慎的梳理和估價。

第二節　新文學初期的理論建設

理論建設的三個部分／胡適對新文學形式的探索／周作人對思想革命的倡導和推進

新文學的理論建設不僅是白話文學實踐的一個重要部份，而且是它的先導和前提。前文業已指出，從發生學的角度來看，「白話」的文學可能性和實踐的必要性，在其主要方面均不是由「白話」本身所提供的，而是近代以來知識實踐和思想實踐的一種產物。儘管胡適也強調「文學革命」和近代維新人物的語文革新之間的重要區別，但後者無疑是文學革命理論建設的最主要的資源之一。當然，文學革命能夠揭開中國文學全新的一頁，不能不輸入更新的實踐資源，而且還必須具有全新的實踐領域和實踐方向。只有這樣，它才不至於成為近代語文革新運動和詩文界革命在量上的增加和在時間上的簡單延伸。

在上述意義上，白話文學理論建設的拓展清晰地呈現為三個部分：第一，是在具有現代意義的「文學」概念背景下，為白話做出重新定位。在一個新的理論空間賦予白話以文學的合法性。與近代語文革新運動和詩文界革命的僅僅看重白話的簡易性、通俗性的流行看法不同，它為白話文學合理性提供了新的論證，它將白話作為文學的「工具」，並從文學進化論的角度加以重新審視，確認其「正宗地位」。通過與業已成為「死文字」的文言的對比，使之理所當然地成為「將來文學必用之利器」。第二，是對白話文學形式的探索。它通過對舊文學表意規範和文類系統的批判，借助對西方文學的引介，初步確立了新文學的表現方法和文類系統。第三，是對白話文學精神的追尋。它同樣是在對西方文學的接受和認同中逐步完成的，其核心部分就是關注社會、現實的「易卜生主義」和富於人道主義、個人主義色彩的「人的文學」。

理論建設的這三個部分既是階段性的前後相續的過程，也是結構性的相互補充和支持的。文學革命初期理論建設的重心主要在於對白話價值的重新論證。稍後，便轉入了白話文學形式的探索和文類系統的建構。自 1918 年 4 月始，《新青年》相繼刊出了胡適的《建設的文學革命論》（4 卷 4 號）、《易卜生主義》（4 卷 6 號）和周作人的《人的文學》（5 卷 6 號）等文章，不但改變了新文學理論建設的維度，而且使文學革命的理論實踐真正完成了結構性的轉換。

胡適對於白話文學合理性的論證思路十分簡潔，他的觀點基本可以概括為兩條：第一，中國文學一向是朝著白話的路走的。只是由於許多的波折和障礙才沒有完全走入正軌。第二，古文是死文字，白話才是今人使用的「活文字」，才是今人表達情感、思想，進行文學創造的合用的工具。在對白話的文學價值的論證中，劉半農的《我之文學改良觀》以及錢玄同、陳獨秀、胡適從漢語文學的語言和文體發展的角度都表達了細緻而具體的意見。傅斯年在《文學革新申議》一文中還對之進行了更為直接的論證，他認為：「一代文辭之風氣，必隨一代語言以為轉變，今世有今世之語，自應有今世之文以應之，不容借用古者。」而且，從表達的效果看，白話也同樣優於文言，因為「白話近真，文言易於失旨」。

在胡適的文學改良「八事」中，有三條是針對舊文學的表達方式和文言的表意手段，這就是：「不用陳套語」、「不用典」和「不講對仗」。但這些表意手段的根源卻在舊的文類規範。因此，以胡適的分析作為討伐舊文學形式和舊文學語言的開端，在文學革命運動的最初一兩年內，對於文學革命的討論有很大一部分內容便展開在對舊文學形式系統即舊文類系統的批判清理。與此同時，通過對處於傳統文學系統邊緣的文類的提倡（如小說，及對舊戲的批判改造）和對新的文類形式（尤其是新詩）的培植，而初步完成了新舊文類系統的轉化和過渡。從文學革命運動的史實看，對舊文類系統的批判清理和新文類系統的逐步建立，經歷了一個較長的過程。僅從《新青年》中的討論看，從刊載《文學改良芻議》的 2 卷 5 期，到 6 卷 3 期（1919 年 8 月），在長達兩年多的時間裡，有十數篇文章是關於新舊文類問題的。其中，劉半農的《我之文學改良觀》（3 卷 3 期）、《詩與小說精神上之革新》（3 卷 5 期），張厚載的《我之中國舊戲觀》（5 卷 4 期），周作人和錢玄同的《論中國舊戲之應變》（5 卷 5 期）等對於舊文類的批判和清理，都產生了較大的影響；而胡適的《論短篇小說》（4 卷 5 期）、周作人的《日本近三十年小說之發達》（5 卷 1 期）、傅斯年的《戲劇改良各面觀》（5 卷 4 期）、知非的《近代文學上戲劇之地位》（6 卷 1 期），以及俞平伯的《白話詩的三大條件》（6 卷 3 期）等，對於新的文類及其規範的確立，都有廣泛的啟示。這些討論文章初步形成了對舊文學文類系統的理論改造和觀念更新，確立了以白話新詩、現代小說和戲劇為主幹的新的文類系統，當然，這一任務並沒有在此時期全面完成，作為現代文類系統的另一主要成員——散文的探討以及現代小說形式的進一步規定直到 20 年代文學研究會成立之後才得以深入研討。

胡適在《文學改良芻議》中雖然也提出了「廢駢廢律」和立白話為文學正宗的主張，但其中主要還只是對整個舊文學形式及其表意手段進行籠統的批判，目標尚未明確，討論也不具體。陳獨秀在其《文學革命論》中在籠統地批判舊文學的同時，開始將目標集中在文學形式系統尤其是「應用之文」上，他指斥舊文學「悉承前代之蔽，……求夫目無古人，赤裸裸的抒情寫世，所謂代表時代之文豪者，不獨全國無此人，而且舉世無此想。文學之文，既不足觀，應用之文，益復怪誕。碑銘墓誌，極量稱揚，讀者決不見信，作者必照例為之」。接著，錢玄同在致陳獨秀的信中[4]，不僅對胡適文學改良的大部分主張表示贊同，而且在新舊文類的問題上展開了較為細緻的探討，對胡適提出的「廢駢廢律」一說，錢氏認為：「今後之文學，律詩可廢，以其中四句必須對偶，且須調平仄也。若駢散之事，當一任其自然。」這裡，雖然

[4] 載《新青年》，3 卷 1 號，1917 年 4 月。

對駢體文的問題存在分歧，但對傳統的近體律詩的意見一致。此外，他還就胡適所提出的舊小說的標本進行了討論，並將這一討論延及戲劇領域，他認為：「戲劇本是高等文學，而中國之舊戲，編自市井無知之手，文人學士不屑過問焉」，因此，其「拙劣惡濫」可想而知。他雖然沒有明確戲劇寫作的具體形式要求，卻無疑已將形式改革的視域進一步擴大了。

1917 年 5 月，劉半農以《我之文學改良觀》加盟文學革命，在此文中，他首先從語言作品語體功能上對文學（文學之文）和文字（應用之文）加以區分，他認為：「凡科學上應用之文字，無論其為實質與否，皆當歸入文字之範圍」，而「可視為文學上有永久存在之資格與價值者，只詩歌戲曲小說雜文二種也」。根據這一觀點，他對中國傳統的龐雜的文類系統做了一次清理，他說：「酬世之文（如頌詞、壽序、祭文、輓聯、墓誌之屬）一時雖不能盡廢，將來崇實主義發達後，此種文字廢物，必在自然淘汰之列。」接著，他對各種文類的具體改革措施逐一作了論述。關於散文的改良，他要求在文類形式上要「破除迷信」，打破古代散文的「章法」。他認為：「非將古人作文之死格式推翻，新文學決不能脫離老文學之窠臼。」他指責：「古人所論作文，大都死守『起承轉合』四字，與八股家『烏龜頭』、『蝴蝶類』等名詞，同一牢不可破。」按他的想像：「吾輩心靈所至，盡可以隨意發揮。萬不宜以至話活之一物，受此至無謂之死格式之束縛。」對於韻文的改良，他提出了三項任務：第一曰破除舊韻重新造韻；第二曰增多詩體；第三曰提高戲曲對於文學上之地位。儘管這些主張在後來的討論和實踐中多有修改，但至此新舊文類系統的對立格局，已初步顯示於文學革命倡導者的視野之中。此後，胡適的《論短篇小說》，周作人的《日本近三十年小說之發達》等分別從正面建設的角度，為新文學的文類系統的建立提供了新的規範。

一定意義上說，新文化運動中廣泛而深刻的思想革命已為新文學的建設提供了思想基礎。但從新文學創作的具體效果看，它的精神取向的確定則直接地來自胡適的《易卜生主義》和周作人的《人的文學》等文章的影響。早在《文學改良芻議》一文中，胡適就呼喚「實寫今日社會之情況」的「真文學」。《易卜生主義》一文更直接地倡導「寫實派的文學」，提倡個性的獨立與發展和文學的社會批判精神。這些主張不但引發了此後數年間「問題」文學的創造熱潮，而且也造成了中國現代文學中揮之不去的「問題情結」。

在 1918 年底到 1919 年間，周作人先後發表了《人的文學》、《思想革命》和《平民文學》等文章，為新文學的發展和建設提供了又一種重要的精神資源。在《人的文學》一文中，周作人認為，新文學的本質就是對「人」的重新發現，它的根本目標在於能使人性得以健全發展。因此，新文學必須本著人道主義的精神，去觀察、記錄和研究「人生諸問題」。他反對「獸性的餘留」、「古代的禮法」及一切「違反人性的不自然的習慣制度」，要求作家以嚴肅的態度去反應底層社會的「非人生活」，並在對這種不人道、不理想的生活的反映中，寄寓改造社會的願望，展示「理想的生活」。《思想革命》主張新文學必須有新思想，強調在新文學的建設中，思想的革命比語言文字的革新更為重要。此後，周作人又在《平民文學》一文中對新文學進行了更加具體的界說，他指出，新文學就是「平民的文學」，就是要用普通的文體實寫大眾生活的真情實狀，記載「世間普通男女的悲歡成敗」，寫出「真摯的思想與事實」。周作人的理論為新文學在主體精神、描述對象與描寫方法，以及意義取向等方面奠定了基本的格局。

第三節　文學社團與創作傾向

各種社團的湧起及其主張／外來文學的影響／呈現出不同的審美傾向

進入 20 年代，新文學的影響和實踐範圍進一步拓展。其中一個最明顯的標誌就是新文學倡導時期的泛泛的思想和文化宣傳轉化為具體而專門的文學實踐。1921 年 1 月，由鄭振鐸、沈雁冰、葉紹鈞、許地山、王統照、耿濟之、周作人、郭紹虞等發起的文學研究會，在北京正式成立。同年 6 月，創造社也在日本東京成立，其最早的成員包括郭沫若、成仿吾、郁達夫、張資平、田漢、穆木天、陶晶孫、何畏等。這兩個社團在文學組織、文學生產以及創作傾向等方面，都對新文學早期的創作面貌和後來的發展取向產生了巨大而深遠的影響。

文學研究會先是由上海商務印書館出版的、在沈雁冰接編後進行了革新的《小說月報》作為自己的代用會刊（自1921年1月第12卷1號起，至1931年12月第22卷12號止，不計號外，共出132期），此後相繼編輯出版了《文學旬刊》（1921年5月創刊，為《時事新報》副刊之一。第81期後改為《文學》周刊。第172期以後開始獨立發行，改名為《文學周報》。前後共出380期）和《詩》（月刊，1922年1月創刊，1923年5月停刊，共出7期）等刊物，以及「文學研究會叢書」二百餘種。它以「研究介紹世界文學，整理中國舊文學，創造新文學」[5]為宗旨，倡導「寫實主義」文學精神，強調文學關切社會和人生的必要。針對當時特定的創作背景和尚在流行的「鴛鴦蝴蝶派」的遊戲文學觀，《文學研究會宣言》聲稱：「將文藝當作高興時的遊戲或失意時的消遣的時候，現在已經過去了。我們相信文學是一種工作，而且又是於人生很切要的一種工作。」[6]在這種被稱為「為人生而藝術」的立場上，文學研究會作家達成了基本的一致。

文學研究會的文學觀念較多地受到19世紀以來歐洲的批判現實主義和自然主義文學，尤其是俄國的現實主義文學的影響。這種影響從理論上說雖然是籠統的、有時甚至是含混的，但在重視文學創作與社會背景的關聯以及對文學真實性的強調等方面，卻又是十分清晰的。在此種觀念背景下，將傳統文學的虛擬性斥為「瞞和騙」，並因此而

5　《文學研究會簡章》，《小說月報》，12卷1號。
6　同上註。

呼喚「血和淚」的文學便是完全不難理解的了。在文學創作方面，冰心、廬隱、王統照、葉紹鈞，以及王魯彥、許杰等都鮮明地顯現了文學研究會關注人生和社會的文學立場。在他們的作品中，現代中國社會現實的某些側面以及人生某種真實，首次得以以「問題」的形式向文學顯現，這可以說是現代中國第一大「發現」。與此同時，沈雁冰和鄭振鐸等則專注於理論批評的建設，他們在《小說月報》和《文學旬刊》等報刊上發表了許多批評文字，積極地推動了新文學的創作。尤其是沈雁冰的《新文學研究者的責任與努力》、《冬季創作壇漫評》、《社會背景與創作》、《自然主義與中國現代小說》等文章，不僅給新文學創作以直接而又深遠的影響，而且也構建了中國現代文學批評和現實主義文學理論的最初形態。

創造社成立後，先在上海出版創造社叢刊，並於 1922 年起，又先後創辦了《創造》季刊（1922 年 5 月創刊，1924 年 2 月停刊，共出 6 期），《創造周報》（1923 年 5 月創刊，1924 年 5 月停刊，共出 52 期），《創造日》（《新華新報》附發，1923 年 7 月創刊，11 月終刊，共出 101 期），《洪水》（半月刊，1925 年 9 月創刊，至 1927 年包括增刊共出 37 期），《創造月刊》（1926 年 3 月創刊，1929 年終刊，共出 18 期），以及《文化批判》、《思想》月刊等十餘種刊物。它的期刊不僅數量多，而且維持的生命較長。

創造社所接受的外來影響相當駁雜，歐洲啟蒙思潮、浪漫主義以及眾多的「現代主義」文學流派，甚至還有某些日本的近世文學思潮，都在其中留下了印記。從共時的角度看，它最初以其濃重的的浪漫主義色彩和「為藝術而藝術」的文學立場而鮮明地區別於文學研究會，但它的文學實踐前後曾發生過比較大的轉折和變化。前期創造社以建設新文學為己任，強調文學的「時代使命」的承擔，但在美學立場上，它推重直覺、靈感和天才，強調尊重作家的內心感和藝術個性，主張「文學都是自我的表現」。郭沫若的詩歌、郁達夫的小說，以及田漢的戲劇，都典型地代表了創造社的這種思想傾向、藝術風格和美學形態：精神上的孤獨、憤懣和反抗；表現上的主觀、抒情和耽溺。「五卅」運動後，創造社的主要成員在時代環境的變化中完成了一次「自我革命」，在思想上大都出現了重大的轉變，郭沫若、成仿吾、郁達夫紛紛撰文，重新闡明了他們大致相同的新的文學觀，他們使用了「革命文學」、「新興文學」和「無產階級文學」等概念，描述了他們對未來文學的想像和企盼。1928 年，隨著剛從日本回國的彭康、李初梨、馮乃超、朱鏡我等新成員的加入，創造社進一步完成了後期向「革命文學」的「轉向」。從這年 1 月《文化批判》的創刊起，他們還陸續創辦了《日出》、《流沙》、《新興文化》等刊物，積極介紹和宣傳日本和國際左翼文化思潮，倡導新興的「普羅文學」，對中國左翼文學的勃興起了巨大的推動作用。

　　創造社在較長時段裡的這種富於變化的文學活動，使它在新文學發展的不同時期和不同階段都產生甚為廣泛的影響。

　　繼文學研究會和創造社之後，全國各地湧現出了眾多的青年文學社團。根據茅盾的說法，僅到 1925 年為止就有一百多個。[7]它們中的一部分也同樣出版自己的文學期刊，宣揚自己的文學立場，並產生了較大的影響。其中比較重要的有：

湖畔詩社，1922 年 4 月成立於杭州，主要成員有應修人、馮雪峰、潘漠華和汪靜之。他們出版刊物《支那二月》，並合出詩集《湖畔》、《春的歌集》。湖畔社的活動 1925 年即已告終，但它以清新質樸、大膽率真的情詩在白話新詩的發展史上占有著獨特的位置。

彌灑社，1923 年成立於上海，由胡山源等創辦。1923 年 3 月開始出版《彌灑月刊》（共出 6 期），後又出《彌灑社創作集》。彌灑社推重「順應靈感」和無目的性的創作，1927 年春停止活動。

淺草—沉鐘社，淺草社於 1922 年冬成立於上海，主要成員有林如稷、陳翔鶴、陳煒謨、馮至。1923 年開始出版《淺草季刊》（共出 4 期）並隨《民國日報》附發《文學旬刊》。後因林如稷出國，淺草社停止活動。1925 年秋，楊晦、陳煒謨、馮至、陳翔鶴另辦《沉鐘》周刊（1925 年 10 月始，共出 10 期）和半月刊（1926 年 8 月始，共出 12 期。1932 年又復刊續出），並因此而得名「沉鐘社」。魯迅曾稱沉鐘社為「中國的最堅韌，最誠實，掙扎得最久的團體」。[8]

南國社，1927 年成立於上海，發起人為田漢，辦有《南國》半月刊（共出版 4 期）。南國社的活動後來主要集中於戲劇電影方面。

---

7 參見茅盾：《小說一集・導言》，《中國新文學大系》，上海，良友圖書公司，1935 年。

8 魯迅：《小說二集・導言》，《中國新文學大系》。

語絲社，1924 年 10 月成立於北京，主要成員有魯迅、周作人、錢玄同、林語堂、孫伏園等。1924 年 11 月 17 日始出版以文學為主的綜合性期刊《語絲》周刊。語絲社的成績表現在兩個方面：一是它側重社會批評和文化批評，為新文學灌注了現實關注意識；二是它積極實踐了任意而談的隨筆文體，為中國現代散文的發展提供了最初的型範之一——語絲體。

莽原—未名社，《莽原》周刊創刊於 1925 年 4 月，這是在魯迅的主持下與原狂飆社的成員合辦的一個刊物，並由此而形成了一個寫作群體，其中包括韋素園、高長虹、韋叢蕪等，創作上也注重文明批評和社會批評。1925 年秋，由魯迅、韋素園、臺靜農、李霽野、曹靖華等又組成未名社。1926 年 1 月將《莽原》改為半月刊復刊，另又出版《未名》半月刊和「未名叢刊」、「烏合叢書」、「未名新集」三種叢書。莽原—未名社為新文學鍛鍊和培養了一批青年作者。

新月社是在新文學發展初期稍後一個階段產生了重要影響的一個文學社團，新月社的成立可追溯到 1923 年，它最初由徐志摩、陳源、胡適、梁實秋、聞一多等人發起，但當時它只是一個社交性的「聚餐會」。1925 年 4 月，由徐志摩主編的《晨報副刊·詩刊》的創刊，是它產生影響的開始。1927 年 6 月，「新月書店」在上海開張，這是聯繫前後兩個時期活動的紐帶。1928 年 3 月，新月社又創辦《新月》月刊（1933 年 6 月停刊，共出 43 期），這是 20 年代與 30 年代之交的一份重要的期刊。新月社強調藝術的獨立和尊嚴，在思想上傾向於自由主義。作為一個重要的詩人群體，它在新詩格律化的體論探索和藝術實踐方面，對現代新詩的發展產生了深遠的影響。

或許是因為文學研究會和創造社在創作和批評上的巨大影響力。儘管新文學初期的文學社團眾多，但從創作立場和文學資源上看，這眾多的社團又基本可以劃入上述兩大譜系，因此，這一格局也就同時確立了新文學創作兩種基本格調。但同時應該注意這樣一個事實，即這些同時的或前後相續的文學社團之間，乃至這些社團與其周邊文學環境之間，始終存在著互滲與互動的關係。因此，從文學史的意義上說，開風氣之先並引領文學潮流的社團固然值得特別關注，但更值得強調的是，文學社團作為現代文字生產的一種體制化的存在，它的功能已超越了一般意義上的組織形式，它必然要影響到文學的精神的取向、形式的選擇、傳播的方式，乃至整個的文學存在方式。

第四節　早期白話文學創作

詩歌：最初的實踐領域／小說的積極嘗試／各具特色的白話散文／初期戲劇的艱難耕耘

所謂「早期白話文學」，並不是一個嚴格的文學史概念。本節的敘述基本以新文學社團興起的 1921 年為下限，概略地展現新文學初創時期的創作格局和文學景觀，在其中，將尤為關注新文學「形式」的選擇和發展。大致說來，既為「初創」，在藝術質量上就不免稚嫩和粗糙，這無疑是早期白話文學創作的一個基本事實。但在文學史的意義上，這個判斷並不完全適用。因為這些早期作品不僅僅提供了白話的文學試驗品，而且也在一定程度上規定了新文學未來發展的模態。

白話文學最初的實踐領域是詩歌。這與胡適率先「嘗試」新詩以證明白話的文學可能性有關。作為向整個舊文學體系的示威，這一時期白話新詩的實踐意義遠遠大於它的實際成果。這可以從兩方面來理解：首先，它在經過千餘年來的錘鍊和積澱所形成的強大的近體律詩的表意規範之外嘗試著漢語詩歌的新的可能性，這在漢語詩歌的發展史上所具有的革命性含義是不言自明的。其次，在這種白話詩歌實踐中，發生重大變化的不僅僅是表意符號，更包括整個的表意系統和規則。更明確地說，是詩歌觀念的深刻變化。

儘管胡適的《鴿子》、劉半農的《相隔一層紙》、沈尹默的《月夜》等第一批現代白話詩直到 1918 年 1 月才在《新青年》4 卷 1 號上公開問世，但胡適的「嘗試」在此前的一兩年就已經開始。在初期白話詩的實踐中，胡適既是一個積極的倡導者，也是恪盡全力的實驗者和先行者。他數年來的詩歌實踐成果結為《嘗試集》，於 1920 年出版，這是最早出版的一部新詩集。

胡適的「嘗試」顯示了白話新詩從傳統詩詞中蛻變和新生的艱難過程。宋人「以文入詩」的傳統和黃遵憲以古文的「伸縮離合」之法所進行的革命性實踐，是他白話詩創作最初資源和依傍。在同舊體詩逐漸告別的過程中，胡適的白話新詩創作大致經歷了兩個階段：在第一個階段裡，胡適先以「作詩如作文」作為目標逆向選擇，借重中國詩歌傳統中沒有嚴格格律限制的「古風」以跨越近體律詩嚴格的形式規約，追求詩的「散文化」。他後來收入《去國集》中的早期舊體詩創作，都顯示了這一探索的軌跡。在此基礎上，胡適進而開始以「白話入詩」的更大實驗探索。《嘗試集》中的前期作品大都屬於此類。在第二個階段，胡適從對英文詩歌的翻譯中受到啟發，逐漸擺脫古典詩詞的籠罩，進一步追求「詩體的大解放」，以徹底的「白話化」為探索目標，進行白話新詩的藝術表達。1918 年 3 月，他在翻譯蘇格蘭女詩人安娜・林賽（Anne Lindsay）的《老洛伯》（Auld Robin Cray）時，就在譯序中激賞它的「全篇作村婦口氣，語語率真」。後來，他更將自己 1919 年 2 月翻譯的美國詩人薩拉・蒂斯代爾（Sara Teasdale）的《關不住了》（Over the Roofs）一詩，稱為「新詩成立的新紀元」。這也同時標誌著他的白話詩實驗進入了一個「成熟期」。

作為中國現代詩歌傳統的源頭，胡適的新詩實驗和理論建構既提供了白話新詩的最初形態，也表達了相應的詩歌觀念，這其中比較重要的有兩個方面：一是提倡「細密的觀察」和「樸實無華的白描工夫」所形成的寫實傾向；二是因倡導詩的「具體的做法」所造成的理念化、寓言化的傾向。前者的後果一方面表現為早期白話詩創作中即物狀景的寫實之作的大量出現，如胡適的《人力車夫》，劉半農的《相隔一層紙》、《學徒苦》、《鐵匠》，周作人的《兩個掃雪的人》，朱自清的《小艙裡的現代》等；另一方面則奠定了詩歌與現實關係的基本詩歌概念。在後者，胡適的表達似乎略顯曲折，他的本意是要讓詩去表達高深、曲折的理想，但因「凡是抽象的材料，格外應該用具體的寫法」，所以，所謂「具體的作法」在早期白話詩中的重要意義恰恰在於它對「抽象化」的詩歌理念的暗示作用。胡適的《鴿子》、《老鴉》，周作人的《小河》等代表了這種詩歌觀念支配下的詩歌實踐。

沈尹默、劉半農、俞平伯、康白倩和傅斯年等早期白話詩人也像胡適一樣，是「從舊式詩詞、由裡脫胎出來」的。沈尹默的《三弦》、《月夜》是早期白話詩的代表作。俞平伯的《冬夜》和康白倩的《草兒》兩詩集也在白話詩的初期創作中產生了重要的影響。而魯迅、周作人在早期白話詩的實驗中則敢於打破舊詩詞格律的束縛，為新詩的探索提供了一種更自由的詩歌表達的啟示。周作人的《小河》一詩被胡適稱為「新詩的第一首傑作」。

在小說創作方面最初顯示了白話文學實績的是魯迅的創作。1918 年 5 月發表於《新青年》4 卷 5 號的《狂人日記》是中國現代文學史上第一篇具有現代形式和現代精神的白話小說。與白話新詩的成長道路似乎有所不同，由魯迅所開創的現代小說創作從一開始就以其「表現的深切和格式的特別」，而顯示了白話文學的高度。但稍微探究一下以魯迅為代表的中國現代小說走向成熟的歷程將不難發現，這種不同只是表面的。在中國小說由古典形態向現代形態的轉換和過渡中，同樣經歷了一個漫長的選擇過程。在這個過程中，西方小說的大量引入是一個必要的環節。這一點還要感謝近代「小說界革命」所帶來的譯述風氣，古文家林紓的一百餘種文言的小說譯作，為現代小說侵入文壇做好了創作和閱讀方面的準備。在此期間，魯迅與周作人兄弟也曾親自選擇並翻譯出版了《域外小說集》。這一過程實際上從文類觀念、敘事形式以及語言技巧等方面，為中國現代小說最終能以成熟的形象面世，提供了模仿的範本和磨練的契機。

繼《狂人日記》之後，魯迅又陸續發表了《孔乙己》、《路》等短篇作品以及中篇小說《阿 Q 正傳》。這些作品在為中國現代白話小說進一步贏得了榮譽的同時，也為中國現代小說的創作確立了典範。在魯迅的影響和帶動下，在《新潮》雜誌的周圍以及其他報刊上，還先後湧現了汪敬熙、羅家倫、楊振聲、葉聖陶、冰心、俞平伯等一批年輕的小說作者。

從 1919 年初《新潮》雜誌創刊到當年的下半年，這些年輕作者以新文化運動所傳播的啟蒙思想作為觀照社會、人生的主要資源，大膽地用小說探討社會、人生諸問題，迅速形成了一個「問題小說」的創作熱潮。汪敬熙的《一個勤學的學生》，羅家倫的《是愛情還是痛苦》，楊振聲的《漁家》和《貞女》，冰心的《誰之罪》、《斯人獨憔悴》，俞平伯的《花匠》，以及葉聖陶的《伊和他》等，都不同程度地觸及了各種社會問題，形成了「問題小說」的最初的觀念和創作風格。1921 年文學研究會的成立，更將「問題小說」的創作推向了高潮。

「問題小說」的出現與文學革命時期的文學觀念是分不開的，周作人「人的文學」的理想和胡適對「易卜生主義」的宣傳和倡導，使現代小說從一開始就選擇了向社會挑戰的尖銳姿態。儘管從藝術質量上看，「問題小說」大多存在概念化的弊病，但從文學史的角度看，它所形成的「問題」模式的小說觀念，在此後卻歷久不衰，成為中國現代小說史上一種無可爭議的主流模式。

在新文學初期的文類系統中，並沒有「散文」的地位。直到 1921 年，周作人才在《美文》中探討了介於詩與小說兩大文類之間的一種寫作可能，並從此開始新文學對散文的理論建設。但理論的空白並不意味著實踐的匱乏。現代散文可以追溯到新文學初創時期的「隨感錄」一類的文字，這不僅因為這些文字暗含了後來理論上對「散文」的確認，更在於它們的實踐本身對中國現代散文傳統的鑄造。

1918 年 4 月，《新青年》4 卷 4 號開闢了「隨感錄」專欄，為現代散文的創作提供了最初的園地。隨後《每周評論》、《新生活》、《新社會》，以及《晨報》、《民國日報》等眾多報刊也都相繼開設了「隨感錄」、「浪漫談」、「雜感」等性質相類的欄目。這些欄目的開設對初期散文形態起了重要的作用。正是它們參與塑造了一個切近現實、倚重思想、篇制短小、章法靈活的寫作品種。

在初期白話散文的眾多實踐者中，《新青年》的「隨感錄」以其寫作者的群體優勢為中國現代散文傳統的建立奠定了基礎。其中，魯迅的「隨感錄」寫作開創了現代散文中綿延數十年而且成果豐碩的「雜文」、「小品」譜系。除魯迅之外，李大釗、陳獨秀、錢玄同、周作人、劉半農等人的「隨感錄」寫作也都以各具的特色顯示了白話散文寫作的豐富性和可能性。

進入 20 年代之後，《新青年》「隨感錄」的這一寫作傳統被《語絲》所承繼和發揚。魯迅、周作人、錢玄同等再度成為「語絲文體」的積極創造者。在此同時，周作人則逐漸告別初期散文寫作的「浮躁凌厲」，轉而追求一種「沖淡平和」的境界。他在精心營構的「自己的園地」中，嘗試接通現代散文與晚明小品的精神聯繫，並鑄造了一個極富個人化色彩的「言志」抒情的散文品種，成了中國現代散文傳統中同樣影響久遠的另一脈絡。

與詩歌、散文和小說相比，新文學初期的戲劇創作則略顯貧弱，在掙脫傳統舊戲、建立現代戲劇觀念的艱難過程中，雖然也產生了胡適的《終身大事》、郭沫若的詩劇《棠棣之花》等創作，但在現代戲劇傳統中的意義並非十分重大，真正對中國現代劇產生決定性影響的作家和作品是在 1922 年以後才出現的。

第三章

中國現代文學的先驅者——魯迅

第一節　魯迅出現的意義

家庭、世事與「第一要著」／以「立人」為核心的現代化思考／現代文學的多種嶄新形式／奠定了現實戰鬥精神和現代反抗意識的優秀傳統／超越個體存在意義的「現代文學的靈魂」

1917 年「文學革命」發起之後，新文學書刊大興，京滬一些著名大報都闢有副刊發表白話文學作品，一大批和傳統迥然不同的現代新型作家紛紛湧出，文學日益突破文人圈子走向社會，成為宣傳新思想新道德的主要方式。但這一時期真正以個人創作顯示了「文學革命」實績的，是魯迅。

魯迅原名周樹人，號豫才，1881 年 9 月 25 日生於浙江紹興縣城內，魯迅是他 37 歲在《新青年》上發表第一篇白話小說《狂人日記》時使用，此後一生用得最多也最為世人所知的筆名。周家是聚族而居的大家族，魯迅祖父為清朝進士，做過京官，後因科場案入獄，一蹶不振；父親只是一個秀才，體弱多病，鬱鬱不得志。少年魯迅為了父親的病，常出入當鋪和藥店，受盡周圍人的奚落。從魯迅懂事起，家道即已中落，他後來回憶這段往事還感慨地說：「有誰從小康人家墜入困頓的麼，我以為在這途路中，大概可以看見世人的真面目的。」[1]魯迅母親娘家在紹興鄉下，經常帶魯迅去舅家，幾近「乞食」，但魯迅因此走進自然的天地，結識了不少像少年閏土那樣淳樸善良的農民的孩子，並熟悉了中國農民的淒慘生活。這些在他的記憶中都留下深刻印象，清晰地再現於後來的文學作品中。

魯迅在家鄉唸完私塾即往南京，先後入滿清政府辦的江南水師堂和礦路學堂。那時正值內憂外患的多事之秋，先是康梁鼓動年幼的光緒皇帝施行短命的「戊戌變法」，接著是義和團之亂，八國聯軍入侵北京，朝野上下各種維新要求和頑固思想鬥爭越演越烈，這都給青年魯迅以極大的震動。魯迅在南京開始學習自然科學和外語，並通過改良派書刊與林紓、嚴復的翻譯接觸不少西方現代文藝和哲學。1902 年，他考取官費留學日本，帶著玄奘赴西天取經的心情，到原本步武中國文化近代卻因學習西方而超過中國的東瀛小邦去求學，中國文人感時憂國的傳統在他身上已具體化為渴求理想的強國之路。先是習醫，預備醫治他父親那樣的病人，而且他知道日本「明治維新」開始就靠了醫學的推動。但不久，在一次課間放映的關於日俄戰爭的幻燈片上，他看到一個中國人被日本國當成俄國間諜捉住，正要砍頭，一群同胞卻麻木地鑑賞這「盛舉」，他因此感到醫學並非急務，「凡是愚

1 《吶喊・自序》，《魯迅全集》，第 1 卷，北京，人民文學出版社，1991 年。

弱的國民，即使身體如何健全，如何茁壯，也只能做毫無意義的示眾材料和看客，病死多少是不必以為不幸的。」[2]對中華民族缺陷（「國民劣根性」）的敏感，使他看清當時流行的實業救國科技救國之類只是一種夢想。其實整個學醫期間，他一直很關心這類問題。通過大量閱讀西方現代文藝與哲學，加以獨立深入的思考，在醫學夢破滅之後，他轉而確信第一要者是改變國民的精神，而善於改變精神的莫過於文學，「於是想提倡文藝運動了」。

最初的嘗試並未成功。他和弟弟周作人以及另外幾個朋友計畫辦一份雜誌叫《新生》，很快即告流產。魯迅沒有氣餒，他和周作人將原本給《新生》的一批譯稿另外編成兩冊《域外小說集》出版，在東京和上海寄售，可惜總共只賣去四十來本。

這是中國現代第一次成系統地介紹世界被壓迫民族的文學，對魯迅後來的文學創作更具深遠影響。魯迅一生極其重視譯介外國文學，他堅信打破各民族文化心理隔閡的「最平正的道路」惟有文學[3]，所以翻譯工作在其全部文學活動中占了很大分量。原擬給《新生》的稿件，還有轉到《河南》（也是一份留日學生辦的雜誌）發表的《文化偏至論》、《摩羅詩力說》與《破惡聲論》等幾篇重要論文，魯迅在這些文章中整理了自己的思想：他站在當時中國人所能達到的理論高度批判地梳理了中西文化的歷史發展與利弊得失，確立文藝為「第一要著」。

2　《娜拉走後怎樣》，《魯迅全集》，第 1 卷。

3　參見《〈吶喊〉捷克譯本序言》，《魯迅全集》，第 6 卷。

根據自己理解的西方現代進化論思想，魯迅認為：「星氣既凝，人類既出而後，無時無物，不稟殺機，進化或可停，而生物不能反本」；「平和為物，不見於人間」。這固為「人世之所以可悲」，卻是必須正視的真相。中國傳統之弊即不敢正視此真相，率皆如老子之徒寄託理想於「不攖人心」，先叫自我心如死灰，復使社會了無生機，自欺欺人，以為如此即天下太平。這種社會先必以壓迫抗爭為能事，一兩個人的反抗之聲注定要被淹沒，故中國文學自《詩經》、《楚辭》以降，真能正視進化爭存的悲壯圖景，遵從個體心靈的要求而反抗壓制有所動作的，「上下求索，幾無有矣」。近代中國知道應該學習西方，卻不了解西方文化精髓在於順應進化爭存規律而崇尚個人抗爭，因此包括文學在內的中國傳統之根本弊病，並未因為學習西方而有所觸動。此時魯迅幾乎一無依傍，不僅否定了傳統，也失望於晚清思想界淺薄的「維新」與「西化」，在極少有人贊同的情況下，認定中國當務之急，既非片面移植西方物質技術，也非皮毛地抄襲所謂民主政治，更不是生吞活剝地搬用各種主義、學說，而「首在立人」，樹立個人獨立自由之精神，這樣社會群體才能發展。他因此對西方 19 世紀末崇尚個人「主觀意力」的「先覺善鬥之士」，如尼采、斯蒂納、叔本華、基爾凱郭爾、易卜生之流，以及「摩羅」詩人拜倫、雪萊等浪漫主義文學家深致敬意，認為他們代表了文化上「掊物質而張靈明，任個人而排眾數」，足以矯正文明「偏至」的「新神思宗」，是異邦真正值得國人傾聽的「新聲」。[4]「新聲」就是「心聲」，即內心反抗的吶喊，而這正是文學的根基和出

4 參見《摩羅詩力說》，《魯迅全集》，第 1 卷。

發點。文學應是覺醒了的個人為著打破中國傳統悖於進化常理的「汙濁之平和」而發出的反抗的心聲，在現代，它將是國人能否掙脫「荃才小慧之徒」蹈襲西方文明「偏至」而生的維新西化思想敢於「自別異」的關鍵。文學不僅是整體文化一個組成部分，更是整體文化能否更新發展的決定性因素，因為文學起於個體「心聲」、「內曜」，而這正是一切文明的「本根」，「本根之要」高於一切，「蓋末雖亦能燦爛於一時，而所宅不堅，頃刻可以憔悴，儲能於初，始長久耳」[5]。以「立人」為核心的現代化思考，是魯迅區別於其他近現代思想家的極其重要所在。

晚清至「五四」，極端重視文學的並非魯迅一人，但不曾有人像他這樣明白闡述所以重視文學的原因。魯迅將一切問題歸結為文學，不僅把文學看作自己思想的出路，更將它視為「立人」的第一要著：「人」的出路和希望，中華民族爭取自由獨立的可能，就寄託於文學。這是現代中國語境中產生的一種「文學主義」。文學家魯迅的誕生標誌著中國現代文化的深刻自覺。這種自覺完成於 1907 年至 1908 年間，遠比 10 年後胡適、陳獨秀等人的「文學革命」更切近文學的本質，只不過未像後者那樣立刻造成廣泛的社會影響，但「五四」以後中國現代文學的命運與有沒有這種深刻的自覺密切相關。

1908 年魯迅歸國，先後在紹興、杭州兩地教書，1912 年進民國政府教育部工作，先往南京，旋遷北京。魯迅在北

5　《科學史教篇》，《魯迅全集》，第 1 卷。

京教育部，除應付日常事務外，曾積極推行文藝，但上司昏庸，不予支持，只好廢然而止。更多時間是逛廠甸，以有限的經濟力量購置廉價古董書籍，並經由日本書店繼續泛覽西書，一刻沒有停止嚴肅的思想探索。北京政局混亂形勢險惡時，他甚至靠抄古碑和舊籍度日，倦於交遊，過著隱士的生活。「見過辛亥革命，見過二次革命，見過袁世凱稱帝，張勛復辟，看來看去，就看得懷疑起來，於是失望，頹唐得很了。」[6]因為目睹或親歷了晚清崩潰民國初建過程中政局的持續動盪，他更清醒地認識到現實的複雜性，更深切地感受到中國改革之難，留學期間開始的關於國民性的思考愈益邃密，用文學來表達這種思考的衝動也不斷增強，而多年埋首古書，對社會史和文學史（尤其是小說）作了長期不懈的精細研究，積累了豐富的思想材料和深厚的文學修養，所以當東京時代的同學，來自《新青年》陣營的錢玄同邀他寫稿，魯迅稍加斟酌便答應了。《狂人日記》和最初的「隨感錄」就是在這種情況下寫成的。

魯迅帶著對人情世故的深刻體察，對中國和世界歷史文化長期深入的思考，加入新文化陣營，開始新文學創作，一出手就突發大聲，一改「文學革命」初期頗為沉寂的局面。與其說新文學選擇了魯迅來顯示創作實績，不如說魯迅選擇了「文學革命」這塊陣地，在更大的社會語境中陳述積累已久的思想，所以魯迅對中國現代文學的貢獻比任何人都更豐富也更深刻。

6　《〈自選集〉自序》，《魯迅全集》，第 4 卷。

首先，他卓越而不間斷地創造了中國現代文學多種嶄新樣勢，並一一使其臻於成熟。從 1918 年的《狂人日記》起，魯迅在文學上的創造力便「一發而不可收」。1918 年到 1926 年，他創作的小說（全部收在《吶喊》、《徬徨》中）雖說都是短篇（《阿 Q 正傳》也屬於短篇格局），一共僅 25 篇，也偶有不盡如人意者，但絕大多數不僅當時，就是 20 世紀行將結束之際，也仍然是清醒地看取現實，而又顯示了高超藝術的無與倫比的典範之作。魯迅還從中國歷史和神話傳說中選材並雜取今人今事創作小說，文筆灑脫、想像奇詭、詼諧風趣、寄託遙深的《故事新編》，開了中國傳統演史小說的新生面，是現代歷史小說開山之作。創作短篇小說的同時他就撰寫了大量隨感錄，後來更全力以赴，創造了中國新文學的另一種新形式：雜文。雜文是魯迅對古今中外所有可用於現代中國語境的文章形式的創造性綜合，也是魯迅文學成就的綜合顯示，包孕宏富、儀態萬方，為世界文壇所僅見。魯迅還創作了散文詩的不朽之作《野草》和《朝花夕拾》等文字優美、感情淳厚的散文精品。他的六十餘首舊體詩詞同樣表現了過人的文學才能。

其次，魯迅為中國現代文學奠定了現實戰鬥精神和現代反抗意識的優秀傳統。這是他一生最重要的貢獻。魯迅對文學的執著，不同於清末梁啟超等人出於實用需要抬高文學，而是基於覺醒的現代個人生存意識並結合現代中國文化語境做出的獨特選擇，旨在解放現實中活生生的個人的生命能量，真實地傳達他們的「心聲」、「內曜」，從而打破「無聲的中國」千年如斯的沉寂，衝開傳統和現代「瞞和騙」的語言騙局所遮蔽的奴役關係，在世界文學的語境中發出自己生存的戰叫。他不畏強者的橫暴，也不遷就弱者的愚黯，不僅反抗現實政治的高壓，更從根本意義上反抗人類生存的困境，「敢於直面慘淡人生，敢於正視淋漓的鮮血」，體現了可貴的現實戰鬥精神和現代反抗意識。這是中國現代文學最可寶貴的精神內涵。魯迅的文學，真正從「心」發出來，「直說自己所願意說的話」[7]，具有高度及物性，筆鋒所向，物無遁形，雖屬「奴隸的語言」，卻是起初而強勁的人的吶喊。「肺腑而能語，醫師面如土」，因為直接傳達了現代中國人心的起初，積極訴說生存欲求，自由發揮創造衝動，所以避免了「被描寫」的悲慘命運，在經濟政治文化全面弱勢中，以文學的孤軍詔告中華民族困綏至極的奮鬥與絕望至極的希望。「魯迅的骨頭是最硬的，他沒有絲毫的奴顏和媚骨，這是殖民地半殖民地人民最可寶貴的性格。魯迅是在文化戰線上，代表全民族的大多數，向著敵人衝鋒陷陣的最正確、最勇敢、最堅決、最忠實、最熱忱的空前的民族英雄。魯迅的方向，就是中華民族新文化的方向。」[8]如果以充分承認魯迅存在的個人性為前提，這段話至今仍是對魯迅出現的意義的恰當概括。

此外，魯迅在熱情呼喚現代化的同時，從一開始就保持了對現代化的疑慮和警惕，意識到現代化在中國可能產生的各種假象、變體和負面效應，這種充滿辯證精神的深刻思想，在「五四」以後的漫長歲月中，被歷史實踐一再證明其

7 《葉水蓁作〈小小十年〉小引》，《魯迅全集》，第 4 卷。
8 《毛澤東選集》，第 2 卷，北京，人民出版社，1991 年，698 頁。

精闢的預見性和對中國現代化道路久遠的指導性。在這個意義上，魯迅才成為超越他個體存在意義的、不可替代的「現代文學的靈魂」。

第二節　《吶喊》、《徬徨》和《故事新編》

中國文學由此跨入「現代」／探索農民靈魂世界的秘密／知識份子形象的兩種類型／幾種基本的敘事方式／借歷史小說審察傳統思想在現代的命運

魯迅的小說雖然限於短篇，但體裁形式和精神內涵遠比同時代其他同類作品豐富而深刻，顯示了他對中國現代文學的全方位貢獻。

1912 年的文言短篇《懷舊》就已非同凡響。小說講述辛亥革命時小鎮「蕪市」的一場虛驚。以革命為造反發誓與之不共戴天的塾師「禿先生」和鄉紳金耀宗，聽到革命的風聲後卻惶恐失態，千方百計以求自保，但不久即相告平安，僕傭也仍坐階前樹下以「長毛」事談古如常。小說諷刺辛亥革命的不徹底，為《阿 Q 正傳》的雛形。全篇從村塾學童視覺展開，嚴格採取第一人稱敘述，枯燥的古文轉換為高度主觀性的現代諷刺小說。

如果說《懷舊》是中國現代小說卓越的先驅，1918 年的《狂人日記》則是中國現代文學史上第一篇成功的白話小說，中國文學由此真正跨入現代。「日記」是傳統文人擅長的體裁，魯迅賦予它全新的意義。全篇「撮錄」十三段狂人日記，實是精密安排的一篇心理小說，極寫狂人對周圍人群的警惕猜測，同時借狂人之口抒發作者對中國歷史的揭露和顛覆之辭（這些內容在小說中概括地表述為「吃人」）。敘述者及狂人強調不僅時刻有被吃的危險，自己也在「吃人的人」之列，他只能向理想中的讀者發出懺悔和勸誡，希望「沒有吃過人的孩子，或者還有」。《狂人日記》不僅倒轉了一切傳統價值，還無情揭露了仍在吃人的現實，加以對「迫害狂」心理惟妙惟肖的模仿，震撼人心之力遠超「五四」時期所有控訴「禮教吃人」的「激言」，也比八十多年前俄國作家果戈里的同名小說「憂憤深廣」[9]。《狂人日記》使魯迅聲名鵲起，此後一發而不可收，8 年時間連續作成 25 篇，而且幾乎一篇一個樣式，在內容形式兩方面為中國現代小說發展奠定了堅實的基礎。

魯迅以現實題材創作的小說除《懷舊》以外全部收入《吶喊》、《徬徨》兩本小說集，先後於 1923 年和 1926 年出版。這些小說依托的歷史背景主要是辛亥革命前後中國社會各階層生活狀況，人物有農民、鄉紳、農村遊民、知識份子和下層官僚，可說是近現代之交中國社會一個縮影，主體為農民和知識份子。但他很少報導社會生活外在情狀，而是直指個體內心，探索他們靈魂世界的秘密，以實踐早年認定文學須是個體「心聲」、「內曜」須能改變國民靈魂的主張。

9　魯迅：《小說二集・序》，《中國新文學大系》，上海，良友圖書公司，1935 年。

魯迅筆下的人物都帶有嚴重的靈魂病態，甚至根本就無靈魂。他竭力諷刺鞭撻的鄉紳官吏，如不許阿 Q 姓趙的「趙太爺」，《風波》中聽了張勛復辟消息就趕緊跑來恐嚇曾經和自己有過衝突的農民的「趙七爺」，《祝福》中戴著偽善的假面對女傭進行物質精神雙重掠奪的魯四老爺，《離婚》中一邊鑑賞著「屁塞」，一邊肆意踐踏對自己抱著幻想的農婦的「七大人」，不用說都還不具備「人」的靈魂，就是作者寄予同情的窮苦農民和潦倒的讀書人，也各個封閉於不自覺的精神奴役狀態，談不上什麼自我意識。殺頭之於阿 Q，僅使他記起多年前遇到的一隻餓狼的眼睛，未及細想，「耳朵裡就嗡的一聲，覺得全身彷彿微塵似的迸散了」。祥林嫂現世身不由己，死後的籌劃也要聽命於人。孔乙己的全部尊嚴僅剩下自欺欺人地哼兩句：「竊書不能算偷」，第十六次落榜的老童生陳士成只好跟著幻覺中的祖上埋金的「白光」走上死路——他們從來不敢懷疑封建倫理或科舉制度罪惡的欺騙性，只是出於幾千年的慣性把它們奉為無上權威，在其淫威下輾轉，呻吟，扭曲，墮落，沉睡，滅亡，到死不悟。他們麻木到不以苦為苦，對別人的痛苦也只抱以隔膜與冷淡，甚至狠毒兇殘。孔乙己、祥林嫂和單四嫂的遭遇只是供人取笑的材料，全「未莊」在阿 Q 死後，「都說阿 Q 壞」，城裡輿論則「以為槍斃並無殺頭這般好看」，就連吳媽也正眼不瞧阿 Q，「卻只是出神地看著兵們背上的洋炮」。悽慘隔膜又充滿恐懼的人生，唯一安慰是由統治者賜予的各種自欺欺人的被統治者的思想，比如「精神勝利法」。魯迅筆下的農民形象，可以說畫出了古老中國麻木而愚昧的靈魂，在沉默和靜穆中顯現出具有濃黑色調的悲憤。

知識份子形象主要有兩種類型。首先，是雖然寄予同情但基本表示否定的孔乙己、陳士成那樣被科舉制度哄騙一生的「科場鬼」，魯四爺和四銘（《肥皂》）等假道學，方玄卓（《端午節》）和高干亭（《高老夫子》）等酸腐的新式文人。這些嚴格說來只是傳統的文人，多半如魯迅雜文所諷刺的，不僅「無行」，而且「無文」。孔乙己和陳士成固然是科舉制度的犧牲品，但他們又何曾具備真才實學！魯四老爺書房對聯是「事理通達心氣和平」，案頭所陳也皆理學名著，立身行事卻難與之相符。高干亭景仰俄國文豪高爾基而改名高爾礎，不解中俄姓名之別倒也罷了，即使赴女子學校執教，卻只為了「去看看女學生」。與之相對的，是呂緯甫（《在酒樓上》）、魏連殳（《孤獨者》）、涓生（《傷逝》）、夏瑜（《藥》）、N 先生（《頭髮的故事》）那樣的「狂人」，屬於「夢醒之後無路可走」（《墳・娜拉走後怎樣》）的現代中國最痛苦的靈魂，是真正現代的知識份子，接受了現代科學思想和價值觀念，關心他人利益，關心社會前途，具有強烈的自我意識，備受困餒，歷盡迷惘，仍堅持不懈地追求生存的意義。魯迅塑造現代知識份子形象，是想認清自己和同類，以此掙脫往往由知識份子自造的精神牢籠，殺出一條生存的血路來。「我」和呂緯甫「在酒樓上」分手之後，「獨自向著自己的旅館走，寒風和雪片撲在臉上，倒覺得很爽快」，並非呂的一味頹唐。《孤獨者》中，最後「我」參加完魏連殳的葬禮，滿耳是「一匹受傷的狼」在深夜曠野中的長嚎，但心地終於還是「輕鬆起來」。就連沉浸於無邊的「悔恨和悲哀」中的涓生也準備「向著新的生路跨進第一步去」。

魯迅在他們身上往往寄寓自己的思想感受，不僅寫了他們曾經有過的真誠和希望（呂緯甫和「我」年輕時「連日議論改造中國的辦法以至於打起來」），也寫到他們後來的失望、憤激、徬徨、懺悔、落伍、頹敗、沉淪，並在極度黯淡和壓抑的情緒低谷中蓄積力量，探尋出路。人物與隱含作者，是魯迅塑造的現代中國知識分子形象不可分割的兩面。

魯迅是中國文學史上以巨大悲憫與嚴正態度描寫農民和知識分子的第一人，他創設了這兩種嶄新的小說題材模式。

魯迅小說的藝術成就還得利於廣博的學識，精密的觀察，對中外古今一切可以為為我所用的文學經驗創造性的融合吸收。

他很少背景描寫，有也寥寥數語，像中國傳統舞台布景和年畫，讀者意會即可。主要用力處是人物塑造，但他的人物多數只是剪影或速寫，他總是力求極儉省的辦法，直接畫出靈魂的特點。《孔乙己》兩千多字，主人公形象已活脫豐滿了。作者將本來用於別處的文字全部移到人物身上，又將描寫人物的文字進一步集中於最具特徵的語言動作，如畫家的專畫眼睛。主要人物如此，次要或穿插人物，如《風波》中的七斤嫂，《明天》中的王九媽，《故鄉》中的豆腐西施，也無不簡單幾筆而盡傳精神。阿 Q 或許是個例外，但也仍然是剪影或速寫的疊加。魯迅並不致力於塑造阿 Q 的性格，只是用輕鬆詼諧的筆致畫出一副阿 Q 相，其中囊括了他在普通中國人身上觀察得到的幾乎所有正反兩面的印象，是「鐵屋子」裡「許多熟睡的人們」的共名。

魯迅寫人，得力於中國文學傳統的主要是「白描」。他認為白描就是有真意，去粉飾，少造作，勿賣弄而已，仰仗的是觀察精到，語言貼切，表現節儉。比如《故鄉》寫中年閏土被生活壓得痲木呆板，見了兒時玩伴，手足無措，全失幼年靈性。作者抓住兩個細節就清晰地勾勒出閏土的精神狀態：

> 他站住了，臉上出現歡喜和淒涼的神情，動著嘴唇，卻沒有作聲。他的態度終於恭敬起來，分明的叫道：「老爺！」我問問他的景況。他只是搖頭。「非常難。第六個孩子也會幫忙了，卻總是吃不夠——又不太平——什麼地方都要錢，沒有定規——收成又壞。種出來的東西，挑去賣，總要捐幾回錢，折了本；不去賣，又只能爛掉——」他大約只是覺得苦，卻又形容不出，沉默了片刻時，便拿起烟管來默默的吸烟了。

《風波》寫鄉紳趙七爺逛到鄉場上，「坐著吃飯的人都站起身，拿筷子點著自己的飯碗說：『七爺，請在我們這裡用飯！』」趙七爺的威勢和農民的淳樸溫順呼之欲出。七斤被革命黨剪了辮子，聽說：「皇帝坐了龍庭（張勛復辟），惶恐不安。他有次醉酒罵過趙七爺，這時七爺「一逕走到七斤家的桌旁。七斤們連忙招呼，七爺也微笑著說『請請』，一面細細的研究他們的飯菜。『好香的乾菜，——聽到風聲了麼？』」將「乾菜」和「風聲」聯繫起來，就是將一家子的禍福與七斤剪辮聯繫起來，這是對老實巴交的農民最厲害的恫嚇，趙七爺之卑劣陰險在這一句話裡表露無遺。

魯迅對語言的追求到了「潔癖」的程度[10]：「我作完之後，總要看兩遍，自己覺得拗口的，就增刪幾個字，一定要它讀得順口；沒有相宜的白話，寧可引古語，總希望有人會懂，只有自己懂得或連自己也不懂的生造出來的字句，是不大用的。」[11]他的語言豐富而精練，人物對話和敘述語言盡量作到儉省，準確，不苟，沒有當時或後來常見的造作失真的小說腔，而接近幾千年來在中國文人手裡百煉鋼化為繞指柔的「文章」所達到的自由境界。魯迅是中國文學史上罕見的卓越的文體家，他的小說創造性地綜合了許多有生命力的語言要素與修辭手段，這裡有小說特有的描寫敘述話語，戲劇性人物對話（《在酒樓上》和《頭髮的故事》通篇都是對話），更有大量散文乃至詩的語言。《社戲》和《一件小事》完全可當散文讀，《故鄉》關於少年閏土的回憶，《傷逝》中涓生腦海裡閃現的擺脫子君後自由的生活，是標準的詩語。《故鄉》結尾：「希望是本無所謂有，無所謂無的。這正如地上的路；其實地上本沒有路，走的人多了，也便成了路。」《兔和貓》結尾：「假如造物也可以責備，那麼，我以為他實在將生命造得太濫，毀得太濫了」，則是詩情哲理交融的格言警句。反語在小說中也大量運用：「趙七爺是鄰村茂源酒店的主人，又是這三十里方圓以內唯一的出色人物兼學問家——他有十多本金聖嘆批評的《三國志》，時常坐著一個字一個字的讀；他不但能說出五虎將姓名，甚而於至

10　參見周作人：《關於魯迅之二》，《關於魯迅》，烏魯木齊，新疆人民出版社，1997年，506頁。

11　《我怎麼做起小說來》，《魯迅全集》，第4卷。

還知道黃忠表字漢升馬超表字孟起」（《風波》）。再看另一段文字：「七斤雖然住在農村，卻早有些飛黃騰達的意思。從他的祖父到他，三代不捏鋤頭柄了；他也照例的幫人撐著航船，每日一回，早晨從魯鎮進城，傍晚又回到魯鎮，因此很知道些時事；例如什麼地方，雷公劈死了蜈蚣精；什麼地方，閨女生了一個夜叉之類。他在村人裡面，的確已經是一名出場人物了。但夏天吃飯不點燈，卻還守著農家習慣」。為雜文所專有的連鎖反語自然地轉化為小說敘述的形式。

博採西方文學的藝術經驗，更豐富了魯迅小說的表現手法。魯迅明言自己從事文學是為了「改變國民的靈魂」，他的小說心理描寫隨處可見，有些是中國傳統技巧，直述一人心裡想什麼，有些（感覺、夢境、幻覺、下意識、無意識和變態心理以及《傷逝》那樣的長篇心理獨白）則主要得自西方文學的啟示。《明天》寫單四嫂子死了寶兒，巨大的悲痛襲來時卻無所思想，「她單覺得這屋子太靜，太大，太空罷了。」這確乎一個「粗笨女人」的真實感覺。阿 Q 在街上無師自通地喊了幾聲「造反」，博來未莊人敬畏的目光，儼然就是「革命黨」了，「飄飄然地飛了一通，回到土谷祠——說不出的新鮮而高興」，思想隨著管祠老頭給的四兩燭的火光「迸跳起來」，於是夢見「白盔白甲的革命黨」，「秀才娘子的一張寧式床」之類。「沒有想得十分停當，已經發了鼾聲，四兩燭只點了小半寸，紅焰焰的光照著他張開的嘴。『嗬嗬！』阿 Q 忽而大叫起來，抬了頭倉皇的四顧，待看到四兩燭，卻又倒頭睡去了。」入夢，出夢，又「倒頭睡去」，銜接得天衣無縫。《白光》寫陳士成看榜歸來，絕望中想到傳言祖上埋在地底的黃金，心理已經失常，等挖到一塊下巴骨，再度的絕望加上羞辱和恐懼使他在幻覺中感到這下巴骨「支彈起來，而且笑吟吟的顯出笑影，終於聽得他開口道：『這回又完了！』」於是徹底崩潰發瘋。阿Q「調戲」了吳媽，被趙秀才用大竹槓一頓追打，但他是善忘的，「打罵之後，似乎一件事也已經收束，反倒覺得一無罣礙似的，便動手去舂米」，聽到許多人圍住吳媽解勸，他反而跑過去像看一場事不關己的熱鬧，直等大竹槓再次出現，才醒悟過來。糊裡糊塗的阿 Q 由意識到無意識再回到意識的過程躍然紙上。《兄弟》寫沛君如何關心弟弟靖甫的病，但他在疲倦中昏然入夢，竟夢見自己於靖甫死後虐待姪兒。這是夢裡下意識的活動。《肥皂》寫道學先生四銘在街上看到一個衣衫襤褸的女丐，起了淫心，卻不敢有何表示，只聽有人說「賣兩塊肥皂來，咯支咯支遍身洗一洗，好的很哩！」就下意識地買來肥皂給自己老婆，將對女丐的性意識轉移到老婆身上，自己渾然不覺，被老婆罵穿還百般狡辯。小說揭露這種變態性意識，顯示了高超的技巧。

魯迅小說富於象徵和隱喻，它們和具體描寫內容密合無間，所以自然、貼切。「狂人」是被庸人社會宣布為瘋子的清醒者，象徵著晚清至民初所有壯志未酬的先覺善鬥之士，是呂緯甫、魏連殳、N 先生、夏瑜等知識分子悲劇形象的集合。青年革命者夏瑜的血被製成人血饅頭作為醫治貧民華小栓的「藥」；夏瑜被清兵殺害了，華小栓也不治而亡，「藥」隱喻著革命者與一般民眾精神上的極大隔膜，成為反思辛亥革命的一面鏡子。「肥皂」是四銘買給老婆洗去積垢的，結果卻洗掉了自己道學先生的假面。和清潔污穢同時相連的「肥皂」，象徵著假道學外表聖潔而內心齷齪。《藥》的華夏兩姓結合起來隱喻著華夏民族。《狂人日記》不斷用各種動物隱喻人的未脫吃人本性。從來「不去描寫風月」的魯迅開篇一句「今天晚上，很好的月光」就請出月亮，在中國文學傳統中月亮是清明澄澈的隱喻，而在西方文學中則是瘋狂的隱喻，兩者都為《狂人日記》的具體語境所包涵。

在隱含作者和敘述者之間設置距離，由此收到的反諷效果可以深化小說的命意。《孔乙己》、《祝福》和《狂人日記》的敘述者都被推到隱含作者的對面，和人物一起經受審視。讀者通常傾向於敘述者，敘述者也被審視時，小說對讀者的考驗就更嚴峻了。《孔乙己》的敘述者是涉世未深的少年學徒，也毫無同情心地取笑孔乙己。《祝福》的敘述者是很有同情心的新式知識分子，當祥林嫂虔誠地問他人死之後有無靈魂時，他卻支支吾吾不知所對；他沒有想到像祥林嫂這樣一無所有的貧苦婦女竟會思考本來應該由他這樣的知識分子來思考而事實上他卻沒有思考的人生根本問題。「狂人」是權威敘述者，但正文前面類似話本小說「楔子」的一段文言文明白告訴讀者他已經痊癒，「赴某地候補矣」，因此狂人喊出的真理乃至最後的「救救孩子」不能不打些折扣。作者即使對他正在刻畫的不被人理解的悲劇人物也不願給予無保留的信任，這正是他的「憂憤深廣」。

創作《吶喊》、《徬徨》的同時，魯迅還嘗試著搜尋歷史材料寫小說。這種努力堅持到 1935 年，共成八篇，以《故事新編》為題於 1936 年 1 月出版。最早的《補天》作於 1922

年，原題《不周山》，係第一版《吶喊》末篇，至《吶喊》第九版被抽出，改名後置於《新編》之首。其他七篇是：《鑄劍》（1926 年 10 月），《奔月》（1926 年 2 月），《非攻》（1934 年 8 月），《理水》（1935 年 11 月），《采薇》、《出關》、《起死》均作於 1935 年 12 月。《故事新編》貫穿了魯迅文學生涯的始終，而一月之內趕寫四篇以「足成八則」，使其基本成一系統，也可見作者本人的重視。

魯迅在《故事新編》中有意識地整理他長期以來對中國古代思想的獨特思考。《補天》、《奔月》取材上古神話傳說，可說是用藝術家的眼光探索中國精神的源頭，其他六篇涉及先秦儒道墨（包括俠）三個主要思想派別，並創造性地將古人今人打成一片，從而歷史地審查傳統思想在現代的命運。

《補天》寫女媧摶土造人煉石補天事，取弗洛伊德精神分析理論解釋人和文學的緣起，而以「性的發動和創造以致衰亡」為主幹。小說在整體結構上突現女媧與人的對立，本能創造與歷史文化的矛盾：會用衣物遮體在竹簡上寫字一面也發明了戰爭的人類，反過來批評女媧的裸體為「失德蔑禮敗度，禽獸行」，戰勝者卻又急急地「變了口風」，自封為「女媧的嫡派」，這都使創造者無可奈何。《奔月》敘嫦娥偷食后羿仙丹事，而以后羿為主角。后羿本是遊牧時代英雄，落到農耕時代就走到末路，處處失敗，處處滑稽可笑：射日的英雄整天要為嬌妻飯食奔波，家人蠢笨，學生背叛，自己箭術通神卻一無可射之物。這兩篇居《新編》之冠，寓示人的歷史當神話時代結束即告衰亡，進化就是退化，奠定了全書憂憤嘲諷的基調。

其他六篇大致內容是：《出關》、《起死》諷刺老莊的「無為」和「齊死生」，旨在批評中國一切以道家哲學自欺欺人百事不做的空談家：《采薇》諷刺「孤竹君二公子」伯夷叔齊的儒術之迂腐可悲自相矛盾，同時也針砭了「小丙君」那樣恬然不知羞恥的變節者，油腔滑調理直氣壯的華山強盜「小窮奇」，以及「阿金」那樣舌底傷人的流言家；《非攻》讚揚「一味行義」不計榮辱得失的墨子；《鑄劍》歌頌甘願在一切「受了汙辱的名稱」之外作無名的存在的「為復仇而復仇」的黑衣人；《理水》肯定摒棄虛言埋頭實幹的大禹，同時揭露「以為文化只是一國的命脈，學者是文化的靈魂，只要文化存在，華夏也就存在」的學者實是以文化學術為濟私助焰之具，非但不學無術也喪失靈魂，考察水災的專員是一群欺上瞞下昏庸無能的貪官汙吏，竹排上的百姓則奴性十足毫無自覺反抗精神。

《新編》作為歷史小說，雖非「博生文獻，言必有據」，但也大多有「舊書上的根據」，並非真的「只取一點因由，隨意點染」。之所以為「新編」，還在於大量攙入今人今事以及不肯輕易流露的作者本人的遭遇和心緒，這一方面是要讓讀者覺得易懂，有趣，另一方面則是因為作者在古今人事之間確實看到了實質性的相通，所以敢於不管年代地打成一片。無論寫古人還是寫今人，目的都是要寫出中國人普遍的「官魂」、「學魂」、「匪魂」和「民魂」，使其以寓言形式歷歷俱現。

《故事新編》是關於中國的一則大寓言，不同於純粹反映現實或演藝歷史的小說，它偏重於追求寓言的真實，至於究竟採了哪些舊事，用了哪些今典，倒在其次。作者深信「縱使誰整個的進了小說，如果作者手腕高妙，作品久傳的話，讀者所見的就只是書中人，和這曾經實有的人倒不相干了——這就是所謂人生有限，而藝術卻較為永久的話罷」[12]。因為主要在寓意上著力，掙脫了具體描寫的許多牽制，所以用語狂放有如雜文，想像奇詭不讓《野草》，加以作者特有的風趣幽默，讀之真可令人忘倦。《故事新編》是中國現代歷史小說的開山之作，也是這一小說門類中的傑作。

第三節　《野草》和《朝花夕拾》

他的「哲學」就在《野草》裡面／突破統文學藩籬的現代性／《朝花夕拾》的回憶視角／老中國灰暗深邃背景烘托下舒緩明麗的抒情基調

魯迅著作中，寫於 1924 年至 1926 年的散文詩集《野草》最為別致，它以簡約凝練的詩性話語囊括了複雜深邃的思想情感，這個特點是魯迅其他作品沒有的。魯迅自己說過，他的「哲學」就在《野草》裡面。

《野草》23 篇，連同「題辭」，都本於隨時的感觸，但無不深思熟慮，灌注了作者全部精神熱量，發為文章，也各具型態。

12　《〈出關〉的「關」》，《魯迅全集》，第 6 卷。

第一篇《秋夜》寫下《野草》的基調，低沉、陰鬱、奇崛、華麗、桀驁不馴、意氣勃發，將魯迅作品的風格發揮到極致。孤獨的靈魂在涼冽濃黑的秋夜獨語，固然減少了吶喊於白天人前的明朗激越，卻也別有一種粗獷放縱，有如那兩棵棗樹的枝椏，「默默地鐵似的直刺奇怪而高的天空」。無論憂傷自嘆，抑或挺刃向敵，都更少顧忌，這是在自己的夢中故園，可以任憑思想上下翱翔。因為「難於直說，所以有時措辭就很含糊了」[13]，但含糊既為克服「難於直說」的障礙，也就是為了能夠「直說」。靈魂的真相有時是只有措辭含糊才能直剖明示的，淺白的言說反而不免荏弱。應該保持含糊的權利，一味出語淺白往往意味著放棄了傾訴的自由而遷就流俗的話語規則。

《影的告別》借影子與實體對話，將自我分裂為二：一是沉默不語的我，一是不斷敦促這個我有所抉擇否則就要離他而去的具有強烈批判精神的我。後者似乎是超現實的，其實正是那個在現實中沉默不語的我回到內心之後真實的靈魂袒露：他不想去不樂意去的無論天堂地獄還是「將來的黃金世界」，寧可「在不知道的時候獨自遠行」；他甚至不想「彷徨於明暗之間」，情願周旋於「黑暗和虛空」，直至整個被黑暗吞沒。「黑暗」是主體在懷疑虛妄的眾數並拒絕廉價的許諾之後必須直面的生存真相，在《野草》中它被強化地象徵為主體命定的精神棲所。

這種意志在《墓碣文》中則被敷衍成死者替自己預刻的碑文：「……於浩歌狂熱之際中寒；於天上看見深淵。於一

13　《〈野草〉英文譯本序》，《魯迅全集》，第 4 卷，356 頁。

切眼中看見無所有，於無所希望中得救。……」「……抉心自食，欲知本味。創痛酷烈，本味何能知？……痛定之後，徐徐食之。然其心已陳舊，本味又何由知？」「……答我。否則，離開！……」夢中讀到這些碑文的「我」「窺見死屍，胸腹俱破，中無心肝，而臉上卻絕不顯哀樂之狀，但蒙蒙如烟然」；到「我」離開時，死屍忽從墳中坐起，「口唇不動，然而說——『待我成塵時，你將見我的微笑！』」這或許是迄今為止中國文學抒寫因為執著地追尋生命意義卻不得而從人性深處發出顫動的焦慮以致於最陰慘最恐怖的一篇了。

《求乞者》前半段寫「我」不滿一個孩子「也不見得悲戚」的麻木的求乞姿態，聲明自己「無布施心」，後半段說自己倘若求乞，方法將是「無所為和沉默」，那「至少將得到虛無」。求乞易使精神麻木，這樣得到的布施將在「虛無」之下；人不該求乞，不該布施，必須擺脫一切求乞心和布施心而代以「無所為和沉默」，那是人格獨立的第一步。

《我的失戀》是模仿東漢張衡《四愁詩》而寫的「新打油詩」，諷刺當時年輕人中盛行的淺薄麻木的失戀詩，雖係「打油」，卻滿含作者善意而冷峻的嘲諷。《復仇》寫一男一女捏著利刃裸立於臨野，長久地無所動作，使大群無聊的看客依舊無聊至於老死。這是魯迅對中國人喜歡旁觀別人的存在而獨於自己無所用心的痼疾至乎其極的針砭。《復仇》（其二）套用《聖經》有關耶穌被釘死在十字架的故事，極寫行刑者和路人對耶穌的殘暴和奚落，以及耶穌臨死不肯服用「沒藥調和的酒」，在碎骨的痛苦中「分明地玩味以色列人怎樣對付他們的神之子，而且較永久地悲憫他們的前途，然而仇恨他們的現在」，指出「釘殺了『人之子』的人們的身上，比釘殺了『神之子』的尤其血汙，血腥」。魯迅以此說明人道主義者和啟蒙評論者因為愛人反而為被愛者所害以致於轉而變成復仇者的悲哀，並發出悲哀者也是復仇者的抑制不住的哀鳴和警告。意思相近的還有《頹敗線的顫動》，寫為了孩子而勤苦一生至於垂老的婦人，最後只得到小輩的奚落和敵意，於是離開他們，走向荒野，回憶過往一切，百感交集，「舉頭盡量向天，口唇間露出人與獸的，非人間所有，所以無詞的言語。」

《希望》宣布反抗絕望的人生哲學，認為絕望之為虛妄，充其量也不過與希望之為虛妄相同。如果說無所謂希望，也同樣無所謂絕望。立意相似的還有《死火》。《雪》用極富詩意的筆調，追憶雪在江南和北方的不同，「我」喜歡江南的雪，但更讚美如粉、如沙、決不粘連的「朔方的雪花」，「那是孤獨的雪，是死掉的雨，是雨的精魂」。魯迅不滿中國人因為卑怯取巧而生的「合群的自大」，提倡「個人的自大」，「朔方的雪花」為此設立了壯美的象徵。《風箏》回憶「我」在也是少年的時候，蠻橫地踐踏了弟弟心愛的風箏，至今懺悔不已，並且因為弟弟的忘卻，這無所告訴的懺悔愈加沉重而且難以擺脫。對加於兒童身上的無論有意或無意的罪過，魯迅總是耿耿於懷，他深知人類很難洗刷這些罪過，因為受罪的一方也都善於忘卻，這才是人類前途最可憂慮者。

《好的故事》記述夢裡見到許多奇妙美好的人與事，醒來一無所有。但堅信夢是真實的。《失掉的好地獄》寫地獄中的鬼眾不堪魔鬼的壓迫，羡慕人世，而向人類發出求救的叫喚，於是自稱為人的向被稱為鬼的宣戰，最後驅逐了「魔鬼」，取而代之，掌握了主宰地獄的大權威，但「鬼眾一樣呻吟——至於都不暇想起失掉的好地獄」。《華蓋集・忽然想到（三）》說：「我覺得革命以前，我是奴隸，革命以後不久，就受了奴隸的騙，變成他們的奴隸了」，這是魯迅對當時的「革命」的憤激批評。《失掉的好地獄》更擴張為對整個現代意識建構的「人」的神話的不滿：「是的，你是人，我且去尋野獸和惡鬼」。

《野草》最長一篇是以戲劇形式出現的《過客》。人到中年憔悴困餒的「過客」對過往一無所知，也不知道要到哪裡去，只認定無論如何必須義無反顧地向前走。老人告訴他路的盡頭只是墳，勸他坐下來休息，他謝絕了；少女說前方是鮮花，他不信，並歸還了少女給予的布施。他不為壞的結果而止步，也不為好的結果而追求，他只堅信命運就在不問意義的不止息的行走，其他一切都是虛妄。終極意義被懸擱起來，同時「走」被領悟為生命的形而上指令而無可究詰。

《淡淡的血痕》中及《這樣的戰士》呼喚與麻木卑怯的「造物主的良民們」不同的「叛逆的猛士」與真正的「戰士」，他們「看透了造化的把戲」，向巧滑的敵人用各種虛偽的面具和堂皇的說辭布置的「無物之陣」舉起投槍，往往一擊而中。《狗的駁詰》、《立論》、《死後》、《聰明人和傻子和奴才》，諷刺勢利貪戀與深入骨髓的奴性。《臘葉》、《一覺》，則暗示或明言身邊正在發生的事件。這幾篇都近於雜感了。

「五四」以後，白話散文顯示了完全不下於文言乃至超過文言散文的成就，但作家們很快對白話散文提出了更高要求，即進一步鍛煉它的表現形式以期達到詩的境界，於是就有了「散文詩」的提倡。散文詩就是散文和詩的結合，即保持散文的骨骼，適當吸收詩歌在語言運用和意象創造的手法，既有散文的從容、暢達，又具詩的深邃、凝練。新文學很早就有散文詩的自覺，但將這種文學形式推向極致的是《野草》。

《野草》借鑒了西方現代文學觀念和表現技術。那時魯迅正翻譯日本廚川白村的《苦悶的象徵》，廚川認為散文「其興味全在於人格的調子」，自由地表現作者的人格，就使散文具有詩的基質。《野草》的美正在於此。弗洛伊德的文藝觀也啟發了魯迅：大意是：生命力受了壓抑而生的苦悶懊惱乃是文藝的根底，而其表現法乃是廣義的象徵主義。「廣義的象徵主義」就是將壓抑在潛意識裡的生命力通過具象的人物事件風景之類變形扭曲之後予以表現，像作夢一樣。《野草》大多數篇章就是紀錄「我」的夢境，將不能或不願「直說」的現實感觸經過心靈的消化，過濾與轉換，昇華為奇崛怪異瑰麗濃郁的意象象徵。俄羅斯作家屠格涅夫、法國作家波德萊爾、德國詩哲尼采以及挪威詩哲基爾凱郭爾等人，無論在意象營造、象徵構築或語言錘煉方面，還是在以孤立個體反抗群體壓抑及批判現代社會種種虛偽頹敗方面，都給魯迅以極大啟發。這些世界性文學因素的加入使《野草》成為突破中國文學原有藩籬的現代性文本。

但魯迅並不簡單模仿西方現代文學，而是基於一個獨立的現代中國心靈的訴求，有選擇地選擇、創造。他也從前現代的《聖經》文化，印度佛典和中國文學的悠久傳統（楚辭、漢賦、魏碑、李賀歌詩）中汲取營養。在語言上《野草》尤其顯示出它和中國傳統的聯繫。魯迅吸收了許多西方句法和詞法，但他的「煉字」仍然基於漢語「言詞的本根」。儘管《野草・題辭》劈頭就說：「當我沉默著的時候，我覺得充實；我將開口，同時感到空虛」，儘管作者時時感到已經走到語言的極限而不得不出以「幾乎無詞的言語」，但其意象、句法和辭藻，都具有傳統的堅實襯托，是對漢語原有表現形式的突破，不是對漢語深厚傳統的背離，所以根本上可以索解，並未流於隨意生造而致的晦澀。《野草》被稱為散文時，就因為大部分篇章都是鏗鏘有力的格言警句，是朗朗上口具有內在韻律的嚴整燦爛的詩行。《野草》不是西方現代文學的翻版，也並非中國傳統文學簡單的化妝演出，它集中體現了魯迅作為一個文學家獨立創造的精神氣魄。

和《野草》相近的，還有 1919 年發表的七則「自言自語」，以及後來收在《華蓋集》與其「續編」的《論辯的靈魂》、《犧牲謨》、《戰士與蒼蠅》、《無花的薔薇》，收在《準風月談》中的《夜頌》，收到《且介亭雜文末編》中的《半夏小集》等等。《野草》中「我」的形象或許更多以碎片狀呈現出來，不及縫合為整體，但它所體現的排除一切阻撓的衝撞意志，在似乎無路的地方走出路來的反抗絕望的生命哲學，獨自與黑暗周旋敢於直面生存真相的勇氣，以及藝術形式上的大膽探索，語言的「潔癖」，都滲透於魯迅的全部作品。

《野草》一類散文詩之外，魯迅還有不少篇幅稍長基調也較舒緩明麗的散文，大多收在《朝花夕拾》裡。《朝花夕拾》動筆於魯迅離京之前，完成於執教廈門大學之時，最初以「舊事重提」的總題發表於自編的《莽原》半月刊。和現實的衝突與疏離，新文化運動落潮在心頭投下的陰影，加以廈門大學的寂靜沉悶，使魯迅感到「目前是這麼離奇，心理是這麼蕪雜」[14]，《吶喊》、《徬徨》式的現實興趣減退了，《野草》那種逼視內心窮追不捨的勁頭也難以久持，而且《華蓋集》時收獲的「靈魂的荒涼和粗糙」也需要另外的補償，他「不願想到目前，於是回憶在心裡出土了，寫了十篇《朝花夕拾》[15]」。

第一篇《狗‧貓‧鼠》用曲折的筆致與細膩的觀察揭露文明的騙局，說明人類有時並不比動物高尚，進化中就包含著退化，矛盾直指「正人君子之流」，近於雜文，而有關動物的觀察揉進了許多溫馨純真的童年回憶，對比極其鮮明。《二十四孝圖》可以與《狗‧貓‧鼠》對看：人類刻意抬高自己，不恤歪曲本性，自欺欺人，「以不情為倫紀」，造出許多自以為完美的道德模範，殊不知所有這些「卻已在孩子的心中死掉了」。本著一點也不張揚的孩子般的洞見和良知（《破惡聲論》所謂「樸素之民」的「白心」）貼近地磨洗人心深處的汙穢而不怕被沾染，逼視堂皇的「公理」和凶惡的敵人而不怕被擊倒，正是魯迅全部文字的道德特徵與情感魅力。

14　《〈朝花夕拾〉小引》，《魯迅全集》，第 2 卷。
15　《〈故事新編〉序言》，《魯迅全集》，第 2 卷。

《朝花夕拾》實際上是魯迅追述自己前半生由故鄉紹興的童年和少年（《阿長與〈山海經〉》、《二十四孝圖》、《五猖會》、《無常》、《從百草圖到三味書屋》、《父親的病》），到青年時代在南京（《瑣紀》），後來赴日本（《藤野先生》）以及回國初期（《范愛農》）直到走進北京知識界（《狗·貓·鼠》）的心路歷程的一份扼要的文學傳記。同年和少年寫得最多，這說明個體和人類的早期始終是藝術靈感的不竭源泉。

但辛辣的指斥或曲折的微諷隨處可見，筆鋒所及，有「名人或名教授」與「負責指導青年的前輩」，有「清國留學生」，有「有意或無意地騙人」的中醫，有「以肉麻當有趣」的道學先生，有善於散布流言的「衍太太」，甚至包括當孩子興高采烈正要出門看戲時卻偏要他背誦古文的「父親」，然而基本心態確實沉入「思鄉的蠱惑」了，顯示魯迅作品少有的溫怡平和的幸福感。老中國灰暗而深邃的背景烘托著清新活潑的童真世界，人類生存永恆的泥土氣息混合著源於傳統與原始人性的美善情感，是《朝花夕拾》特見神采處。長媽媽的仁慈，藤野先生的善良，范愛農對友情的至死不忘，「人而鬼，理而情，可怖又可愛」的「無常」，是那樣自然而充沛地表現著「國民性」中最缺乏的「誠與愛」，《山海經》的神話人物，「迎神賽會」的淳樸民風，百草圖的花木蟲鳥，三味書屋的琅琅書聲，還有少年人豐富的感性與無羈的想像，令人不勝神往之至。

《吶喊》中《兔和貓》、《社戲》是《朝花夕拾》的前身，雜文集所收偏重抒情回憶的幾篇長文，像《我的種痘》、

《女吊》、《我的第一個師傅》，則可以視為後續之作。這些優美溫暖的散文精品是彷徨於傳統與現代之間的精神界戰士對自己「永逝的韶光」投去的深情一瞥，打開了他孤憤蒼涼的心情的另一面，和戰鬥的文字一起畫出豐富深邃的靈魂之像。

第四節　雜文

「取今復古」的魏晉格調／面對大眾啟蒙與守住自我的內心／幾個不同的發展時期／對現代中國文章形式的創造性綜合

在魯迅的文學生涯中，雜文的地位舉足輕重。1925 年第二本小說集《徬徨》出版後，他的主要精力即傾注於雜文。魯迅雜文都是編年出版的，或數年一本，或一年數本，計有 18 種之多。在雜文中，他找到了更加無羈地發揮才華的理想形式。

魯迅雜文最早可追溯到日本留學時用文言寫的《文化偏至論》、《摩羅詩力說》、《破惡聲論》等長篇論文。這些論文表明他已經擺脫清末文壇盛行一時的梁啟超、嚴復文風的影響，開始親近章太炎的文章格調，即崇尚魏晉的「清峻」、「通脫」，簡古的文言雜揉少量新鮮白話，依托深廣的歷史文化背景暢論時事，「取今復古」，隨意揮灑，突出思想的主觀性和諷刺論辯的色彩，結合抽象意論、常有生動直接的刻畫。這是魯迅開始形成自己文章路數的關鍵時期，後來雜文關心的問題和運用的手法已多有嶄露。1926 年魯迅將這些論文收進第一本雜文集《墳》，它們顯然都被包含在雜文的總概念裡。

1918 年和《狂人日記》同時，魯迅在《新青年》「隨感錄」欄用現代白話文正式開始雜文創作。「隨感錄」由《新青年》編者擬定，有陳獨秀、錢玄同、周作人等參與，表述典型的「五四」立場，反抗傳統，破壞偶像，鼓吹進化科學民主和個性解放，或直接立論，或選取某個對立面加以無情狙擊，短小精悍，不拘形式。魯迅的「隨感錄」全部收在第二本雜文集《熱風》裡。傅斯年比較魯迅和其他作者的文章，認為一主「內涵」一主「外發」，強調魯迅不一味替淺說法，而遵從個體心靈的召喚，只求在「懂得的人的頭腦裡留下一點痕跡」。「內涵」並非「含蓄」，魯迅雜文激烈的情緒宣洩，生動的形象刻畫，宗教布道式的召喚語調，簡潔迅猛的格言警句，一點也不含蓄。他的「隨感錄」不同於那種既定觀點出發推演開來的「外發」文章，因為其中包含著不僅「五四」時期少有就是以後也不常見的成熟中年人的深沉激越的識力和情感，語言始終向著心靈深處迴旋集聚。魯迅即使面對大眾啟蒙，也比別的作家更能守住自我的內心，「它已經不是那可歌可泣的青年時代的感傷的奔放，乃是舟子在人生的航海裡飽嘗了憂患之後的嘆息，發出來非常之微，同時發出來的地方非常之深」[16]。他早年希望中國出現敢於「自別異」，「雖天下皆唱而不與之和」的個體「心聲」、「內曜」，用意在此。這是魯迅創作中的真正現代性因素。

16 張定璜：《魯迅先生》，李宗英、張夢陽編《六十年來魯迅研究論文選》，北京，中國社會科學出版社，1982 年，35 頁。

魯迅雜文在思想發展的不同時期也有相應變化。大致 1918 年至 1924 年即《熱風》和《墳》的一部分屬於早期，分明地帶著「五四」初期熱忱健朗的特點，但個性氣質（比如「內涵」）已相當顯著。

第二時期在 1925 年至 1929 年間，魯迅出北京，經廈門，轉廣州，後定居上海，生活動蕩，思想也極紛雜。先是因「女師大風潮」和「三一八慘案」而和「正人君子之流」決裂，在「革命策源地」廣州則遇到國民黨瘋狂屠殺共產黨和進步青年，到上海又遭本以為可以聯合起來造成統一戰線的「創造社」、「太陽社」諸人以「革命文學」和「無產階級意識」為名對他的圍攻。他越來越孤立，也越來愈倔強。告別了北方分崩離析的新文化運動陣營，「兩間餘一卒，荷戟獨徬徨」，卻贏得了進一步覺醒，繼續「五四」「毀壞舊物」的同時，不再有「吶喊」初期對內心懷疑意識的自覺壓抑，開始真誠而嚴厲地「戳破新盒子而露出裡面所藏的舊物」[17]，積極反思新文化運動自身的問題。1928 年魯迅和進步青年文學家們論爭，在中國現代文學史上具有深遠意義。這是一個成熟的文學家以其固執的文學觀和代表中國現代整體化要求的意識形態製造者作殊死較量。表面上魯迅屈服了，但他其實是以屈服的姿態戰勝了論敵。這當然不是指那些不可一世的青年因為種種理由拜他為師，而是指他最終並沒有放棄對文學的固執；他只是讓自己的文學立場經過痛苦的煎熬，承受住了意識形態的要求，在新的文化語境中繼續爭取

17　《我和〈語絲〉的始終》，《魯迅全集》，第 4 卷。

一席之地。他不僅和新舊兩面作戰，在批判別人的同時也無情地解剖自己。這一時期的雜文包括《華蓋集》及其續編，《而已集》和《三閑集》，每年數量不多，但包含了劇烈而豐富的思想掙扎。其中有「泛論一般」，但更喜歡「執滯在幾件小事情上」，鋒芒直指身邊切近的現實，但也追求批判的廣度和深度，以及筆法的參差變化，並不真的為「小事情」所限。

1930 年至 1934 年，魯迅在上海過著相對安定的生活，結束了和革命文學陣營的衝突，大量譯介馬克思主義藝文論著，以「左翼文學」領袖的身份與各種故作超然閑適的頹廢騎墻派（「京派文學」、「小品文」、「幽默」、「第三種人」、「為藝術而藝術」）或依附國民黨政府的「民族主義文學」不妥協地抗爭，繼續批評「國民劣根性」，批評「左翼」在內的各種墮落、偽作、巧滑與激進幼稚病。除繼續探索筆法的多樣化，這一時期還引入了更加確定的議論形式，但也保留著必要的含混語與沉默，包括《二心集》、《南腔北調集》、《偽自由書》、《準風月談》和《花邊文學》。因為始終執滯於具體事件，即使有意識地從既定理論立場推演開去，也隨處可見智慧的餘裕、反抗性和創造的衝動。這是雜文創作一度低產後的高峰期，尤以 1922 年至 1924 兩年在《申報．自由談》上所作為多。魯迅在 20 年代就純熟地掌握了雜文的形式，但這一創作更集中，影響也更廣。許多作家在魯迅帶動下紛紛寫起雜文，甚至有意模仿他的筆調。這一時期不僅是魯迅雜文的高峰，也是現代文學史上雜文創作的全盛期。

1934 年到 1936 年，是魯迅雜文創作的後期。疾病和死亡使他未盡其才，所謂「後期」遠非他的完成期，包括《且介亭雜文》、《且介亭雜文二集》、《且介亭雜文末編》和「附集」。這期出現了許多新氣象：一是長文明顯增多，似乎很想系統整理對中國歷史和現實的研究；二是不僅以古鑒今，也以今鑒古，即把對現實問題的觀察轉換為更大範圍歷史問題的思考；三是堅定的信念和獨特的見地（包括日益迫近的「死」的逼視），更多流瀉於從容的陳述，不是一味的峻急（當然也有《我要騙人》那樣悲憤難抑的文字）；四是對國民性問題的思考，因為放眼歷史並強調「地底下」即過去時代為正史不載的民間與內心的真實，顯出更多樂觀昂揚的調子。

後期值得注意的還有一點，即繼續探索雜文新樣式。《關於中國的兩三件事》、《買〈小學大全〉記》、《病後雜談》、《病後雜談之餘》、《中國新文學大系・小說二集・序》、《在現代中國的孔夫子》幾篇長文是《魏晉風度及文章與藥及酒之關係》與《上海文藝之一瞥》那種系統研究的繼續。他晚年確實打算對中國文學和社會發展史做專題或片斷的學術綜述。懷念韋素園、劉半農和兩篇追悼章太炎的文章，比關於藤野先生和幾個青年學生的同類作品感情越見淳厚而堅定。《我的第一個師傅》和《女吊》可以看作《朝花夕拾》的餘緒，但力求作的更豐實。九篇《「題未定」草》（「之四」未發表）試圖探索新的文論樣式，既有一語道破的的直剖明示，也不故意隱蔽理論骨骼。「立此存照」承襲早期為《新青年》所撰《什麼話？》，但採用系列形式表明已經上升為自覺的文體意識。

雜文的前後發展並非線性進化，而是有深化，有交叉，有延續，變中含有不變的因素和可以尋求的線索。不同時期的特點是相對的，是其他時期某種潛在因素的強化或偏重。

魯迅所謂雜文有廣狹兩義。狹義的雜文，又稱「雜感」，是指用現代白話文寫作的篇幅短小手法靈活的「社會批判和文明批判」，強調在「切迫的」「不從容」的時代，「作者的任務，是在對於有害的事物，立刻給以反響或抗爭，是感應的神經，是攻守的手足」（《且介亭雜文·序言》）。這是由魯迅倡導和實踐並提供了迄今為止最為光輝的典範的一種文體，它的內在精神，即流貫於魯迅整個文學活動中的現實戰鬥精神和現代反抗意識。「生存的小品文，必須是匕首，是投槍，能和讀者殺出一條生存的血路的東西」[18]，魯迅在批判勃興於「五四」而大盛於 30 年代的小品文時提出的要求，也是對他自己雜文的最好說明。

廣義的雜文泛指中國現代一切白話文的總和，但其內在精神必然體現作者的獨立意志和自由思想。「其實，『雜文』也不是現代的新貨色，是『古已有之』的。凡有文章，倘若分類，都有類可歸，如果編年，那就只按作成的年月，不管文體，各種都雜在一起，於是成了『雜』」[19]雜文在中國具有悠久的傳統（古人「不管文體」的編年文集），到現在又增添了新的內涵。現代文體日趨多樣也日漸分離，文學精神的同一性因此就有可能模糊渙散。提出廣義的雜文概念，即針對這種情形，重申類似中國古代「大文章」的概念，讓文

18　《小品文的危機》，《魯迅全集》，第 6 卷。
19　《序言》，《魯迅全集》，第 6 卷。

學在現代文體分裂的狀態中繼續保持整體精神的同一，即堅持知識份子與社會的有機聯繫，堅持文學的現實關懷。

就體裁形式來說，魯迅雜文幾乎包括從古到今所有可用於現代的文章樣式。這裡有「隨感錄」和《雜憶》那樣「泛論一般」的思想札記，有《不是信》、《雜論管閑事·做學問·灰色等》意在撕下紳士階級華服而偏偏「執滯於小事情」的辛辣的狙擊文，有《「死地」》、《可慘與可笑》、《「友邦驚詫」論》、《華德焚書異同論》、《華德保粹優劣論》和《文章與題目》那樣簡潔鮮明的政論，有《喪家的資本的乏走狗》和《「硬譯」與文學的階級性》那樣嚴整堂皇的長篇駁論，有《馬上日記》、《馬上支日記》對傳統文人日記形式的調侃和改造，有《答有恒先生》、《答徐懋庸關於抗日統一戰線》那樣深沉嚴肅的書信，有《「立存此照」》剪裁報刊文章片斷略加批評的創制，有《準風月談後記》大量摘抄論敵文章以暴露對手真實面目的跋文，有《夜頌》、《秋夜紀遊》等寓哲理抒情議論描繪於一體類似《野草》部分篇章的精緻小品，有《塵影》題詞、《當陶元慶君的繪畫展覽時》、《葉永臻作〈小小十年〉小引》、《〈窮人〉小引》那樣借題發揮言淺意深的書評贊論，有《娜拉走後怎樣》、《未有天才之前》、《革命時代的文學》、《文藝與政治的歧途》、《魏晉風度及文章與藥及酒之關係》、《上海文藝之一瞥》、《幫忙文學與幫閑文學》那樣談笑自若結體嚴整的講演錄，有《辭顧頡剛教授令「候審」》、《在上海的魯迅啟事》那樣的文告啟示，有《河南盧氏曹先生教澤碑文》、《鐮田誠一墓記》那樣的碑銘，有記事或思想的片斷（《忽然想到》、《半夏小品》），也有《門外文談》、《中國新文學大系‧小說二集‧序》等長篇學術論文，有記人記事類似中國傳統悼念文章的《記念劉和珍君》、《為了忘卻的記念》、《憶韋素園君》、《憶劉半農君》、《關於章太炎二三事》、《我的第一個師傅》和簡單的人物傳記《柔石小傳》，還有四談「無花的薔薇」，二論「京派」與「海派」，七講「文人相輕」和九篇「題定未草」那樣的系列短論。廣義的雜文甚至包括小說（《記「發薪」》、《阿金》、〈談所謂「大內檔案」〉），詩歌（著名的《而已集》「題辭」）和戲劇（《犧牲謨》、《論辯的靈魂》）。魯迅雜文與他不同時期的小說、戲劇，取材命意和寫法都具有密切聯繫，從而構成浩大嚴整的著作體系，雜文則是這體系的靈魂。

雜文是文章形式的徹底解放，也是文學精神的深刻自覺，它是魯迅對可用於現代中國的一切文章形式的創造性綜合，也是他一生文學成就的綜合顯示。魯迅明確反對現代「文學概論」之類對各體文章的嚴格限制，強調既要發揮各體文章特殊的形式功能，更要注意互補融合，追求無所顧忌自由驅遣的恢弘氣象。晚年有意創作一部反映中國現代知識分子生活的長篇小說，準備在這部小說完全打破現代長篇小說形式的嚴格限制，作者可以「自由說話」，各處文體允許隨意交叉地運用，對人生進行「直剖明示」。魯迅說這樣的小說其實就是雜文[20]。這樣理解的雜文境界類似《摩羅詩力說》

20　參見馮雪峰：《回憶魯迅》，《雪峰文集》，北京，人民文學出版社，1985 年，262 頁。

所謂「直語其事實法則」的「直語」功能，或晚年認為木刻所獨具的「放筆直幹」的藝術效果。

魯迅雜文涉及問題極其寬廣，涵蓋了現代中國人生活的各方面，核心是揭露現實生活中無處不在的奴役關係，大聲疾呼人的自由與解放。

和一般讀者關係最密切的，首先是直接抨擊時弊的政論。在現代中國，「時弊」就是滲透到普通人日常生活每個角落的專制的毒液，抨擊時弊的雜文，矛頭直指當權的專政。魯迅前期抨擊北洋軍閥政府的腐敗殘暴，後期抨擊國民黨政府一黨專政，這一類雜文涉及政治經濟軍事外交和意識形態各方面，尤其集矢於落後腐敗的政治在所有這些領域對廣大群眾的精神愚弄和奴役。魯迅並不簡單地批評時政，在篇幅有限的雜感中，他盡量從中華民族歷史形成的文化心理結構入手，挖掘無處不在的奴役關係的根源，以暴露當政者的用心；他目光犀利，判斷正確，而又形容得當，寥寥數語，就好像摸到了被批判者腦波的一閃，靈魂附體般地與被批判者「不相離」，「跟了他跑到天涯海角」，甚至跨越時間的阻隔，準確地罩在一切強暴者頭上。政治批判是國民性批判的一個窗口，但在輿論極端不自由的現代中國，政治批判要面臨現實風險甚至生命的威脅，不同於一般的社會批評和文明批評，特別顯出魯迅作為現代知識分子的社會良知和道德勇氣。

農民、婦女、兒童，是雜文經常的談論對象。這些人是中國式的奴役關係最底層命運最悲慘也是無力訴說的一群。魯迅對他們的悲慘處境寄予深厚同情，但並不居高臨下地布施，更不宣揚任何意義上的弱者的道德，而是在人格平等的意義上討論他們的問題，所以他一樣冷靜地解剖他們身上的弱點，比如《阿金》譴責底層婦女的糊塗跋扈，《上海的兒童》、《上海的少女》揭露都市兒童學習大人以自身弱點投機取巧出賣人格，《我談「墮民」》、《難行和不信》批評農民甘願為奴和一味懷疑。無情地解剖了被壓迫者靈魂上由壓迫者強行植入的愚黯和奴性，才更深刻地揭露了統治者的權力結構和意識形態的毒害。魯迅從不孤立地審視弱者，而是把他們放在整體奴役關係中考察，對弱者的認識是認識整個奴役關係的一個環節。

魯迅談論更多的是現代知識分子。早期雜文經常抨擊遺老遺少，但很快就集矢於現代知識分子。傳統讀書人慢慢絕迹，他們的精神特點或者消失，或者轉移到現代知識分子身上來了。魯迅自己也是知識分子，深知他們的優缺點，當他無情地解剖別人時也無情地解剖自己。知識分子是民族的自我意識，分析知識份子的心理就是「鑑別」民族的靈魂以促其自醒。魯迅批評現代知識分子，著眼於他們源於傳統的趨炎附勢、恃強凌弱、善於瞞和騙的奴性，嚴厲地將這視作靈魂的墮落，辛辣地概括為「幫兇」，「幫忙」，「幫閑」直至「扯淡」。儒家的懦弱和善於自欺，道教同樣自欺欺人的無為退讓，是傳統文人奴性的典型，也是現代知識分子用靈巧的偽裝裝飾起來的奴性的根子。魯迅批評的大都是新思想新文化的倡導者，以青年導師或正人君子自居，批評他們，不同於單純批評老中國的「舊」(如「五四時期的「國粹派」」，而是批評新派知識分子的自我意識，批評在他們的意識中被構造的現代中國的道德和文化形象。但魯迅並不批評現代中國知識分子所追求的價值理想，而是批評他們追求這些價值理想時的實際表現，不是單方面看他們說什麼做什麼，而是追問他們怎樣說。他善於將種種言論、學說、主義、名詞、口號和主體剝離，看他們實際達到怎樣的道德境界。這種剝離往往使他失望，因為他發現主體多半只是以種種說法為「濟私助焰之具」，並不真的相信，而僅僅滿足於字面上的玩弄：他稱之為「文字遊戲」，即知識分子的虛假意識形態，並推而廣之，將這看作最難根除的國民劣根性，一種惡劣的「精神勝利法」。

雜文的批判對象更多並無具體年齡性別或階級特徵，而是一般的「中國人」。魯迅無情地揭露「中國人」的愚黠、怯懦、兇殘、冷漠、巧滑、懶惰、誇張、異想天開、善於宣傳，但一面也竭力表揚「中國人」從古到今都不缺乏的「埋頭苦幹」和「拼命硬幹」。所有這些都是從實際中提取出來，不同於理論推演，雖是概括的說明，卻可以看出許多現實所指，就像他的小說，達到了高度的藝術真實性。魯迅對此具有相當自信：「『中國的大眾的靈魂』，現在最反映在我的雜文裡了」。

另一項重要內容，是思考中國和世界的關係，探索中國如何看齊世界前進大勢而又不為先進文化所主宰，亦即他早年希望的「外之概不後於世界之思潮，內之仍弗失固有之血脈」。著名的《拿來主義》是這種思考宣言式的總結，多方設譬反覆闡明此理的，還有《當陶元慶君的繪畫展覽時》、《玩具》、《未來的光榮》、《難得糊塗》、《河南盧氏曹先生教澤碑文》等。這種思考終其一生未嘗間斷。魯迅不是靜止地研究或評價國民性，更專注於在世界文化格局中創造性地尋求改造國民性改變中國現實文化狀況的可能性。他是抱著為民族找出路的苦心寫雜文的。

魯迅雜文充滿著具體的智慧，他特別善於從現實人生切近問題出發展開思想，不作抽象懸空的說理。比如，從鬍鬚、古鏡、孩子的照相、兒童讀物、電影廣告、充耳不聞的一句「國罵」說到隱微曲折的國民心理；從「毛筆之類」說到「禁用」洋貨乃是不想「自造」的借口；從「江北人」備受譏笑的簡單兒童玩具說到立足本土發明創造的艱難與可貴；從雷峰塔的倒掉說到壓制、反抗、「十景病」和中國式的破壞；從上海小市民對外國電影興趣的轉移說到「要覺悟著被描寫，還要覺悟著被描寫的光榮還要多起來，還是覺悟著將來會有人以有這樣的事為有趣」；從報刊片言隻語與零星報導，說到風俗輿論的墮落、政客的用心；由中國女人的腳，推定中國人之非中庸，又由此推定孔老夫子有胃病；從「火」說到中國人的善於屈從，崇拜暴力與破壞，卻輕視誠實無言的勞動與創造；從監獄說到監獄內外對人心的嚴密控制和瘋狂扼殺；從廣州人過年大放鞭炮說到中國人即使迷信也有攙假。具體的智慧使魯迅得以推開種種障礙眼目的懸浮性觀念、名詞、學說、主義、標語、口號，深深扎根於生活大地，成為現代中國卓越而忠實的代言人。

中國自秦漢以至晚清，文人凡有述作都旨在「代聖人立言」，不復有先秦之所謂「經」。中國古人往往把「經」理解為一成不變的權威，或超乎凡人的聖人之所造作，其實經典之所以為經典，並不在其玄學的先驗權威，而是因為它全面深刻地總結了一個民族生活的歷史經驗，反映了一個民族命運的本質。經典是發展的，又是凡俗的。魯迅雜文全面而深刻地反映了現代中國人痛苦地忍受掙扎與熱情地尋求創造相交織的心靈軌跡，稱得上經緯現代中國人思想生活的大典。

第四章

多種小說形式的探索

第一節　郁達夫與「自敘傳」抒情小說

生平與小說創作／零餘者的人物形象／三重精神要素／疾病的文學主題／「自敘傳」的敘述形式／小說結構模式的演變／《遲桂花》

郁達夫（1896-1945），本名郁文，字達夫，浙江富陽人。七歲入私塾受啟蒙教育，後到嘉興、杭州等地中學讀書。1913 年隨兄赴日本留學，並最終從經濟學專業轉向文學創作。1921 年和郭沫若一起創辦創造社，編輯《創造月刊》，同期開始小說創作，1921 年 10 月，《銀灰色的死》、《沉淪》、《南遷》等三篇小說以《沉淪》為題結集出版，作為中國現代文學史上第一部白話短篇小說集，也是現代文學史上最早的留學生小說集，以其「驚人的取材、大膽的描寫」以及驚世駭俗的自我暴露引起文壇的震動。1922 年畢業於東京帝國大學經濟學部，隨後回國參加編輯《創造》季刊、《創造周報》等刊物。1927 年 8 月退出創造社，次年與魯迅合編《奔流》月刊，並編輯《大眾文藝》。1930 年參加中國左翼作家聯盟。1938 年底赴新加坡，編輯報刊，從事抗日救亡工作。1942 年流亡到蘇門答臘，1945 年在蘇門答臘被日本憲兵殺害。郁達夫一生著述甚豐，其中的小說名篇除《沉淪》外，還有短篇小說《采石磯》、《蔦蘿行》、《春風沉醉的晚上》、《薄奠》、《過去》、《遲桂花》，中篇小說《迷羊》等。

郁達夫是二十年代中國現代文學中僅次於魯迅的最重要的小說家之一，也是使「自敘傳」抒情小說取得令人矚目的成績的小說家，尤其是在小說中貢獻了「零餘者」的小說人物形象。如果說郭沫若《女神》中的抒情主人公是時代的創造者和破壞者的強者形象，那麼郁達夫小說集中描繪的則是找不到時代位置的弱者——零餘者形象。把郭沫若和郁達夫筆下的主體形象並置在一起觀照，才能更完整地構成五四時代。

所謂「零餘者」，就是被擠出時代的沒有力量把握自己命運的多餘人。這一形象來自俄羅斯小說家屠格涅夫的《多餘人日記》（The Diary of a Superfluous Man），而其代表人物則是《羅亭》中的同名男主人公。郁達夫曾說他三度閱讀《多餘人日記》，並把「多餘人」翻譯成「零餘者」，從多餘人的形象中獲得深刻的共鳴。他自己也在小說中塑造了一系列「零餘者」的形象，這些形象在「五四」歷史背景下滲透著作者自身的氣質和性格特徵：多愁善感，有五四時代特有的理想，熱切的追求，同時經常體驗追求而不得的痛苦；在政治上是積貧積弱的老中國的兒女，經常感嘆祖國的衰弱與貧困；經濟上則是經常受失業威脅的下層知識份子；個性軟弱，精神消沉，意志力薄弱，常常不能克制自己。這些人一方面有高舉遠慕的追求，另一方面則是超越的理想與地位的低下以及性格的羸弱所形成的尖銳衝突，最終導致自傷自憐的心理乃至自虐的性格。而這一切給人以深切的震撼感的原因，還在於郁達夫勇於自我暴露和自我懺悔的精神。無論是作者本人，還是他筆下的人物，都給讀者一個「真人」的率真印象，讀郁達夫的小說常常令人心動，正是這種率真的情感、氣質和性格綜合衝擊讀者感官和閱讀體驗的結果。這種真率與真誠，既是郁達夫追求的理想的人性，也可以看成是一種文學觀。而其背後，則是一種返歸自然的生命和哲學思想。

郁達夫稱自己身上有三重精神要素：對於大自然的迷戀，向空遠的渴望，遠遊之情，並把這三重要素視為寫作的「主要動機」，[1]並最終反映為郁達夫寫作中以風景著稱的特色以及回歸自然的思想。其中，居於核心地位的是郁達夫的返歸自然的觀念，既是對大自然的回歸，也是對自然人性的生命形式的歸返。這種自然觀又與盧梭的思想以及德國浪漫主義文學潮流互相感應契合，構成了郁達夫文學思想的精髓部分。這與郁達夫在日本留學期間大量涉獵西方作品密切相關，他的作品中也自然濡染了外國文學的氣息，如日本當時流行的私小說（又稱自我小說、心境小說），盧梭的自然人性觀以及屠格涅夫的多餘人形象都對他構成了影響。但是另一方面，更深刻地塑造了郁達夫的乃是中國傳統文化，尤其是士大夫情趣。郁達夫的頹廢和感傷也更是傳統的，他的

1　《懺餘獨白——〈懺餘集〉代序》，《郁達夫文集》，第 7 卷，廣州，花城出版社，香港，三聯書店香港分店，1983 年，250 頁。

清高和放浪形骸也有古代文人的影子，他的精神資源更要到竹林七賢、揚州八怪那裏去尋找。真正使郁達夫醉心的是中國古典美、感傷美，他筆下的風景也常帶一種肅殺的秋意；他更喜歡處理的也是我們在古代文學那裏已經熟悉了的傳統題材：悲秋、離別、懷遠、傷悼……有一種萎靡不振的陰柔氣息。這種氣息恐怕與作者多病的身體以及柔弱的氣質有關。

疾病的主題是介入郁達夫小說的一個重要的角度，他本人正是體弱多病，時常擔心：

> 不知秋風吹落葉的時候，我這孱弱的病體，還能依然存在在地球上否？[2]

讀他的小說，讀者能感受到一種令人窒息的病的氣息以及郁達夫對病的題材的處理所表現出的一種「新的態度」。在中國現代作家中，頻繁地觸及疾病母題的，或許沒有人能出其右。從郁達夫最早的留學生文學《銀灰色的死》、《沉淪》、《南遷》，到後來的《胃病》、《茫茫夜》、《空虛》、《楊梅燒酒》、《迷羊》、《蜃樓》，郁達夫小說中的男主人公經常生病：感冒、頭痛、胃病、肺炎、憂鬱症、肺結核、神經衰弱……而且常常是一病就是一年半載的光景。因此病院和療養院也構成了小說中最具典型性的場景。而生理和身體上的疾病往往制約著主人公的情緒和氣質，最終則會在小說的美感層面體現出來。郁達夫小說的委靡的感傷之美，陰

2　《寫完了〈蔦蘿集〉的最後一篇》，《郁達夫文集》，第 7 卷。

柔的文化情趣與他大量處理疾病的母題有一定的關係。讀郁達夫的小說，你會深切地感受到，疾病就是人物的命運，是人物的生存形態，同時也構成了一種隱喻和象徵。郁達夫小說中的病可以說是「對於自我之新態度的比喻象徵」，[3]正像他的小說中的人物于質夫所著之裝束在當時感傷的一代文學青年中也引領服裝的潮流一樣，郁達夫筆下的病同樣有一種「意義」，在小說人物頹廢、落魄、病態的外表下其實暗含著一個新的自我，一個零餘者的形象。在《沉淪》自序中，郁達夫稱：

> 《沉淪》是描寫著一個病的青年的心理，也可以說是青年抑鬱病 Hypochondria 的解剖，裏邊也帶敘著現代人的苦悶，——便是性的要求與靈肉的衝突。[4]

這既是從病理學的意義上解析男主人公，也從精神苦悶和靈肉衝突的角度來審視現代人。一定意義上，《沉淪》表徵著中國現代小說從創生伊始講述的就是一個現代人的生存困境的故事。

文學史中關於「五四」啟蒙主義的最通常的表述，是把「五四」的主題概括為「人的發現」。但正像有研究者所揭示的那樣，中國現代文學中的「自我」範疇是極不穩定的，因為個人常常發現在社會秩序的迅速崩潰中失去了歸屬。郁達夫的小說經常表現「破碎的、無目的以及充滿不確定性因素的旅程」，正是人的歸屬感缺失的一個表徵。他筆下的「零

3　柄谷行人：《日本現代文學的起源》，北京，三聯書店，2003 年，97 頁。
4　《〈沉淪〉自序》，《郁達夫文集》，第 7 卷，149 頁。

餘者」也大多是處在遠遊的旅途中的漂泊徘徊的形象，徘徊在男人和女人、東方和西方、傳統和現代、知識份子和農民之間，無法找到一個穩固的立足點。[5]《沉淪》就已經開始了郁達夫的現代主題的表達，即現代性的危機是一種個人主體性以及民族主體性的雙重危機，《沉淪》主人公蹈海自盡是這種主體性雙重缺失的必然結果。由此便可以理解《沉淪》結尾主人公的著名獨白：

> 祖國呀祖國，我的死是你害我的！
> 你快富起來，強起來吧！
> 你還有許多兒女在那裏受苦呢！

小說的敘述重心，從青春期的壓抑，以及零餘者的個體意義上的心理危機，一下子過渡到結尾的家國主題和政治層面，給人一種突兀的分裂感，所以評論者通常認為《沉淪》的結尾是失敗的。但實際上，《沉淪》中的這一家國及政治主題模式在現代小說中是司空見慣的，它反映著中國現代主體的建構過程與民族國家之間的千絲萬縷的聯繫。民族國家的危機必然要反映為個人主體性的危機，而郁達夫的頹廢和病態正是一種歷史危機時刻主體性漂泊不定的反映。他屢屢處理「疾病」的文學主題也當由此獲得更深入的解釋，這就是疾病所承載的現代性「意義」。

郁達夫的「自敘傳」的小說形式也正是在這個意義上顯示出更深刻的文學價值。他對「自我」的大力張揚的背後，

5　參見劉禾：《跨語際實踐》，北京，三聯書店，2002 年，210 頁。

是對現代主體性的艱難探索。郁達夫因此是現代小說史上第一個全力倡導「自我」和探索個人主體性的小說家，也是作者的自我與小說中的主人公融為一體的作家。讀郁達夫的小說，讀者會有一種幻覺：作者和主人公無法截然分開，讀者讀的雖然是作品中的人物，但聯想到的形象往往是作者本人。作品的人物形象——于質夫，連名字都是根據作者本人起的。作者、敘事者、人物三者的合一，構成了郁達夫「自敘傳」小說敘述形式的最主導的特徵，也同時決定著郁達夫對文學本質的理解，正像他所說的那樣：「我覺得『文學作品，都是作家的自敘傳』這一句話，是千真萬確的。」[6]正是在他這裏，中國現代「自敘傳」的小說形式走向成熟。

從小說結構模式上看，從早期的《沉淪》，到《春風沉醉的晚上》，再到 30 年代的《遲桂花》，郁達夫的小說大體上經過了三種形態：

第一，以《沉淪》為代表，小說結構表現為散文化和情緒化的特徵，以主人公的感情流動為線索，情緒構成了小說的基本要素，因此在結構上顯得鬆散。這一時期的小說也多以第一人稱「我」為抒情主人公，即使是第三人稱敘事，主人公「他」也可以看成是作者自我的外化，「我」與「他」是小說的絕對中心，其他人物都是過場和陪襯，很少著墨，可以說這是一種直接抒發情懷和剖白心理的單純抒情模式，也是最為典型的「自敘傳」小說形式。

6　《五六年來創作生活的回顧——〈過去集〉代序》，《郁達夫文集》，第 7 卷，176 頁。

第二，到了《春風沉醉的晚上》（1923）和《薄奠》（1924），敘事模式有了變化，小說中既有「我」，又有了「她」，出現了兩個主人公、兩種人物的生存境遇的參照，這是對初期「自敘傳」形式的突破。《春風沉醉的晚上》寫的是「我」（靠少得可憐的稿費為生的落魄的文人）與「她」（來自農村的下層女工陳二妹）同病相憐的故事。這種「同是天涯淪落人」的處境，一方面堪稱是傳統的「士子——倡優」模式在現代背景下的延續；而另一方面，如果說古代的落難士人最終總能金榜題名，進入權力中心，而到了郁達夫的《春風沉醉的晚上》，落魄文人已經無法回到傳統士大夫的優越的地位中去了，他與下層勞動婦女構成了一種真正的「同是天涯淪落人」，從而反映了 20 世紀初葉中國社會的深刻變化。《春風沉醉的晚上》正反映了傳統知識分子在現代史上地位的倒置，從中心到邊緣的浮動。[7]

第三，到了 1932 年的《遲桂花》，「她」真正成了主人公，而「我」除了作為小說人物之外，更體現一個敘事者的功能。小說人物重心的轉移標誌著郁達夫把主觀性和客觀性融合起來，形成了他的小說敘事的第三個階段。在這種敘事型範中，認識因素和抒情化的情感因素達到了更完美的結合。小說的地點近乎一個世外桃源，有肅穆的月夜和幽美的山水。女主人公則是郁達夫追求的一種健全而理想的自然人性的典範。小說把天真健全的美的人格、純潔無邪的美的情感、清新自然的美的環境結合成詩的意境。從《沉淪》的感

---

[7] 參見黃子平：《同是天涯淪落人——一個「敘事模式」的抽樣分析》，《中國現代文學研究叢刊》，1985 年 3 期。

傷到《遲桂花》的淳靜，既可以看成是人性返歸自然的過程，也是作者返歸自我的過程，青年時代的極端的激情方式漸漸向哀樂中年的平和與澄淨轉化，達到了郁達夫自己的小說藝術最好的階段。

第二節　五四時期的抒情小說

浪漫的抒情時代／郭沫若／張資平等創造社小說家／馮沅君、廬隱／其他小說家

郁達夫認為：「人生從十八九到二十餘，總是要經過一個浪漫的抒情時代的。」[8]「五四」時期登上文壇的作家，絕大多數正處於這個「浪漫的抒情」的年齡，這種個體的抒情年齡與「五四」歷史青春期結合在一起，造就了一代文學的浪漫抒情氣息。這種抒情氣息尤其在以郁達夫所代表的創造社小說家的創作中得到了最集中的體現，郁達夫的自敘傳的小說，正產生於抒情時代的大背景中；同時也開了抒情小說之先河，形成了「五四」時期的「郁達夫熱」，引發了更年輕的後來者的效仿。「五四」抒情小說的創作熱潮，正產生於這種具有浪漫主義傾向的個體與「五四」抒情時代的遭逢遇合之中。

8　《懺餘獨白——〈懺餘集〉代序》，《郁達夫文集》，第 7 卷，249 頁。

浪漫主義抒情小說的作家們大都信奉「五四」啟蒙時代「表現自我」的文學觀，在小說中發展出鮮明的主觀性，強調情感的力量及其在文學中的本體性，郭沫若在《〈少年維特之煩惱〉序引》中即稱這種追求為「主情主義」。這種對情感與情緒的極端強調與詩歌中的對情緒的張揚同氣相求，造就了中國現代文學史上一個空前絕後的抒情時代。另一方面，情緒和情感的具體表現內容在小說和詩歌中又構成了細微的分別。如果說，「五四」時期以《女神》為代表的浪漫主義詩歌中充滿狂飆突進的激昂情緒，那麼小說中的情感則往往表現為低迴、感傷，其中最主要的原因在於抒情小說大多創生於「五四」落潮之際，尤其「到『五卅』的前夜為止，苦悶仿徨的空氣支配了整個文壇」，[9]年輕人的苦悶、憂鬱和感傷必然在文學中尋求發泄。與此同時，「五四」時期小說形式觀念的新變，也促使抒情小說迅速登上歷史舞臺。1920 年，周作人就曾經提出過「抒情詩的小說」的概念：「小說不僅是敘事寫景，還可以抒情」，[10]從而打破了傳統小說以故事為主體的敘事格局，為抒情進入小說並成為主導因素提供了理論準備。

郁達夫、郭沫若為代表的創造社諸君在抒情小說創作方面表現出一種群體性。除了郁達夫的《沉淪》是現代文學史上的第一部短篇小說集外，張資平的《沖積期化石》是現代文學史上的第一部長篇小說，創造社其他作家倪貽德、陶晶

---

9 《〈中國新文學大系〉小說一集・導言》，《茅盾選集》，第 5 卷，成都，四川文藝出版社，1985 年，232 頁。

10 周作人：《晚間的來客》，《新青年》，7 卷 5 號，1920 年 4 月。

孫、葉靈鳳、白采、周全平等在抒情體小說方面也作出了貢獻。此外，創造社之外的馮沅君、廬隱、王以仁等小說家，都匯入了五四抒情小說的潮流之中。

郭沫若早在 1919 年即發表了以朝鮮為背景的第一篇小說《牧羊哀話》，此後的文學創作生涯中，間或有小說問世，一直到 1947 年發表《地下的笑聲》，其間的小說收於《落葉》、《塔》、《橄欖》、《豕蹄》等集中。郭沫若的早期小說，按鄭伯奇的說法可分為「身邊小說」和「寄託小說」（《中國新文學大系·小說三集·導言》），其中的「寄託小說」，通常寫的是歷史題材或者異域題材，借古人和異域生活來寄託思想與情感，代表作有《牧羊哀話》、《秦始皇將死》、《楚霸王自殺》等。「身邊小說」則受到了日本「私小說」的影響，寫主人公現實境遇和、情感和心靈歷程，有《漂流三部曲》（《歧路》、《煉獄》、《十字架》）、《行路難》、《喀爾美蘇姑娘》等。這些「身邊小說」有鮮明的自傳色彩，多通過主人公的內心獨白坦率地解剖自我，宣泄內心的情感，控訴不合理的制度，與郁達夫相比，有更多激憤的色彩。《漂流三部曲》和《行路難》都以愛牟為主人公，愛牟即是英語「I am」的譯音，與郁達夫筆下的「于質夫」異曲同工，在名字上即透露了自敘傳的創作主旨。《喀爾美蘇姑娘》則更帶有一種幻美色彩，寫敘事者「我」在一個日本少女身上「馳騁著愛欲的夢想」，小說最終成為「我的自我的分裂，我的二重生活的表現」。這種分裂在《殘春》中也得到了體現。

郭沫若對西方現代派文學觀念和手法的借鑒也有文學史的意義。《殘春》就是較早運用弗洛伊德學說狀寫意識流的小說。小說是第一人稱敘事，主人公愛牟（「我」）是個醫科學生，被日本的護士小姐 S 迷住，誘發了愛牟的一個夢，夢見自己與 S 小姐出遊，S 小姐對他做出大膽的誘惑舉動。關鍵時刻，愛牟的一個朋友跑來報告驚人的消息：愛牟的妻子殺死了他們的兩個兒子，接下來便是家中血流滿地的情形，愛牟一下子驚醒，醒後趕忙回家，發現妻與子安然無恙。這部創作於 1922 年 4 月的小說描繪了本我和超我的衝突，是弗洛伊德學說在中國小說中最早的形象化闡釋。同年 11 月魯迅也創作了《不周山》（收入《故事新編》時改名《補天》），稱是借用弗洛伊德的學說「解釋藝術的起源」，兩者都可以看作是較早的先鋒派小說試驗。

創造社有影響的小說家還有張資平（1893-1959），以寫三角戀愛小說著稱，主要作品有《梅嶺之春》、《苔莉》、《飛絮》等。魯迅曾以一個三角符號（「△」）來提煉張資平「小說學」的「精華」。[11]張資平的小說擅長愛欲描寫，用文學評論家的話說，小說充滿一種「濃重的肉的氣息」。[12]對張資平的分析因此涉及文學史中寫情欲的小說類型的評價。肯定的觀點認為其中體現了個性解放，批判者則認為反映了人欲橫流的墮落傾向。而更關鍵的問題還在於，與同樣描寫情欲的郁達夫相比，張資平的小說中缺少郁達夫借助性苦悶所揭示出的生的苦悶與焦慮，也因此缺少郁達夫在生命

---

11 《張資平氏的「小說學」》，《魯迅全集》，第 4 卷，北京，人民文學出版社，1981 年，231 頁。

12 錢杏邨：《張資平的戀愛小說》，《張資平評傳》，上海，現代書局，1932 年，7 頁。

本能中蘊涵的超越意向，而更多是欲望中的發泄和沉溺。類似的小說家還有葉靈鳳（1905-1975），著有《女媧氏之遺孽》等。而另一個同樣擅長寫性愛小說的陶晶孫（1897-1952），則更富於唯美和感傷情懷，代表作有《木犀》。相對說來，與郁達夫更為近似的創造社後起小說家是倪貽德（1910-1970）和周全平（1902-1983），前者著有《玄武湖之秋》、《東海之濱》等小說集，字裏行間充斥了愛的幻滅以及身世之感；後者著有小說集《夢裏的微笑》，受到郁達夫和德國十九世紀詩意現實主義小說家施篤姆的雙重影響，作品中既有《沉淪》的畸零的病態，也有《茵夢湖》的纏綿的柔美。

受創造社影響的還有兩位女性小說家——馮沅君和廬隱。馮沅君（1900-1974），河南唐河縣人，與廬隱、蘇雪林、石評梅等都出身於北京高等女子師範大學，1922 年考入北京大學研究所國學門研究生，研究中國古典文學，同年開始文學創作，以淦女士的筆名在《創造》季刊、《創造周報》等雜誌上發表《隔絕》、《旅行》、《慈母》、《隔絕之後》等小說，後收入小說集《卷葹》。小說反映了抵抗包辦婚姻、追求戀愛自由和婚姻自主的主題，同時是「『五四』運動之後將毅然和傳統戰鬥，而又怕敢毅然和傳統戰鬥，遂不得不復活其『纏綿排惻之情』的青年們的真實的寫照」，[13]得到了魯迅的賞識，1926 年，魯迅把《卷葹》編入《烏合叢書》。

《卷葹》展現出諸多女主人公的形象，是敢愛敢恨熱烈奔放的勇敢者形象：

13　《中國新文學大系·小說二集·序》，《魯迅全集》，第 6 卷，247 頁。

> 我詛咒道德，我詛咒人們的一切，尤其詛咒生，讚美死，恨不得把整個的宇宙用大火燒過，大水沖過，然後再重新建築。想到極端的時候，不是狂笑，便是痛哭。

因此沈從文評價說，創作了《隔絕之後》的淦女士所得的盛譽，超越了冰心，「一時間似較之郁達夫、魯迅作品，還都更寬泛而長久」；「淦女士作品，在精神的雄強潑辣上，給了讀者極大驚訝與歡喜」，並以其「勇敢」和「肆無忌憚」，「興奮了一時代的年青人」。[14]

與馮沅君齊名的有廬隱（1899-1934）。廬隱原名黃淑儀，又名黃英，生於福建閩侯，長在北京。1909 年入教會辦的慕貞學院。1919 年考入北京高等女子師範大學國文系。1921 年加入文學研究會。主要作品有短篇小說集《靈海潮汐》、《曼麗》，長篇小說《歸雁》、《象牙戒指》，其中最有影響的是短篇小說《或人的悲哀》、《麗石的日記》，中篇小說《海濱故人》。

同是出身於教會學校，但與冰心相比，廬隱卻更多五四的叛逆精神，這與她的精神歷程密切相關。在廬隱去世當年出版的《廬隱自傳》中，作者回憶九歲被送到北京慕貞學院所度過的五年時光時寫道：「我那時弱小的心，是多麼空虛，我的母親不愛我，我的兄弟姐妹也都拋棄我，我的病痛磨折我。」在 1930 年出版的《歸雁》中，廬隱說：「生命在我沒有恩惠，只有仇恨。」這種經歷在很大程度上決定了廬隱

---

14 《論中國創作小說》，《沈從文文集》，第 11 卷，廣州，花城出版社，香港，三聯書店香港分店，1984 年，175-176 頁。

的悲劇性性格，常處於激烈的情感衝突中，情緒也經常在兩個極端中波動：追求大幸福時常伴隨著大痛苦。廬隱的成名作是《海濱故人》，寫的是露沙等五位女大學生，從海灘上的歡聚到日後的零落的過程，寫出了一種飄零無依之感，是一齣在五四落潮期時代新女性幻想破滅的悲劇，反映了一代人感受到的心靈痛苦。小說刻繪了幾位女子對人生意義的苦苦追求，並把人生問題集中於愛情領域探討具體答案。按茅盾的說法：「在廬隱的作品中，我們也看見了同樣的對於『人生問題』的苦索。不過她是穿了戀愛的衣裳。」「在反映了當時苦悶徬徨的站在享樂主義的邊緣上的青年心理這一點看來，《海濱故人》及其姊妹篇（《或人的悲哀》和《麗石的日記》）是應該給予較高的評價的。」[15]廬隱小說中的人物往往都以困擾和悲劇告終，這是一批從封建牢籠中衝出來的娜拉，卻一時茫然不知所往，有一種深深的無歸宿的懸浮之感。用廬隱的話說：「我是徬徨於歧路——這就是我悲傷苦悶的根源。」[16]如《或人的悲哀》中亞俠的告白：「我心徬徨得很呵！往哪條路上去呢？……我還是遊戲人間罷！」而最終則是，「我何嘗遊戲人間，只被人間遊戲了我」，《麗石的日記》中的麗石與《海濱故人》中的露沙，都有亞俠的影子。如果說冰心的作品中有一種春天的氣息，那麼廬隱的小說則充滿秋天的肅殺之氣，沒有冰心的愛的聖潔，也沒有馮沅君的雄強壯烈，而是充斥了苦悶憤世的悲哀。

15　《中國新文學大系・小說一集・導言》，《茅盾選集》，第 5 卷，241-242 頁。

16　廬隱、李唯建：《雲鷗情書集》，上海，神州國光社，1931 年。

同為文學研究會成員，在風格上卻更多創造社的抒情氣息的小說家還有王以仁和滕固。王以仁（1902-1926）年僅 24 歲即自殺身亡，留下八 8 萬字的小說《孤雁》，在風格上直接取法郁達夫，有自敘傳傾向，因此郁達夫稱王以仁是自己的創作風格的「直系的傳代者」。[17]滕固（1901-1941）著有短篇小說集《壁畫》、中篇小說集《銀杏之果》等，以病態的唯美主義色彩知名。

「五四」時期的抒情小說作家除創造社的主體之外，還有淺草社和沉鐘社的小說家陳翔鶴、陳煒謨、林如稷、馮至等。他們更多地吸收了西方現代主義文學的影響，其創作傾向，用魯迅的話概括：「向外，在攝取異域的營養，向內，在挖掘自己的魂靈，要發見心裏的眼睛和喉舌，來凝視這世界，將真和美歌唱給寂寞的人們」。[18]

第三節　鄉土小說的流脈

「僑寓文學的作者」／改造國民性的主題／民俗學的價值／小說家的懷鄉病／鄉土小說的意義

鄉土小說是五四時期通常與問題小說、抒情小說並稱的第三種小說類型，指「五四」時期從廣大鄉村流浪到北京的

---

17 《新生日記》，《郁達夫文集》，第 9 卷，83 頁。

18 《中國新文學大系・小說二集・序》，《魯迅全集》，第 6 卷，242 頁。

青年作家以鄉土為主要題材的小說創作潮流。魯迅在《中國新文學大系・小說二集・序》中說：「凡在北京用筆寫出他的胸臆來的人們，無論他自稱為用主觀或客觀，其實往往是鄉土文學，從北京這方面說，則是僑寓文學的作者。」「僑寓文學」規定了這批小說家的創作是遠離故土的寫作，鄉土小說的題材因此也往往是小說家們回憶中的故鄉風土人情和童年生活，因此，魯迅稱鄉土小說中時時「隱現著鄉愁」。[19]

鄉土小說的主體作家，是「五四」運動直接熏陶出來的魯迅一代之後的第二代新文學作家，他們大部分出生於世紀之交，生活在邊遠地區，有鄉土童年的生活背景，其中蹇先艾（1906-1994）來自貴州，彭家煌（1898-1933）來自湖南，許杰（1901-1993）、王魯彥（1902-1944）、許欽文（1897-1984）、王任叔（1901-1972）則來自浙江，他們受「五四」的感召離開故土進入都市，一方面接受了現代文明的影響，另一方面也與鄉土保持著觀照距離，再回過頭來以現代意識反觀鄉土，就有了終老鄉土不曾有的感受和發現。

鄉土小說家首先發現的是故鄉的原始習俗的落後愚昧以及反人性的野蠻殘酷。對反人性的習俗的批判構成了鄉土小說的重要主題。如蹇先艾的《水葬》，寫貴州偏遠地區把偷東西者以「水葬」的方式處死的習俗。小說集中描寫了圍觀的看客：「被好奇心充滿了的群眾，此時也顧不得汗的味道，在這肉陣中前前後後的擠進擠出。你撞著我的肩膀，我踩踏了你的腳跟……一分鐘一秒鐘也沒有安靜過。」對看客

19　《中國新文學大系・小說二集・序》，《魯迅全集》，第6卷，247頁。

的處理分明有魯迅小說的影子，匯入的也是魯迅式的改造國民性的五四主題。又如許杰的《慘霧》，寫浙江兩個村莊之間的械鬥，展示的是閉塞的宗法制度統治下的農村最殘酷、最原始的一面，讀起來驚心動魄。王魯彥的《菊英的出嫁》展示的是浙江寧波農村的兩個家庭大辦婚禮的場面。菊英已經十八歲了，父母為她找了婆家，送她出嫁。讀者讀下去才驚悟到原來菊英早在八歲時就已經患白喉病死去了，但她的母親卻迷信人死後在陰間依舊生存，所以到了十八歲就找了一個也是早就死去的女婿，按當地最嚴格的嫁娶習俗為陰間的兒女操辦「冥婚」。

這幾部小說的看點之一是其中描繪的地方習俗，反映了鄉土小說所普遍具有的民俗學方面的價值。周作人曾說，為了「表現大多數民眾的性情生活，本國民俗研究也是必要，這雖然是人類學範圍內的學問，卻和文學有極重要關係」。[20] 因此，對風俗與節慶的描繪構成了鄉土小說的重要部分，在鄉土小說家筆下，民俗反映了民間恆常的生活形態，民間關於生老病死的觀念都具體表現在這些儀式化的民俗細節以及鄉土關於這些民俗的解釋和想像中。無論是蹇先艾，還是王魯彥，其鄉土小說中的民俗內容都反映了鄉土中人的生存狀態、心理習慣和觀念型範。從此風俗、傳說、宗教世界也構成了中國現代小說所關注的重要內容，而這些內容，曾經最早在鄉土小說中得到集中展現。

---

20 周作人：《在希臘諸島・譯者後記》，《知堂序跋》，長沙，岳麓書社，1987 年，3 頁。

鄉土小說還側重敘寫了作家們在都市中接受了現代文明的同時，因感受到隨著中國社會生活的半殖民地化、商品化和城市化帶來的道德問題，意識到中國人為了工業化和現代化必須付出心理和道德代價，於是便有了普遍的道德困惑。在困惑中再回頭反觀農村，又發現了鄉土生活中固有的特殊的美。對鄉土之美的重新發現也體現出小說家對傳統道德和農業文明中正日漸消逝的田園牧歌詩情的嚮往，多少反映了「僑寓」小說家的懷鄉病。鄉土小說有一部分寫的是對作家故鄉和童年生活的追憶，帶有一種在想像中與故鄉和童年拉開距離後的固有的審美化痕迹。如許欽文的《父親的花園》，是對故鄉古老平靜的封建宗法社會和無憂無慮的童年的追念，同時流露了對失去而不可復得的美好東西在回憶中的惆悵。這類小說還折射了作家們更本質的精神世界，即對精神故鄉的追求，而更多的小說則表現的是「鄉土之夢」的破滅及其帶給小說家的失落。

與對鄉土的追懷、傳統美的失落相聯繫的，是以浙江作家為代表的鄉土小說所觸及的資本主義滲透之後農村的變化。如王魯彥的《黃金》，寫故鄉小鎮的世態炎涼，以及人與人關係開始金錢化。史伯伯的兒子在外地給他寄錢來，小鎮的人們對他就另眼相看，百般巴結；一旦兒子不能寄錢，人們就感到幸災樂禍。《黃金》揭示了金錢拜物教對中國農村的滲透。許杰的《賭徒吉順》同樣寫了一個為金錢所異化了的人物：吉順。主宰他心理和行動的已不是名譽、道德原則，而是金錢，輸光了一切之後，最終甚至把自己的妻子也典讓了出去。小說順帶寫了一種典妻制度。典妻制由此也構成了鄉土小說家一再敘述的母題，又如安徽作家臺靜農（1903-1990）的小說《蚯蚓們》、《負傷者》也有農村中「賣妻」、「典妻」的描寫。這種典妻題材在後來柔石的《為奴隸的母親》、羅淑的《生人妻》中也一直延續著。

縱觀整個鄉土小說，其意義集中反映在如下幾點：

第一，鄉土小說家們普遍注重對地方風物民俗的描寫，作品中體現了鮮明的地域性特徵，著意突出風土人情的地方色彩，試圖在小說中統一「國民性、地方性和個性」，為後來以沈從文為代表的中國現代地域小說的成熟打下堅實的基礎。同時注重對人物性格和社會環境的描寫，開始向「典型環境下的典型性格」靠攏，標誌著客觀寫實風格的出現。

第二，鄉土小說作者是一批真正扎根鄉土生活，真切地瞭解鄉土農人的辛酸和痛苦的小說家，他們的創作更真實深入，真正進入了鄉土生活細節以及農人的情感、思維方式。在五四的感傷主義的時代氛圍中，他們的創作為文壇帶入了一股泥土的氣息。正像魯迅在《中國新文學大系・小說二集・序》中談到這一時期鄉土小說的主要收穫之一——臺靜農的《地之子》時所評價的那樣：「在爭寫著戀愛的悲歡，都會的明暗的那時候，能將鄉間的死生，泥土的氣息，移在紙上。」[21] 臺靜農與其他鄉土小說家筆下的農村生活，由此開闢了一個更新鮮剛健和廣闊的視域，泥土氣息從此一直蔓延著整個現代文壇。

---

21 《中國新文學大系・小說二集・序》，《魯迅全集》，第 6 卷，255 頁。

第三，鄉土小說反映了「五四」從啟蒙主義的個性解放發展為社會解放的思潮，打破了「五四」的「自我」的形象，從浪漫主義的天空回到了堅實的大地，回到了社會現實。在風格上，也由主觀抒情走向客觀敘事，從情緒走向性格。這種性格固然還稱不上是典型性格，也缺乏魯迅筆下祥林嫂、阿 Q 這樣成熟的藝術形象，但是，鄉土小說家們卻塑造了鄉土社會底層的凝重的群像。總的說來，小說技巧尚顯幼稚，是整個時代藝術的幼稚在鄉土小說中的反映。

第四節　「為人生」的小說

「為人生」的文學觀念／葉聖陶／王統照／許地山／宗教色彩與東方文化精神

茅盾在總結「五四」初期的小說創作時認為，一方面是「描寫男女戀愛的創作獨多」，[22]另一方面則缺少從生活土壤中取材的寫實小說，而那些「名為『此實事也』的作品，亦滿紙是虛偽做作的氣味」，[23]上述論斷揭示了「五四」初期小說創作的弊端之所在，即真正立足人生和社會的寫實文學的匱乏。

22　茅盾：《評四五六月的創作》，《茅盾選集》，第 5 卷，42 頁。
23　《自然主義與中國現代小說》，《茅盾選集》，第 5 卷，54 頁。

與此同時，隨著一批鄉土小說家從邊遠地區走向新文化中心，中國的鄉土生活以及底層經驗也開始在中國文壇得到反映，清新的泥土氣息開始在字裏行間氤氳，改變了「五四」初期創作視野狹窄的局面，使小說題材的擴大成為可能，「為人生」的理念也得以真正在創作實踐中落實。

正像創造社高舉「為藝術」的旗幟一樣，「五四」時期「為人生」的文學觀念則是與文學研究會的文學主張密切相關的。在問題小說和抒情小說進入文壇的同時，文學研究會的一些作家也開始反撥「五四」初期問題小說的膚淺與概念化，反撥抒情小說的感傷與濫情化，對社會現實投入了更多的關注，把文學看成是「人生的鏡子」，在創作中也大都實踐著自己的「為人生」的宗旨，技巧上更注重客觀的描寫和敘述。其中成績較突出的是葉聖陶，王統照、許地山等。

「五四」時期「為人生」的代表作家是葉聖陶（葉紹鈞，1894-1988），江蘇蘇州人，早期以文言寫小說，發表在《禮拜六》等雜誌上。1919 年加入新潮社，開始發表白話文學作品，成為問題小說的代表作家之一。1921 年與沈雁冰、鄭振鐸等人發起成立「文學研究會」。20 年代相繼出版了短篇小說集《隔膜》（1922）、《火災》（1923）、《線下》（1925）、《城中》（1925）、《未厭集》（1928）等，並在 1928 年創作了長篇小說《倪煥之》。

葉聖陶的早期創作從《隔膜》集到《火災》，反映了從問題小說到主觀抒情小說的過渡。而到了《線下》和《城中》集，則進入了寫實階段，集中狀寫他最擅長的知識份子和小市民的題材。他筆下的知識份子形象與郁達夫相比有著明顯的區別，郁達夫自敘傳小說中的知識分子主人公有過多的孤芳自賞和自我憐憫，而葉聖陶則以一種魯迅般的冷靜的批判態度，著重揭示知識分子的精神病態以及「灰色的卑瑣人生」[24]，風格也呈現出細膩冷峻的特徵。

葉聖陶寫實風格的代表作品是發表於 1925 年的《潘先生在難中》，塑造了一個堪與後來錢鍾書《圍城》中的人物相媲美的委瑣膽怯的知識分子形象。小說的背景是軍閥混戰，潘先生為了躲避戰亂帶著一家人從家鄉小鎮驚慌失措狼狽不堪地逃到上海。稍稍安頓，就擔心家鄉自己校長的職位，又倉皇返回小鎮。有喜劇意味的是，戰事並沒有波及小鎮就結束了，慶幸之餘，潘先生就忙著慶祝軍閥的凱旋，揮毫書寫「功高悅牧」、「威震東南」的匾額，完全沒有意識到知識分子所應該具有的起碼的操守。小說表達了作者對卑微自私、苟且偷生、患得患失的知識分子的犀利的嘲諷，也間接反映了戰亂頻仍、朝不保夕的時代環境。

對小人物以及知識分子形象的熟悉和關注是《潘先生在難中》取得成功的重要原因，同時，作者不動聲色的諷刺藝術也初露端倪。葉聖陶擅長在平實的敘述中讓筆下人物在自己的所作所為中自己顯露性格，暴露弱點，而作者的聲音卻深藏不露。與同時期絕大部分小說家相比，葉聖陶在小說中極少讓敘事者進行評論性干預，堪稱是當時少有的較為嚴格地遵循客觀敘述原則的小說家。尤其是同時期的小說家，多「不知道客觀的觀察，只知主觀的向壁虛造」[25]，葉聖陶的

24　《中國新文學大系・小說一集・導言》，《茅盾選集》，第 5 卷，245 頁。
25　《自然主義與中國現代小說》，《茅盾選集》，第 5 卷，54 頁。

努力，對於為人生的客觀寫實小說的成長，就更顯得功不可沒。

葉聖陶此後的創作越來越關注與時代風雲更為相關的題材，如《夜》、《倪煥之》等。《倪煥之》是葉聖陶唯一的長篇小說，為促進中國現代長篇小說的成熟起到了一定的作用，被茅盾稱為「扛鼎之作」。它是一部從更廣闊的歷史背景中探索知識分子心靈歷程的作品，較為深刻地反映了大革命失敗後的社會現實。小說塑造了倪煥之這一有著理想主義追求的青年知識分子形象，尤其描述了理想主義的愛情、人生理念與社會現實之間的反差，反映了樸實冷峻的作者對寫實主義原則的恪守。

王統照（1897-1957），字劍三，山東諸城人，「五四」初期是「問題小說」的代表作家。此外，他還曾經以翻譯泰戈爾以及葉芝的作品知名，葉芝的小說也影響了這一時期王統照的創作。1921 年他在翻譯葉芝的《忍心》譯者前記中稱葉芝「為近代愛爾蘭新文學派巨子之一，其短篇小說，尤能於平凡的事物內，藏著很深長的背影，使人讀著，自生幽秘的感想……他能於靜穆中，顯出他熱烈的情感，騖遠的思想，實是現代作家不易達到的藝術」。[26]王統照這一時期的小說正受到了葉芝的影響，他稱自己的小說重在「寫意」，「曾想把思想寄託在作品裏面」。如《微笑》便是一篇有象徵色彩的小說，描述了小偷阿根從一個女犯人「慈祥的微笑」中得到感化和超渡。女犯人的微笑象徵著多少具有神性色彩

[26] 劍三（王統照）：《忍心・譯者前記》，《小說月報》，第 12 卷第 1 號，1921 年 1 月。

的人類之愛，是無法從現實的合理性上進行分析的，而更應看成是生活哲理的昇華。《沉思》的女主人公瓊逸也是作者理想中「愛」與「美」的象徵，希望畫家以她為模特畫出「一幅極有藝術價值而可表現人生真美的繪畫」，通過繪畫將「愛」與「美」傳播人間，卻發現無法被傳統習俗和世俗道德所容，最終成為一齣「美」被玷汙的悲劇。小說中的社會現實與象徵性的理想之間構成了巨大的反差，作者的視界終於回到了人世間，小說風格也轉向了客觀寫實。

王統照貼近人生的小說中，最有影響的是《湖畔兒語》和《生與死的一行列》。創作於 1922 年的《湖畔兒語》寫一個貧家婦人被迫出賣肉體的生存困境，但是作者高明地把婦人置於背景中，處於前景的是因為母親接客而從家裏躲出來的對母親的行為懵懵懂懂的孩子，在湖邊遇上了敘事者「我」，母親的故事則是通過「我」與孩子的對答暗示出來的。小說注重氣氛渲染，間接暗示，藝術手法更趨精緻。次年的《生與死的一行列》也是一篇注重結構的小說，寫一群以抬棺材為生的槓夫為在孤苦中死去的老魏送葬的場面。無論是生者還是死者都是下層的被壓迫者，小說的核心意象正是這沉默的「一行列」，暗示的是勞動者痛苦而莊嚴的靈魂，同時也標誌著作者選擇的美學風格從象徵的優美向「力」的壯美的轉化。到了 30 年代王統照的長篇小說《山雨》中，這種凝重的「力」的美學更趨成熟。

值得分析的還有《生與死的一行列》對現實生活的「橫切面」的選擇。小說只截取了送葬的場面，這種在小說空間維度截取橫切面的模式在五四短篇小說的敘事中堪稱是主導類型之一，打破了舊小說有頭有尾，從生到死的敘事格局，以及起因、過程、收場面面俱到的情節框架，反映了日新月異的「五四」時期小說家們生活和敘述觀念的深刻變化。

許地山（1893-1941），筆名落花生，是文學研究會作家中最奇特的一位，其創作有他人無法重複和替代的文學史價值。

許地山生於臺灣，長在福建，青年時期在緬甸生活過，也去過馬來半島。1917 年入燕京大學，以後又去牛津學宗教考古學，精通梵文。他的早期小說大都以東南亞為背景，充滿異域情趣。沈從文評價許地山說：「作者用南方國度，如緬甸等處作為背景，所寫成的各樣文章，把僧侶家庭，及異方風物，介紹得那麼親切，作品中，咖啡與孔雀，佛法同愛情，仿佛無關係的一切連繫在一處，使我們感到一種異國情調。」[27]但許地山在總體上強調的是一種普泛的東方文化精神，並在與西方文化的對比中，直覺捕捉和呈現東方文化的整體性特徵。對東南亞各地的文化，他傳達的是相同點而不是相異處，因此你幾乎無法辨別小說中人物的國籍，馬來人、印度人與緬甸人在個性上很難區分。作為東方人的共通性覆蓋了差異性，因此，必須從總體上把握許地山所塑造的以佛教為核心的東方精神特徵。

許地山的小說中有著鮮明的宗教色彩。他對基督教、佛教都有深入研究和領悟，但很難說許地山皈依了哪一種宗教，他不是嚴格的宗教信徒，更是一個宗教學者。「五四」

---

[27] 沈從文：《論落華生》，《讀書月刊》，1930 年 1 卷 1 期。

時期他也關注「人間問題」，不過他是在佛教和基督教哲學中尋找人生解答，帶有濃厚的宗教哲學的思辨色彩。最早的創作《命命鳥》寫一對愛人在宗教徹悟之後尋求解脫，一起投入仰光的綠綺湖自殺，宣傳了人生極苦，涅槃最樂的佛教思想。「人生苦」的主題由此一直貫穿著他的小說。他的小說的主人公，其命運通常都是不幸的。代表作《綴網勞蛛》的女主人公尚潔則是個教徒，由於憐憫一個摔斷了腿的竊賊被丈夫誤解，趕出家門，流落到馬來西亞西海岸的土華，從當地的採珠人的生活中領悟了人生哲理。小說的情節不是主要的，更重要的是主人公的哲理感悟和人生態度。尚潔以一種平靜的人生態度對待苦難與不幸，一切都不辯解，順應自然，雖顯得過於隱忍，但是自有一種堅韌。作為小說中人生境界的昇華的是採珠人的精神：

> 尚潔住的地方就在海邊一叢棕林裏。在她的門外，不時看見採珠的船往來於金的塔尖和銀的浪頭之間。這採珠的工夫賜給她許多教訓。因為她這幾個月來常想著人生就同入海採珠一樣；整天冒險入海裏去，要得著多少，得著什麼，採珠者一點把握也沒有。但是這個感想決不會妨害她的生命。她見那些人每天迷蒙蒙地搜求，不久就理會她在世間的歷程也和採珠的工作一樣。要得著多少，得著什麼，雖然不在她的權能之下，可是她每天總得入海一遭，因為她的本份就是如此。

尚潔清楚地認識到自己無法真正掌握命運，一切順應自然；但是又不屈從命運，在順應中同時表現出內在的頑強和韌性。這使尚潔的身上體現著鮮明的東方精神：從不爭其不可爭的角度看，是出世，而從知其不可為而為之的角度看，又是入世。而許地山的主導傾向是以出世的精神入世，以弱者的外表蘊涵強者的內核，構成了許地山特有的東方文化哲學精神，顯示了印度文化與中國文化的融合。小說的題目來自尚潔的一個比方：

> 我像蜘蛛，命運就是我的網。蜘蛛把一切有毒無毒的昆蟲吃入肚裏，回頭把網組織起來。它第一次放出來的游絲，不曉得要被風吹到多麼遠，可是等到粘著別的東西的時候，它的網便成了。

它不曉得那網什麼時候會破，和怎樣破法。一旦破了，它還暫時安安然然地藏起來；等有機會再結一個好的。

人和他的命運，又何嘗不是這樣？所有的網都是自己組織得來，或完或缺，只能聽其自然罷了。

許地山更擅長的題材是男女之情。在《無法投遞之郵件》中，許地山表達了他的愛情宣言：「我自信我是有情人，雖不能知道愛情的神秘，卻願多多地描寫愛情生活。我立願盡此生，能寫一篇愛情生活，便寫一篇；能寫十篇，便寫十篇；能寫百、千、億、萬篇，便寫百、千、億、萬篇。」他的小說也差不多都是表現男女的情感，並力圖把兩性之愛昇華到神性之愛。《命命鳥》中寫敏明和加陵殉情，就極力渲染一種聖潔感：

> 他們走入水裏，好像新婚底男女攜手入洞房那般自在，毫無一點畏縮。在月光水影之中，還聽見加陵說：「咱們是生命底旅客，現在要到那個新世界，實在叫我快樂得很。」
>
> 現在他們去了！月光還是照著他們所走底路；瑞大光遠遠送一點鼓樂底聲音來；動物園的野獸也都為他們唱很雄壯的歡送歌，惟有那不懂人情底水，不願意替他們守這旅行底秘密，要找機會把他們底軀殼送回來。

作者以清新的文字掩蓋了本應具有的悲劇色彩，只給讀者一絲淡淡的悵惘，正是因為背後有一種神性之光的支撐。到了30 年代的小說《春桃》，這種神性成為主人公的更內在的精神支撐。小說中的春桃的前夫李茂多年沒了蹤影，她自己隻身流落到北京，與劉向高同居。但當兵後失去雙腿的李茂又回來了，被春桃重新收留，三個人於是在一起生活。從情節框架上看，這是一個一女二夫的故事，春桃的行為，無形中構成了對既有社會習俗和道德常規的挑戰。評論者「通常把春桃平靜地跟兩個男人睡同一鋪炕說成是勞動人民對封建禮教的反叛。這種說法起碼是不準確」。「春桃對風俗習慣、倫理道德——具體來說，對一夫一妻制的不自覺的遺忘，使她達到一種出凡入聖的境界。儒家的義、佛學的慈悲和基督教的博愛混合在一起，使春桃毫不猶豫地收留殘廢的李茂……在精神世界裏，救援一個孤立無助的靈魂，卻是高尚的、聖潔的，即使其手段表面看來不道德。在這裏，人間的道德服從於最高的神的道德，一夫一妻的信條讓位於愛一切人的神旨。」[28]這種神性構成了許地山小說重要的精神特質。

---

28 陳平原：《論蘇曼殊、許地山小說的宗教色彩》，《在東西方文化的碰撞中》，杭州，浙江文藝出版社，1987 年，17 頁。

第五章

現代散文的建立和發展

中國古代散文有著悠久而輝煌的傳統。在新文化運動中橫空出世的現代散文，一方面是新思想新道德的載體，另一方面則擔負著建立現代文章美學範式的使命。經過 20 年左右的艱苦努力，現代散文無論在數量上還是在質量上，都取得了令人振奮的成就，在語法、風格、文體等多方面，為中國現代書面寫作奠定了寬闊而堅實的基礎。

第一節　「隨感錄」所開創的雜文

產生的背景／《新青年》等報刊的各家雜文／「語絲體」與「現代評論派」的雜文／在 30 年代的延伸發展

新文化運動伊始，現代散文就在對「選學妖孽，桐城謬種」的討伐聲中顯露出一種生氣勃勃的戰鬥姿態。它使用清楚明白、邏輯嚴密的白話，借助西方語言的句法、章法和某些概念，不為聖人立言，抒發個人意志，標舉科學與民主的旗幟，筆法大膽創新，洋溢著激進批判的青春氣息。這種戰鬥性的文字，為新文學衝蕩出一片開闊的戰場。隨後其他風格的新式散文，也紛紛登場亮相。

1918 年 4 月，《新青年》第 4 卷第 4 期，首創了一個「隨感錄」專欄。後來成為日常辭彙的「隨感」二字，在當時包含著個性解放的自由意義，它是打破「文以載道」僵化堡壘的炸藥包。以「隨感錄」為代表的同類文章，開啟了現代散文的一個大宗——雜文。《新青年》以外，李大釗、陳獨秀主持的《每周評論》，李辛白主持的《新生活》，瞿秋白、鄭振鐸主持的《新社會》，邵力子主持的《民國日報》副刊《覺悟》等，都開闢了「隨感錄」專欄。其他許多報刊則闢有「雜感」、「評壇」、「亂談」等欄目，與「隨感錄」共同成為雜文的搖籃。其中產生了陳獨秀、李大釗、魯迅、周作人、劉半農、錢玄同等一批優秀的雜文家。從《新青年》到《莽原》、《語絲》，再到 30 年代以後的《萌芽》、《太白》、《中流》，戰鬥性的雜文成了現代散文最有力量的組成部分。

陳獨秀的雜文，感情充沛，氣勢磅礴。像《下品的無政府黨》、《青年底誤會》、《反抗輿論的勇氣》等篇，堂堂正正，不容辯難，表現出一種政治家的風采。魯迅曾讚道：「獨秀隨感究竟爽快。[1]」李大釗的雜文，在氣勢上與陳獨秀相類似，而運用形象思維更多一些。如《青春》、《今》、《新的！舊的！》等篇，清新曉暢，膾炙人口。《庶民的勝利》、《Bolshevism 的勝利》等篇在語言上將宣傳的力度與

1　《致周作人》，《魯迅全集》，第 11 卷，北京，人民文學出版社，1991 年，391 頁。

文辭的優美結合起來。如後一篇中的名句：「由今以後，到處所見的，都是 Bolshevism 戰勝的旗。到處所聞的，都是 Bolshevism 的凱歌的聲。人道的警鐘響了！自由的曙光現了！試看將來的環球，必是赤旗的世界！」《「中日親善」》是精彩短論的代表：

> 日本人的嗎啡針和中國人的肉皮親善，日本人的商品和中國人的金錢親善，日本人的鐵棍、手槍和中國人的頭顱血肉親善，日本的侵略主義和中國的土地親善，日本的軍艦和中國的福建親善，這就叫「中日親善」。

運用五個「親善」，顛覆了最後一個「親善」，要言不煩，一針見血。

劉半農（1891-1934）的雜文，「一是暢達流利，發揮駁難的氣勢；二是運用反語，竭盡誇張之能事。無論採取哪一種寫法，他都寓莊於諧，以滑稽出之，使讀者感到津津有味親切易懂」[2]。他的名篇有《「作揖主義」》和《復王敬軒書》等，編有《半農雜文》和《半農雜文二集》。錢玄同（1887-1939）的《告遺老》等雜文莊諧雜陳，揮灑自如。他又喜作驚人之語，如說要把京劇「全數掃除，盡情推翻」，還提出要廢除漢字，以及人過 40 歲就該槍斃等等。魯迅評價他的雜文為「頗汪洋，而少含蓄」[3]。

2　林非：《六十家現代散文札記》，天津，百花文藝出版社，1982 年，12 頁。

3　《兩地書》，《魯迅全集》，第 11 卷，47 頁。

魯迅、周作人的雜文在當時發揮著主導作用，尤其魯迅更是雜文的主帥。在他們的影響下，「語絲派」的雜文取得了比較大的成就。

1924 年 10 月，《晨報》副刊的編輯孫伏園因受新月派之排擠而辭職。周氏兄弟鼓勵他另起爐竈灶。於是，1924 年 11 月，《語絲》周刊問世。在發刊詞裏，周作人寫道：

> 我們只覺得現在中國的生活太是枯燥，思想界太是沉悶，感到一種不愉快，想說幾句話。……我們並沒有什麼主義要宣傳，對於政治經濟問題也沒有什麼興趣，我們所想做的只是想衝破一點中國的生活和思想界的渾濁停滯的空氣，我們各人的思想盡自不同，但對於一切專斷與卑劣之反抗則沒有差異。我們這個周刊的主張是提倡自由思想，獨立判斷和美的生活。

顯然，「反抗」、「自由」、「獨立」和「美」是《語絲》的宗旨。魯迅在《語絲》上發表了《論雷峰塔的倒掉》、《看鏡有感》、《記念劉和珍君》、《無花的薔薇》等著名雜文。周作人也發表了《狗抓地毯》、《上下身》、《裸體遊行考訂》、《日本人的好意》、《關於三月十八日的死者》、《新中國的女子》、《我們的閑話》等戰鬥篇章。周作人雜文的主要內容是批判復古倒退和崇拜國粹的思潮，剖析國民的劣根性，倡導人道主義，還有一部分是批判日本帝國主義侵華野心的。文章的批判力量和正義氣概都與魯迅有驚人的相似。「五四」時代的周作人首先是以一個披堅執銳的戰士形象出現在讀者面前的。

周氏兄弟之外，《語絲》最重要的撰稿人是林語堂（1895-1976）。他在《語絲》上發表了《論士氣語思想界之關係》、《悼劉和珍楊德群女士》、《討狗檄文》、《打狗釋疑》、《論罵人之難》等文，揭露軍閥政府的倒行逆施，抨擊學者名流的醜惡行徑，搖旗吶喊，儼然一員闖將。但有時含蓄不夠，近於罵人。出版有《剪拂集》。其他如孫伏園、川島等，也在「五卅」、女師大風潮、「三一八」、「四一二」等事件上表現出鮮明的戰鬥風格。這種風格的文章，便被稱為「語絲體」。

關於「語絲體」，《語絲》第 54 期的周作人《答伏園論「語絲的文體」》中論道：「我們的目的是在讓我們可以隨便說話」；「大家要說什麼都是隨意，唯一的條件是大膽與誠意。」魯迅則作了一個幾乎成為定論的概括：「在不意中顯了一種特色，是：任意而談，無所顧忌，要催促新的產生，對於有害於新的舊物，則竭力加以排擊。」[4]

「語絲派」在 20 年代中期經常與「現代評論派」展開論戰。現代評論派在雜文方面的主將是陳西瀅（1896-1970）。他是《現代評論》雜誌「閑話」專欄的作者，文章後來結集為《西瀅閑話》，文風頗有特色。他擅長說理議論，但態度比較複雜，常常以冷眼旁觀的局外人角度發言，有時未免表裏不一，首鼠兩端，受到魯迅等人的鄙視和痛斥。陳西瀅有些無所顧忌、直抒胸臆的文字倒是比較精彩。如《民氣》的最後一段：

4　《我和〈語絲〉的始終》，《魯迅全集》，第 4 卷，167 頁。

> 其實那高聲呼打的已經是好的了，其餘的老百姓還在那裏睡他們的覺。中國人實在沒有什麼夠得上叫民氣，現在有的不過是些學生氣。學生固然也是民，可是他們只不過是一千分，一萬分裏的一分。他們儘管鬧他們的，老百姓依然不理會他們的。所以外國的民氣好像是雨後山澗，愈流愈激，愈流愈寬，因為它的來源多。中國的民氣好像在山頂潑了一盆水，起初倒也「像煞有介事」，流不到幾尺，便離了目標四散的分馳，一會兒都枯涸在荊棘亂石中間了。

雜文發展到 30 年代，已經成為波濤滾滾的洪流。在所有的左翼刊物如《萌芽月刊》、《前哨》、《北斗》、《十字街頭》、《文學》中，雜文都扮演著極為重要的角色。著名的大報《申報》也在《自由談》欄目中登載了魯迅等人的大量雜文。雜文在魯迅等人的手中，成為一種融政論、史論、人論為一體的高級藝術。許多人學習魯迅的創作風格，一時形成所謂「魯迅風」。瞿秋白（1899-1935）就有十幾篇雜文長期混在魯迅的集子裏，令人難以區分。

瞿秋白的政治敏感和文字功底均十分優秀，他的雜文也像魯迅一樣，一方面不拘一格，形式多樣；另一方面善於抓典型，畫肖像。《王道詩話》、《流氓尼德》、《曲的解放》、《財神的神通》等篇均生動有力，情理交融。後來結集有《亂彈及其他》。

30 年代成長起一批年輕的雜文家。徐懋庸（1908-1977）有《不驚人集》、《打雜集》，唐弢有《推背集》、《海天集》，均有自己的風格。柯靈、巴人、聶紺弩等也比較有名。其他文類的作家也經常兼寫雜文。針對日益繁榮的雜文創作，有人批評它不是文學的正宗，指責作者不務正業。魯迅則說：「我還更樂觀於雜文的開展，日見其斑斕。第一是使中國的著作界熱鬧，活潑；第二是使不是東西之流縮頭；第三是使所謂『為藝術而藝術』的作品，在相形之下，立刻顯出不死不活相。」[5]將雜文這種文體由凡庸的地位提升到大雅之境，「侵入高尚的文學樓臺」[6]，不僅表現出魯迅等人的才華和遠見，它更昭示著現代文學已經牢固地建立起一種嶄新的文學格局。在這種格局中，金字塔式的傳統文類主僕關係將演變為遠近高低各不同的豐富多彩的現代平等關係。儘管抗戰以後雜文創作未再達到二三十年代的繁榮程度，但它作為一種文體在現代文化中的重要性已經是公認無疑了。

第二節　周作人與美文的倡導

概念的提出及其藝術特徵／周作人的實質影響／俞平伯／鍾敬文／廢名等

1921 年 6 月，周作人發表了一篇《美文》，文中說：

5　《徐懋庸作〈打雜集〉序》，《魯迅全集》，第 6 卷，293 頁。
6　同上註，291 頁。

> 外國文學裏有一種所謂論文，其中大約可以分作兩類。一批評的，是學術性的。二記述的，是藝術性的，又稱作美文，這裏邊又可以分出敘事與抒情，但也很多兩者夾雜的。這種美文似乎在英語國民裏最為發達……中國古文裏的序，記與說等，也可以說是美文的一類。但在現代的國語文學裏，還不曾見有這類文章，治新文學的人為什麼不去試試呢？……給新文學開闢出一塊新的土地來，豈不好麼？

周作人這裏所說的就是英文裏的 Essay，可譯作隨筆、小品文、絮語散文、家常散文、隨筆散文等。魯迅在《小品文的危機》裏說：

> 到「五四」運動的時候，才又來了一個展開，散文小品的成功，幾乎在小說戲曲和詩歌之上。這之中，自然含著掙扎和戰鬥，但因為常常取法於英國的隨筆（Essay），所以也帶一點幽默與雍容；寫法也有漂亮和縝密的，這是為了對於舊文學的示威，在表示舊文學之自以為特長者，白話文學也並非做不到。

幽默、雍容、漂亮、縝密，便是「美文」的主要特點。周作人自己首開風氣，寫出了許多抒發性情的文字。周作人的所謂「美文」，其實也是含有冷嘲和批判的，但主要以自然平淡的態度出之。如著名的《天足》，第一句便說：「我最喜見女人的天足。」文章似破空而起，但接續和收束十分平穩，主題是對纏足惡習的嚴肅批判，卻寫得幽默而謙恭。

作者仿佛在自責和檢討，讓人在感嘆其智慧的同時接受了文章的思想。《初戀》一篇，回憶「引起我沒有明瞭的性之概念的，對於異性的戀慕的第一個人」，結尾寫聽到那個姑娘患霍亂死了後的反應尤其精彩：

> 我那時也很覺得不快，想像她悲慘的死相，但同時卻又似乎很是安靜，仿佛心裏有一塊大石頭已經放下了。

語氣非常平淡，但仔細體會，卻於平淡中湧動著某種催人流淚的東西。周作人的「平淡」不是淡而無味，而是「淡」中蘊涵著無窮的「濃」，如同一幅立體畫，不經意看去，平平無奇，可凝神向深處一看，才發現裏面竟有那般奇妙的大千世界。

周作人的美文並不追求文字表面的漂亮和雕琢，而是憑著淵博的學識和恬適淡泊的趣味，把這種文體發展到任心閑話、著手成春的境地。如名篇《談酒》，開頭說：「這個年頭兒，喝酒倒是很有意思的。」然後敘說家鄉做酒、飲酒的習俗，娓娓道來，如對面閑談。接著談到自己的酒量、酒趣，不知不覺把話題引到「喝酒的趣味在什麼地方」：「照我說來，酒的趣味只是在飲的時候，我想悅樂大抵在做的這一剎那，倘若說是陶然那也當是杯在口的一刻罷。」最後卻又歸到「或者在中國什麼運動都未必徹底成功……仍舊能夠讓我們喝一口非耽溺的酒也未可知。倘若如此，那時喝酒一定另外覺得很有意思了罷？」文章以「意思」始，以「意思」終，寓意深遠卻又讓人渾然不覺，確有大巧若拙之概。

周作人這種風格的散文帶動了一個「閑話風」氣候的形成。「如在江村小屋裏，靠玻璃窗，烘著白炭火缽，喝清茶，同友人談閑話，那是頗愉快的事。」[7]這種境界使許多散文作者欣然嚮往。「隨意」，「任心」，也正是「五四」精神之一種。這其實也是對文以載道的封建傳統的「和平瓦解」。周作人在《喝茶》中云：「喝茶當於于於瓦屋紙窗之下，清泉綠茶，用素雅的陶瓷茶具，同二三人共飲，得半日之閑，可抵十年的塵夢。」這裏有悠然出世之感。周作人似乎做什麼事都有自己的一套「別趣」：「你坐在船上，應該是遊山的態度，看看四周物色，隨處可見的山，岸旁的烏桕，河邊的紅蓼和白蘋，漁舍，各式各樣的橋，睏倦的時候睡在艙中拿出隨筆來看，或者沖一碗清茶喝喝。」[8]但這些別趣中，不難品出若干苦味、澀味。讀他的文章，似乎他很會飲酒，品茶，欣賞萬事萬物，很「藝術地生活」，但他在實際生活中遠沒有那麼風雅講究。他所標榜的東西，或許也在表達一種嚮往和擺脫。這種隱約閃爍著無奈和苦笑的複雜態度，是周作人散文的重要價值所在，同時也預兆和折射著他一生充滿矛盾的命運。

散文風格近似周作人的幾個年輕作者是俞平伯、鍾敬文、廢名等。

俞平伯（1900-1999）有《雜拌兒》、《燕知草》等集子。他的散文經常示人以一種名士風度，使人於微暖輕醺中有不知身在何世之感。名篇《陶然亭的雪》細描出一個「死樣的寂」的雪的世界。《槳聲燈影裏的秦淮河》是與朱自清

---

7 周作人：《雨天的書》，《晨報副鐫·晨報附刊》，1923 年 11 月 10 日。

8 周作人：《烏篷船》，《語絲》，107 期，1926 年 11 月。

同遊後的同題之作，朱自清寫得簡樸舒緩，俞平伯則盡力做出「無所用心」之態，寫出一種令人神往的「圓足」的閑適。開頭寫「我們消受得秦淮河的燈影，當圓月猶皎潔的仲夏之夜」，結尾又對全文所描摹的「當時之感」發出疑惑。重點不在描寫秦淮河，而是得意於很多剎那間的感悟，頗有幾分「禪」的味道但又略顯直露。其實他的閑適也是在幽甜中摻入幾絲苦澀。

鍾敬文（1903-2002）早年散文集《荔枝小品》依稀有一些周作人的影子。王任叔在給他的信中說：「你的散文是從周作人《自己的園地》裏走出來的……不過周作人的散文沖淡而整齊，含義比較深，你的散文，沖淡而輕鬆，含義比較淺。這怕也是年齡的關係吧。」《花的故事》一篇在語言上頗類周作人，比如開頭：「我近來因為談談鳥的故事，竟聯想到花的故事，索性也來扯談一回吧。」下面引用了古今中外一些與花有關的材料，但是並沒有表達出什麼深意，只留下了一點「閑適」的味道。廢名的散文受到周作人的高度推崇，風格是追求枯澀古怪，表現洗盡烟火氣的禪意，有時不容易判斷他是真的高深還是故作高深，但其「文體實驗」意義無疑是值得肯定的。

用散文表達某種人生意趣和境界的作者在 20、30 年代年代還有不少。許地山的《空山靈雨》集子中的散文大都是帶一點故事情節的，有點像古代散文，又像是童話、寓言。《落花生》用對話體講述了一個深入淺出的道理：「人要做有用的人，不要做偉大、體面的人。」在探討人生苦樂因果得失中，表現出一種自然堅定、無怨無悔的生活態度。沈從文說他是「把基督教的愛欲，佛教的明慧，近代文明與古舊情緒糅合在一起，毫不牽強的融成一片。」[9]梁遇春（1904-1932）有《春醪集》、《淚與笑》兩本散文集，寫得機智幽默，充滿才情。《「春朝」一刻值千金》提倡「遲起的藝術」，因為早早起來把事都做完了，只好呆坐著打呵欠，不如懶在床上享受溫馨，還可由於遲起而手忙腳亂，給生活帶來刺激。這實際是對中產階級單調無聊的生活節奏的諷刺。梁遇春常從生活細節中發現某種哲理，又喜作反語，表面看去似乎是標新立異，實質上是一種很成熟的憤世嫉俗。豐子愷（1898-1975）的《緣緣堂隨筆》融童心和禪趣為一體，既真率自然，又妙趣橫生。夏丏尊（1886-1946）、葉聖陶與豐子愷同為上海立達學園的同事，夏丏尊有一本《平屋雜文》，平實雋永，《鋼鐵假山》一篇記敘一塊炸彈殘片的來歷，在樸素冷靜中深寓著對日本侵略者的憤慨。葉聖陶的文章由於文字平穩流暢和布局嚴謹有序，經常被選入中小學課本，名篇《沒有秋蟲的地方》、《藕與蒓菜》等，具有「天然去雕飾」的清淡之美。

30 年代，發生過關於閑適小品的爭論。林語堂先後創辦了《論語》、《人間世》、《宇宙風》等刊物，提倡「以自我為中心，以閑適為格調」[10]，主張「超脫」和「幽默」，主張抒寫性靈。這與周作人的反對「載道」，提倡「言志」是相一致的。魯迅等人認為這種幽默是「將屠戶的凶殘，使

[9] 《論落花生》，《沈從文文集》，廣州，花城出版社，1984 年，103 頁。
[10] 林語堂：《〈人間世〉發刊詞》，1 期，1934 年 4 月 5 日。

大家化為一笑」[11]，「將粗獷的人心，磨得漸漸的平滑」[12]。這實質上是紳士與戰士人生姿態選擇的不同。「論語」派散文中也有一些比較激烈的批判和辛辣的諷刺。在 30 年代意識形態對立日趨尖銳明顯的文化氣氛中，一部分作家試圖遠離政治漩渦，這既是時代的必然，也是文學的所需。閑適的小品與戰鬥的隨筆一道，為現代散文的百花齊放奠定了最重要的兩塊基石。

第三節　朱自清、冰心等人的散文

另一類散文美的出現／朱自清散文：「五四」時代的《春江花月夜》／冰心／何其芳／李廣田／麗尼、陸蠡

雜文的本質是戰鬥，美文的本質是閑適。在戰鬥與閑適之外，還有相當一批作家致力於表情達意之優美，辭章語言之動人。創造社中的郁達夫，早期的散文縱情揮灑，坦率真摯，表面看去似乎不講究文字，實際上作者有深厚的古典文學修養，並非僅靠驚世駭俗的宣泄來吸引讀者。郁達夫 30 年代創作了大量的遊記，將景色、學識、才情融為一體，充分表現出他駕禦文字的高超功力。郭沫若的散文，抒情性極強，收入小說散文集《橄欖》中的《小品六章》一方面表現

11　《論語一年》，《魯迅全集》，第 4 卷，567 頁。
12　《小品文的危機》，《魯迅全集》，第 4 卷，575 頁。

出創造社共有的直抒胸臆的自敘傳風格，另一方面又有他個人獨特的對於感傷美和悲劇美的追求。如《墓》，寫作者為自己戲築一墓，次日遍尋不見，「啊，死了的我昨日的屍骸喲，哭墓的是你自己的靈魂，我的墳墓究竟往哪兒去了呢？」《白髮》一章寫因理髮而想起遠方的姑娘，「啊，你年青的，年青的，遠隔河山的姑娘喲，漂泊者自從那回離開你後又漂泊了三年，但是你的慧心替我把青春留住了。」這些文字淒清、空靈，仿佛比閑適散文的大師們還要遠離人世，但郭沫若還有另一枝粗獷雄壯的筆，寫出了《請看今日之蔣介石》等戰鬥檄文。

朱自清（1898-1948）的散文是公認的現代散文和現代漢語的楷模。朱自清，字佩弦，祖籍浙江紹興，生於江蘇。早年主要寫作新詩，後來轉向散文創作。其為人為文均表現出中國知識分子正直清白的節操。葉聖陶講過：「論到文體的完美，文字的全寫口語，朱先生該是首先被提及的。」13 白話文究竟能不能達到乃至勝過唐宋八大家之作，朱自清的創作實踐是最好的回答。朱自清把古典與現代、文言與口語、情意與哲理、義理與辭章，結合到了近於完美的境地。儘管有「著意為文」，過於精細之嫌，但那既洗盡鉛華又雍容華貴的風致，實在是現代散文的驕傲。《匆匆》一篇，簡直可說是「一字不易」。它的第一段：

---

13 《朱佩弦先生》，《葉聖陶散文》（甲集），成都，四川人民出版社，1983 年，634 頁。

> 燕子去了，有再來的時候；楊柳枯了，有再青的時候；桃花謝了，有再開的時候。但是，聰明的，你告訴我，我們的日子為什麼一去不復返呢？——是有人偷了他們罷：那是誰？又藏在何處呢？是他們自己逃走了罷：現在又到了哪裏呢？

這是散文，也是詩。是抒情，也是究理。文字間流蕩著視覺美和聽覺美，可以一遍一遍地誦讀，愈讀愈覺清新中有醇厚。一個具有普遍意義的時間問題，被乾淨清爽地剪輯在鳥、樹、花的意象中，喚起人充滿青春氣息的憂傷，仿佛是「五四」時代的《春江花月夜》。

在朱自清的散文中，漢語的修辭功能被發揮得淋漓盡致而又不覺得炫耀冗贅。他善於集賦、比、興各種手法，起承轉合，手揮目送，既曲盡其意又餘韻裊裊。如《綠》中鋪寫梅雨潭之「綠」的一大段，先用三個「像」，一個「宛然」來比喻那「綠」的姿態、神韻，比喻中配合著通感和擬人，使比喻既準確貼切又活潑跳躍。然後是四個對比，以「太淡」、「太濃」、「太明」、「太暗」來反襯出梅雨潭之綠的恰到好處，不可比擬。這四個比喻和四個對比，寫出了被描寫對象的「不可描寫」性，「一說即不是」，不說又欲說，直抵語言的本質。接著只能以天為喻，只能徑直抒情——「那醉人的綠呀！」再加上「醉中」的聯想，畫龍點睛，最後無以名之，姑以名之：女兒綠。這真堪稱是古今中外色彩描寫的絕唱，每一字都有節有律，每一句都可賞可嘆，動詞的傳神，形容詞的精確，鑄詞的簡練，造句的神奇，處處無懈可擊，再不做第二人想。這一段「梅雨潭之綠」，恰好可以用來形容朱自清散文的美學風格：追求不可企及的精美絕倫和恰到好處，清新、明快、典麗、悠揚。

作為一位散文大家，朱自清也寫過《生命的價格——七毛錢》、《白種人——上帝的驕子！》、《執政府大屠殺記》那樣的抒發憤激之情的文章，後期的遊記和雜文也被視為更加自然洗練。但那些文章其他人也能寫，真正代表朱自清「散文美術師」地位的，可以成為 20 世紀文章典範而永垂不朽的，無疑要數他《蹤跡》集、《背影》集時代的早期傑作。朱自清對優雅和諧、含蓄節制的美的極致的追求，一方面是中國傳統文化精神的延續，另一方面也隱含著對中國現實社會景象的逃逸和否定。

冰心（1990-1999）以問題小說和小詩成名，但以散文的成就為最高。她自己承認：「我知道我的筆力，宜散文而不宜詩。」[14]但冰心散文之所以有魅力，卻在於文中有詩。她不僅在文中引用、化用古典詩詞，她自己的語言也追求詩情畫意，富麗精工。《往事（二）》第六篇寫中秋之夜的鄉愁：

> 鄉愁麻痺到全身，我撩著頭髮，髮上掠到了鄉愁；我捏著指尖，指上捏著了鄉愁；是實實在在的軀殼上感著的苦痛，不是靈魂上浮泛流動的悲哀！

---

14 《我的文學生活》，《冰心全集》(3)，福州，海峽文藝出版社，1999 年，13 頁。

冰心最擅長調動各種句式：對偶、排比、錯綜、反覆、層遞、頂真、跳脫、倒裝……她像一個耽於「組織」積木的樂趣的孩童，在現代散文的樂譜中反覆進行著對位和聲實驗。人們稱為「冰心體」的那些文字，用詞典雅，著意挑選積澱著深厚文化底蘊的意象，注重色彩搭配的和諧素淨。《往事》第三篇中說：「今夜的青山只宜於這些女孩子，這些病中倚枕看月的女孩子！」此話正是「冰心體」的象徵，「倚枕看月」是其柔美，「病中」則點出其嬌弱。周作人說冰心「在白話的基本上加入古文、方言歐化種種成分，使引車賣漿之徒的話進而成一種富有表現力的文章，這就是單從文體變遷上講也是很大的一個貢獻了」[15]。冰心的語言宗旨是：「文體方面我主張『白話文言化』，『中文西文化』，這『化』字大有奧妙，不能道出的，只看作者如何運用罷了！」[16]冰心的努力實際是再造現代中國的書面語，她和朱自清等人一道，用卓絕的成就為 20 世紀中國散文的規範化豎起了明亮的燈塔。

富於詩情畫意的散文在 30 年代繼續得到發展，以文字之美而論，當首推何其芳（1912-1977）出版於 1936 年的《畫夢錄》。該書次年與曹禺的《日出》、蘆焚的《谷》共獲《大公報》文藝獎金。何其芳在代序《扇上的烟雲》中說自己：「喜歡想像著一些遼遠的東西。一些不存在的人物。和許多在人類的地圖上找不出名字的國土。」16 篇精心營造的散文如同 16 個白日夢。「遼遠」一詞出現的頻率很高。《雨

15　周作人：《志摩紀念》，載《新月》，4 卷 1 期，1931 年 12 月。

16　《遺書》，《冰心全集》（1），431 頁。

前》寫遼遠的鄉思，表現出一種等待溫柔的潤澤的饑渴，「然而雨還是沒有來」。《黄昏》寫對於無所事事的自由，感到痛苦和哀愁。《夢後》寫一種自傷自憐的「遼遠的想像」。《伐木》描寫「遠遠的地方」的霧中的小世界。《淳于棼》用「遼遠的晚霞」寫出主人公的厭世思想。《弦》用「遼遠的記憶」寫出毀棄自由而去尋找掌握自己命運之人的願望。《靜靜的日午》寫「很遠很遠的地方」有少女等待長途的旅行人。整部《畫夢錄》流露出一種難耐孤獨的「思婦心態」，淒艷傷感，同時隱含著企望擺脫現實的躁動不安。《爐邊夜話》一篇中說：「錯誤的奔逐也是幸福的，因為有希望伴著它」。這種唯美到極致的情懷在 30 年代的知識分子中頗有共鳴，但它很容易轉化成對美的迅速放棄。何其芳後來就認為先前「由於孤獨，只聽見自己的青春的呼聲，不曾震驚於輾轉在饑寒死亡之中的無邊的呻吟。」[17]從《還鄉雜記》開始，何其芳的散文「情感粗起來了」[18]，內容多寫現實，文字也轉為樸素。似乎他已經找到了那「遼遠的地方」。

與何其芳、卞之琳合出過詩集《漢園集》的李廣田（1906-1968），出版有《畫廊集》、《銀狐集》、《雀蓑集》等。他喜歡以記敘某種獨特人物來表達自己對生活的態度，如老渡船、柳葉桃、問渠君、投荒者、看坡人、山之子等，在這些散發著泥土氣息的人物身上，命運的悲苦和對這悲苦的抗爭構成了一幅幅質樸而憂鬱的人生風景。李廣田的

---

17 《〈刻意集〉序》，《何其芳文集》（二），北京，人民文學出版社，1982 年，120 頁。

18 《〈還鄉雜記〉代序》，同上書，130 頁。

這種把主觀情意寄託在人物描摹上的寫法，對以後的同類散文產生了比較大的影響。

常被並提的麗尼（1909-1968）和陸蠡（1908-1942）是 30 年代成名的抒情散文作家。麗尼有散文集《黃昏之獻》、《鷹之歌》和《白夜》，格調悲哀而憂傷，雖然多是「個人的眼淚，與向著虛空的憤恨」，但卻因其真摯與不屈而具有強烈的感染力。陸蠡有散文集《海星》、《竹刀》、《囚綠記》，看似幽婉的文字卻表現出一種悲壯美。陸蠡在《囚綠記》的序中說：「我沒有達到感情和理智的諧和，卻身受二者的衝突」。也許就是這衝突構成了 20 年代、30 年代許多散文作者的人格魅力，並且進一步構成了抗戰以前中國現代散文的搖曳多姿的景象。

第四節　報告文學的興起與演變

性質與特徵／興起背景和發展線索／夏衍／宋之的／鄒韜奮／范長江

報告文學是現代散文的一個重要品種，它是隨著近現代報刊業的興起而逐步發展起來的。「五四」時期《每周評論》等刊物上關於「五四」運動的報導，一些出國人員的旅行通信，都已經具有報告文學的性質。瞿秋白的《餓鄉紀程》和《赤都心史》中也有一部分文章被視為報告文學。但是，自覺地提倡和創作報告文學，還是左聯成立以後的事。30 年代初期，左聯執委會通過的兩個決議：《無產階級文學運動新的情勢及我們的任務》和《中國無產階級革命文學的新任務》。其中，明確號召作家：「到工廠到農村到戰線到社會的下層中去……創造我們的報告文學（Reportage）吧！」當時刊載報告文學的主要刊物有《光明》、《中流》、《文學界》等。「九一八」和「一・二八」兩次日本侵華事變，在客觀上促成了報告文學熱潮的興起。捷克作家基希所寫的《秘密的中國》和墨西哥人愛密勒所寫的《上海——冒險家的樂園》也在中國文壇產生了較大的影響。阿英編有《上海事變與報告文學》，茅盾仿照高爾基主編《世界的一日》編有大型報告文學集《中國的一日》，稍後梅雨又編有《上海的一日》。這些報告文學廣泛反映了中國社會的複雜面貌，「在這醜惡與聖潔，光明與黑暗交織著的『橫斷面』上，我們看出了樂觀，看出了希望，看出了人民大眾的覺醒；因為一面固然是荒淫與無恥，然而又一面是嚴肅的工作！」[19]早期的報告文學往往停留於新聞事件的表面，文藝性和思想性都比較弱。報告文學的發達是與一個國家的現代化程度——特別是資訊化程度緊密相關的，隨著中國在現代化道路上的加速，報告文學也日益蓬勃發展起來。

1936 年發表的兩篇重要作品，被視為年輕的中國報告文學趨向成熟的標誌。一篇是夏衍的《包身工》，揭露上海的日本紗廠殘酷壓榨包身女工的罪惡，猛烈抨擊野蠻的包身工制度。作者經過兩個月的實地考察，以包身工一天的勞動生活為線索，借用影劇創作手法，將細緻的特寫鏡頭與深刻

---

19 《關於編輯〈中國的一日〉的經過》，《茅盾全集》(21)，北京，人民文學出版社，1991 年，176 頁。

的畫外議論相結合，塑造了「蘆柴棒」等鮮明生動的人物形象，敘述、描寫、議論、抒情皆嚴密有序，產生了極大的思想和藝術感染力。文中說：

> 在這千萬的被飼養的中間，沒有光，沒有熱，沒有溫情，沒有希望，……沒有法律，沒有人道。這兒有的是二十世紀的爛熟了的技術，機械，體制，和對這種體制忠實地服役著的十六世紀封建制下的奴隸！

這種對於踐踏人權的嚴正批判具有跨越具體時空的意義。從報告文學必須兼有「報告」和「文學」這兩重性質的角度來說，《包身工》的確可稱是中國報告文學史上的里程碑。

另一篇《一九三六年春在太原》的作者是宋之的。文章以第一人稱「我」的見聞為線索，配以其他人物的行蹤和若干則報紙上的「新聞剪集」，揭露了閻錫山大搞白色恐怖所造成的民不聊生，草木皆兵的荒謬而悲慘的景況。「出城，要通行證；到街上去，要好人證。」而且好人證分五類。禁書而不禁鴉片，殺人展覽，獎勵告發，被轟炸的土匪原來是村民娶親，被逮捕的匪探原來是教育考察團……筆調表面是辛辣的諷刺，底層則是深深的憤慨和憂患。文章開頭一句是「春被關在城外了」，結尾一句是「我是多麼的懷念春啊！」頗為發人深思。茅盾曾經認為從文章的形式和技巧來說，《一九三六年春在太原》比《包身工》更加出色。[20]從文體演變的意義上講，它們都對此後的創作有著積極的啟示。

20　參見茅盾：《技巧問題偶感》，《茅盾全集》(21)，187 頁。

一些新聞工作者寫起報告文學往往更加得心應手。《生活》和《大眾生活》的主編鄒韜奮（1895-1944）以遊訪歐洲、蘇聯為題材，出版了《萍蹤寄語》一至三集和《萍蹤憶語》，產生了很大影響。《大公報》記者范長江（1909-1970）出版有《中國的西北角》和《塞上行》，深入報導了西北諸省的政治文化和經濟生活。他是在國內報紙上公開如實報導紅軍二萬五千里長征的第一人，留下了許多歷史性的珍貴剪影。如《陝北之行》中描寫毛澤東：

> 最後到的毛澤東先生，許多人想像他不知是如何的怪傑，誰知他是書生儀表，儒雅溫和，走路像諸葛亮「山人」的派頭，而談吐之持重與音調，又類三家村學究，面目上沒有特別「毛」的地方，只是頭髮稍為長一點。

范長江的文筆具有強烈的時代精神和現實針對性，能夠將知識、思想、趣味熔於一爐，深受廣大讀者喜愛，其作品可稱是中國的《西行漫記》。另一位《大公報》記者蕭乾所寫的《流民圖》，報導魯西災情，選材精當，文淺意深。在揭露當局的救災不力時，無一貶詞，而情僞畢露，具有真誠的良史精神。隨著民族解放戰爭的到來，報告文學這種「輕騎兵」式的文體越來越顯露出它的神采和威力。

第六章

新詩流派的多樣化探尋

第一節　「鳳凰之再生」——郭沫若和《女神》

現代詩歌的奠基之作／富有想像力的情緒世界／以「泛神論」為主體的思想和詩歌觀念／體現多樣化的風格

郭沫若（1892-1978），原名開貞，別號鼎堂，四川樂山人。自稱是峨眉山下一個地主家庭的兒子。自幼熟讀《莊子》和屈原李白的詩，戊戌變法之後，又受到「新學」影響，於 1913 年底赴日本留學。留學期間廣泛接受了西方文學和哲學的熏染，其中，泰戈爾、歌德、海涅、惠特曼以及斯賓諾莎對郭沫若的文藝觀和哲學思想尤其具有決定性作用，催生了他的浪漫詩質和「泛神論」的美學觀。1919 年「五四」運動爆發，郭沫若心底的個人的鬱結和「民族的鬱結」終於匯聚在一起並找到了宣泄的歷史契機。於是，在 1919 年的下半年和 1920 年的上半年，便得到了一個詩的創作爆發期，「我在那時差不多是狂了」。出版於 1921 年 8 月的詩集《女神》，便是這種近乎瘋狂的激情之下的產物。

《女神》是中國現代詩歌史上最重要的詩集之一。它受到「五四」狂飆突進的時代精神的感召，同時又真正反映了狂飆突進的「五四」時代。這使《女神》成為一個新的波瀾壯闊的大時代的史詩般的作品，也成為創生期的中國現代詩歌的奠基之作。它的嶄新的自由體形式，恢弘的想像力和強大的創造力，都標誌著白話新詩已完全掙脫了舊體詩的藩籬，開始進入了創造自己的經典化成熟作品的歷史階段。《女神》分為三輯，第一輯由詩劇《女神之再生》、《湘累》和《棠棣之花》組成，以現代的想像重構了古代傳說故事。第二輯是詩集的主體部分，《天狗》、《爐中煤》、《地球，我的母親》、《立在地球邊上放號》等都是郭沫若的名篇，標誌著「五四」詩歌所能企及的歷史高度。

其中的《鳳凰涅槃》是《女神》中的代表作，也是現代詩歌史上具有重要歷史地位的詩篇。它結合了古代天方國的神鳥「菲尼克司」（Phoenix）和中國的鳳凰的神話傳說，把詩人個體的小我以及民族的大我比喻成鳳凰的形象，借助於對「滿五百歲後，集香木自焚，再從死灰中更生」的鳳凰傳說的改造與複述，詩人宣告民族在「死灰中更生」的新時代已經到來。這首詩採取了詩劇的形式，由「序曲」、「鳳歌」、「凰歌」、「群鳥歌」、「鳳凰更生歌」五個部分組成，充分表現了詩人在總體構思上對詩歌的調子和節奏的控制，類似於交響樂的幾個樂章，從快板、柔板、小步舞曲到進行曲的幾種調子的轉換和交織，使整首詩舒緩跌宕、起伏有致，並把詩劇最終推向了鳳凰更生的最高潮。「鳳凰更生歌」是一曲「鳳凰合鳴」，它以百餘行的篇幅分別禮讚了「光明」、「新鮮」、「華美」、

「芬芳」、「和諧」、「歡樂」、「熱誠」、「雄渾」、「生動」、「自由」、「恍惚」、「神秘」、「悠久」等反映時代精神的範疇，每段格式相同，僅在固定位置上替換上不同的中心詞，一唱三嘆，反覆無窮，給人一氣呵成之感。尤其是每段結尾的「歡唱！歡唱！」的循環往復，更是民族的「歡樂頌」，反映了「五四」時代沒有一點陰影的大歡樂和新生感。《鳳凰涅槃》的奔放的想像、縱橫捭闔的氣勢以及高超的藝術感染力，都源於詩人所處的青春的時代。從這個意義上說，這曲「歡樂頌」是任何詩人包括郭沫若自己都無法再重複的。

我們更生了！
我們更生了！
一切的一，更生了！
一的一切，更生了！
我們便是「他」，他們便是我！
我中也有你，你中也有我！
我便是你！
你便是我！
火便是凰！
鳳便是火！
翱翔！翱翔！
歡唱！歡唱！

《鳳凰涅槃》中一再重複歌咏的「一切的一」與「一的一切」集中體現了「五四」時期「泛神論」的思想。「泛神論」是流行於 16 世紀到 18 世紀的西歐，是一種以斯賓諾莎、布魯諾為代表的哲學思想，認為世界上並不存在超自然的精神力量，不存在「一神論」的上帝，如果說有神的存在，神就是自然界本身，神存在於自然界的一切事物中。「一切的一」中的「一」便指大自然普泛的本體（神），「一的一切」中的「一切」指由「一」的本體衍生出的自然萬物。這是一種一切都融為一體，生命與萬物物我無間的大和諧境界，在生命與自然萬物中包含了泛化的「神」。郭沫若概括為所謂「泛神就是無神，一切的自然只是神的表現」，進而推導出「我即是神」的結論。[1]《女神》中貫穿性的主體形象正是一個「開闢鴻蒙的大我」，一個新世紀的巨人形象。他既是一個一切的偶像的破壞者，「立在地球邊上」，「要把地球推倒」；同時又是一個「創世紀」般的創造者：「我效法造化底精神，我自由創造，自由地表現我自己。我創造尊嚴的山岳，宏偉的海洋，我創造日月星辰，我馳騁風雲雷雨。」這是一個自我極端膨脹，具有天馬行空般的自由和無所不在的創造力的主體，反映了一個新時代的來臨所能帶給詩人所象徵著的新人類的無限生機和夢想，以及一個新世紀所能展現出的全部的可能性。

「泛神論」既是郭沫若的哲學思想，又是他的詩歌觀念。郭沫若的泛神論創造性地把自我、自然與神三個元素融為一體，構成了他的浪漫主義詩歌的三大支柱。其中的「自我」是中心和出發點，自然則是「自我」本質的對象化和外在體現，而「神」的維度則把自我昇華到一個師法造化的「大

---

1 參見《沫若文集》，第 7 卷，北京，人民文學出版社，1962 年，15 頁。

我」的地位。可以說，正是借助於對「泛神論」思想的創造性接受，郭沫若形成了崇尚自我的個性主義詩歌觀念。這種觀念上承莊子、李白等傳統的個體主義精神，又疊印了歌德的浮士德的創造力、尼采的意志力與惠特曼的奔放的想像，體現出「五四」時代兼收並蓄的開闊的胸懷和吐故納新的豪邁的氣魄。與其詩歌觀相適應的，是郭沫若的自由體的詩歌形式。他主張形式方面「絕端的自由，絕端的自主」，[2]《女神》中五十餘首詩作，幾乎每一首都有自己的形式，少有重複。但另一方面，郭沫若又注重詩歌內在的情緒的節奏和每一首詩自身的韻律，因此每一首詩又都給人以齊整、和諧的統一感。在這個意義上說，「五四」時期與《女神》相媲美的只有魯迅的《吶喊》。文學史家稱二者是並置的「雙星」。

郭沫若的詩歌也體現出風格多樣化的傾向，他有一些同樣膾炙人口的清新單純的短詩，如《天上的市街》、《夕暮》等。廢名甚至稱《夕暮》是「新詩的傑作，如果中國的新詩只准我選一首，我只好選它」[3]。「一群白色的綿羊，／團團睡在天上。／四圍蒼老的荒山，／好像瘦獅一樣。／／昂頭望著天，／我替羊兒危險，／牧羊的人喲，／你為什麼不見？」這首詩有一種「五四」式的好奇心和童稚氣息。《女神》之後，郭沫若著有《星空》（1923）、《恢復》（1928）、《前茅》（1928）等詩集。《星空》中的詩作不復有《女神》階段的昂揚上進，大多數的詩反映了苦悶、低迴的情緒。這也是另一個「五四」，是一個潛心思索感傷徘徊的「五四」。

2　《沫若文集》，第6卷，87頁。

3　廢名：《談新詩》，北京，人民文學出版社，1984年，217頁。

詩人經歷了大時代的波瀾壯闊之後，隨著低潮期的到來思緒和調子都趨於深沉，技巧也變得圓熟，但《女神》中的「火山爆發式的內發情感」也逐漸喪失了。1925 年的《瓶》則是郭沫若的愛情詩，「五四」時期的激情在浪漫的愛情想像中重新獲得了迴光返照。此後的《恢復》則告別了「五四」時期所代表的創作風格，而強調文藝必須作政治的「留聲機器」，標誌著郭沫若時代已漸趨終結。

第二節　小詩派與湖畔詩人

小詩體式出現的緣由／外來的影響／冰心對童心、愛、自然母題的建構／宗白華／「湖畔詩人」的衝擊波／詩人創作的主要線索／汪靜之等

文學史上一個流派的出現，其最初的契機有時是很偶然的。1919 年的一個冬夜，剛剛以問題小說的創作闖入文壇的冰心應弟弟的建議，把「零碎的思想」以片段的雜感的形式記錄下來，從 1921 年開始以分行的自由體短詩的形式陸續在報刊發表，一時間蜚聲文壇，模仿者及呼應者漸多，小詩的體式遂在詩壇逐漸成形。到了 1923 年，冰心把她的三百餘首小詩匯集成詩集《繁星》、《春水》正式出版，共收錄小詩三百餘首，終於開創了一個「小詩的流行的時代」[4]。

---

[4] 周作人：《論小詩》，載《晨報副鐫》，1929 年 6 月 21 日。

「五四」時代是一個思想的時代，作家們廣泛地思索關於宇宙、社會、人生、個體諸種時代性命題，小詩的體式正以「小雜感」的形式靈活地表達詩人們「零碎的思想」。人生的體悟，哲理的感興，情緒的波動，是小詩體式最駕輕就熟的領域。同時，小詩短小精悍、無拘無束，這對於現代新詩錘煉詩質和詩意，是一種絕好的方式。小詩的體式淵源於印度佛教哲學詩中一種名為「偈」的短詩體裁以及日本短歌、俳句。由於鄭振鐸翻譯的印度大詩人泰戈爾的《飛鳥集》和周作人引入的日本短歌、俳句的影響，以及冰心等人的自覺實踐，使小詩創作在中國詩壇風靡一時，其中的代表詩人除冰心之外，還有宗白華、徐玉諾等。

冰心的小詩集中體現了冰心在「五四」時代的著名的愛和美的哲學，這種愛和美的哲學在小詩中具體體現為童心、母愛、自然的母題。如《春水・一零五》：

造物者——
倘若在永久的生命中，
只容有一次極樂的應許，
我要至誠地求著：
「我在母親的懷裏，
母親在小舟裏，
小舟在月明的大海裏。」

「我」、「母親」、「大海」三位一體，構成宇宙間最和諧的一幅圖景。又如這首《繁星・七一》：

這些事——
　　是永不漫滅的回憶；
月明的園中，
　　藤蘿的葉下，
　　　　母親的膝上。

如果說前一首《春水・一零五》從「我在母親的懷裏」的特寫鏡頭拉成大海的全景的話，這首《繁星》則從月明的園中的全景推成母親的膝上的特寫，同樣反映了冰心的認知世界的審美側重點。

在小詩派中自成一格的是宗白華出版於 1923 年 12 月的詩集《流雲小詩》，其中最擅長的領域是詩人的心靈與自然宇宙以及社會人生的律動之間的契合。詩人自稱：「在都市的危樓上俯眺風馳電掣的匆忙的人群，通力合作地推動人類的前進；生命的悲壯令人驚心動魄，渺渺的微軀只是洪濤的一漚，然而內心的孤迥，也希望能燭照未來的微茫，聽到永恆的深秘節奏，靜寂的神明體會宇宙靜寂的和聲。」[5]譬如這首寫入《我和詩——〈流雲小詩〉後記》中的《生命之窗的內外》：

黑夜，閉上了生命的窗。
窗裏的紅燈，
掩映著綽約的心影：
雅典的廟宇，萊茵的殘堡，

5 宗白華：《我和詩——〈流雲小詩〉後記》，《文學》，1937 年 8 期。

山中的冷月，海上的孤棹。
是詩意、是夢境、是淒涼、是回想？
縷縷的情絲，織就生命的憧憬。
大地在窗外睡眠！
窗內的人心，
遙領著世界深秘的回音。

　　無限的淒涼之感裏，夾著無限熱愛之感。似乎這微渺的心和那遙遠的自然，和那茫茫的廣大的人類，打通了一道地下的深沉的神秘的暗道，在絕對的靜寂裏獲得自然人生最親密的接觸。我的流雲小詩，多半是在這樣的心情中寫出的。

《流雲小詩》中，有相當一部分是關於詩本身的詩：「啊，詩從何處尋？／在微雨下，點碎落花聲！／在微風裏，飄來流水音！／在藍空天末，搖搖欲墜的孤星！」（《詩》）詩人的詩思是對宇宙自然的天籟敏銳的體悟和捕捉的結果，是詩人對大千世界審美化的洞察和發現。宗白華的小詩創作，以其玄想和形而上的色彩，在中國現代詩歌中獨樹一幟。

妹妹你是水——
你是清溪裏的水，
無愁地鎮日流，
率真地常是笑，
自然地引我忘了歸路了。

這段自然、率真，如溪水般清新、純淨的情詩出自「湖畔詩人」應修人的《妹妹你是水》。「五四」初期，與小詩派同時出現，對詩壇有較大影響，引許多青年讀者「忘了歸路」的，正是湖畔詩人的創作。1922 年 3 月，汪靜之、應修人、潘漠華、馮雪峰四人在杭州西子湖畔組成「湖畔詩社」，同年 4 月出版詩歌合集《湖畔》，同年 8 月出版汪靜之《蕙的風》，1923 年 12 月又出版合集《春的歌集》。一時間在現代詩壇掀起了「湖畔詩人」的衝擊波。

湖畔詩人都是出生於 20 世紀的詩人，「五四」新文化運動時期，他們只有十幾歲，因此，他們是「五四」精神所催生的一代新人。與胡適所代表的初期白話詩人相比，他們更少舊詩詞的影響和束縛。胡適即稱：「我現在看著這些徹底解放的少年詩人，就像一個纏過腳後來放腳的婦人望著那些真正天足的女孩子們跳來跳去，妒在眼裏，喜在心頭。他們給了我許多『烟士披裏純』」。[6]湖畔詩人的意義正在於他們作的是「沒有沾染舊文章習氣老老實實的少年白話新詩」。[7]他們「隨意地放情地歌著」，「極真誠地把『自我』溶化在詩裏」，對質直單純的愛情的歌咏和內心世界的大膽剖白構成了湖畔詩人為他人無法模仿的特色。

朱自清在《中國新文學大系・詩集》導言中指出：「中國缺少情詩，有的只是『憶內』『寄內』，或曲喻隱指之作；坦率的告白戀愛者絕少，為愛情而歌咏愛情的更是沒有。」而「真正專心致志做情詩的是『湖畔』的四個年輕人。」情

6　胡適：《〈蕙的風〉序》。
7　廢名：《談新詩》。

詩構成了湖畔詩人創作的主線索。其中，尤以汪靜之最具代表性。1922 年《蕙的風》的出版轟動詩壇。詩集中那些大膽直率表達愛情的詩篇引起了廣泛的關注和爭論，《蕙的風》因此成為「五四」反封建，爭取個性解放的叛逆性力作。而朱自清、胡適、劉延陵分別為詩集作序也具有「事件」的意義。在當時的歷史時期，詩人的愛情中自然無法逃逸社會和習俗加諸其上的陰影：「我冒犯了人們的指摘，／一步一回頭地瞟我意中人，／我怎樣欣慰而膽寒呵！」（汪靜之《過伊家門外》）「欣慰而膽寒」的兩種悖謬體驗的反差，既為抒情主人公的愛情帶來對比中的超常的強度，也間接融入了社會歷史因素。這是一種特定歷史時代的愛情。而除卻《蕙的風》的社會層面的意義和效果，它對愛情本身的體驗和表白也自有一種動人的藝術力量。如這首《伊的眼》：

伊的眼是溫暖的太陽，
不然，何以伊一望著我，
我受了凍的心就熱了呢！
伊的眼睛是解凍的剪刀，
不然，何以伊一瞧著我，
我被鐐銬的靈魂就自由了呢！

在中國現代詩歌中，描寫戀人在「我」的心中所產生的驚心動魄的力量的詩篇尚無出其右。在湖畔詩人的創作中，年輕的詩人的個體生命的青春期與五四作為歷史的青春期交相輝映，鑄就了詩歌的單純清淺的詩質，朱自清即評價汪靜之的詩有「孩子們潔白的心聲，坦率的少年的氣度！而表現法底簡單，明了，少宏深，幽渺之致，也正顯出作者的本色。」[8]湖畔詩人的創作，在清新、質樸的同時，有時也失於簡單、幼稚，得與失都吻合於青春期少年的寫作方式。

同屬湖畔詩社，四位詩人的風格卻也自有差別。「潘漠華氏最是淒苦，不勝掩抑之致；馮雪峰氏明快多了，笑中可也有淚；汪靜之氏一味天真的稚氣；應修人氏卻嫌味兒淡些。」[9]

第三節　「戴著腳鐐跳舞」——新月派詩人的追求

前後期的嬗變／聞一多對格律詩理論的倡導和實踐／徐志摩：三位一體的人生和藝術世界／朱湘

詩歌是一門在自由和限制之間尋找平衡的藝術。從早期白話詩「不拘格律，不拘平仄，不拘長短；有什麼題目，做什麼詩；詩該怎樣做，就怎樣做」[10]；到郭沫若的「詩不是『做』出來的，只是『寫』出來的」[11]，中國現代新詩走的是一條趨向「自由」一維的道路。但詩到底該怎樣「做」，到底該怎樣「寫」，卻是詩人們在奔赴自由的路途中付之闕

---

8 朱自清：《蕙的風・序》，上海，亞東圖書公司，1922 年。
9 朱自清：《詩集・導言》，《中國新文學大系》。
10 胡適：《建設理論集・談新詩》，《中國新文學大系》。
11 郭沫若：《論詩三札》，《文藝論集》，北京，人民文學出版社，1979 年。

如的。正是在這種歷史背景下，出現了以聞一多、徐志摩為代表的新月派詩人群。

1923 年，胡適、徐志摩、梁實秋、聞一多等人發起成立了新月社，由於其中聞一多、徐志摩等詩人倡導格律詩寫作，新月詩派遂成為一個影響越來越大的新詩派別。大體上以 1927 年為界分為前後兩期。前期新月派以北京的《晨報副刊．詩鐫》為陣地，其主要詩人有聞一多、徐志摩、朱湘、饒孟侃、劉夢葦、林徽音、孫大雨、于庚虞等人。1927 年春，胡適、徐志摩、聞一多、梁實秋等人在上海創辦新月書店，次年又創辦《新月》月刊，新月詩派的主要活動轉移到上海，於是，以《新月》月刊以及 1931 年創刊的《詩刊》季刊為主要陣地，匯集了後期新月派的詩人群，其基本成員除了前期的徐志摩、饒孟侃、林徽因、孫大雨等人外，還有陳夢家、方瑋德、邵洵美、卞之琳等。

新月社詩人中的代表人物是聞一多，他也稱得上是中國現代詩歌歷史進程中重要的階段性人物之一。他信奉美國批評家佩里（Bliss Perry，1860-1954）的名言：「差不多沒有詩人承認他們真正給格律束縛住了。他們樂意戴著腳鐐跳舞，並且要戴別個詩人的腳鐐。」[12]所謂「戴著腳鐐跳舞」，正是試圖帶給詩歌限制和規範。聞一多打造的「腳鐐」，就是現代詩歌的規律化主張。他是格律詩理論的主要倡導者和實踐者，從而使現代詩歌在他的筆下呈現出迥異於初期白話詩的別一種風貌，如他的代表作《死水》：

12　轉引聞一多：《詩的格律》，載《晨報副刊．詩鐫》，1926 年 5 月 13 日。

這是一溝絕望的死水，
清風吹不起半點漪淪。
不如多扔些破銅爛鐵，
爽性潑你的剩菜殘羹。

也許銅的要綠成翡翠，
鐵罐上銹出幾瓣桃花；
再讓油膩織一層羅綺，
黴菌給他蒸出些雲霞。

讓死水酵成一溝綠酒，
漂滿了珍珠似的白沫；
小珠笑一聲變成大珠，
又被偷酒的花蚊咬破。

這首詩典型地體現了新月詩派關於新詩規律化的形式原則，即所謂建築美、繪畫美和音樂美的「三美」主張。建築美指「節的勻稱和句的均齊」，在視覺上表現為「豆腐乾」狀的方塊詩；繪畫美則體現為「詞藻」的運用，給人以視覺鮮明的色彩感，如《死水》中動用了大量的訴諸視覺的意象，「翡翠」、「桃花」、「羅綺」、「雲霞」、「綠酒」、「白沫」都給人一種觸目驚心的色彩感；音樂美則是格律詩理論的核心，主要指音節的整齊與和諧。為此，聞一多提出了「音尺」的理論，格律化的最根本的原則就是詩行中的音節單位（即「音尺」，又稱「頓」、「音步」、「音組」）的整齊規則，每句詩中要有相對勻稱的「音尺」，最終造成的是聽覺上的和諧統一、抑揚頓挫的效果。仍以《死水》為例：「這是｜一溝｜絕望的｜死水，／清風一吹不起｜半點｜漪淪。」聞一多稱：「這首詩是我第一次在音節上最滿意的試驗」。「每一行都是用三個『二字尺』和一個『三字尺』構成的，所以每行的字數也是一樣多。」[13]讀起來的確有一種既跌宕起伏又和諧勻稱的內在的節奏感，堪稱是格律詩體的典範之作。

新詩規律化的更內在的原則是「理性節制感情」的美學主張。正像魯迅說的那樣：「感情正烈的時候，不宜做詩，否則鋒芒太露，能將『詩美』殺掉。」[14]新月派詩人反對感傷主義和濫情主義，反對毫無節制的情感宣泄。他們在詩藝上實踐著使主觀情感客觀化的原則，在詩中大量鋪排意象，譬如《死水》表達的是詩人對祖國死水一潭的社會現實的絕望與激憤之情，但詩人沒有讓這種強烈的情感肆意抒發，而是外化為「死水」的總體意象，又通篇採用形象的擬喻的手法，在情緒內斂的同時卻使詩境昇華到一個具有普遍意義的象徵層面，這正是詩人遵循詩歌藝術本身固有的規律和法則的結果。

而單從個性上說，聞一多卻是個激情似火的人。他 1899 年出生於湖北浠水，1922 年赴美留學，在異國他鄉體驗著對祖國的強烈的相思，這種相思最終化為《紅燭》（1923）中對祖國的泣血般的謳歌。《憶菊》便是其中最有代表性的詩篇：

13　聞一多：《詩的格律》，載《晨報副刊·詩鐫》，第七號，1926 年 5 月 13 日。

14　《魯迅全集》，第 5 卷，176 頁。

檐前，階下，籬畔，圃心底菊花：
藹藹的淡烟籠著的菊花，
絲絲的疏雨洗著的菊花，——
金底黃，玉底白，春釀底綠，秋山底紫，……

啊！自然美底總收成啊！
我們祖國之秋底傑作啊！
啊！東方底花，騷人逸士底花呀！
那東方底詩魂陶元亮
不是你的靈魂底化身罷？
那祖國底登高飲酒的重九
不又是你誕生底吉辰嗎？

對菊花的讚美的背後是對東方詩魂的讚美，對東方的一種「逸雅」品格的讚美，是對祖國的傳統與文化的讚美。但這種東方美是遠離故土的詩人在想像中把祖國的文明加以美化的產物，而當詩人回到祖國之後，所面臨的卻是巨大的失落感：「我來了，我喊一聲，迸著血淚，／『這不是我的中華，不對，不對！』」（《發現》）出版於 1928 年的詩集《死水》中的大部分詩篇都反映出這種現實和理想的巨大反差，「迸著血淚」的激憤更襯托出詩人對祖國的深沉的愛戀，如同《憶菊》，一樣是愛國主義感情的真實抒發，因此，朱自清評價說，聞一多是「五四」時期「唯一的愛國詩人」。[15]

15　參見朱自清：《愛國詩》，《新詩雜話》，北京，三聯書店，1984 年。

聞一多詩中獨特的美感在於，他是以整飭的形式和格律的規範收束著他那火山噴發一般的激情，因而，這種激烈的個性在藝術上就經過了冷處理，使火山化為凝聚的岩漿，儘管熱度仍然極高，卻呈現為液態的形式。這就形成了聞一多詩歌的一種不可多得的沉鬱的美。也奠定了他在中國現代詩歌史上無法替代的地位。從郭沫若到聞一多，中國現代詩歌走的是一放一收的路。郭沫若的詩大開大闔，氣派宏偉，但「放」開之後過於汪洋恣肆，於是又有了聞一多的「收」。

徐志摩是新月詩派中另一耀眼的星座。儘管徐志摩的詩作在初期受到聞一多的影響，大體遵循格律的體式，但他的特殊之處在於他自由灑脫的性靈，他自稱「我素性的落拓始終不容我追隨一多他們在詩的理論方面下過任何細密的工夫。」[16]從本質上說，徐志摩是憑天賦的靈感寫作的更像詩人的詩人。

徐志摩於 1896 年生於浙江海寧。1918 年赴美留學，1921 年進英國劍橋，劍橋的生涯雖然短暫，但對徐志摩卻有決定性的影響：「我的眼是康橋教我睜的，我的求知欲是康橋給我撥動的，我的自我的意識是康橋給我胚胎的。」[17]徐志摩的貴族化的追求，對自由的性靈的渴望，藝術至上的唯美傾向，都與近兩年的劍橋教育分不開。也正是在劍橋期間，他接受了英國浪漫派詩人的影響，開始了自己的新詩創作。1922 年回國後發起成立「新月社」，1926 年主編《晨報副

---

[16] 徐志摩：《猛虎集》，序文，上海，新月書店，1931 年。

[17] 徐志摩：《吸烟與文化》，《巴黎的鱗爪》，長沙，湖南人民出版社，1988 年，26 頁。

刊・詩鐫》，1928 年起，曾任《新月》雜誌主編，1931 年主編《詩刊》，同年 11 月 19 日，遭空難逝世。生前出版詩集《志摩的詩》（1925）、《翡冷翠的一夜》（1927）、《猛虎集》（1931），死後出版《雲遊集》。

創作《志摩的詩》時期的徐志摩可以用胡適的話來概括：「他的人生觀真是一種『單純』的信仰，這裏面只有三個大字：一個是愛，一個是自由，一個是美。」[18]這種三位一體的信仰缺一不可，表徵著徐志摩的情感、性靈和藝術的諸種取向。其中自由的性靈尤其是他的生命和創作的核心支撐。可以說，最終決定著徐志摩的詩歌藝術的，是他的無拘無束的自由的天性。

《雪花的快樂》是徐志摩輕盈飄逸、瀟灑靈動的詩風的典型體現：

假如我是一朵雪花，
翩翩的在半空裏瀟灑，
　我一定認清我的方向——
　飛揚，飛揚，飛揚，——
這地面上有我的方向。

在半空裏娟娟的飛舞，
認明了那清幽的住處，
　等著她來花園裏探望——

---

18 胡適：《追悼志摩》，《文人畫像——名人筆下的名人》，上海，上海三聯書店，1996 年，173 頁。

　飛揚，飛揚，飛揚，——
啊，她身上有朱砂梅的清香！

那時我憑藉我的身輕，
盈盈的，沾住了她的衣襟，
　貼近她柔波似的心胸——
　消融，消融，消融，——
融入了她柔波似的心胸！

「雪花」的比喻看似信手拈來，卻再準確不過地反映了詩人飄逸靈動的個性，讀起來彷彿有一個快樂的精靈飛揚在字裏行間，同時又吻合「五四」昂揚向上的時代精神，是一首渾然天成之作。這首詩打動人的還有它的輕快靈動的音節。又如《沙揚娜拉——贈日本女郎》：

最是那一低頭的溫柔，
　像一朵水蓮花不勝涼風的嬌羞，
道一聲珍重，道一聲珍重，
　那一聲珍重裏有蜜甜的憂愁——
沙揚娜拉！

詩人捕捉到的是女郎道別時一剎那的姿態，「最是那」的三個去聲字的重音效果，「道一聲珍重，道一聲珍重」的複沓，都襯托了少女楚楚動人的韻致，結句「沙揚娜拉」另有一種難以言傳的字面以及音樂上的審美意味。正是這種「從性靈深處來的詩句」，使徐志摩的詩歌在 20 年代詩人中獨樹一幟，並平衡著新月派的格律追求過於整飭、嚴謹的形式化傾向。

朱湘（1904-1933）是新月派的另一重鎮，生前有《夏天》、《草莽集》等出版，身後則有友人代出《石門集》。他是新月派中最講究形式美的詩人，強調音韻格律與「文字的典則」，詩作有鮮明的音樂感，同時又刻意營造一種古典美。最著名的是《採蓮曲》，詩中「人樣嬌嬈」的荷花與採蓮少女互為映襯，描繪了一種「江南可採蓮」的優美情境，反映了詩人的青春崇拜和女性崇拜。而這首詩更為人稱道處是它的音樂美。詩人自己解釋說：「《採蓮曲》中『左行／右撐』，『拍緊／拍輕』等處便是想以先重後輕的韻表現出采蓮舟過路時隨波上下的一種感覺。」這種追求在現代詩歌中堪稱獨步。此外，朱湘也以敘事詩的創作聞名，著有《王嬌》等，是 20 年代不可多得的詩作。

第四節　馮至及其他詩人

馮至創作的兩個階段／「熱烈」而「悲涼」的抒情格調／臧克家對鄉土題材的探求

在中國現代詩歌史上，馮至是少有的在兩個歷史階段（20 年代與 40 年代）都做出特殊貢獻的詩人。他 1905 年出生於河北，1921 年入北京大學外文系。1922 年與林如稷、陳翔鶴、陳煒謨等人組織「淺草社」，1925 年又與楊晦、陳煒謨、陳翔鶴等另組「沉鐘社」，創辦《沉鐘》雜誌，直至 1934 年終刊，「沉鐘社」也因此被魯迅譽為中國的最堅韌，最誠實，掙扎得最久的團體。馮至本人則被魯迅稱為中國最為傑出的抒情詩人。[19]

魯迅曾評價「沉鐘社」作者群：「那時覺醒起來的智識青年的心情，是大抵熱烈，然而悲涼的。」[20]這段話用來形容馮至更為恰當。這一時期的馮至，有詩集《昨日之歌》（1927）及《北遊及其他》（1929）出版。「熱烈」而「悲涼」構成了兩部詩集抒情風格的主調。這種抒情風格是馮至既敏感又內斂的天性與「周圍的無涯際的黑暗」的時代環境共同塑造的結果。譬如這首《蛇》：

我的寂寞是一條蛇，
靜靜地沒有言語。
你萬一夢到它時，
千萬啊，不要悚懼！

它是我忠誠的侶伴，
心裏害著熱烈的鄉思：
它想那茂密的草原——
你頭上的、濃郁的烏絲。

它月影一般輕輕地
從你那兒輕輕走過；
它把你的夢境銜了來
像一只緋紅的花朵。

19　《中國新文學大系・小說二集序》，《魯迅全集》第 6 卷，243 頁。
20　同上註。

「熱烈的鄉思」卻以冰冷的「蛇」的形象外化出來，也正是把「熱烈」與「悲涼」的雙重情調統一在一起，在反差中給人以極其難忘的印象。詩人自稱這首詩是看過了一幅關於口裏銜著一朵花的蛇的比亞茲萊畫風的繪畫之後所做。作為魯迅所激賞的「90 年代世紀末獨特的情調底唯一的表現者」，比亞茲萊那「把世上一切不一致的事物聚在一堆」的手法也影響了馮至的創作，這或許是詩人被魯迅給予了過高的讚譽的內在原因。

作為 40 年代《十四行集》時期的沉思者的馮至在 20 年代的創作中已經顯露端倪，尤其到了《北遊及其他》中，詩的格調更趨於落寞與內斂。長詩《北遊及其他》是紀行體系列組詩，記錄的是詩人 1927 年孤獨的東北之旅：「他逆著凜冽的夜風，走向那大而黑暗的都市，即人性和他們的悲痛之所在的艱難的路。」詩以寂寥的沉想的方式去介入和瞭解一個城市，藉此瞭解人性和生活的艱難，詩風也由於「現實的賜予」而變得硬朗一些。但這一時期馮至的抒情詩仍舊以愛情的歌咏見長。他把湖畔詩人開闢的愛情題材的天地由明快清淺進一步引入了含蓄幽婉甚至有幾分清冷的內心世界。詩人渴望「靜靜地靜靜地思量，／像那深潭裏的冷水一樣」（《思量》）。這種清冷的調子即使在兩情相悅的體驗中也時而會流露，如這首優美的情詩《南方的夜》：

我們靜靜地坐在湖邊，
聽燕子給我們講南方的靜夜。
南方的靜夜已經被它們帶來，

夜的蘆葦蒸發著濃郁的情熱。——
　我已經感到了南方的夜間的陶醉，
　請你也嗅一嗅吧這蘆葦中的濃味。
　你說大熊星總像是寒帶的白熊，
望去使你的全身都感到淒冷。
這時的燕子輕輕地掠過水面，
零亂了滿湖的星影。——
　請你看一看吧這湖中的星象，
　南方的星夜便是這樣的景象。

這首詩傳達了一種南方的靜夜固有的清朗氣息，有著童話般的雋永，而詩境仍是鬱熱和清冷的交融，反映了詩人一以貫之的情感意向。

馮至 20 年代更為凸出的貢獻是他的《吹簫人的故事》、《帷幔》、《蠶馬》等敘事詩的寫作。這幾首敘事詩採用了中國傳統民間故事和古代神話資源，又受到德國謠曲的影響，正因如此，其「含蓄著中古羅曼的風味」，中國古代志怪式的傳奇情調，神秘甚至詭異的氣氛，都使這幾首敘事詩在中國現代詩歌的歷史進程中呈現出一種異質的風貌，標誌著現代詩歌與西方與傳統與民間幾個維度的深層聯繫。《吹簫人的故事》講的是古代西方一個以吹簫為生命的青年在一座洞宇中隱居，卻被一個同樣吹簫的女郎擾亂了生活的寧靜，正當兩個人簫聲應答心心相印之際，女郎卻忽染重病，必須用洞簫作藥才能醫好。青年毫不遲疑地把自己的洞簫劈作兩半，治好了心上人。兩個人歷經磨難終於結成了洞簫姻緣。然而，青年由於思念他自己的作為藝術之生命的象徵的洞簫而「深切的傷悲」，終於抑鬱成疾。女郎「最後把她的簫，／也當作唯一的靈藥——／完成了她的愛情，／拯救了他的生命。」這首詩敘述的是愛情與藝術相互衝突的古老的主題。青年獲得了愛情，但卻以藝術生命的喪失為代價。這是一種永遠的兩難境地。因此，儘管這首詩似乎是以大團圓作為圓滿的收場，但卻餘味無窮，留給讀者的是深深的悵惘和思索。《帷幔》與《蠶馬》則敘述的是兩個悲劇故事，《帷幔》移植了一個民間傳說，《蠶馬》則根據干寶的《搜神記》改寫。兩首詩都有一種哀怨淒美的調子以及濃郁的抒情氣息，令人蕩氣迴腸，從這個意義上說，馮至的敘事詩是以敘事的外殼包藏抒情的內質，在本質上堪稱是羅曼詩。

與馮至羅曼詩般的抒情氣質相異趣的，是以鄉土寫實著稱的臧克家（1905-2004）。臧克家最初登上詩壇時，曾受到過聞一多的直接影響，他的詩歌創作在形式上也帶有明顯的新月派風格，成名作《難民》就有聞一多寫關於農村題材的作品《荒村》的影子。但在聞一多那裏，鄉土題材只是偶一為之，而臧克家成長於鄉村的經歷卻最終帶給他別人無法模仿的獨特的詩歌寫作風格。從 1932 年開始寫詩，到詩集《烙印》、《罪惡的黑手》、《自己的寫照》問世，臧克家始終堅持自己的貼近泥土的創作原則，被譽為「泥土詩人」。

朱自清指出：中國現代詩歌從臧克家起「才有了有血有肉的以農村為題材的詩」。[21]這取決於詩人與農村血肉般的

---

21 《新詩雜話．新詩的進步》，《朱自清全集》，第 2 卷，南京，江蘇教育出版社，1988 年。

緊密聯繫，以及對底層人民艱難困苦的關注與同情。他對詩壇的特殊貢獻是他的「堅忍主義」人生哲學。無論是「什麼都由我承當」的當爐女（《當爐女》），還是「雨從他鼻尖上大起來了」的洋車夫（《洋車夫》），無論是「到處漂泊到處是家」的漁翁（《漁翁》），還是《老馬》中那匹「橫豎不說一句話，／背上的壓力往肉裏扣」的老馬，都是這種「堅忍主義」的忠實寫照。這種「堅忍主義」是作家從自己的生活歷程中真切地壓榨出來的經驗與感受，有泥土般質樸而逼真的氣息。

在形式上，臧克家被看作是新詩中的「苦吟派」，講究錘煉，詩風謹嚴，堪稱字斟句酌。以《難民》為例：「日頭墮到鳥巢裏，／黃昏還沒溶盡歸鴉的翅膀，／陌生的道路無歸宿的薄暮，／把這群人度到這座古鎮上。／沉重的影子，扎根在大街兩旁，／一簇一簇，像秋郊的禾堆一樣，／靜靜的，孤寂的，支撐著一個大的淒涼。／滿染征塵的古怪的服裝，告訴了他們的來歷，／一張一張兜著陰影的臉皮，／說盡了他們的情況。」這段詩中的「溶盡」、「度」、「扎根」、「兜」等用字，都是詩人斟酌再三、用力尤深之處，尤其是「黃昏還沒溶盡歸鴉的翅膀」一句更是被稱為煉字的典範。這些看似尋常的字眼兒經過詩人的精心選擇，在詩句中顯示出奇崛的魅力。但如果詩人一味苦吟而忽略了總體意境的把握，就會顯得過於刻意和拘謹，反而會妨礙闊大雄健的詩歌境界。相比之下，他的《壯士心》並沒有在遣詞造句上刻意雕琢，而更關注於意境的深遠與闊大，令人有無窮的回味，被文學史家司馬長風稱為「有爐火純青之感」，是一首難得的佳作。這首詩作於 1934 年 4 月，當時正是日軍踐踏華北、覬覦中原的危機關頭，也是人們期盼奮勇抗敵的民族英雄的時候。《壯士心》正反映了這種禦辱報國的渴望，詩歌擬想了一個古代的壯士，雖已屆暮年，獨伴青燈，卻仍枕戈待旦，渴望出征，並且在夢中回到了縱橫沙場的當年。詩緒中有一種「風蕭蕭兮易水寒，壯士一去兮不復還」的荊軻般的豪放與壯烈。

江庵的夜和著青燈殘了，
壯士的夢正燦爛的開花，
枕著一卷兵書一支劍，
燈光開出了一頭白髮。

突然睜大了眼睛，戰鼓在催他，
（深夜裏木魚一聲又一聲）
跨出門來，星斗恰是當年，
鐵衣上響著塞北的朔風。

前面分明是萬馬奔騰，
他舉起劍來嘶喊了一聲，
從此不見壯士歸來，
門前的江潮夜夜澎湃。

第七章

現代話劇的孕育與進展

第一節　文明戲與愛美劇

所受影響與淵源關係／歷史脈絡和發展過程

話劇源於歐洲，20 世紀初傳入我國，作為一種全新的外來藝術形式，話劇在中國近現代文學史上經歷了一個從萌芽到生長再到成熟完善的發展過程。在這一過程中，中與西，新與舊，外來形式與民族傳統如何有機地融為一體，怎樣才能避免「橘逾淮而成枳」等問題成為中國現代戲劇工作者一直努力探討並力圖在實踐中加以解決的焦點。從文明戲到愛美劇，真正意義上的中國現代話劇由播種孕育進入到了發展建設階段，它們共同開創了現代話劇蓬勃發展的先河。

戲曲在中國有著悠久的歷史，周秦時就已發端，而從宋雜劇、南戲到元雜劇時代標誌著其發展的高峰，明代四大傳奇的問世，清代民間地方戲的活躍，又使傳統戲曲更加豐富和完整。清朝晚期，國勢逐漸衰弱，帝國主義入侵中國，資產階級改良主義者及革命派首先覺醒。為了挽救國家命運，他們倡導資產階級性質的社會改革，戲劇成為他們進行宣傳的重要工具。在這種背景下，進步戲曲藝人上演了很多抨擊時政、宣揚種族革命的戲，開始倡導戲劇革新。梁啟超是利用戲曲形式宣傳社會變革的先驅，他流亡日本期間就曾用白話寫戲曲小說，並強調「寫雜劇」，呼籲中國學生「休學時合演雜劇」，「把一國的人從睡夢中喚起來」，盡自己的「國民責任」。此外，汪笑儂、夏月潤、潘月樵等一批職業演員也自己動手編製新戲，對舊戲進行改造。改良了的舊戲通常被稱為「時事新戲」、「時裝新戲」或「洋裝戲」，但其始終未能脫離舊劇的固有範圍。傳統戲曲的淵源以及職業演員倡導「新戲劇運動」帶來的影響，為西方話劇傳入中國並在中國得以生根、發芽、成長提供了不可或缺的土壤。

1906 年，留日學生曾孝谷、李叔同等人，受到當時日本興盛的「新派劇」的感召，在日本著名戲劇家藤澤淺二郎等人的指導和幫助下，成立了春柳社演藝部，這是我國最早的話劇團體，它從搬演西方話劇《茶花女》（1907）開始，最早掀起了引進話劇的熱潮。正當春柳社在日本演出中國話劇並引起轟動時，中國本土宣傳革命、鼓吹進步的新劇團體也風起雲湧，先後成立了「春陽社」、「進化團」等。他們上演了《黑奴籲天錄》、《迦茵小傳》、《血蓑衣》、《共和萬歲》等劇目，並在南京、蕪湖、武漢、上海等地巡迴演出，直斥時政，收到了相當強烈的社會效果。最初，人們稱這種剛剛輸入中國的戲劇樣式為「新劇」，取「新型的戲」

的意思，以區別於舊戲。辛亥革命爆發後到「五四」文學革命前夕，新劇因形式的新穎和內容的貼近現實受到觀眾的熱烈歡迎，盛行一時。為了表達對新劇的誇讚和推崇，人們紛紛稱之為「文明戲」。歐陽予倩先生在《談文明戲》一文中就曾提到，「文明戲」的「文明」二字，用熱情的觀眾贈予的美稱，以示「進步或者先進」的意思。「文明新戲正當的解釋是進步的新的戲劇，最初也不過廣告上這樣登一登，以後就在社會上成了一個流行的名詞」。

1911 年至 1912 年，文明戲到達全盛時期，究其原因，主要有兩個方面。其一是有一個忠實於藝術的骨幹戲劇團體——春柳社。春柳社成員陸續回國後於 1912 年組成「新劇同志會」，1914 年在上海建立「春柳劇場」，大張旗鼓地組織職業性演出活動，前後上演了八十多個劇目。特別值得提出的是，春柳社的許多成員都曾師從專門的戲劇藝術家，有的還在日本的俳優學校對戲劇進行過正式學習。深厚的藝術功底和對國家前途命運的滿腔熱忱，加之嚴肅認真的工作態度，使得春柳社演出的文明戲受到普遍歡迎。其二是社會、政治方面的原因。春柳社在國內活動的初期，正值辛亥革命獲得成功，兩千多年的封建帝制被推翻，民國剛剛建立，歷史動蕩，人民普遍處於激奮的情緒之中，他們來到劇場，不只是想看戲，更重要的是要聽到新的言論，獲得新的思想。宣傳鼓吹革命的文明新戲恰好迎合了大眾的這種口味，因而得以風行。

但不久，這次戲劇革新運動便因新文化總體力量的不足和辛亥革命的失敗而走向衰落。1913 年袁世凱獨攬軍政大權以後，舊思想、舊文化捲土重來，一些劇團為了維持生計，只好去迎合社會上一部分觀眾庸俗、低級的趣味，演出一些宣揚封建道德觀念的家庭戲、神怪戲，越來越遠離政治的和現實的主題，文明戲墮落成用新形式表現落後內容的舊戲。用鄭振鐸先生的話概括，即他們仍舊是誨淫，仍舊是誨盜，仍舊是提供迷信。在這一時期，用「文明戲」來稱呼新劇已經有了蔑視鄙夷和貶斥的味道，「文明戲」專指「墮落的新（話）劇」了。新劇（亦稱文明戲）從 1907 年萌生到 1918 年衰落，不過十年左右的時間，但它在中國現代話劇發展史上有著十分重要的地位。它的衰敗讓後人引以為戒，同時它也為以後中國現代戲劇的發展奠定了重要的基礎，起到了「開先啟後」的作用。

「五四」文學革命以後，中國戲劇改革又在形新實舊的文明戲的基礎上重新起步。「五四」時期，特別是 1917 年至 1918 年，錢玄同、劉半農、傅斯年、胡適、周作人等文學革命先驅者們紛紛在《新青年》上發表文章，提出自己對戲劇改革的主張。他們雖然各持己見，但在否定舊戲、提倡譯介西方話劇方面的看法卻基本相同。在他們的大力倡導和推行下，對傳統舊戲的批判以及對西方戲劇的傳播蔚然成風。但同時也帶來了許多問題：譯介的西方戲劇作品無法被中國民眾直接接受，傳統舊戲仍占據著廣大的舞臺和觀眾，文明戲又因商業化而墮落衰敗，話劇的發展陷入困惑。為解決這些問題，「愛美劇」運動便應運而生了。

「愛美」是英文 Amateur 的音譯，意為業餘的、非職業的；「愛美劇」，即非職業的戲劇。「愛美劇」運動口號的提出，受到了歐洲「小劇場運動」的啟發。19 世紀末 20 世紀初，歐洲戲劇家們因不滿於戲劇的商業化傾向，提出不以營利為目的的業餘的實驗性的演出，提高戲劇的藝術質量，增強戲劇的社會作用。1921 年 4 月 20 日至 8 月 4 日，著名戲劇家陳大悲在《晨報》上連載了一篇題為《愛美的戲劇》的長文，系統地論述了愛美劇問題，率先提出開展「愛美劇運動」的主張，而陳大悲先生本人則「一方面在財政部掛了一個專支薪不到部的科員台銜，另一方面則在蒲伯英先生主辦的白話報與晨報寫文章以攻擊舊戲與文明戲，提倡愛美的戲劇」[1]。「愛美劇運動」提出後，在新劇界引起很大反響，很短的時間裏，一批業餘話劇團體和戲劇研究刊物便迅即湧現出來，排演「愛美的」戲劇。上海民眾戲劇社和上海戲劇社是其中最重要的兩支隊伍。

民眾戲劇社 1921 年 5 月成立，是中國第一個業餘話劇團體。在其成立章程上，明確地規定著「本會以非營業的性質，提倡藝術的新劇為宗旨」。在這一宗旨的指導下，劇社一方面試演世界名劇及自編劇本，另一方面又創辦了《戲劇》月刊，「宣傳真的戲劇，及發表同仁研究之成果」[2]，倡導民眾戲劇觀念。1922 年冬，他們又在北平創辦了「人藝戲劇專門學校」，聘請文化界有威望的人士執教，以造就高尚的職業戲劇員。該劇社陣容強大，既有著名文學家沈雁冰、鄭振鐸、柯一岑等，又有專事戲劇的藝術家、學者如歐陽予倩、熊佛西等，還有一些來自文明戲的職業藝人，如陳大悲、

1　熊佛西：《我的戲劇生活》，《晨報》，1933 年 4 月 2 日。
2　《戲劇》1 卷 1 號，上海，中華書局，1921 年。

汪仲賢、徐半梅等共 13 人。他們痛惜文明戲的腐敗墮落，將目光投向愛美劇對新劇的改革，他們的共同努力，助長了愛美劇的聲勢，不僅在當時的戲劇界發生過巨大影響，也在中國現代話劇發展史上留下了重要的一頁。

上海戲劇協社是在黃炎培先生創辦的上海中華職業學校演劇團體的基礎上發展起來的，成立於 1921 年冬，是中國現代話劇團體中歷史最長，並對現代話劇的發展做出重大貢獻的一個團體。它最早的成員有谷劍塵、應雲衛等，1922 年後，歐陽予倩、汪仲賢、徐半梅、洪深等相繼加入，使其聲威大震。在 1921 年至 1933 年長達 12 年之久的時間裏，上海戲劇協社共舉行了 16 次公演，其中如谷劍塵創作的《孤軍》，陳大悲創作的《英雄與美人》，歐陽予倩創作的《潑婦》、《回家以後》，洪深根據英國著名作家王爾德所著《溫德米爾夫人的扇子》改編而成的《少奶奶的扇子》，易卜生的《傀儡家庭》以及莎士比亞的《威尼斯商人》等都受到觀眾的熱烈歡迎。洪深加入戲劇協社後負責主持排演工作，他摒棄了舞臺上長期流傳的說教方式，將西方導演制系統地引入中國劇壇，增強了戲劇藝術的感染力量，也對當時的非職業劇社和學生演戲產生了很大影響。上海戲劇協社的實踐活動為中國話劇運動從業餘邁向職業化奠定了堅實的基礎。

1927 年前後，愛美劇運動逐漸沉寂下來，話劇理論與創作、技術與藝術均呈現出寥落的趨勢，中國話劇事業期待著新鮮血液的注入。

第二節　丁西林與早期獨幕劇

起步較晚的話劇創作／丁西林／歐陽予倩

在新文學初期的創作實踐中，相對新詩和白話短篇小說而言，話劇劇本的創作作為一種獨立的文學樣式起步較晚。「五四」初期，話劇創作的主要收穫是獨幕劇，其藝術水準並不高，大部分作品的思想內容也很單薄，基本停留在對生活的故事化展示階段。雖然如此，早期獨幕劇的創作在中國現代話劇發展史上卻占有相當重要的地位，因為在此以前，中國還「從來沒有一部編寫完全的劇本，只將一張很簡單的幕表，貼在後臺上場處」。在那個「文明戲」衰落時代的舞臺上，這些劇本的問世為中國話劇的發展和成熟注入了新的活力。

「五四」時期的話劇創作，首先應提及的是胡適的獨幕劇《終身大事》。該劇發表於 1919 年 3 月《新青年》，它主要講述了這樣一個故事：中產階級家庭出身的田亞梅女士，在留學日本時與青年陳先生自由戀愛，但回國後遭到父母的強烈反對，於是她以「孩兒的終身大事，孩兒該自己決斷」為信念，毅然地「坐了陳先生的汽車去了」。從這一故事情節，明顯可見易卜生劇作《玩偶之家》的痕跡，因而很多評論家稱田亞梅為中國式的娜拉。劇本在藝術上雖然還很粗糙，但其思想內容的進步性和積極性是顯而易見的。該劇在肯定和歌頌資產階級民主婚姻觀念的同時，也對當時中國社會的封建迷信思想和封建宗法制度予以堅決的否定和嚴厲的批判，作家將當時人們關注的社會問題用話劇的形式展示出來，發表自己的見解，啟發讀者思考，可以說這是一次有著重要意義的大膽嘗試。

洪深主編的《中國新文學大系・戲劇集》中，選入了這一時期創作的獨幕劇 13 部，包括了歐陽予倩、田漢、郭沫若、丁西林等人的作品。而這些作品中又尤以丁西林的獨幕喜劇特色最為鮮明，甚至以此為代表，形成了「五四」時期喜劇創作的一座高峰。

丁西林（1893-1974），原名丁燮林，字巽甫，江蘇省泰興縣人。1914 年留學英國，專攻物理和數學。留學期間，他閱讀了大量英文小說和戲劇，逐漸對文學產生了濃厚興趣。他的創作以幽默機智的喜劇而著名，1923 年至 1930 年陸續發表了《一隻馬蜂》、《親愛的丈夫》、《酒後》、《壓迫》、《瞎了一隻眼》、《北京的空氣》等多部獨幕劇，其中《一隻馬蜂》和《壓迫》更有代表性，也更有影響。

《一隻馬蜂》是一部格調優雅、結構精緻、詼諧幽默的輕喜劇。它主要寫了吉先生、余小姐為追求自由戀愛與吉老太太發生的家庭矛盾。作者沒有直接寫吉、余二人與吉母之間的衝突，而是通過一系列頗具情趣的喜劇場面加以表現，巧妙而圓滿地凸出主題。一方面溫和地嘲笑了吉老太太陳舊的婚姻觀念，另一方面也婉轉地表達了對戀愛自由的支持。該劇雖短，但構思精巧，取材於日常生活瑣事，卻在「無事」中創造了無法調和的戲劇衝突。如吉先生與余小姐興趣相投，早已眉目傳神，心有靈犀，但不知情的老太太急於給兒子說媒，又想將余小姐介紹給侄兒做媳婦，這一做法引出一系列矛盾，增添了不少笑料。丁西林還特別注重情節結尾的戲劇性，認為「獨幕劇的結尾特別重要」[3]。在《一隻馬蜂》結尾處，正當吉先生擁抱余小姐時，吉母偏偏闖入，余小姐急中生智，用「一隻馬蜂」掩蓋了真情，矇蔽了吉母，圓滿地打開僵局，具有強烈的喜劇效果。《壓迫》寫於 1925 年，是一齣反映市民生活的幽默喜劇。劇本描寫的是一個只肯把房子租給有家眷的人的房東太太和一個要租房子卻沒有家眷的男客之間的矛盾衝突。當房東與男客處於僵局時，作者又插入了急於租到房子的女客，最後男客與女客冒充夫妻，愚弄了房東和巡警，僵局就這樣出人意料地打開了。在劇中，作者充分動用了喜劇的誇張手法。從女客誤認男客為房東，到後來發現男客和她處境相同，共同設法對付房東，寫得十分曲折、生動。最有趣味的是，男客最後問女客：「啊，妳姓什麼？」在笑聲中對房東以及當時的某些社會觀念給予了極大的嘲弄。丁西林的喜劇在語言上也很有特色，對話簡練、機智、含蓄，合乎人物在特定情景中的思想和心理狀態。

除了早期的創作，丁西林在抗日戰爭爆發後的 1939 年到 1940 年間，還寫了《三塊錢國幣》、《等太太回來的時候》和《妙峰山》三部重要的喜劇作品。在這些作品中，以往機智的風格猶存，但已經達到了一個新的高度，尤其是在思想內容方面，愛與恨、追求與嚮往、揭露與歌頌都帶有了鮮明的政治傾向性，充溢著抗戰救國的激情。

3　《丁西林談獨幕劇》，《劇本》，1957 年 8 月。

除了胡適和丁西林，在早期的獨幕劇創作中，歐陽予倩的《潑婦》、《回家以後》也產生了較大影響，首創了中國輕鬆喜劇的形式。《潑婦》寫於 1922 年，描寫了另一個娜拉式人物素心與瞞著她娶妾的丈夫慎之決裂並攜子離去的故事。這部劇著力圍繞人物性格組織矛盾，展開衝突，使人物塑造隨著劇情的發展而逐步得以實現，達到了相當高的藝術水準。寫於 1924 年的《回家以後》，則講述了一個留洋學生陸治平在國外另娶瑪麗，回國後欲與妻子吳自芳離婚卻又因妻子的賢慧而眷戀不捨，遂決定重新處理自己婚事的故事。根據故事情節，這出戲很可能成為一場鬧劇，但作家卻在輕鬆含蓄的筆調中譴責了舊的社會制度以及洋學生的某些行為。除了主題的不同流俗，該劇情節緊湊，對話精練，充分體現了歐陽予倩豐富的實踐經驗和較高的文化素養。

第三節　田漢、洪深與浪漫戲劇

浪漫主義的寫作傾向／田漢／洪深

田漢是中國現代文壇上一位傑出的戲劇家，「五四」時期即熱情投身於戲劇運動。在一生的戲劇實踐活動中，他創作了大量的作品並從事戲劇理論研究與教育，對推動戲劇藝術在我國的萌生與發展產生了巨大而深遠的影響。

田漢（1898-1968），原名壽昌，湖南長沙人。他從小深受中國傳統戲曲的影響，對戲劇藝術產生了濃厚興趣。

1916 年赴日留學，「五四」後加入少年中國學會，並成為早期創造社的發起人和重要成員之一。14 歲時，便發表了戲劇習作《新教子》、《漢陽血》等。1920 年，他完成了獨幕劇《咖啡店之一夜》，劇本描寫鹽商少爺李乾卿遺棄咖啡店侍女白秋英的故事，批判了資產階級青年重金錢輕愛情的做法，對女主人公的不幸遭遇寄予了深切同情，它是田漢現代戲劇創作的發軔之作。1922 年自日本回國後，田漢創辦《南國》半月刊，開始了「南國社」的早期活動。這一時期，田漢創作了《獲虎之夜》、《午飯前後》（後改名為《姐妹》）、《顧正紅之死》、《黃花崗》等一系列反對封建專制、追求個性解放以及反帝愛國、配合現實社會鬥爭的劇作。儘管田漢早期劇作在取材和思想主題方面都是積極進取的，但同時也流露出較為濃厚的唯美主義傾向和憂鬱感傷的情調。1928 年前後，田漢參與組織並領導了「南國社」和「南國藝術學院」，負責出版《南國周刊》和《南國》半月刊等雜誌，主持了多次大型戲劇演出活動。為了演出的需要，田漢創作了許多劇本，其中比較凸出的有《名優之死》、《江春小景》、《蘇州夜話》、《湖上的悲劇》、《南歸》等，這些劇本雖然仍留有初期創作時的那種低沉憂鬱的情調，但作者對黑暗現實的不滿和批判明顯地加強了。其中，1929 年完成的三幕話劇《名優之死》是「五四」以來的優秀劇作之一。劇本通過著名藝人劉振聲的一系列不幸遭遇，揭示出封建社會與藝術根本就是一對不可調和的矛盾這樣一個真實而沉重的主題。劇中主人公劉振聲是一個極有理想和追求的著名藝人，為人為事耿直正派，尤其講究「戲德」

和「戲品」，把藝術事業看得比自己的生命還寶貴。他傾心培養弟子劉鳳仙，使她成為一個有影響的青衣，在劉鳳仙身上寄寓著自己的期望。但劉鳳仙卻經不住腐敗社會的腐蝕，在流氓紳士楊大爺的引誘下，逐漸墮落下去。劉鳳仙的墮落毀滅了劉振聲的理想，為此他奮起與楊大爺所代表的舊勢力拼死抗爭，最後被楊大爺等人氣死在舞臺上。一代名優之死終於喚醒了廣大藝人們的覺醒，也喚起了劉鳳仙發自心底的深深懺悔。對田漢來說，這部劇無論在思想上還是藝術上都具有某種轉折的意義。比之其早期劇作，《名優之死》超越了小資產階級知識份子個性解放、個人抗爭的主題，轉而反映了更為深廣尖銳的社會矛盾和階級衝突。其早期劇本中的那種感傷和神秘色彩也被堅定、客觀的藝術描寫所代替，在人物性格的刻畫和戲劇衝突的結構以及戲劇語言的表達等方面，都顯得比以往作品更加細膩、生動和緊湊。尤其是這部劇自然巧妙地把藝術的舞臺與生活的舞臺融合為一體，形成了演員演演員，戲中又有戲的獨特效果，產生了很強的藝術感染力。這是與田漢本人對戲劇藝術和藝人生活的極為熟悉和瞭解密不可分的。此後，在時代的影響和社會發展激流的推動下，田漢逐漸將創作轉變到為人生、為革命的方面。30 年代後，田漢的人生道路和戲劇活動發生了重大變化，1930 年他率「南國社」加入「左聯」，1932 年他加入中國共產黨。這一時期他創作了《梅雨》、《亂鐘》、《回春之曲》等劇本，表現出更為鮮明的愛國主義情感，展現了更為廣闊的社會生活畫面，揭示出當時社會的階級矛盾和民族矛盾，在文壇和社會上產生了強烈的反響。抗戰爆發後，熱情投入民族解放事業的田漢創作了《盧溝橋》等宣傳抗日救亡的劇本，同時，還繼續熱衷於戲劇運動，在如何使傳統戲曲為抗戰服務方面傾注了更多的心血。抗戰勝利後，田漢創作了著名話劇《麗人行》（1947），以三個不同階層的青年女性艱難坎坷的人生經歷，深刻揭露了日本帝國主義和國民黨反動派的統治給中國人民帶來的深重災難。除了話劇，田漢一生還先後創作了十多部電影劇本，改編了大量戲曲劇本，成為中國早期革命音樂電影的傑出組織者和領導人。

田漢的戲劇創作在長期實踐中逐漸形成了自己獨特而鮮明的藝術風格。在現實主義和浪漫主義兩大藝術流派中，他的劇作明顯地傾向浪漫主義。雖然在「五四」之前魯迅等人就將西方浪漫主義介紹到中國，但對西方浪漫派戲劇的譯介，主要還在「五四」以後。在浪漫主義思潮的影響下，以創造社為代表的一些作家創作出一批浪漫主義的戲劇作品，郭沫若和田漢是其中凸出的代表。此外，白薇、楊騷、李初梨、陶晶孫、王獨清等人也寫過一些浪漫主義戲劇作品。

浪漫主義是貫穿田漢前期創作的主要精神，即使那些被認為是現實主義的劇作，也具有浪漫傾向和浪漫特色，如《獲虎之夜》中奇異的民俗色彩，不尋常的神秘情節，抒情性的語言，都可見出浪漫主義特色。而那些以情愛為題材的浪漫劇，這種特色就更加明顯了。他的話劇初試之作《梵峨嶙與薔薇》即是浪漫劇，主要寫大鼓藝人柳翠與琴師秦信芳的愛情波折。秦愛好音樂，曾留學日本，後作了琴師，他有一把小提琴，送給柳翠，還給她帶來了白薔薇，向她祝賀，但紳士李簡齋也追求柳翠，柳為了秦能有一筆錢出國深造，甘願嫁給李做三姨太，而李看到柳、秦二人愛之深厚，且執著藝術，動了惻隱之心，決定助他們一臂之力，給了他們一筆贊助，使得他們的愛情和藝術都有了保障。劇本的這種構思顯然並非完全忠於現實。愛情與藝術的矛盾、靈與肉的衝突是現實生活中的真實存在，劇本的結局分明體現了作者理想化的情緒。劇中有濃厚的抒情色彩，大段地運用了獨白，如秦信芳面對蔭濃葉茂的梧桐便想到總有葉落的一天，面對薔薇便想到「你替誰紅呢」？大有對月傷懷的感傷情緒。劇中還較多地運用了象徵的手法，如以梵峨嶙象徵藝術，以薔薇象徵愛情。這個劇本雖然不是田漢的成功之作，但卻預示著他早期劇作風格的開始形成。

此外，田漢的《鄉愁》、《南歸》、《湖上的悲劇》、《古潭的聲音》等一系列劇作，從廣義上說，都是浪漫抒情劇。這些劇本主要不是描繪人生，不是描寫現實事件，而是表現人的心境、思緒，寫他們苦悶、彷徨、滿腔哀愁甚至頹廢的情緒。《鄉愁》寫留學東京的幾個學生漂泊不定，有家可歸而又不能歸的苦悶和惆悵，可以說是田漢寫的第一批流浪者形象。全劇多是剎那間的內心感受，缺少連貫的情節。到了《南歸》，田漢又進一步發展了人生漂泊不定、不知何去何從的感傷情緒。劇中的詩人在北方時嚮往南方，流浪到南方，似乎得到了暫時的安息，但並不安寧，因為他因此而失去了北方的牧羊女，內心同樣充滿惆悵。《南歸》是田漢劇作中感傷成分最重的劇本，作者在劇中加入了好幾段詩，一方面增加了抒情性，一方面也加重了感傷情緒。《湖上的悲劇》、《古潭的聲音》除了反映感傷情緒，更多的是表現靈肉衝突，唯美主義成分更濃。當時在田漢看來，值得追求的美好理想有兩個：一是藝術，二是愛情。因此這兩者成為他早期浪漫劇的中心主題，即使是後來的《蘇州夜話》、《名優之死》，也仍然沒有離開這一主題。

郭沫若的浪漫戲劇體現在歷史劇創作領域。郭沫若曾說他「愛寫歷史的東西和愛寫自己」，實際上他在寫歷史中也融入了自己，這正體現了浪漫主義精神。以歷史傳說為題材是浪漫主義的一個特點，注重主觀情感的宣泄則是浪漫主義更為重要的特點。郭沫若早期的《三個叛逆的女性》是浪漫史劇的代表。郭沫若的歷史劇注重追求詩的意境，營造一種悲劇意蘊，將自我「完美的人格」理想體現於其中，發展了歷史精神。

在中國現代話劇的發生和發展進程中，還有一位重要的作家，他就是洪深（1894-1955）。洪深，號伯駿，江蘇武進人，1912 年考入清華學校，他在學生時代就積極參加戲劇演出活動。1915 年創作了第一個有對白的話劇劇本《賣梨人》，次年又完成了反映農民生活的五幕劇《貧民慘劇》，劇本雖未發表，但上演後引起了一定的反響。1916 年洪深留學美國，先學陶瓷，後轉入哈佛大學攻讀戲劇和表演藝術，在美期間，他參加了許多職業劇團進行巡迴演出。1922 年回國後除在大學任教，他還積極從事戲劇運動和話劇創作，並參與電影編導工作，為中國現代話劇和電影事業的起步做出了重要貢獻。這一年他創作了自己的成名作《趙閻王》。1923 年起，他先後參加了「戲劇協社」、「南國社」、「左翼劇聯」等一系列進步戲劇團體，並先後創作了「農村三部曲」等話劇劇本和《劫後桃花》等電影劇本。抗戰前夕，他又積極從事「國防戲劇」活動，寫下了《走私》、《鹹魚主義》等以抗日救亡為題材的劇本。抗戰爆發後，他在周恩來、郭沫若領導下積極組織抗敵演劇隊，並創作了《飛將軍》、《包得行》等反映現實生活的劇本。抗戰勝利後，他編輯《戲劇與電影》周刊，並寫出了《雞鳴早看天》、《女人女人》等反映國統區社會現實的劇作。洪深的劇作，以積極進取的人生態度，著力反映貧富不均、軍閥混戰、農村破產、抗戰風雲、反帝愛國等具有現實意義的題材，表達了富有時代氣息的主題。他對戲劇理論及表演和編導技巧進行過系統深入的研究，他的劇作充分吸取了中國傳統戲曲和西方戲劇藝術的精華，特別是在戲劇結構、舞臺效果等方面，顯示了自己的開創意識並形成了自己的風格特色。

《趙閻王》是洪深早期的代表作，表現了軍閥統治給廣大民眾帶來的深重災難。被稱作「趙閻王」的主人公，原本是個安分守己的農民，被逼當兵後，在嚴酷的環境中逐漸喪盡天良，無惡不作。劇本表現的是「趙閻王」的罪惡，但矛頭卻直指當時的黑暗社會，表達了反封建、反內戰的主題。在藝術表現上，該劇突破了傳統的和當時戲劇創作的通常格局與慣用手法，有很多創新。如大量借鑒了美國現代劇作家奧尼爾《瓊斯皇》的表現手法，採用神秘主義和淡化情節的處理方式，但較為生硬，影響了整部作品的現實主義力度。

完成於 1931 年至 1932 年的「農村三部曲」（《五奎橋》、《香稻米》和《青龍潭》）是洪深最有影響的代表作，也是現代文學史上較早出現的站在被壓迫階級立場上全面展示農民疾苦和農村社會鬥爭的話劇劇本。其中尤以《五奎橋》

最為成功。該劇描寫了江南某鄉村農民和封建地主圍繞拆橋還是保橋展開的尖銳鬥爭。五奎橋位於鄉村的水陸要衝，是地主周鄉紳祖上建的，是封建統治的象徵。這一年正逢大旱，農民們極需用的抗旱打水船無法通過狹矮的橋洞，要求拆橋讓路；而地主周鄉紳為了保住「好風水」，實質上是保住地主的權威，絕不允許拆橋。於是，一場不可避免的生死搏鬥展開了。最終，農民們團結一致，共同反抗，取得了鬥爭的勝利。這雖是一樁偶然事件，卻反映出農民與地主兩大階級間鬥爭的必然性。人物形象生動而又內涵深沉，語言也極富個性化，有著自然而生動的舞臺藝術效果。這部劇標誌著洪深劇作開始走向成熟，體現了他嚴謹、樸實而又富於變化的藝術風格。

第四節　夏衍與戲劇民族化的努力

創作視點的轉移／以現實生活為主調／知識份子形象的塑造

夏衍（1900-1996），原名沈乃熙，字端軒，號端先，出生於浙江省杭州市郊一個沒落的書香門第。15 歲時入浙江省甲種工業學校學習，1920 年留學日本。留學期間深受國際國內革命浪潮的影響，1927 年大革命失敗後，夏衍回國，在革命處於低潮時毅然加入中國共產黨，並先後加入左翼作家聯盟和左翼戲劇家聯盟，成為中國左翼文化運動的領導者之一。在數十年的文學生涯中，他在戲劇、電影、散文、雜文、隨筆、政論、報告文學、翻譯等諸多領域都留下了自己光輝的一筆，取得了相當豐碩的成果。

夏衍的戲劇創作開始於 1935 年，並主要集中在抗日戰爭時期，因此他的劇作在題材上幾乎都與抗日有關，圍繞著特定的時代、社會與人生，揭示人物的內心世界，在反映現實的同時，追求一種生活化和抒情性的情調。

抗日戰爭爆發以前，夏衍的創作主要包括多幕劇《賽金花》（1936）、《自由魂》（1936）、《上海屋檐下》（1937）和獨幕劇《都會的一角》（1934）、《中秋月》等。《都會的一角》是夏衍的處女作，描寫了一個 19 歲的舞女因無力救助負債的情人而自盡的故事，反映了悲劇時代中人民生活的艱辛。《賽金花》以八國聯軍的侵華戰爭為背景，通過賽金花的種種遭遇，反映了八國聯軍對中國的侵略，描繪了國勢衰弱的清王朝喪權辱國的醜行。劇中的左侍郎徐大人說：「咱們中國在國破家亡的時候，靠女人來解決問題的事情，本來是不稀奇的」，一語道破了這個反動政權腐敗、昏庸的本質。但此劇對以一個妓女憑藉色相挽救民族危亡的屈辱情節缺乏鮮明的臧否，影響了作品的思想高度。《自由魂》也是一部歷史劇，與《賽金花》不同的是，它以積極的正面主人公為榜樣，高揚了反帝反封建的革命精神和捨生取義的英雄氣概。劇作選取為革命而獻身的烈士徐秋瑾短暫一生中的片斷，展現了她以身殉志的悲壯歷程。劇本情節緊湊，人物性格鮮明，對話簡潔、明快，很有特色。

《上海屋檐下》是夏衍傑出的現實主義力作，也是他自覺實踐現實主義手法取得的重要收穫。在此以前他已寫過三個劇本，但他仍稱《上海屋檐下》是他的「第一個劇本」，「因為，在這個劇本中，我開始了現實主義創作方法的摸索」[4]。劇本描寫生活在大城市底層的一群小市民和貧苦知識份子平凡的令人詛咒的生活，通過五個家庭的不同遭遇，揭示社會的矛盾，使人感到一種鬱悶的時代氣氛。生活在社會底層的每個家庭都是不幸的，他們在地獄般的社會中，掙扎著，煎熬著。他們本身的弱點又決定他們無力回天，只能在陰暗的日子裏默默地度日，但他們在內心深處卻從未失去對光明的嚮往，他們企盼天明，企盼著「總有一天會晴的！」正如李健吾所分析的那樣：「他們屬於一群弱者。施小寶是一個淪落天涯的棄婦，四顧無依，在狂風暴雨之中憔悴；趙妻無時不在絮叨，接受貧苦，卻又永遠抱怨；李陵碑失去了人生實感，活在錯覺的酩酊之中；黃家楣夫婦是失業型知識份子，不曾養成意志，卻養成了肺病；趙先生似乎達觀了，不幸屬於一種隨遇而安的樂天主義，或者馬虎主義。有誰不是弱者呢？然而真正可愛的卻是未來，給我們帶來希望。」5作者巧妙地將人物組織在一起，通過嚴密的布局，使多條線索共同發展。故事來自生活，具有濃郁的生活氣息，恬淡、自然，但又使人感到洗練、雋永。寫的是日常生活，表現的卻是人物的命運和心靈的顫動。

4　夏衍：《〈上海屋檐下〉自序》，《夏衍研究資料》，北京，中國戲劇出版社，1983 年。

5　《上海屋檐下》，《李健吾戲劇評論選》，北京，中國戲劇出版社，1982 年。

1937 年抗戰全面爆發後，夏衍曾輾轉於上海、廣州、桂林等地，組織編輯《救亡日報》，1942 年到 1945 年，他又到重慶《新華日報》任職。在忙於抗敵宣傳工作的同時，夏衍也積極投入創作，這一時期的主要作品包括《咱們要反攻》（1937）、《一年間》（1938）、《娼婦》（1939）、《心防》（1940）、《愁城記》（1940）、《水鄉吟》（1942）、《法西斯細菌》（1942）、《離離草》（1944）、《芳草天涯》（1945）等。四幕劇《一年間》描寫了愛國紳士劉愛廬一家在抗戰爆發後的一年間所經歷的顛沛流離，表現了戰爭給普通百姓帶來的悲歡離合，全劇通過對正面人物的塑造，批判了抗戰救亡中的悲觀主義情緒，貫穿著民族必勝的信念。《心防》是這一時期夏衍劇作中影響較大的一部。它主要描寫了淪陷區廣大知識份子堅守這城市「五百萬中國人心理的防線」，為堅持抗戰所做的努力。主人公劉浩如是一個新聞記者，當上海淪陷時，他意識到：「現在擺在我們面前的問題，是如何死守這一條五百萬人精神上的防線，要永遠地使人心不死，在精神上永遠不被征服，這就是留在上海的文藝工作者的責任！」為此，他無視敵人的威脅和利誘，勇敢地戰鬥在「心防」的最前沿。與劉浩如共同戰鬥著的還有沈一滄、劉愛棠等一大批進步文藝工作者，夏衍以飽含激情的筆調熱情歌頌了這一群堅守「孤島」人民精神防線的堅強戰士，表現了知識份子對國家前途和命運的關注。《法西斯細菌》是夏衍的又一代表作，描寫了一向不問政治的細菌專家俞實夫在抗日過程中逐步覺醒的故事。俞實夫正直寬厚，富於獻身精神，並且崇奉「科學救國」；但嚴酷的事實終於使他認識到「法西斯細菌」不消滅，拯救中國是不可能的。他由東京而上海而香港而桂林的四次遷徙，四次轉變過程，展示了廣闊的時代畫面。與夏衍的其他作品相比，《法西斯細菌》表現出了更為鮮明的時代和政治色彩，劇情發展的每一階段都與一個重大的歷史背景相關，人物的命運也是結合著當時國內外政治形勢而發展、變化，全劇雖長，但劇情連貫、緊湊，比較集中地反映了民族革命戰爭時期的時代風貌。特別值得提及的是，小資產階級知識份子一直是活動在夏衍劇作中的一類主要人物形象，對他們的塑造，往往能夠給讀者以深刻的啟發和感悟，使讀者產生豐富的聯想，而《法西斯細菌》中的主人公俞實夫正是這類人物的典型代表。作家有意地將這一類人放在一個可能改變、必須改變，但一定要經歷某種生活的磨煉才能改變的環境裏，「殘酷地壓抑他們，鞭撻他們，甚至於碰傷他們，而使他們轉彎抹角地經過多種樣式的路，而達到他們必須達到的境地」[6]。在劇作中，作者對於小資產階級知識份子的軟弱性給予了嚴厲的批評和譴責，但身為知識份子中的一員，夏衍對這一類人的鞭撻又常常是飽含同情的。《芳草天涯》是夏衍唯一以愛情為題材的劇作，它立足於抗戰這個大的時代背景，描寫了戰亂離難中知識份子的愛情與生活的糾葛，通過家庭矛盾投射著社會的矛盾與時代的矛盾。它是夏衍劇作中人物最少、情節最集中、戲劇衝突內在而又非常強烈的作品，具有感人的藝術力量。

6　夏衍：《關於〈一年間〉》，《夏衍研究資料》。

夏衍的劇作在廣泛地吸收攝取外來文藝思潮影響的基礎上，形成了現實主義的獨特風格。為了遵循現實主義創作原則，他總是從平凡的人物和事件中挖掘主題，捨棄情節的奇巧與偶合，反映「真實的人生」。他反對「『為戲劇而戲劇地』造成一個緊張刺激而又通俗有趣的劇本」[7]。對這種藝術主張，夏衍在自己的創作中身體力行，經過長期的實踐，他的作品逐漸形成了自己質樸、凝練、沖淡、雋永的特色。此外，夏衍還始終遵循著「戲劇為革命服務」的方針。他強調要發揚戲劇「即於現實，即於人民」[8]的優良傳統，並以「把握當前的主題，效率最高地使我們的藝術服務於抗戰」，「表達中國人民在抗戰中起初的喜悅、憤怒和哀悉，表現激變著的人民生活」[9]作為話劇創作的最高準則。這與左翼劇運所倡導的戲劇大眾化的奮鬥目標相一致。夏衍的劇作正是以簡明、通俗、易懂、貼近現實生活而贏得了更多的觀眾，為中國現代戲劇的民族化和大眾化做出了努力。

---

7 夏衍：《歷史劇所感》，《夏衍戲劇研究資料》。
8 夏衍：《中國話劇運動的歷史與黨的領導》，《夏衍戲劇研究資料》。
9 夏衍：《戲劇運動的今天與明天》，《夏衍戲劇研究資料》。

第八章

曹禺與現代話劇藝術

儘管現代話劇的起步並不晚，並在其初期嘗試階段也留下了許多探索者艱辛的腳印，但客觀地說，整個新文學的第一個十年，甚至到 20 年代末 30 年代初出現田漢的《名優之死》、洪深的「農村三部曲」等一批較為出色的現實主義劇作為止，話劇藝術並沒有在中國的讀者和觀眾心中真正產生具有震撼力的影響。而這種影響的產生是從曹禺劇作的問世才開始的。

曹禺（1910-1996），原名萬家寶，祖籍湖北潛江，出生在天津一個沒落的封建官僚家庭。早年的家庭生活對曹禺後來的戲劇創作有兩個方面的重要影響：其一，是父親與上流社會的交往，使曹禺親身見識了許多亂七八糟的事情和「高級惡棍、高級流氓」，這些人和事實際上都是後來在《雷雨》、《日出》、《北京人》裏出現的。[1]上層社會生活的腐敗沒落，首先使曹禺產生了強烈的正義感和人道主義的同情心，此外，這些親身經歷也自然成為青年曹禺戲劇創作最

1　參見《曹禺談〈雷雨〉》，《人民戲劇》，1979 年 3 期。

直接和最熟悉的題材。其二，是經常隨母親去戲園看戲聽曲，這使曹禺從小就對戲劇藝術產生了濃厚的興趣，尤其是民族戲劇的傳統藝術表現形式令曹禺到了痴迷的程度，這也成為日後曹禺戲劇創作的藝術底蘊。

1923 年曹禺考入天津南開中學，這既是他人生的一次轉折，也是他正式從事戲劇活動的一個重要前奏。入學不久他就參加了該校的業餘話劇團體南開新劇團，先後主演過易卜生的《娜拉》、《國民公敵》，莫里哀的《慳吝人》，霍普曼的《織工》，高爾斯華綏的《爭強》，丁西林的《壓迫》等。還擔任過《南開雙周刊》的戲劇編輯。這些初期的戲劇實踐活動對曹禺「敏銳的舞臺感覺」的增強，有著重要的作用。他後來多次強調說：「沒有敏銳的舞臺感覺是很難寫出好劇本的。」[2]這一時期曹禺開始逐步接觸一些西方文學，特別是易卜生等著名作家的作品，為他的藝術思維打開了新的空間。

1928 年曹禺升入南開大學政治系學習，此間他除了繼續熱心戲劇活動和有志於西方文學的研究之外，對自己的專業並不感興趣。1929 年曹禺終於離開南開，轉入清華大學西洋文學系。1933 年又入該校研究院深造，專攻戲劇。在清華學習的數年間，曹禺研讀了大量的戲劇文學作品，從古希臘三大悲劇作家，以及莎士比亞、易卜生、契柯夫、奧尼爾等戲劇大師的創作中汲取了豐富的文化藝術素養，再加上對社會生活的體察也不斷加深，這些都為他戲劇創作的騰飛打下了堅實的基礎。1933 年，大學還未畢業的曹禺就創作了他的處

2　轉引自顏振奮：《曹禺創作生活片斷》，《劇本》，1957 年 7 期。

女作《雷雨》。該劇 1934 年經巴金推薦在《文學季刊》上發表之後，立即在文學界和社會上產生了巨大的反響。1934 年曹禺為生活所迫赴天津河北女子師範學院任教，1935 年間完成了他的第二部劇作《日出》，該劇的問世再次引起強烈反響。《雷雨》、《日出》一舉奠定了曹禺在中國現代文學史上的重要地位。毫無疑問，這兩部劇作的誕生，不僅僅標誌著曹禺本人戲劇創作生涯的正式開始，也標誌著中國現代話劇創作在真正意義上的開端。1936 年曹禺應聘到南京國立劇專任教，同年創作了第三部重要劇作《原野》。抗戰爆發後，隨劇專輾轉至長沙、重慶等地，1938 年秋與宋之的合作完成了反映抗戰生活的劇本《黑字二十八》（又名《全民總動員》）。1939 年秋曹禺完成了又一部表現抗戰題材的劇本《蛻變》。1940 年冬，標誌著作家第二個創作高峰的代表作《北京人》問世。1942 年夏，曹禺成功地將巴金的長篇小說《家》改編成多幕劇，使其登上話劇舞臺。抗戰勝利後，他還創作過多幕劇《橋》（1946，未完成）和電影劇本《艷陽天》（1947）。新中國建立之後，曹禺先後創作了《明朗的天》（1954）、《膽劍篇》（1961，與梅阡等合作）、《王昭君》（1978）等劇本。此外，從 30 年代中期開始，曹禺還陸續改編過《財狂》、《正在想》、《鍍金》等外國戲劇作品，還發表過改譯的莎士比亞名劇《羅密歐與朱麗葉》等。

曹禺一生的話劇創作數量並不多，但份量很重，尤其是《雷雨》、《日出》、《原野》、《北京人》這四大名劇，在中國乃至世界戲劇史上都留下了廣泛而深遠的影響。其劇作幽深沉鬱的主題意蘊，精巧神奇的戲劇衝突，現實世界與詩意的融合等等，給人們留下了許多「說不盡」的話題。曹禺善於把握人物命運中的戲劇性變化，在戲劇衝突中體現對人生的終極關懷。曹禺劇作不僅顯示了其本身獨特的價值，而且他對話劇藝術不斷探索求新的精神，也是現代話劇發展進程中最寶貴的東西。曹禺既是現代話劇真正意義上的奠基人，又是現代話劇藝術的一座高峰。

第一節　命運悲劇──《雷雨》

作品的取材角度／對「命運」問題的追問／從人物性格和複雜關係中揭示悲劇內涵／劇本風格的基本特色

四幕劇《雷雨》是曹禺的處女作，也是其一鳴驚人的成名作。作者時年 23 歲，這毫無疑問地顯示了非凡出眾的藝術才華。但實際上，《雷雨》的創作從曹禺高中畢業起即開始構思，前後經過了五年的反覆醞釀與修改，終於在 1933 年大學畢業前夕完稿，向世人發出了那驚心動魄的「第一聲呻吟，或許是一聲呼喊」[3]。劇本首先深深打動了它的第一個讀者巴金，令他「感動地一口氣讀完它，而且為它掉了淚」[4]。於是經巴金推薦，《雷雨》在 1934 年的《文學季刊》第 3 期全文刊載。由於對封建專制思想的批判，尤其是直接表現了上流封建家庭的亂倫題材，故劇本發表後在國內一度受到守舊勢力的圍攻與

3　《曹禺選集・後記》，北京，人民文學出版社，1979 年。
4　巴金：《蛻變・後記》，上海，文化生活出版社，1947 年。

禁演，至 1935 年中國留日學生在東京成功地演出了《雷雨》並產生了很大的反響，國內各劇團才陸續將其搬上舞臺。1936 年《雷雨》由上海文化生活出版社正式出版單行本。

從《雷雨》的取材來看，它確乎受到西方戲劇傳統的影響，主要描寫了上層社會大家庭的亂倫關係以及由此而引發的一系列的人生悲劇。但作者在思想內涵的發掘和藝術表現的追求上，都遠遠超越了這個題材本身的範圍。劇作不僅在特定的家庭關係中，寫出了人物各自的社會因素，而且很自然地由暴露大家庭的罪惡引出社會的罪惡，由大家庭的毀滅揭示出社會制度的不合理及其崩潰的趨向，更為重要的是，劇本在展示家庭悲劇和社會悲劇的同時，還寫出了一種更為複雜、更為深刻的命運的悲劇：即人對命運的抗爭與命運對人的主宰這一對難以調和的巨大矛盾。用曹禺自己在《〈雷雨〉序》中的話說，就是始終懷有一種「對宇宙間許多神秘事物的不可言喻的憧憬」。

如果說人生問題是中國現代作家普遍關注和反映的問題，那麼命運問題則是少數作家執著表現和追求的問題。曹禺劇作藝術魅力的經久不衰，除了他很會寫「戲」，善於構織緊張激烈而又充滿情感的戲劇衝突之外，還有一個更為內在的因素，就是曹禺劇作從一開始就以極大的興趣探究著人的命運及其終極關懷，這不僅是戲劇舞臺而且是人生舞臺的根本衝突。更為重要的是，曹禺劇作沒有把人的命運抽象化，理念化，沒有把人的命運與人的社會存在割裂開來，相反，曹禺劇作中人的命運始終沒有脫離中國時代社會的具體環境，即使那些深受外國戲劇藝術手法影響，極富表現主義和象徵主義色彩的劇作也是如此。過於注重對人生現實問題的描寫，會使劇作缺乏深度和哲思；而過於偏向對人生命運的表現又會陷入空泛和神秘。曹禺劇作，首先是《雷雨》的巨大成功，正是在於它準確把握了兩者的適度結合。

《雷雨》巨大的精神震撼力，又首先是通過劇中人物的性格與命運展示出來的。

周樸園是整個劇作的中心主人公，若從其性格表現的類型特徵來看，在他身上集中凸出了這樣兩點：其一，具體地說他是《雷雨》悲劇的總根源；其二，擴大地說他是個封建色彩濃厚的資本家的典型，是封建專制獨裁的象徵。但這個人物的魅力和內涵更在於其性格和命運充滿了深刻的矛盾。周樸園早年留學德國，一定程度上接觸到了資產階級自由民主的社會思潮，正是在這種追求自由、個性和真誠愛情的思想影響下，他與家中年輕的女僕侍萍相愛了。但終於他又向封建傳統意識和封建家庭觀念的壓力屈服，拋棄了侍萍和她與自己生下的剛滿三天的兒子，轉而與富家名門的小姐成婚。在這裏，周樸園所拋棄的不僅僅是侍萍母子，實際上也是對他自己早先曾追求過的那點自由思想與真誠情感的否定，是對自己做人良心的否定。不過，他的這種選擇也帶有某些身不由己的因素，以放棄人格、出賣靈魂為代價，屈從於傳統舊意識和封建家庭的並不只是周樸園一人，只是程度有所不同。從最初的那場悲劇開始，周樸園就處於一種矛盾痛苦的境地：他無情地毀滅了侍萍，製造出人間慘痛的悲劇，但他自己也是這場悲劇的承受者，出賣靈魂對其本人也一直是一種難以訴說的精神折磨。這種矛盾和痛苦對周樸園其後的一生都產生了無法消除的重要影響。周樸園由此成為一個極其自私、冷酷和虛僞的人。無論在家庭中還是在社會上，一切都要以他的意志為意志，妻子、孩子或是工人都要絕對服從他的權威。虛僞的慈善家的面貌、冷酷的封建家長的威嚴、自私陰暗的內心世界，使周樸園性格異常複雜。尤其在對待侍萍的態度上，充分顯露了他人性深處的矛盾和複雜情態。對於侍萍當年被迫而「死」，周樸園是深深負疚的，多少年來他一直記著侍萍的生日，按照侍萍「生前」喜歡的方式布置房子，這種甚至帶有某種懺悔意味的情感並不是虛僞的。但這種真實的情感是以侍萍的「死」為前提的，因此，當多少年後侍萍竟又活著出現在他面前時，他那些自私、冷酷、虛僞的本性又都浮現出來，他怒斥侍萍的到來，用金錢來洗刷自己的罪惡，無情地再次攆走侍萍。應該看到，周樸園面對侍萍的出現，不僅直接感到一種對自己地位、名譽和利益的現實威脅，還潛在地感到一種冥冥之中命運的打擊！這是更令他恐懼的。實際上，周樸園在毀滅整個家的過程中也毀滅了自己，在製造他人悲劇的同時也受到了命運的無情懲罰。周樸園也是這場命運悲劇的承擔者與受害者，這是《雷雨》更深刻的地方。因此，作家特意在劇本的「序幕」和「尾聲」中強調了周樸園的懺悔，並以此升華了劇作的主題：善人的悲劇值得同情，惡人的懺悔或許更值得深思。曹禺在《〈雷雨〉序》中寫道：「我念起人類是怎樣可憐的動物，帶著躊躇滿志的心情仿佛是自己來主宰自己的命運，而時常不是自己來主宰著。受著自己——情感的或理解的——的捉弄，一種不可知的力量——機遇的或環境的——的捉弄；生活在狹的籠裏而洋洋地驕傲著，以為是徜徉在自由的天地裏，稱為萬物之靈的人物不是做著最愚蠢的事麼？」[5]這段話是對周樸園，也是對整個人類人性悲劇的深刻概括。

如果說周樸園是《雷雨》命運悲劇的核心人物，而繁漪則是精神悲劇的核心人物。從其命運上看，她首先是個受害者。她曾經受到過新思想的影響，追求過獨立的個性，渴望過著美好的人生，充滿了生命的熱情，但命運卻把她拋到了周家這口「殘酷的井裏」，漸漸被折磨成一個「石頭樣的人」。她不僅沒有得到愛情，而且也從未得到過起碼的人的自由和尊嚴。曹禺對她充滿了理解和同情，賦予了她「最雷雨」的反抗性格。她恨周樸園的無情，恨命運的不公，在周公館她孤立無援地抗爭著，痛苦地燃燒著自己生命的火焰。她對周樸園封建專斷壓制人性的反抗，具有典型的時代意義。但她的性格和反抗也充滿了矛盾和困惑。作為一隻「困獸」，「她敢衝破一切的桎梏」[6]，不顧人之常倫地愛上了周萍，這「愛」是那樣地畸形變態，甚至為世人所恥，但繁漪卻死死抓住它。她看不起周萍的自私、虛僞和怯懦，但這段「愛」已成為她生命中最有意義的事：這既是她自身存在價值的體現，是對周樸園的瘋狂報復，也是對命運唯一有效的抗爭。這種攙雜著極端個人主義和時代社會意義的反抗，使繁漪的性格和命運顯示出一種雙重的精神悲劇，她的「愛」和恨把個人與社會、自尊與道德、自我與他人、內心與外界等諸多不同層次的矛盾糾織在一起。她的孤寂和痛苦是周家潛在的炸

5　曹禺：《雷雨・序》，上海，文化生活出版社，1936 年。
6　同上註。

藥，她的存在使包括周樸園在內的與周家相關的每一個人感到壓抑和驚恐，她終成為點燃周家各條悲劇線索的「引爆人」。周樸園是毀滅別人也埋葬了自己，繁漪是燃燒自己也毀滅別人，所不同的是繁漪的自我燃燒深含著令人同情的因素，而她的毀滅別人也更具有驚世駭俗的精神震撼力。

《雷雨》中的其他人物形象也都以各自鮮明獨特的性格從不同的角度展示著這場命運悲劇的深刻與複雜。周萍是又一個畸形的人，作為一個封建色彩濃厚的資產階級家庭的長子，他既有自私軟弱的一面，又有痛恨父親的冷酷，追求自由與真愛的一面。但這個畸形的、罪惡的家庭決定了他在本質上是怯懦的、頹廢的和自私的。他既沒有父親的威嚴狡詐，也沒有弟弟的天真幼稚；既沒有繁漪的瘋狂大膽，也沒有四鳳的清純真誠。他想抗爭命運，卻沒有真正的勇氣和責任感，最終只能在自我內心巨大的精神壓力下被毀滅。作者塑造這個形象，除了對其悲劇命運予以一定的同情之外，更大程度上讓人看到這是一個太沒出息的、可憐可悲而又可鄙的大家庭的「繼承人」，而這本身也強烈地暗示著周家注定崩潰的必然性。魯大海這個周家「外部」的工人的代表，他既是周樸園的個人罪孽的又一個活證據，同時也是現實社會中工人階級與周樸園代表的封建資產階級根本衝突的象徵。因此，魯大海的命運同樣揭示了由周樸園親手製造的《雷雨》整個悲劇的必然性，只是它更凸出了這場悲劇的社會因素。侍萍與四鳳母女倆的性格和命運相似得簡直如出一轍，然而正是在作者設置的這種驚人的巧合之中，才使人能夠充分領悟《雷雨》悲劇在人倫道德、階級差異、人性善惡等諸多方面所顯示出的深刻性。魯貴在劇中似乎只是一個不起什麼大作用的奴才，但他惟利是圖，見利忘義的本性以至到了完全不顧親情的地步，這使他在某種意義上與周樸園有著本質的相通，而不僅僅是個陪襯，這是劇本的又一筆深刻之處。值得注意的是，《雷雨》全劇當中還有一個看似最不重要的人物周沖，其實這個曹禺在僅次於繁漪之後「第二個」想像出來的形象是意蘊深含的。周沖是一個完全生活在「最超脫的夢」中的人，然而對自己的愛情以及整個家庭的期望都一個接一個地破滅了，「每次的失望都是一隻尖利的錐，那是他應受的刑罰。他痛苦感到現實的醜惡，一種幻滅的悲哀襲擊他的心。這樣的人即使不為『殘忍』的天所毀滅，他早晚會被那綿綿不盡的渺茫的夢掩埋」。「以後那偶然的或者殘酷的肉體的死亡對他算不得痛苦，也許反是最適當的了結」。與劇中其他人物的命運不同，周沖的悲劇並不是某一個具體的社會問題造成的，而是帶有很大偶然性的「巧合」，但恰恰是這種偶然「巧合」所蘊涵的必然因素最充分。與其說他是被社會所毀滅的，不如說他首先是被自己的理想毀滅的，這樣的悲劇命運「的確是太殘忍了」。對曹禺來說，《雷雨》是一個重要的開端，從此，對人類根本命運的探究，一直在較深的層次上吸引著他的思考和創作。誠如他自己所說：「《雷雨》對我是個誘惑」；「是一種神秘的吸引，一種抓牢我心靈的魔：《雷雨》所顯示的，並不是因果，並不是報應，而是我所覺得的天地間的『殘忍』（這種自然的『冷酷』，四鳳與周沖的遭際最足以代表。他們的死亡，自己並無過咎）」[7]。

---

[7] 同註 5。

《雷雨》雖然是曹禺的第一部劇作，但它已經初步形成了其劇作風格的基本特色：首先是獨具匠心的藝術結構。整個《雷雨》的結構安排緊湊、精巧，戲劇衝突緊張激烈，環環相扣，高潮迭起。尤其善於以藝術上的偶然性寫出生活上的必然性，因此其結構本身就包含著非常豐富的生活內容，具有高度的概括力。第二是人物形象的成功塑造。《雷雨》中的人物形象，無論主次，都具有充滿矛盾的性格和錯綜複雜的情感，人物性格既鮮明而又不是單一固定的，是在發展流變中不斷得到加強和凸出。而且人物命運充實生動，底蘊深厚，毫不誇張地說，《雷雨》中的八個人物，每個人都可獨自成戲。第三是濃烈、明麗、精確傳神而又極富個性化的語言。《雷雨》人物語言的個性化不僅符合人物特定的身份地位，而且能最大限度地體現出人物的心理和情感特徵，劇本還往往通過充滿暗示性的潛臺詞來渲染奇特的舞臺氣氛，達到一種出其不意的戲劇效果。總之，《雷雨》一舉奠定了曹禺在中國現代文學史上的傑出地位。

第二節　《日出》、《原野》及其他

從家庭生活場景推進到社會的各個層面／對思想主題和藝術結構的調整／「個性解放」問題的提出／與農村題材浪潮的銜接和偏離／對命運的無望抗爭／象徵主義與表現主義相結合的手法

四幕劇《日出》是曹禺的第二部重要劇作，最初發表在1936年《文學月刊》第1期至第4期，同年11月由上海文化生活出版社出版單行本。從《雷雨》到《日出》相隔的時間不長，但曹禺邁出了較大的探索求新的步伐。《日出》較《雷雨》在思想主題和藝術結構等方面都有了顯著的發展和變化。首先是曹禺對《雷雨》在戲劇結構上的「厭倦」，認為它「太像戲」了，在技巧上「用的過分」。因此，他「決心捨棄《雷雨》中所用的結構」，「試探一次新路」。[8]《日出》從《雷雨》的家庭生活的場景中跳出來，展現了較為寬闊生活畫面，切取了包括上流社會和底層社會各個不同的片斷，「用多少人生的零碎來闡明一個觀念」，並且使戲劇衝突盡可能地趨於自然，貼近生活本身，避免《雷雨》在情節上的「巧合」。其次，在思想主題方面，《日出》力求克服《雷雨》中存在的某些因果報應、神秘色彩和悲觀茫然情緒，更多地揭露了實際操縱社會生活的黑暗勢力，暴露了整個社會制度的罪惡，並表現出對光明未來的某種理解和嚮往。《日出》「題記」特意引用了老子《道德經》中的一段話：「天之道損有餘而補不足；人之道則不然，損不足以奉有餘。」這正是曹禺在《日出》中調動一切因素所要證明的一個根本觀念：在金錢慾望無孔不入的腐蝕之下，社會及人的精神本質都產生了極大的變異，任何人的命運乃至整個社會的命運都被金錢瘋狂地操縱著，「人道」與「天道」完全背離。為此，曹禺在《日出》中精心設置了一個始終沒有登臺，卻誰都知曉都懼怕的人物「金八」。「金八」使舞臺上的每一個人都瘋狂追逐，痛苦掙扎，「金八」毀滅正常的人性，毀滅了整個世界。雖說這樣的主題在當時並不陌生，但《日出》中各色人物的命運遭遇使之演繹得淋漓盡致，驚心動魄。《日

8 參見曹禺：《日出・跋》，上海，文化生活出版社，1936 年。

出》在展現社會腐敗與黑暗的同時，也分明表達出了對理想的關注，曹禺明確地表示過《日出》的創作：「求的是一點希望，一線光明。人畢竟是要活著的，而且應該幸福地活著。腐肉挖去，新的細胞會生起來。我們要有新的血，新的生命。……我們要的是太陽，是春日，是充滿了歡笑的好生活，雖然目前是一片混亂……」整個黑暗世界的毀滅包括陳白露的死，都預示著作家對「日出」的渴求，這使《日出》的主題更加厚重起來。第三，在人物形象塑造上，《日出》不僅比《雷雨》的人物數量多、人生經歷更複雜，而且無論是人物的群體性格特徵還是個性特徵，都更加鮮明凸出，人物的悲劇命運也更具社會批判力。《日出》中的各色人等，上至潘經理、顧八奶奶，下至黃省三、翠喜、小東西，以及李石清、胡四、陳白露等，都被金錢利慾這架大機器推上人生之途，但每人所品嚐的箇中滋味是各不相同的。每個人都有自己的悲劇，但悲劇的蘊涵總是千差萬別的。而且，《日出》中的人物命運還蘊涵著一種更為深刻的對應、比照的關係，如潘月亭與李石清、陳白露與翠喜、顧八奶奶與胡四等，這些人物除了各自命運的獨特意義之外，在他們的命運之間，還有一種內在的關聯，有的甚至是一種必然的發展趨勢，這就使人物個體的命運相互構織成社會命運的網，把個人悲劇與社會悲劇更緊密地融為一體。

在強調劇本的社會意義時，曹禺曾說：「《日出》裏沒有絕對的主要動作，也沒有絕對的主要的人物。顧八奶奶、胡四與張喬之之流是陪襯，陳白露與潘月亭又何嘗不是陪襯呢？這些人物沒有什麼賓主的關係，只是萍水相逢，湊在一處。他們互為賓主，交相陪襯，而共同烘托出一個重要的角色，這『損不足以奉有餘』的社會。」[9]但無論從整個《日出》的戲劇結構還是人物關係上看，陳白露的悲劇性格和悲劇命運仍然是全劇的核心所在。陳白露本是個書香門第的小姐，漂亮、聰慧、任性，因家道中落而獨闖社會，追求個性解放，幾經挫折終於墮落在人間最醜惡的生活圈子裏，成為金錢的奴隸，過著「舞女不是舞女，娼妓不是娼妓，姨太太不是姨太太」的寄生生活。然而她又終於厭倦了這樣的生活，面對燈紅酒綠的現實社會，她的內心充滿了矛盾和痛苦。而方達生的到來更加劇了她的醒悟和苦惱：包括方達生在內，這個世界上所有的人都不理解她，更談不上愛她。在醒悟而又無路可走之際，陳白露清醒地選擇自殺來結束自己的生命，更確切地說是解脫自己的痛苦：「太陽升起來了，黑暗留在後面。但是太陽不是我們的，我們要睡了。」陳白露自殺前的這段自由淒苦而坦然地表明，她是要把自己連同自己的一切悲哀統統隨著黑暗留在後面，而自己的靈魂則隨太陽的升起去尋求一種真正的寧靜與安逸了。陳白露的悲劇顯示出的社會批判性雖然很強，但它也同樣體現了曹禺許多劇作中再三強調的命運對人的主宰和人對命運的抗爭這一巨大深刻的矛盾。這也正是《日出》雖具有鮮明的社會批判鋒芒而又不顯單薄，且意蘊豐厚的重要原因。至於那位一再表示要感化和拯救陳白露的方達生，其實他是劇本中最看不清楚也最不理解陳白露的人，雖然他企圖喚醒陳白露覺悟的本意是善良真誠的，但他卻不懂得，對於陳白露來說，醒悟

9　同上註。

得越早、越透徹，反而越會加劇悲劇的分量和加快悲劇的到來！從這個意義上說，方達生也是個耐人尋味的悲劇形象。

1936 年開始創作，1937 年 8 月由上海文化生活出版社出版的三幕劇《原野》，是曹禺悲劇創作的又一新的嘗試。從曹禺整個戲劇創作的題材來看，《原野》的確是一片新天地，是曹禺第一次（也是唯一的一次）描寫「農村」題材。應該看到，《原野》的創作確實與當時的社會現實，特別是 30 年代湧現的農村題材創作浪潮的影響有關，曹禺本人當時的主觀意向也的確是更願意貼近社會現實生活，跟隨時代主潮的。但事實上，《原野》不僅僅寫了一個農民的復仇故事，它還寫出了故事背後更為深刻的人性的矛盾衝突和心靈的震顫，寫出了封建家庭、封建統治者強權統治對人性的巨大扭曲和摧殘。從這個意義上講，《原野》對曹禺又不是陌生的，而是體現著其劇作獨特的一以貫之的追求。

農民仇虎向地主焦閻王及其一家的復仇，是《原野》的基本情節。仇虎被焦閻王迫害得家破人亡，自己也被投入大牢，後來他從牢獄中逃出來，尋找焦閻王復仇。但罪魁禍首焦閻王已經死去，仇虎往日的戀人花金子也被迫嫁給焦閻王的兒子焦大星。雖然焦閻王已死，但仇虎並沒有消除復仇的決心：焦閻王的妻子還在，這個瞎老婆子是當年焦閻王殘害仇虎一家的知情人。焦閻王的兒子、孫子還在，儘管他們對仇虎一家的遭遇並不知情。仇虎要殺掉焦家的後代，讓焦母活受煎熬，讓焦閻王死了也不能安寧。仇虎終於如願報了家仇。但劇情更為核心的情節則是仇虎復仇之後內心巨大的恐懼和不安。劇本最後一幕，仇虎攜花金子逃入一片漆黑的大森林時，他的精神壓力和痛苦達到了頂點，他一邊不停地奔跑，心裏相當空虛，深懷著沉重的負罪感；一邊又拼命地為自己解脫，在黑林子裏他對彷彿一直跟著自己的焦大星的冤魂，急切甚至可憐地哀訴：「啊，大星，我沒有害死他，小黑子不是我弄死的。大星，你不該跟著我。大星！我們倆是一小的好朋友，我現在害了你，不是我心黑，是你爹爹，你那閻王爹爹造下的孽！小黑子死的慘，是你媽動的手！我仇虎對得起你，你不能跟著我！」曹禺通過仇虎復仇之後的驚恐、矛盾和懺悔，在更深的層次上揭示出這樣的問題：仇恨不能僅僅靠仇恨來消除，被損害者報了仇雪了恨，卻又產生新的惶惑不安，這種純粹的復仇本身不也似乎在作孽嗎？倒是花金子從旁不斷地安慰仇虎：「虎子，我們不該死的，我們並不是壞人。虎子，你走這條路不是人逼的麼？我從前沒有想嫁焦家，我們是一對可憐蟲，誰也不能做自己的主。我們現在就是都錯了，叫老天爺替我們想想，難道這些事都得由我們擔待嗎？」曹禺通過花金子的口來申明仇虎復仇的意義，表達了對仇虎命運的深切理解和同情。值得強調的是，《原野》以仇虎的悲劇命運，控訴了那個不公平的世道——「天」。仇虎恨這個「天」，看透了這個「天」，在他身上有一股原始的生命力，但終究不能逃脫被毀滅的命運。這裏表現的不是虛無與神秘，而是在很大程度上喻示著人對命運的抗爭也許是一個艱難和永恒的主題。

《原野》對人物形象的塑造明顯增強了性格的奇異性色彩和心理矛盾衝突的劇烈程度，特別是仇虎、花金子、焦母，這三個形象從外在到內心的個性化和複雜化都在曹禺劇作中達到了新的高度。此外，《原野》在藝術手法上最顯著的特徵是它的象徵主義、表現主義色彩。劇中仇虎「醜陋」的軀體，焦母「失去眸子」的眼睛，掛在牆上的焦閻王鬼魂般的畫像，竄來竄去的白傻子，還有那陰森迷亂的黑林子，這些，從舞臺氛圍到人物心理都更凸顯了一種抽象的意味，既有特定的戲劇效果，又有現實生活的感悟力。人們普遍注意到了曹禺劇作受到過美國劇作家尤金·奧尼爾的影響，尤其是《原野》與奧尼爾的《瓊斯皇》在象徵主義和表現主義手法的使用上有許多相通之處。但除了藝術手法的互通之外，兩位作家對人類命運之謎共同的執著探求，則是更為內在的心靈感應。有人認為，《原野》超越寫實的表現主義手法一定程度上削弱了作品的現實主義力度，其實，現實主義本身就是需要多種手法來「表現」的。《原野》正是在這一方面顯示了難能可貴的探索精神。

第三節　文明的輓歌——《北京人》

傳統家庭走向崩潰的趨勢／代際衝突與不同的人生軌跡／獨特的象徵意象和表現手段

1940 年完成，1941 年 11 月由上海文化生活出版社出版的三幕劇《北京人》，使人們看到，曹禺再一次「回到」了他所熟悉的生活領域，即封建大家庭和上流社會。顯然，這是相對《原野》的「陌生」題材而言的。其實，對人類命運的探求，對封建專制和腐朽社會的批判，是曹禺劇作最為關注的一以貫之的主題和題材。《北京人》是對這一主題和題材的再次升華。

《北京人》以抗戰前後一個沒落的封建門第曾姓家庭的命運糾葛為題材，寫出了曾家三代人各自的人生遭際和思想性格，並以此揭示了封建家庭、封建專制從物質到精神無可挽回地走向崩潰的必然趨勢。

對封建專制及專制者的揭露和批判，是曹禺劇作一直關注的重要內容。《北京人》中的封建家長曾皓再次成為曹禺筆下首先鞭笞的人物。不過，與《雷雨》中的周樸園不同，曾皓年老體衰，行將就木，已經失去了往日至高無上的統治者的威風，且已大權旁落，徒具空名，甚至還要看別人的臉色，受別人的擺布。劇本圍繞曾皓著重描寫的情節，是他活在這個世界上唯一關心的那口棺材，然而這口棺材最終也未能保住，它被曾家新的統治者賣掉了。這一極具諷刺意味的情節，不單宣告了曾家老一代專制者已經無可挽回地走向了滅亡，而且還意味深長地寫出了一切專制者都會走向滅亡的必然性。封建專制及其專制者都是以權力為象徵的，一旦失去了權力，也就失去了一切。這是專制者的悲劇，更是整個專制制度的悲劇。

隨著老一代北京人曾皓的末日來臨，這個大家庭中的第二代北京人也盡顯出各自的本性。兒媳曾思懿是曾家新的一代統治者。能夠成為曾家的管家奶奶，她是費盡了心機的。她人前背後，多副嘴臉，耍盡手腕，煞費苦心，對付著曾家的上上下下，裏裏外外。雖然曾老太爺還在，但曾家的大權已在她的掌握之中。整個曾家都被她的淫威所控制著，這正是她所渴求的。儘管曾思懿是作家所否定的那代人的一個代表，但作家並未刻意醜化她，更未使其簡單化和臉譜化。作家真實地寫出了她的內心悲哀及其命運的悲劇。她雖然攫取了曾家的大權，但她並不幸福，丈夫的怯弱無能和曾家其他人對她的防範和厭惡，使她內心及性格都趨於一種難以抑制的瘋狂。她自以為是曾家的「英雄」，自以為憑自己的手段就可以真正接替曾老太爺而一統天下，殊不知她的這些「努力」到頭來非但沒有給自己撈到好處，而且大大加快了這個封建家庭滅亡的速度，加重了其滅亡的悲劇色彩。

同樣是曾家第二代，曾思懿的丈夫曾文清則是另一類型的人物，他代表著曾家年輕一代頹廢敗落的趨勢。曾文清在整個劇中看似戲並不太重，但他的性格命運對封建家庭乃至封建制度無可挽回的敗落，有著多方面的表現和揭示。本來他就是一個在封建家長專橫壓制之下生長起來的畸形兒，沒有自己的思想與個性，更談不上獨立意志和反抗精神。他雖然資質聰慧，但最終一事無成；雖然也曾有愛有恨，甚至還曾離家出走，力圖另擇道路，可到頭來一切均成泡影和虛空。曾文清的形象實際上是對曾老太爺命運的一種補充，他甚至更深刻地預示著這個封建大家庭敗落朽潰的歷史必然性。與曾文清同屬一類的人物江泰，是曾家的姑爺，他同樣一事無成，整天吃喝玩樂，誇誇其談，也是個典型的寄生蟲。他似乎比曾文清「精明」，也多有「想法」，而且有些見解不無道理，但這些都只不過是一種酒足飯飽之餘的空怨，他對家庭和對社會都毫無責任感，是個極端的個人主義者，在他身上更多地顯現出封建家庭和封建制度的寄生性與腐朽性。

與上述這些人物不同，劇本在揭示封建家庭敗落過程中，還著意塑造了兩個富有叛逆性格，代表光明未來的人物形象：愫芳和曾瑞貞。愫芳是曾皓的姨侄女，母親早亡，被姨父姨母收養到曾家，這種寄人籬下的境遇，使她深感人情冷暖。但她心地善良，對曾皓溫順體貼，滿懷感恩之情；對曾文清從同情到愛戀，都是一片真誠。可是她的這種善良和真誠換來的卻是自私、虛僞和怯弱。她在忍受曾思懿的冷酷欺淩的同時，還要忍受在情感上所受到的種種欺騙。終於在曾家這些人的身上，她看清了這個家庭的本質，也認清了自己的命運和道路，她懷著對這個家庭的絕望，與曾瑞貞一起走出家門，重新選擇人生道路。曾皓的孫媳瑞貞則是相對單純和理想化的第三代人，她涉世未深，也沒有陷入這個封建家庭勾心鬥角的複雜關係之中，更沒有對這個舊家庭的留戀，因此，她的離家出走正是這個封建家庭分崩離析的自然結果。在愫芳和瑞貞身上，明顯體現著劇作者理想化的社會信念。

如同曹禺以往的劇作一樣，《北京人》也運用了獨具蘊涵的象徵意象和手法，劇中有一個引人深思、卻未出場的「北京人」的形象。這個「北京人」（猿人）的形象作為一個巨大的文化歷史背景，它既是人類祖先的象徵，人類希望的象徵，又是對現今那些上場的「北京人」——人類祖先的不肖子孫的諷刺與鞭笞。在這個「要愛就愛，要恨就恨，要哭就哭，要喊就喊，不怕死，也不怕生」的富有強大原始生命力的形象身上，隱喻著作者相當豐富而複雜的情感。這個謎一樣的形象給劇本增添了意蘊深長的魅力。

1940 年，曹禺開始將巴金著名的長篇小說《家》改編成四幕話劇，於 1942 年 12 月由文化生活出版社正式出版。關於《家》的改編，曹禺明確表示過它是「不大忠實於原著」[10]的，話劇《家》不僅改變了原著小說的主要線索和結構安排，而且在思想內涵方面也表現出了與原著有很大的不同。因此，話劇《家》的價值不只是將小說《家》搬上了舞臺，而且是一次新的藝術再創造。話劇《家》把一個封建大家庭繁複交錯的種種事情和矛盾，集中在覺新、瑞玨、梅小姐三個人物的性格和命運上，寫出了「這三個善良的人物之間卻產生了不該由他們負責的、複雜痛苦的矛盾」[11]。而「這種寫法對封建婚姻制度的揭露比較曲折，它不是描寫聰明美麗的女人嫁給愚蠢醜陋的男人，年輕女人嫁給老頭子這種種不幸，而是寫有感情、互相愛戀，分明應該得到幸福的好人處在封建婚姻制度下所遭遇的不幸」[12]。話劇《家》在生活容量、人物關係等方面看似相對減少了，單純些了，但實際上它拓展了更為豐厚的生活意蘊，在揭示封建家庭、封建制度的本質以及在此條件下人性的悲劇方面，達到了更深的層次。話劇《家》的成功改編，再次顯示了曹禺在把握生活和駕馭藝術方面的非凡才力。

---

10 曹禺：《曹禺同志漫談〈家〉的改編》，《劇本》，1956 年 12 期。
11 同上註。
12 同註 10。

第四節　曹禺的戲劇觀及其影響

對現代戲劇悲劇觀念的輻射、滲透／濃厚的詩化趨向／劇中有「戲」與善於寫「戲」

除了自己劇作的一些「序」和「跋」之外，曹禺並未系統地闡述和總結過自己的戲劇理論及戲劇觀念，但實際上，曹禺劇作的理論觀念不僅存在，而且在文學史上產生了重要的影響。

曹禺的戲劇觀念從根本上說是由其劇作本身的思想蘊涵與藝術魅力體現出來的。這首先表現在曹禺劇作對中國現代悲劇觀念的深刻影響上。《雷雨》的誕生實際標誌著中國現代悲劇觀念的真正形成。《雷雨》以人物性格、命運與家庭、社會之間的複雜關聯，打破了傳統戲劇中著重表現個人悲劇性格和悲劇命運的單一性，從而真正地把個人悲劇與社會悲劇密不可分地融為一體，深刻地展示了人的存在與社會存在之間的強力制約，這是在更大的空間和更深的層次上，突出了悲劇的人性與社會性的雙重內涵。曹禺隨後完成的《日出》、《原野》、《北京人》以及改編的《家》等劇作，雖然在戲劇結構和表現手法等方面各有特色，但在總體上都顯示出與《雷雨》基調相近的悲劇性。人的命運悲劇、性格悲劇與社會現實悲劇的內在聯繫和雙重表現，是它們共同的思想蘊涵和審美追求。曹禺劇作的這種悲劇理念對於其後中國現代戲劇的創作，在理論和實踐上的影響都是重大而深遠的。

其次，曹禺劇作在現實主義風格的追求之中，明顯表現出一種詩化趨向。他的劇作往往是現實的真實與詩意的真實的完滿結合。曹禺在《雷雨》發表和演出之後不久，就曾撰文特別強調：「我寫的是一首詩，一首敘事詩，這固然有些實際的東西在內（如罷工等），但決非一個社會問題劇。」[13]為此，他還指出了《雷雨》「序幕」和「尾聲」的獨特作用：「在許多幻想不能叫實際的觀眾接受的時候，我的方法乃不能不推溯這件事，推，推至非常遼遠的時候，叫觀眾如聽神話似的，聽故事似的，所以我不得已用了『序幕』和『尾聲』。」[14]《雷雨》在戲劇結構上的這種安排以及作者刻意要寫成「一首詩」的追求，不僅體現了曹禺當時所受到的「欣賞的距離說」的影響，更為重要的是，在面對具體現實人生與現實社會的同時，還強烈地感應著宇宙間神秘事物的巨大誘惑，急切地表露出對人類終極命運的深刻關懷，對現實人生和社會實際的精確描寫與對宇宙隱秘「不可理解的莫名的愛好」[15]，使《雷雨》在向人們展現出一幅生動真實的現實生活圖畫的同時，又勾連起人們對人類根本命運和生存價值充滿詩意的思考。這種對現實真實與詩意真實的雙重追求，是《雷雨》及曹禺其他劇作的又一個重要的理論觀照。《日出》中的太陽雖然沒有真正露面，但正是在這「日出」之際給予了主人公陳白露悲劇命運更為廣闊的社會蘊涵，「日出」對陳白露的命運無疑是一種獨特而詩意的解釋。《原野》也是如此，

13　曹禺：《〈雷雨〉的寫作》，《雜文〈質文〉》月刊，1935 年 2 期。
14　同上註。
15　同註 13。

當人們領悟了那一番人性的厮殺之後，再回過頭來細細品味「原野」的意蘊，就不難感悟到其中特有的詩的因素，誠如唐弢所說：「『原野』這個名詞意味著多麼廣闊、多麼遼闊、多麼厚實的發人深思的含義！」

最後，曹禺劇作在構織戲劇衝突方面的藝術技巧是公認的，這一點從其處女作《雷雨》當中即已表現得淋漓盡致。儘管《雷雨》問世不久曹禺就表示了對其結構上的不滿，對那種過於巧合的、「太像戲」的結構安排表示了「厭惡」，但事實上，精巧周密、緊張激烈的戲劇衝突一直是曹禺劇作的一種「本色」。劇中有「戲」，善於寫「戲」，恰恰是曹禺劇作最重要的甚至是其固有的表現手段之一。包括在結構上有意使之貼近生活自然的《日出》，依然在戲劇結構的相互照應、明暗襯托、衝突迭起、懸念叢生等方面顯示了其獨有的魅力。可以說，對戲劇結構的嚴格講究和精心營造，是曹禺劇作體現出的一個無形的觀念，這也是曹禺劇作無論作為文學劇本，還是作為舞臺演出，都具有經久不衰的藝術魅力的一個基本因素。

第九章

時代激流中的左翼文學

第一節　紅色年代的先鋒旗幟

左翼文學的世界性背景／左聯的性質、任務、理論與追求的政治目標／與新月派的話語摩擦／對「民族主義文藝運動」的批判／同「第三種人」的思想交鋒／論爭的非學理性和意識型態傾向

五四新文化運動是一曲多聲部的大合唱，其中既有激進，也有保守，既有革命，也有改良，既有雅，也有俗，既有對現代性的呼喚，也有對現代性的反抗。文研會發起人之一的鄭振鐸曾在《文學與革命》中提出為了完成文學革命必得有革命文學的出現。自從 1921 年成立了中國共產黨，所謂「革命文學」便已露出端倪。中國共產黨成立後，把宣傳工作放在首要地位。1922 年 2 月，中國共產黨領導的社會主義青年團機關刊物《先驅》增闢了「革命文藝」專欄，發表了一些具有革命鼓動內容的詩歌。1923 年 6 月，中國共產黨理論刊物《新青年》季刊創刊宣言指出：「現時中國文學思想——資產階級的『詩思』，往往有頹廢派的傾向」，

認為中國革命與文學運動，「非勞動階級為之指導，不能成就」。早期共產黨人鄧中夏、瞿秋白、蕭楚女、惲代英、李求實、沈澤民、蔣光慈等，在許多文章中，介紹和宣傳馬克思主義的文學主張。沈澤民的《文學與革命的文學》一文詳細地分析了革命行動與革命藝術的關係：

> 詩人若不是一個革命家，他決不能憑空創造出革命的文學來。詩人若單是一個有革命思想的人，他亦不能創造革命的文學。因為無論我們怎樣誇稱天才的創造力，文學始終只是生活的反映。

革命文學的鼓吹到了 1926 年開始進入高潮。郭沫若在《文藝家的覺悟》中很精煉地分析了文藝與革命的關係，說「文藝每每成為革命的前驅，而每個革命時代的革命思潮多半是由於文藝家或者於文藝有素養的人濫觴出來的。」1926 年《創造月刊》創刊後，創造社進入了它的後期，成為一個「革命文學」社團。20 年代後期國民革命的背景有力地促進了革命文學高潮的興起，而 1927 年春夏之際的國共分裂和接踵而來的「白色恐怖」，更直接促使一大批共產黨人湧入文化戰線，在文藝上形成了對國民黨意識型態的「反圍剿」。

1927 年秋後，馮乃超、朱鏡我、彭康、李初梨等人從日本歸國，成為後期創造社的理論主將。他們在 1928 年 1 月創刊的《文化批判》上，對五四文學革命進行了大張旗鼓的清算和批判。《創造月刊》也把重點轉向提倡「無產階級文學」。1927 年底，蔣光慈、錢杏邨、孟超等人組成太陽社，也於 1928 年 1 月出版了《太陽月刊》，與後期創造社成犄角之勢，共同以戰鬥的姿態，高張無產階級文學的大旗，鋒芒直指五四文學的元老魯迅、茅盾、葉聖陶、郁達夫等人。由蔣光慈《關於革命文學》、李初梨《怎樣地建設革命文學》、成仿吾《從文學革命到革命文學》、錢杏邨《死去了的阿 Q 時代》、郭沫若《英雄樹》等一系列文章，引起了一場革命文學大論爭。論爭的結果，導致了左聯的成立，使中國的左翼文學匯入了整個世界紅色文學的大潮。

從世界文學的範圍來看，左翼文學是和整個人類文明的現代化進程有著密切關聯的。在 19 世紀馬克思主義誕生之後，無產階級文學就日益發展壯大。20 世紀是整個人類的革命世紀，國家要獨立，民族要解放，人民要自由，於是文學與革命結合得空前緊密。十月革命以後，蘇聯成為國際無產階級文學運動的中心。從「無產階級文化派」，到「拉普」[1]，提出了一系列革命文學理論，輻射到許多歐美資本主義國家和亞非拉殖民地半殖民地國家。其中日本左翼文學運動中的福本主義和「納普」[2]則對中國的左翼文學運動產生了直接的影響。1929 年始，整個西方工業世界陷入了嚴重的經濟危機，這種情況加深了人們對於工業文明的反思，因此出現了一個世界範圍的「紅色的 30 年代」。藝術與革命，在對現實的不滿、反抗、變革等方面，具有許多本質上的天然聯繫，所以當革命激流洶湧之際，具有革命主題的文學自然容易成為時代的弄潮兒。

1　即「俄羅斯無產階級作家聯合會」。
2　即「全日本無產者藝術聯盟」。

1929 年，中共中央指示創造社和太陽社停止內部論爭和對魯迅等人的攻擊，籌備建立統一的左翼文學組織。1930 年 3 月 2 日，中國左翼作家聯盟成立於上海，簡稱左聯。這是中國文學界規模空前的一次大聯合。左聯在各地還設有一些分會，文化界其他領域也成立了「劇聯」、「影聯」、「美聯」、「社聯」、「記者聯」等左翼團體，由中共中央通過「文化總同盟」統一領導。中國共產黨對於文化的強有力的領導和組織，與中國國民黨對於文化的無能為力形成了鮮明的對照，預示出了中國文化的未來走向。

在左聯成立大會上，魯迅發表了《對於左翼作家聯盟的意見》，清醒地提出了一些與眾不同的觀點。他破題便說「左翼」作家是很容易成為「右翼」作家的。然後指出應該堅持「韌」的戰鬥，「造出大群的新的戰士」。

左聯從 1930 年成立，到 1936 年春根據中共的指示自動解散，這幾年中，開展了一系列革命文學活動，推動整個現代文學進入一個先鋒色彩十分強烈的時期。在理論上，左聯建立了馬克思主義文藝理論研究會，全面而系統地譯介馬克思主義經典作家的文藝思想，造成了一種學習文藝論著的濃厚空氣，普遍提高了中國作家的理論修養。在創作上，左翼作家不拘成法，大膽創新，寫出了一大批思想銳利、情感激昂，既具有文體形式的先鋒性，又具有文學市場轟動效應的作品。先鋒性與市場性的結合，極大地加速了馬克思主義在中國的傳播，同時使中國文學在整體上達到能夠與世界對話的現代化水平。1930 年，在第二次國際革命作家代表會議上，革命文學國際局更名為國際革命作家聯盟，吸收左聯為成員之一，並做出《對於中國無產文學的決議案》，提出「用種種方法加緊無產文學對於大眾的影響」。從此，中國左翼文學更成為國際共產主義文學運動飄揚在中國的一面先鋒旗幟。

左聯成立前後有過許多次文藝論爭。最主要的有三次，一是迎戰新月派，二是批判「民族主義文藝運動」，三是「文藝自由論辯」。

1928 年 3 月，《新月》在上海創刊，主要撰稿人為胡適、徐志摩、羅隆基、梁實秋等。從徐志摩執筆的發刊詞《〈新月〉的態度》中，流露出新月派所代表的自由主義作家對左翼文學蓬勃興起的不滿和恐慌。他們標舉出「健康」和「尊嚴」兩個原則，要「放膽到這嘈雜的市場上去做一番審查和整理的工作」。自命為寬容、穩健的新月派毫不諱言他們爭奪文學市場的急迫欲望。梁實秋在《文學與革命》中極力肯定「一切的文明，都是極少數的天才的創造」；「人性是測量文學的唯一的標準」；進而總結說「『革命的文學』這個名詞實在是沒有意義的一句空話」。在《文學是有階級性的嗎？》一文中，梁實秋氣勢逼人地繼續挑戰，認為「攻擊資產制度，即是反抗文明」，「要擁護文明，便要擁護資產」，說無產階級是「只會生孩子的階級」，不承認文學有階級性的差異。針對新月派的洶洶來勢，彭康寫了《什麼是「健康」與「尊嚴」？》，馮乃超寫了《冷靜的頭腦》，魯迅寫了《新月社批評家的任務》、《「硬譯」與「文學的階級性」》、《「喪家的」「資本家的乏走狗」》等文章予以還擊。論戰的實質並不在於文學階級性、人性的有無，而在於無產階級文學之能否成立。梁實秋等人根本否認文學階級性的客觀存在，但自己的文字卻表露出明顯的階級意識和階級偏見，加上對左翼文學理論所知較淺，因此在邏輯和學識上很快處於下風。論戰的結果表明「普羅文學」[3]已經是中國文壇強有力的存在，在與自由主義文學的共同發展中，其影響必將日益擴大。

國民黨政權建立後，深感自己在意識型態方面的空虛脆弱，無論是「新生活運動」，還是所謂「三民主義文藝」，都無人喝采，無疾而終。1930 年 6 月 1 日，上海國民黨一些黨政軍警部門的幹部發起了「民族主義文藝運動」，10 月 10 日出版了《前鋒月刊》。在宣言中，矛頭直指「那自命左翼的所謂無產階級的文藝運動」，認為「當前的危機是對於文藝缺乏中心意識」，提出「文藝的最高意義，就是民族主義。」傅彥長的文章《以民族意識為中心的文藝運動》還赤裸裸地提出：「思想不問其淺薄深奧，只要是可以利用的，就是好的。我們中國人現在所需要的思想，只不過是可以利用的民族意識！」在創作上，他們推出了黃震遐描寫蔣馮閻中原大戰的小說《隴海線上》和描寫 13 世紀蒙古遠征俄羅斯的詩劇《黃人之血》及萬國安描寫 1929 年中蘇之戰的《國門之戰》等作品。左聯文藝家對此給予了迎頭痛擊。瞿秋白在《屠夫文學》中痛斥了這種「鼓吹殺人放火的文學」，指出「你們這班東西是紳商地主高利貸資產階級的殺人的號筒」。茅盾在《「民族主義文藝」的現形》中一針見血地指出所謂「民族主義文藝運動」，是「國民黨對於普羅文藝運動的白色恐怖以外的欺騙麻醉的方策。」指出「他們

3　即「普羅列塔利亞」（無產階級）文學。

的宗派和刊物在青年學生群眾中間沒有一絲一毫的信仰」，將來必定「是滔天的赤浪掃除了這些文藝上是白色的妖魔！」魯迅則在《「民族主義文學」的任務和運命》中通過分析他們拙劣的作品，指出他們恰恰是帝國主義「最要緊的奴才，有用的鷹犬」：

> 他們將只盡些送喪的任務，永含著戀主的哀愁，須到無產階級革命的風濤怒吼起來，刷洗山河的時候，這才能脫出這沉滯猥劣和腐爛的運命。

由於自身的粗淺虛妄和在迅猛轟擊之下的孤立無援，「民族主義文藝運動」很快土崩瓦解。

真正具有理論交鋒色彩的是從 1931 年底持續到 1933 年的「文藝自由論辯」。這場論辯的挑起人是自稱「自由人」的胡秋原和自稱「第三種人」的蘇汶。1931 年 12 月，胡秋原在《文化評論》創刊號上發表《阿狗文藝論》，借批判「民族主義文藝運動」這隻死老虎，攻擊無產階級文學運動這隻活老虎。文章認為「藝術只有一個目的，那就是生活之表現，認識與批評。」然後說：

> 藝術雖然不是「至上」，然而決不是「至下」的東西。將藝術墮落到一種政治的留聲機，那是藝術的叛徒。藝術家雖然不是神聖，然而也決不是叭兒狗。以不三不四的理論，來強姦文學，是對於藝術尊嚴不可恕的冒瀆。

在《勿侵略文藝》一文中，胡秋原自稱「我是一個自由人」，反對「某一種文學把持文壇」。接著在《錢杏邨理論之清算》、《自由人的文化運動》等文章中，以馬克思主義正統理論家的態度，批判錢杏邨「實在是一個最庸俗的觀念論者」，「抹殺藝術上之條件及其機能，事實上達到藝術之否定。」左翼文壇發表了洛揚《「阿狗文藝」論者的醜臉譜》等文章進行反擊，指出「胡秋原在這裏不是為了正確的馬克思主義的批評而批判了錢杏邨，卻是為了反普羅革命文學而攻擊了錢杏邨」，「對於他及其一派，現在非加緊暴露和鬥爭不可。」這時，蘇汶以調停人的姿態，代表「作者之群」，批評胡秋原「是一個書呆子馬克思主義者」，因為「左翼文壇的一切主張都無非是行動，並且一切行動都是活的」，「妨礙行動這一點就是反馬克思主義的」。蘇汶以「死抱住文學不肯放手」的口吻說：

> 在「知識階級的自由人」和「不自由的，有黨派的」階級爭著文壇的霸權的時候，最吃苦的，卻是這兩種人之外的第三種人。這第三種人便是所謂作者之群。[4]

蘇汶實際上在策應胡秋原。瞿秋白在《文藝的自由和文學家的不自由》中指出蘇汶的文章是一篇「革命與文學不能並存論」，其反對革命文學的手段「比胡秋原先生更加巧

---

4 蘇汶：《關於〈文新〉與胡秋原的文藝論辯》，《現代》，1 卷 3 號，1932 年 7 月。

妙」。周揚在《到底是誰不要真理，不要文藝？》中指出蘇汶的見解「是對於馬克思列寧主義何等惡意的歪曲」，「是要在意識型態上解除無產階級的武裝」。周揚認為「革命不但不妨礙文學，而且提高了文學」。蘇汶又寫了《「第三種人」的出路》和《論文學上的干涉主義》，承認自己「吐露了說左翼文壇不要文學的意思」，承認「在天羅地網的階級社會裏，誰也擺脫不了階級的牢籠」，但指出左翼文壇「因為太熱忱於目前的某種政治目的這緣故，而把文學的更永久的任務完全忽略了」，還指出左翼文壇拒絕中立，「這種拒人於千里之外的態度，我覺得是認友為敵，是在文藝的戰線上使無產階級成為孤立」。論辯進入比較富於理論深度的階段，左聯的重要理論家幾乎全部投入進來。魯迅在《論「第三種人」》中指出「第三種人」是做不成的：

> 生在有階級的社會裏而要做超階級的作家，生在戰鬥的時代而要離開戰鬥而獨立，生在現在而要做給予將來的作品，這樣的人，實在也是一個心造的幻影，在現實世界上是沒有的。要做這樣的人，恰如用自己的手拔著頭髮，要離開地球一樣，他離不開，焦躁著，然而並非因為有人搖了搖頭，使他不敢拔了的緣故。

馮雪峰的《並非浪費的論爭》，《關於「第三種文學」的傾向與理論》等文章帶有一定的總結意義。文章鄭重申明：「左翼一向以來的態度，是並非不承認自己的錯誤，也並非要包辦文學」，文中還提出要糾正左翼理論家在論辯中的「左」的錯誤。但是胡秋原和蘇汶所主張的「文學及其理論，實際上，客觀上，往往仍舊幫助著地主資產階級的」；希望他們「拋棄鄙棄群眾的觀念，多去理解一些群眾的革命的鬥爭和運動，而把自己的力量加入到群眾裏面去」。

「文藝自由論辯」是左聯時期歷時最久，規模最大，水平最高的一次文藝論戰。胡秋原、蘇汶都具有較高的理論素養，他們敏銳地觸及到普羅文學中一些教條主義的錯誤和關門主義的傾向。但在意識型態尖銳對立的時代背景下，論爭不可能局限在學術範圍內冷靜地深入下去，雙方都表現出不無偏激的情緒化。通過這次論辯，左翼文壇系統整理了自己的理論，糾正了一些「唯我獨尊」的態度，使馬克思主義的文藝觀進一步深入人心。

隨著文學現代化的進程，大眾化的問題日益凸顯。現代文學的任務之一，就是通過大量擴充讀者，完成對社會成員精神生活的組織。五四時期「平民文學」的倡導，到左聯時期發展為文藝大眾化的三次討論。第一次在 1930 年前後，主要是提出「大眾化——到工農群眾中去」。[5]但這基本上只是一個空泛的口號。第二次在 1932 年前後，涉及到作家生活要大眾化，採用通俗形式，培養工農作家等較為實際的問題。第三次在 1934 年，主要是針對文言回潮，圍繞文字改革，討論「大眾語」的問題。這幾次討論提高了文學界對於大眾化的重視，反思了新文學孤芳自賞的弱點。在當時的環

---

5 馮乃超：《左聯成立的意義和它的任務》，《世界文化》創刊號，1930 年 9 月。

境下，大眾化還是一種很時髦的「先鋒意識」，要把它真正落到實處，尚須政治力量的積極參與。

左翼文學在創作上取得了超出其理論預想的重大成就。除了魯迅為代表的雜文，茅盾為代表的社會剖析小說，田漢、夏衍為代表的話劇外，本章以下各節重點介紹一些青年左翼作家的創作。這些「青春文學」不僅是時代的旗幟，同時也為後來的文學發展留下了寶貴的藝術經驗。

第二節　激昂的左翼詩歌

作為革命文學前導的詩歌創作／蔣光慈／胡也頻／殷夫／中國詩歌會諸詩人

詩歌往往是一種文學創作潮流興起的前導。新文化運動中的白話詩是這樣，革命文學中的「紅色詩歌」也是這樣。郭沫若《女神》集中的某些篇什已經具有明顯的「革命性」，到了《前茅》、《恢復》時期，這種革命性越來越染上了無產階級色彩。早在 1923 年，中共理論家鄧中夏就在《貢獻於新詩人之前》一文中要求新詩人「多做描寫社會實際生活的作品，徹底露骨的將黑暗地獄盡情披露，引起人們的不安，暗示人們的希望」；在形式上，「文體務求壯偉，氣勢務求磅礡，造意務求深刻，遣詞務求警動」。時代的呼喚，終於產生了無產階級詩歌的開山鼻祖——蔣光慈。

蔣光慈（1901-1931），又名蔣光赤，曾用名如恒、俠僧等。在家鄉安徽參加過學生運動，後到上海加入社會主義青年團。1921 年被中共派往蘇聯留學，1924 年歸國後，與沈澤民等組織革命文學團體「春雷社」。1925 年，出版了詩集《新夢》，收入他 1921 年至 1924 年的詩作。鮮明的革命色彩，使《新夢》到 1926 年就已出了三版，受到了青年讀者的廣泛歡迎。第一首《紅笑》寫於 1921 年前往莫斯科的途中，「那不是莫斯科麼？／多少年夢見的情人！／我快要到你懷抱哩！」帶著對世界上第一個社會主義國家的崇拜和幻想，詩人熱烈地讚頌莫斯科，讚頌列寧，讚頌十月革命。他在《莫斯科吟》中寫道：

莫斯科的雪花白，
莫斯科的旗幟紅；
旗幟如鮮艷濃醉的朝霞，
雪花把莫斯科裝成為水晶宮。
我臥在朝霞中，
我漫游在水晶宮裏，
我要歌就高歌，
我要夢就長夢。

現實生活中寒冷、貧困的莫斯科，在詩人的筆下卻是這般奇幻醉人，可以任意高歌長夢，革命者在這裏找到了心靈的聖壇。詩中最後寫道：

十月革命，
如大炮一般，

轟冬一聲，
嚇倒了野狼惡虎，
驚慌了牛鬼蛇神。
十月革命，
又如通天火柱一般，
後面燃燒著過去的殘物，
前面照耀著將來的新途徑。
哎！十月革命，
我將我的心靈貢獻給你罷，
人類因你出世而重生。

在輝煌的聖壇面前，革命者產生了如何突破「自我」的問題。《自題小照》開頭就思索著：「是我，／非我；／非我，／是我；／且把這一副／不像他，／不像你的形容，／當做真我。」在革命的實踐中，革命者的自我找到了歸宿：

前進罷！——紅光遍地，
後顧啊！——絕壁重重。
革命的詩人，
人類的牧童，
我啊！
我啊！
拋去過去的骸骨，
愛戀將來的美容。

回國後，蔣光慈於 1924 年至 1926 年寫成詩集《哀中國》。恰如聞一多的《發現》一樣，祖國的面貌令詩人悲哀而氣憤。《哀中國》一詩寫道：

滿國中外邦的旗幟亂飛揚，
滿國中外人的氣焰好猖狂！
旅順大連不是中國人的土地麼？
可是久已做了外國人的軍港；
法國花園不是中國人的土地麼？
可是不准穿中服的人們遊逛。
哎喲，中國人是奴隸啊！
為什麼這般地自甘屈服？
為什麼這般地萎靡頹唐？

噩夢般的中國現實與聖壇般的蘇聯新社會相比，革命的必要性和可能性便產生了。在「五卅」周年紀念日，蔣光慈寫下《血祭》一詩：

頂好敵人以機關槍打來，我們也以機關槍打去！
我們的自由，解放，正義，在與敵人鬥爭裏。
倘若我們還講什麼和平，守什麼秩序，
可憐的弱者啊，我們將永遠地——永遠地做奴隸！

蔣光慈的詩歌結合了理想與現實，形象與邏輯，散發著一種激昂雄壯之美。詩中所表現出的感時憂國的精神和對自我靈魂的追問，一直延續在左翼詩歌的發展中。

1931 年 2 月 7 日，5 位左翼青年作家柔石、胡也頻、殷夫、李偉森、馮鏗和另外 18 位中共黨員，被國民黨秘密槍殺於上海。這 5 位作家史稱「左聯五烈士」。其中胡也頻和殷夫都有比較優秀的詩作傳世。

胡也頻（1903-1931），原名胡崇軒，福建福州人。1925 年開始發表詩歌和小說。他的詩在內容上充滿反抗社會的精神，在形式上則受到李金髮所代表的早期象徵派很大影響。他在《詩人如弓手》中寫道：

詩人如弓手，
語言是其利箭，
無休止地向罪惡射擊，
不計較生命之力的消耗。

但永遠在苦惱中跋涉，
未能一踐其理想：
撲滅殘酷之人性，
盼春光普照於世界。

這裏表現出一個戰士複雜的心靈世界，在鬥爭實踐中義無返顧，卻又苦惱於理想的遙不可及，但最終並未放棄理想。1927 年 10 月，胡也頻在《一個時代》中寫道：

刀槍因殺人而顯貴，
法律乃權威之奴隸，
淨地變了屠場，

人屍難與豬羊比價。
……
鐵窗之冷獄於是熱鬧，
勇敢的青年成了囚犯，
監卒遇這罕有之客，
便滿足了極酷虐的敲詐。

這分明是對國民黨大屠殺的勇敢揭露。李金髮式的句子，但去除了怪誕和艱澀，因此可以說，「它的歷史價值，遠遠超出了一般象徵詩派的局限。胡也頻給象徵詩派注入了現實的內容和戰鬥的氣息。」[6]從左翼詩歌的視角來看，胡也頻的詩作能夠將憤慨的激情意象化，在冷靜中透露出蘊藉的力量，表現出「紅色詩歌」多樣化發展的可能性。

殷夫（1909-1931），本名徐祖華，另有筆名白莽、徐白等，浙江象山人。在他短暫的革命青春中曾三次被捕。早期詩作有與胡也頻相近處，於孤寂中蘊藏著濃烈的感情。隨著革命鬥爭的深入，殷夫的詩作越來越表現出堂堂正正的無產階級氣魄，把「紅色抒情詩」創作推向了一個藝術高峰。

在紀念「五卅」的《血字》中，殷夫寫道：「我是一個叛亂的開始，／我也是歷史的長子，／我是海燕，／我是時代的尖刺。」詩人敏銳地覺察到自己在歷史大轉折時期所擔負的光榮使命，因此他的聲音充滿了雄健的自信：

6　孫玉石：《中國初期象徵派詩歌研究》，北京大學出版社，1983 年，228 頁。

「五卅」喲！
立起來，在南京路走！
把你血的光芒射到天的盡頭，
把你剛強的姿態投映到黃浦江口，
把你的洪鐘般的預言震動宇宙！
……
「五」要成為報復的枷子，
「卅」要成為囚禁仇敵的鐵柵，
「五」要分成鐮刀和鐵錘，
「卅」要成為斷拷和炮彈！……

詩人的力量來自於把「自我」投入到一個無邊的「大我」之中。在代表作《一九二九年的五月一日》中，殷夫激動人心地寫道：

我突入人群，高呼：
「我們……我們……我們……」
白的紅的五彩紙片，
在晨曦中翻飛像隊鴿群。

呵，響應，響應，響應，
滿街上是我們的呼聲！
我融入於一個聲音的洪流，
我們是偉大的一個心靈。
……
一個巡捕拿住我的衣領，

但我還狂叫，狂叫，狂叫，
我已不是我，
我的心合著大群燃燒。

這種深刻的親身體驗經過電影特寫般的意象化處理，產生了強烈的藝術震撼。無產階級的意識形態「使渺小的、無力的、有限的個人投入和被結合到偉大的、無限的集體之中。它產生了一個偉大的階級烏托邦，超越了個人的局限性。在這樣一個偉大的階級烏托邦之中，他不僅和偉大的集體力量結為了一體，而且和浩浩蕩蕩的歷史潮流結為了一體」。[7]革命文學的最高貴之處在於，它能夠創造嶄新的人際關係，從而在生命的終極意義上創造嶄新的自我。因此殷夫才斷然寫下那首著名的《別了，哥哥！》：「別了，哥哥，別了，／此後各走前途，／再見的機會是在，／當我們和你隸屬著的階級交了戰火。」

左翼詩歌由於凸顯鬥爭意識，容易被先入為主地看成「藝術粗糙」。殷夫的詩無疑具有粗豪的革命氣質，但同時十分注意剪裁意象，錘煉語言，兼具象徵主義和未來主義的藝術風格。魯迅為殷夫詩集《孩兒塔》所作的序中說：「這是東方的微光，是林中的響箭，是冬末的萌芽，是進軍的第一步，是對於前驅者的愛的大纛，也是對於摧殘者的憎的豐碑。一切所謂圓熟簡練，靜穆幽遠之作，都無須來作比方，因為這詩屬於別一世界。」其實殷夫的詩歌成就已超出了魯迅的評價，其宏偉而不虛泛，先鋒而不造作，既具有都市氣

7　曠新年，《1928：革命文學》，山東教育出版社，1998 年 5 月，120 頁。

息的明快節奏，又保持平民色彩的淳樸清新，都給以後的左翼詩歌留下了值得認真回味的啟迪。

殷夫犧牲後，代表左翼詩歌發展方向的是左聯領導下的中國詩歌會。該會於 1932 年 9 月由穆木天、楊騷、任鈞、蒲風等人發起，於次年 2 月創辦《新詩歌》。《發刊詩》中寫道：「我們要捉住現實，／歌唱新世紀的意識。／……／我們要使我們的詩歌成為大眾歌調，／我們自己也成為大眾中的一個。」中國詩歌會的主要成就在於全面推進了詩歌的大眾化，他們出版「歌謠專號」、「創作專號」，進行廣泛實驗。在題材上，前期以表現工農民眾的苦難生活為主，後期則大力倡導「國防詩歌」，宣傳抗日救亡。在形式上，有意加強了敘事詩的創作，並進行了「大眾合唱詩」、新詩朗誦運動等多方面的嘗試。其中最有代表性的詩人是蒲風（1911-1942），他繼承了郭沫若的狂熱、蔣光慈的激昂和殷夫的勇猛，並把這些用更加通俗化的語言加以呈現。《茫茫夜》採用戲劇化手法，通過母親思念參加「窮人軍」的兒子，寫出中國農村的「暗夜風聲」和「曉雞啼音」。《我迎著風狂和雨暴》發出抗日救國的浩然怒吼：「我不問被殘殺了多少東北同胞，／我要問熱血的中國男兒還有多少。」中國詩歌會在北平、廣州、青島、廈門及日本東京等地設有分會，影響較大的詩人還有王亞平、溫流等。作為一種大規模的創作趨向，中國詩歌會對於抗戰以後詩歌大眾化局面的形成起到了先驅的作用。左翼詩歌至此不但初步完成了從先鋒到大眾的過渡，而且以它的堅定不屈的姿態成為時代的最強音。

第三節　浪漫化的革命小說

意義趨同的「革命」與「浪漫」／「光慈」式的敘事模式／洪靈菲、孟超、華漢等／柔石、戴平萬等

革命與浪漫是天然的近鄰，初期的革命小說普遍洋溢著浪漫的精神。蔣光慈說：「我自己便是浪漫派，凡是革命家也都是浪漫派，不浪漫誰個來革命呢？」[8]正是蔣光慈本人，成為早期「普羅小說」的代表性作家。

1926 年，蔣光慈出版了中篇小說《少年漂泊者》，通過主人公汪中痛苦漂泊的短暫一生，展現了從「五四」到「五卅」廣闊的社會風雲，表達了對黑暗社會的強烈反抗。汪中由一個貧苦孤兒成長為一個戰死沙場的革命英雄的經歷，感動了無數青年讀者。陶鑄和胡耀邦都曾回憶他們是讀了《少年漂泊者》才去投身革命的。同期的短篇小說集《鴨綠江上》中的作品也同樣表現出反抗黑暗的激憤。1927 年 4 月，上海工人第三次武裝起義後不到半個月，蔣光慈迅速寫出了反映上海工人第二到第三次武裝起義的中篇小說《短褲黨》，將重大題材的時事效應與飽滿的革命熱情相結合，為左翼文壇所提倡的「報告小說」（Roman reportage）做出了一項先驅的實驗。

1927 年下半年後，蔣光慈的小說創作進入了高峰。他的《野祭》、《菊芬》、《最後的微笑》、《麗莎的哀怨》、

8　轉引自郭沫若：《創造十年續篇》，《沫若文集》（七），北京，人民文學出版社，1958 年，244 頁。

《衝出雲圍的月亮》等作品像一顆顆炸彈在充滿白色恐怖的中國炸響。文學出版界捲進了一個「蔣光慈時代」，以蔣光慈為代表的革命出版物成為供不應求的暢銷書，不僅蔣光慈的作品被大量再版、盜版，而且有一些其他人的作品被署上蔣光慈的名字發售。蔣光慈以「新興文學」大師的感召力創造了先鋒與流行融為一體的新文學奇蹟。

蔣光慈小說帶動了「革命加戀愛」敘事模式的流行。《野祭》中的革命者陳季俠面對兩個女性，最終將心靈祭獻給了為革命犧牲的那一個，這被看成是「革命加戀愛」模式的濫觴。[9]《衝出雲圍的月亮》則把這一模式的敘事功能發揮到極致。女主人公王曼英在大革命激流中與男友柳遇秋熱誠相愛，對追求她的李尚志只保持一般友誼。大革命失敗後，王曼英頹喪墮落，明明過著出賣肉體的生活，卻自欺欺人地以為是在用肉體報復和毀滅敵人。而李尚志卻堅定不移地繼續從事革命工作，他的堅毅和真誠喚醒了痛苦迷茫的王曼英，王曼英痛斥了賣身投敵的柳遇秋，決心徹底洗淨自己的身心，重新投入革命洪流。小說結尾王曼英擁抱著李尚志說：「尚志，你看！這月亮曾一度被陰雲所遮掩住了，現在它衝出了重圍，仍是這般地皎潔，仍是這般地明亮！……」小說中的革命，對於戀愛的結局和性質具有決定意義，它給一般流行的戀愛小說帶來了嶄新的格局和激情，創造出一種「小資情調」的普羅藝術。

9　錢杏邨：《野祭》，《太陽月刊》，2 月號，1982 年 2 月。

屬於「革命加戀愛」模式的還有洪靈菲的「流亡」三部曲，孟超的《衝突》，華漢（陽翰笙）的《兩個女性》、《地泉》，胡也頻的《到莫斯科去》、《光明在我們前面》等一批作品，這些小說中的戀愛因素越來越讓位給革命因素，從「革命陪襯著戀愛」，到「革命決定了戀愛」，再到「革命產生了戀愛」，[10]它們給經過「五四」個性解放以後「夢醒了無路可走」的一代知識青年指出了一條既能實現個體生命的價值，又能體驗到人生浪漫樂趣的五彩斑斕的道路，敘事抒情的巨大成功掩蓋了修辭結構等方面的粗陋幼稚，而這恰恰體現出「無產階級」的美學特徵。

除了戀愛所賦予的浪漫色彩之外，革命鬥爭本身的描寫也是浪漫的。蔣光慈最後一部長篇《咆哮了的土地》本來是要克服浪漫傾向，轉向客觀實際的工農鬥爭描寫，但小說的敘述節奏沉悶，人物形象呆板，一號主人公礦工張進德的面貌比較模糊，倒是二號主人公——地主少爺出身的革命者李杰寫得比較生動。他曾與貧農女兒蘭姑相戀，但因父母阻撓而失敗，已經懷孕的蘭姑含憤自盡。李杰懷著托爾斯泰《復活》中涅赫朵夫般的負罪感，從革命軍中回到家鄉開展農運，不料蘭姑的妹妹毛姑又愛上了他，還有當年被他拒絕過提親的富紳女兒何小姐也同時愛上了他。小說戲劇性的高潮是李杰命令農民自衛隊燒掉了自家的屋樓——裏面還有他生病的母親和年幼的妹妹，以此表示他與自己的階級徹底決裂。在戀愛上，他選擇了毛姑，而何小姐最後選擇了張進德

10　茅盾：《「革命」與「戀愛」的公式》，《茅盾全集》，第 20 卷，北京，人民文學出版社，1990 年。

——他們都背叛了自己的階級，從而獲得新生。小說結尾，李杰在戰鬥中犧牲，張進德率領隊伍去投奔「金剛山」，何小姐「在張進德的懷抱裏開始了新的生活的夢……」作者仍然不得不依靠浪漫化的手段來沖淡十分概念化的階級鬥爭描寫。這一特徵以華漢的「地泉」三部曲最為顯著，小說只是三部曲的名字——《深入》、《轉換》、《復興》「三個名詞的故事體的講解」[11]，不但革命被描寫成按圖操作那樣容易，而且「把本來很落後的中國農民，寫得那樣的神聖」[12]。1932 年該書重版時，瞿秋白、茅盾、鄭伯奇、錢杏邨和華漢自己，同時為該書作序，這五篇序言一方面批評了《地泉》圖解政治概念的公式化傾向；另一方面對早期左翼文學進行了比較全面的總結和檢討。瞿秋白把這類作品概括為「革命的浪漫蒂克」。革命浪漫蒂克的小說試圖超越「五四」模式的「客觀寫實」和身邊瑣事，重視文學「組織生活」的社會實踐功能，但未免將這種功能誇大到極端，以致出現了觀念大於形象的藝術失衡。左翼小說經過異軍突起的初期轟動以後，進入了下一個冷靜扎實的發展階段。

早期革命小說家比較著名的還有柔石、戴平萬、樓建南、李守章、劉一夢等。柔石（1901-1931），原名趙平復，早期有短篇集《瘋人》，中篇《三姊妹》，長篇《舊時代之死》等，善於描寫青年的愛情苦悶，富於浪漫氣息。後期的中篇《二月》和短篇《為奴隸的母親》可稱力作。《二月》的主人公蕭澗秋

11　《〈地泉〉讀後感》，《茅盾全集》，第 19 卷。

12　《談談我的創作經驗》，《陽翰笙選集》，第 4 卷，成都，四川文藝出版社，1989 年。

為躲避濁世風波而來到芙蓉鎮，不料仍然滿目悲苦煩惱，自身也陷入感情的困境和流言蜚語的糾纏，最後是悵惘而來又悵惘而去。小說生動地展現出被五四喚醒的一代知識青年在中國現實社會裏的走投無路的境況。如果不經過一場革命的洗禮，所謂個性解放和人道主義都只能是鏡花水月。《為奴隸的母親》以「典妻」為題材，無論開掘深度還是語言的力度，都超越了 20 年代鄉土小說中同類題材的作品。作者以被典之妻春寶娘為主人公，深刻揭示了她被兩個家庭，兩個男人，兩個親生骨肉所「撕裂」的靈魂上遭受的損害和侮辱。柔石的小說能夠把清醒的階級觀念與複雜的人性體驗結合到一種深沉的抒情筆調中，本來是應該具有較大的發展前景的。戴平萬有小說集《出路》、《都市之夜》、《陸阿六》。樓建南有小說集《掙扎》、《病與夢》、《第三時期》。李守章的《跋涉的人們》和劉一夢的《失業以後》兩本集子曾與柔石的作品一道被魯迅稱為「總還是優秀之作」[13]。

第四節　轉向寫實的左翼小說

寫實趁勢的出現／從「自敘傳」小說進入革命小說軌道的丁玲／張天翼／葉紫／周文／歐陽山、草明、葛琴、丘東平、羅淑等

13　《我們要批評家》，《魯迅全集》，第 4 卷，北京，人民文學出版社，1981 年。

浪漫化的革命小說迅速地席捲現代文壇過後，以一種完成了歷史使命的姿態又迅速落潮。它促使現代文學關注火熱的現實鬥爭，複雜的社會變遷，推動現代文學進入一個大規模描寫中國社會的敘事時代。然而這項浩大的工程是「革命的浪漫蒂克」本身所不能勝任的。時代要求左翼小說以巨大的寫實成就來表明自己是這個時代的主人。轉向寫實的趨勢在左聯成立前後就已經開始，到 1933 年茅盾的《子夜》出版，達到高峰。除了茅盾等社會剖析派的小說家外，後期左翼小說的中堅力量是一批新生代的青年作家，主要有丁玲、張天翼、葉紫、周文等。

丁玲（1904-1986），原名蔣冰之，湖南臨澧人。幼年喪父，由思想開明的母親撫養成人。求學時代與楊開慧、王劍虹等同學共同追求進步，1924 年在北京結識胡也頻、沈從文，開始文學創作。1927 年 12 月，發表處女作《夢珂》，寫一個孤獨憂鬱的女青年在各種世俗誘惑中的徘徊煩悶和掙扎疲倦，小說以其真摯細膩引起了文壇的普遍關注。1928 年初，發表成名作《莎菲女士的日記》，震動了整個文藝界，從此成為最受重視的女作家。這篇小說由主人公一個冬天裏的三十多段日記組成。莎菲是一個外表「狷傲」、「怪僻」，內心充滿狂熱幻想的現代女性，她孤身在北京的公寓裏養病，寂寞無聊。雖然有朋友們的照顧，還有一個苦苦追求她的葦弟，但他們都不瞭解莎菲的內心。莎菲希望「有那麼一個人能瞭解我得清清楚楚的，如若不懂得我，我要那些愛，那些體貼做什麼？」這時出現了一個風儀俊美的新加坡華僑淩吉士，令莎菲對他產生了狂熱的情欲渴望。莎菲想方設法接近他，「我要占有他，我要他無條件的獻上他的心」。後來莎菲發現這個淩吉士的愛情觀不過是「拿金錢在妓院中，去揮霍而得來的一時肉感的享受」，「那使我愛慕的一個高貴的美型裹，是安置著如此的一個卑劣的靈魂」，但莎菲一面鄙視淩吉士，另一面卻擺脫不了情慾的癲狂，最後在承受了淩吉士的一吻後，「更陷到極深的悲境裏去」，她決計離開北京，「在無人認識的地方，浪費我生命的餘剩」。小說對人物心靈的大膽剖露，產生了驚世駭俗的閱讀震撼，被看作是「女性的《沉淪》」。但莎菲的靈與肉的衝突比《沉淪》的主人公更加具有鮮明的時代感。這是一個擁有自由選擇的權利卻喪失了選擇對象和選擇意義的時代寓言，莎菲巨大的生命熱情顯然迫切需要一個巨大的事業來消耗。「莎菲生活在世界上，所要人們的瞭解她體會她的心太懇切了，所以長遠的沉溺在失望的苦惱中」，可以說，誰掌握了這一代青年的心，誰就掌握了時代。丁玲於 1933 年曾發表《莎菲日記第二部》，敘述莎菲沒有浪費生命，她與一位文學青年同居生子，當她讀著愛人的新作《光明在我們面前》時，愛人卻已被秘密槍決了。丁玲把「自敘傳」小說帶入了革命小說的新軌道，把冷靜的心理分析與熱切的時代呼喚相結合，形成了自己獨特的藝術風格。

丁玲 1930 年發表了中篇小說《韋護》和《一九三〇年春上海》（之一和之二），這 3 篇小說的題材都是「革命加戀愛」，特色在於把握過渡時代知識份子的心靈世界比較準確真實。同時丁玲開始創作一些具有寫實傾向的作品，如《阿毛姑娘》、《慶雲里中》、《田家沖》等，在對下層生活的描寫中仍保持著敏銳的心理洞察。1931 年，丁玲發表了以當年十六省水災為題材的中篇小說《水》，又一次震動了文壇。小說最大的特色在於「不是一個或二個的主人公，而是一大群的大眾，不是個人的心理的分析，而是集體的行動的開展。」[14]因此被認為是普羅文學的重大突破。塑造群像是二三十年代小說創作的國際性潮流，從蘇聯綏拉菲摩維奇的《鐵流》到美國約翰・杜司・帕索斯（John dos Passos）的《曼哈頓中轉站》，都曾風靡一時。《水》中的農民群像實際上還比較概念化，但這種先鋒氣魄對於促使左翼小說轉向寫實具有強烈的啟示。從《水》的發表，到 1932 年蔣光慈《咆哮了的土地》改名《田野的風》出版，以及 5 位左翼理論家為《地泉》作序，左翼小說逐步完成了由浪漫向寫實的整體移動。

丁玲隨後還創作了《某夜》、《消息》、《夜會》、《法網》等，寫實筆法趨於圓熟。1932 年以自己母親為模特創作長篇小說《母親》，計劃比較龐大，但完成第一卷後，丁玲便於 1933 年被捕了。1935 年逃往延安後，丁玲的創作進入了另一個仍然是毀譽交並的時期。

張天翼（1906-1985），原名張元定，生於南京，原籍湖南湘鄉。早年的漂泊經歷使他對現實社會瞭解得既深又廣。文學生涯始於在鴛鴦蝴蝶派刊物上發表滑稽小說和偵探小說，這使他練就了扎實的文字功底，並奠定了幽默諷刺的風格和敏銳的文體意識。1928 年在《奔流》上發表《三天

14　馮雪峰：《關於新的小說的誕生》，《北斗》，2 卷 1 期，1932 年 1 月。

半的夢》，從此成為新文學作家。1931 年寫出《三太爺與桂生》、《二十一個》，開始形成獨特的藝術風格。前者以看似輕鬆糊塗的口吻，寫出地主豪紳活埋革命農民的殘忍。後者以士兵的口吻，寫軍閥混戰的野蠻血腥和下層士兵在死亡面前被喚醒的初步的階級意識。此後的創作一直善於運用不同的敘述視角，表現下層人民的血淚。《團圓》通過孩子的視角寫被迫賣淫的母親，故事安排在父親歸家的時刻，其現實開掘深度遠遠超過了王統照的《湖畔兒語》。《脊背與奶子》中的長太爺利用族規欺侮佃戶的妻子，《笑》中的九爺仗勢欺侮反抗農民的妻子，都在漫畫式的輕鬆敘述中，蘊涵著強烈的階級義憤。張天翼的諷刺經常帶一點「油滑」，這種「油滑」並不是無聊膚淺，而是因為對諷刺的對象懷著嚴肅的憤怒而故意採取的一種醜化手段。《呈報》寫堪災員彭鶴年親眼看見農民顆粒無收，農民傾家蕩產對他酒肉款待，希望他如實呈報。他在良心與私利之間反覆徘徊，最後在地主的 50 塊大洋賄賂和縣長的壓力下，他竟然謊報收成為七成到九成五。張天翼一般很少正面描摹弱者的苦痛，而著重寫出那苦痛的根源，讓人在對惡勢力的笑罵中聯想到它們所造成的災難。除了諷刺地主惡霸之外，張天翼在諷刺小市民和其他愚弱的勞動者方面繼承了魯迅的批判國民性精神。著名的《包氏父子》深刻展現了代代相傳的奴性。門房老包當牛做馬，幻想兒子小包能爬進統治者的圈子，而小包在那些有錢子弟的隊伍裏，最好的前景不過是做穩了走狗而已。父子兩代生活態度似乎不同，但精神實質卻是一樣。張天翼在題材廣闊的寫作中，形成了尖銳、明快並富於濃厚生活氣息的諷刺風格。速寫式的人物，特寫般的場景，寫實的口語，巧妙的敘事距離，組成了張天翼獨具一格的文體。抗戰以後，張天翼的創作還有發展。此外，張天翼還是著名的兒童文學作家，從 30 年代的《大林和小林》、《禿禿大王》，到 50 年代的《羅文應的故事》、《寶葫蘆的秘密》，都是現當代兒童文學的經典之作。

葉紫（1910-1939）[15]，原名余昭明，學名余鶴林，還曾用過余繁，湯寵，葉子等名，湖南益陽人。他短短不到 30 歲的生命，「卻抵得太平天下的順民的一世紀的經歷」[16]。少年時代便與全家人一起投身於大革命的浪潮，家族中多人為革命死難。葉紫在流亡生涯中積累了豐富的社會觀察和巨大的革命熱情，他的投身左翼創作，完全是因為「我的對於客觀現實的憤怒的火焰，已經快要把我的整個的靈魂燃燒殆斃了！」[17]1933 年，發表成名作《豐收》，在以「豐收成災」為題材的同類作品中，不但場面廣闊，結構精心，而且描寫了尖銳的階級對立，揭示出災難的「人禍」根源。續篇《火》寫到覺醒的農民拋棄幻想，奮起反抗。《電網外》、《山村一夜》等篇與《豐收》一樣，均以塑造老一輩農民見長。《山村一夜》中帶著兒子去向統治者自首的老漢，結果是把兒子送入死地，給讀者留下了深刻的印象。葉紫小說的階級矛盾是以他扎實的生活功底用血和淚寫出來的，因此讓人感到厚

15　葉紫生年有多種說法，當以周葱秀《葉紫評傳》之說最為確鑿。
16　《葉紫作〈豐收〉序》，《魯迅全集》，第 6 卷。
17　葉紫：《我怎樣與文學發生關係》，《我與文學》，上海生活書店，1934 年。

重。他善於在父子衝突中刻畫兩代農民的形象，即使在悲傷的敘述中，也蘊涵著一種昂揚的雄壯之美，魯迅稱這是「對於壓迫者的答覆：文學是戰鬥的！」[18]如果不是在貧病交加中英年早逝，葉紫在文學上應會有更大的突破。

周文（1907-1952），原名何稻玉，筆名何谷天等，四川滎經人。早年在四川的軍閥部隊當文書，30 年代投身革命，曾任左聯組織部長。1933 年發表成名作《雪地》，不但寫出了活生生的軍閥部隊景況，而且寫出了康藏高原的雪域風光。他在 30 年代被稱為多產作家，最有特色的還是「軍閥加雪原」一類的作品，如中篇《在白森鎮》，長篇《煙苗季》等。周文注重寫實的精確，氣氛的渲染，具有「批判現實主義」的藝術特徵。他所選擇的創作題材在現代小說中顯得獨具魅力。

除了上述作家外，左翼小說家還有歐陽山、草明、葛琴、丘東平、羅淑等，共同組成了一支實力雄厚的藝術「鐵流」。這支鐵流不但把現代小說提高到一個穩定的成熟階段，而且為抗戰以後的小說走向提供了堅實的美學借鑒。

---

[18] 同註 16。

第十章

現代派文學思潮

第一節　李金髮與象徵派詩人

中國象徵主義詩派的「催生」／李金髮與法國象徵派詩歌／特異的審美經驗／向新詩創作新的領域拓展／穆木天／王獨清、馮乃超等

1925 年，一部別開生面的詩集《微雨》在中國現代詩壇問世，從此催生了中國象徵主義詩派。它的作者就是被稱為「東方的波德萊爾」[1]的李金髮。

李金髮（1900-1976），廣東梅縣人，1919 年赴法國學習美術，耳濡目染了世紀初葉的現代主義文學藝術思潮，尤其受到法國象徵派詩人波德萊爾、魏爾倫的影響，1920 年開始詩歌寫作，直接效法象徵派詩歌的詩藝和技巧，同時也深深地濡染了世紀末的頹廢情緒。他的詩中既有波德萊爾的惡魔主義精神與「審醜」的美學，又有魏爾倫的感傷與頹廢

1　黃參島：《〈微雨〉及其作者》，《美育》，第 2 期，1928 年 5 月。

的氣質。相對於郭沫若式的狂飆突進的陽剛之美，他的詩作更屬於陰柔的範疇，他以纖細而敏銳的藝術感覺突入到人的深層體驗和潛在意識領域，「要表現的是『對於生命欲揶揄的神秘及悲哀的美麗』」。[2]這種詩學取向凸出地體現在詩歌的意象選擇上。有人曾對比過李金髮和郭沫若慣常運用的意象，如果說，經常出現在郭沫若詩中的是太陽、日出、大海、明月、白雲，那麼李金髮則習用寒夜、枯骨、殘月、落葉、荒野。[3]他把靈魂理解為「荒野的鐘聲」，生命則是「死神唇邊的笑」，連記憶也如「道旁朽獸，發出奇臭」，作為現代大都會代表的巴黎則充斥了「地窖裏之黴腐氣，／爛醉了一切遊客」。對於習慣了五四詩壇的清新昂揚的讀者來說，李金髮的異質的聲音自然令人驚竦，但正是這種「心靈失路之叫喊」與對現代都市文明的批判意識使他的詩匯入了以波德萊爾為代表的反思現代人的生存以及反思現代性的總主題中，傳達著潛伏在人類生命存在中的另一種聲音。

李金髮詩中特異的藝術方式也衝擊著人們的審美經驗，同樣令中國詩壇耳目一新。他取法法國象徵派詩歌技巧，摒棄了現實主義和浪漫主義詩學準則，大量運用象徵、暗示、通感、隱喻、聯想等手法，營造具有朦朧和神秘色彩的範圍和情境。朱自清總結說：「象徵詩派要表現的是些微妙的情境，比喻是他們的生命；但是『遠取譬』而不是『近

2　朱自清：《詩集・導言》，《中國新文學大系》，上海，良友圖書公司，1935 年。

3　參見宋永毅《李金髮：歷史毀譽中的存在》，《走向世界文學》，長沙，湖南人民出版社，1985 年。

取譬』。所謂遠近不指比喻的材料而指比喻的方法；他們能在普通人以為不同的事物中間看出同來。他們發現事物的新關係，並且用最經濟的方法將這關係組織成詩；所謂『最經濟的』就是將一些聯絡的字句省掉，讓讀者運用自己的想像力搭起橋來。」[4]「遠取譬」的概括形象地揭示了象徵派詩的詩藝本質，即在不同質的事物中建立超越普通思維的奇異聯繫，這也是人類藝術思維的重要特徵。李金髮的詩作中充滿了這種「遠取譬」：「粉紅的記憶」，「衰老的裙裾」，「希望成為朝露」，「涼夜如溫和之乳嫗」……具象與抽象的疊加與互證，使人們的諸種感知領域打成一片，極大地豐富了我們對世界的體驗與認知方式。

細弱的燈光淒清地照遍一切，
使其粉紅的小臂，變成灰白。
軟帽的影兒，遮住她們的臉孔，
如同月在雲裏消失！

朦朧的世界之影，
在不可勾留的片刻中，
遠離了我們，
毫不思索。

——《里昂車中》

把印象派詩的瞬間感受和觀察與對世界和存在的深層思索結合起來，正是李金髮的特長。相形見絀的是他的語言

4　朱自清：《新詩的進步》，《新詩雜話》。

工夫。身在異域對母語的生疏使他的表達顯得生澀和拗口。同時他試圖調和中西，引大量文言句法和語彙入詩，但由於遠未臻於化境，更容易受到詬病。然而，李金髮之所以產生了巨大的衝擊力，或許正因為他的有缺憾的詩美藝術。

李金髮登上詩壇看似偶然，實則有必然性。當時白話詩創作中過於直露淺白的散文化傾向已經受到越來越多的批評和反撥，胡適所奠基的「作詩如作文」的理論主張已顯露出巨大美學弊端。1923 年，成仿吾扮演了一個理論殺手的角色，他發表了《詩之防禦戰》，以近乎尖酸刻薄的措辭聲討了胡適代表的早期白話詩，甚至斷言《嘗試集》裏本來沒有一首是詩。1926 年，穆木天繼續清算胡適的觀念對初期白話詩的影響：「中國新詩的運動，我以為胡適是最大的罪人。胡適說：作詩須得如作文，那是他的大錯。所以他的影響給中國造成一種 Prose in Verse 一派的東西。他給散文的思想穿上了韻文的衣裳。」[5]梁實秋也認為初期白話詩「注意的是『白』而不是『詩』，努力的是如何擺脫舊詩的藩籬，不是如何建設新詩的根基」。[6]人們普遍意識到詩壇需要新的詩學因素和新的想像力的衝擊。李金髮對象徵詩藝的借鑒與實驗，正是在這種背景下出現，刺激了新詩創作和理論向新的領域的拓展。

穆木天是初期象徵派的理論代言人，他在象徵主義詩學的重要文獻《譚詩》中提出了「純詩」的概念：

---

5 穆木天：《譚詩》，《創造月刊》，第 1 卷第 1 期，1926 年。

6 梁實秋：《新詩的格調及其它》，《詩刊》，1931 年 1 期。

> 詩要兼造形與音樂之美。在人們神經上振動的可見而不可見可感而不可感的旋律的波，濃霧中若聽見若聽不見的遠遠的聲音，夕暮裏若飄動若不動的淡淡光線，若講出若講不出的情腸才是詩的世界。我要深汲到最纖纖的潛在意識。聽最深邃的最遠的不死的而永遠死的音樂。詩的內生命的反射，一般人找不著不可知的遠的世界，深的大的最高生命。我們要求的是純粹詩歌（The pure poetry），我們要住的是詩的世界，我們要求詩與散文的清楚的分界，我們要求純粹的詩的 Inspiration。

這種對純詩境界的追求，指向了「人的內生命的深秘」，它力圖探索人的存在的潛在意識，挖掘內在生命的深邃律動，狀寫一個純粹表現和暗示的世界。詩人在詩作中所尋求的正是心靈與這個深邃遙遠的世界之間內在的契合與交響。這種觀念印有象徵主義詩學中契合論的痕迹。波德萊爾認為，在自然萬物之間，自然與人之間，人的各種感官之間，存在著一種彼此相契合的隱秘而內在的呼吸，只有詩人才能洞穿這種神秘的感應和契合，把握和傳達內在的共振和律動，並通過象徵主義詩歌賦予這種律動以形式。穆木天的詩作正實踐著他自己的理論主張。他的詩集《旅心》注重詩的暗示性和朦朧美，「託情於幽微遠渺之中」[7]，在形式上刻意追求外在的音節的複沓與回環的

---

[7] 同註 2。

效果和一種音樂的節奏，以傳達所謂內生命的交響和律動。如《雨後》：

穿上你的輕飄的木屐穿上你的輕軟的外衣
趁著細雨濛濛我們到濕潤的田裏
我們要聽翠綠的野草上水珠兒低語
我們要聽鵝黃的稻波上微風的足跡
我們要聽白茸茸的薄的雲紗輕輕飛起
我們要聽纖纖的水溝彎曲曲的歌曲

但穆木天的理論意義多少超過了他的具體實踐所取得的成績。這也是大多理論先行的現代詩人的通病。

除了李金髮和穆木天，初期象徵派詩人中較為重要的還有王獨清、馮乃超、蓬子、石民等人。王獨清經歷了從學習拜倫、雨果到法國象徵派的轉化，有唯美傾向，尋求「把色（Couleur）與音（Musique）放在文字中」，以達到一種「音畫」效果[8]。著有詩集《聖母像前》等。馮乃超則以色彩感和鏗鏘的音節取勝，「歌詠的是頹廢，陰影，夢幻，仙鄉」，出有詩集《紅紗燈》。他們在探索詩藝的同時共同的缺陷是詩歌內容的貧乏，如穆木天就說：「在我的思想，把純粹的表現的世界給了詩歌作領域，人的生活則讓散文擔任。」結果詩歌處理的僅僅是「潛在意識的世界」，「人的生活」就輕易被捨棄了。

8　參見王獨清：《再譚詩》，《創造月刊》，第 1 卷第 1 期，1926 年。

第二節　戴望舒與現代派詩人

以《現代》、《新詩》為主要陣地的詩人群／都市的「漂泊者」和「尋夢者」／取法於中外詩歌傳統的審美趨向／「雨巷詩人」戴望舒／何其芳、卞之琳、李廣田／林庚、曹葆華等

1935 年孫作雲發表《論「現代派」詩》一文，把三十年代登上詩壇的一大批年輕的都市詩人具有相似傾向的詩歌創作概括為「現代派詩」。其重要的標誌是 1932 年 5 月在上海創刊的，由施蟄存、杜衡主編的《現代》雜誌。《現代》雜誌構成了三〇年代現代派文學創作的重要陣地，也集中刊發了一大批具有現代主義傾向的詩作。此後幾年，卞之琳在北平編輯《水星》（1934），戴望舒主編《現代詩風》（1935），到了 1936 年，由戴望舒、卞之琳、梁宗岱、馮至主編的《新詩》雜誌，把這股「現代派」的詩潮推向高峰。伴隨著這一高峰的，是 1936 至 1937 年大量新詩雜誌的問世。「如上海的《新詩》和《詩屋》，廣東的《詩葉》和《詩之頁》，蘇州的《詩志》，北平的《小雅》，南京的《詩帆》等等，相繼刊行，……那真如雨後春筍一樣地蓬勃，一樣地有生氣。」[9]以至於作為「現代派」詩人的一員的路易士在《三十自述》中認為「1936～1937 年這一時期為中國新詩自『五四』以來一個不再的黃金時代」。因此，所謂的「現代派」，大體上是對三〇年代到抗戰前夕新崛起的有大致相

9 孫望：《初版後記》，《戰前中國新詩選》，南昌，江西人民出版社，1983 年。

似的創作風格的年輕詩人的統稱。其中匯聚了上海、北平、南京、武漢、天津等許多大城市的詩人群體。代表詩人有戴望舒、卞之琳、何其芳、李廣田、施蟄存、金克木、林庚、曹葆華、徐遲、廢名、路易士、李白鳳、陳江帆、史衛斯等。

這是一批都市的漂泊者。在三〇年代階級對壘、陣營分化的社會歷史背景下，他們大都是游離於政黨與政治派別之外的邊緣人；同時，他們有相當一部分來自鄉土，在都市中感受著傳統和現代雙重文明的擠壓，又成為鄉土和都市夾縫中的邊緣人。這批現代派詩人深受法國象徵派詩人的影響，濡染了波德萊爾式的對現代都市的疏離感和陌生感以及魏爾倫式的世紀末頹廢情緒。「五四」的退潮和大革命的失敗更是摧毀了年輕詩人的純真信念，「遼遠的國土」由此成為一代詩人的精神寄託。

遼遠的國土的懷念者，
我，我是寂寞的生物。

——戴望舒《我的素描》

我想呼喚
我想呼喚遙遠的國土

——辛笛《RHAPSODY》

我倒是喜歡想像著一些遼遠的東西，一些並不存在的人物，和一些在人類的地圖上找不出名字的國土。

——何其芳《畫夢錄》

「遼遠的國土」是複現率極高的意象，它已成為一個公設的象徵性意象，象徵著現代派詩人靈魂的歸宿地和夢中的理想世界。

這是一代「尋夢者」。然而，對「遼遠的國土」的懷念，也是對夢幻似的烏托邦的懷念，它在地球上並不存在，因此，詩人們的潛在的危機，是不可避免地經受樂園夢的破滅。戴望舒的《樂園鳥》典型地體現了這種心態。

是從樂園裏來的呢？
還是到樂園裏去的？
華羽的樂園鳥，
在茫茫的青空中
也覺得你的路途寂寞嗎？

假使你是從樂園裏來的
可以對我們說嗎，
華羽的樂園鳥，
自從亞當、夏娃被逐後
那天上的花園已荒蕪到怎樣了？

這是現代派詩歌中最好的收穫之一。「華羽的樂園鳥」是一代詩人的自我寫照，而對天上的花園的荒蕪的質疑則象徵了詩人們「樂園夢」的破滅。其「荒蕪」感中也有著 T.S. 愛略特的長詩《荒原》的影子。

現代派詩人正是從愛略特、龐德、瓦雷里等西方現代主義詩人那裏汲取詩學營養，尤其借鑒了意象主義的原則，同時在李金髮為代表的初期象徵派詩歌藝術實踐的基礎上創造性地轉化了波德萊爾、魏爾倫的象徵主義詩藝。他們是在反撥浪漫主義直抒胸臆的詩風的過程中走上詩壇的，對「做詩通行狂叫，通行直說，以坦白奔放為標榜」的傾向「私心裏反叛著」，從而把詩歌理解成一種「吞吞吐吐的東西」，「它底動機是在表現自己和隱藏自己之間」。[10]戴望舒的主張具有代表性：「詩是由真實經過想像而出來的，不單是真實，亦不單是想像。」[11]因此，現代派詩歌在真實和想像之間找到了平衡，既避免了「坦白奔放」的「狂叫」「直說」，又糾正了李金髮的初期象徵派過於晦澀難懂的弊病。在詩藝上，現代派詩人注重暗示的技巧，很少直接呈示主觀感受，而是借助意象、隱喻、通感、象徵來間接傳達情調和意緒，這使得現代派詩歌大都具有含蓄和朦朧的詩性品質。

施蟄存把《現代》雜誌上的詩理解為：「是現代人在現代生活中所感受的現代的情緒，用現代的辭藻排列成現代的詩形」。[12]但正像杜衡所概括的那樣，現代派詩歌總體上追求「象徵派的形式，古典派的內容」的統一，現代詩形更體現在表層形式上，而在審美趣味和文化心理取向上則顯示出鮮明的古典主義特徵。使現代派詩歌臻於成熟境界的重要因素之一是詩人們對中國古典詩歌傳統的自覺沿承。他們借助從域外獲得的陌生化的眼光，重新發現了傳統詩藝中與西方相親和的部分。卞之琳就稱「『親切』與『含蓄』是中國古

---

10 杜衡：《〈望舒草〉·序》。

11 戴望舒：《詩論零札》，《現代》，第 2 卷第 1 期，1931 年。

12 施蟄存：《關於本刊中的詩》，《現代》，第 4 卷第 1 期。

詩與西方象徵詩完全相通的特點。」[13]由此，現代派詩人尋找到了把傳統納入現代的合法性依據，從而獲得了源遠流長的古典文化與詩學背景的支撐。不過，現代派詩人對傳統是有選擇性的，他們繞過了元白一派的淺白易懂，而把晚唐溫李看成是今日新詩的趨勢。溫庭筠、李商隱詩中的幻象的美感和朦朧的意境正吻合了現代派詩人的美學傾向。現代派詩歌大多表現出一種回味深長的品格，與傳統詩學中含蓄蘊藉一脈的豐厚滋養密不可分。

戴望舒（1905-1950）被稱為現代派詩人群的領袖。著有詩集《我底記憶》、《望舒草》、《望舒詩稿》、《災難的歲月》。他早在 1928 年就以《雨巷》名噪一時，葉聖陶稱《雨巷》「替新詩的音節開了一個新紀元」。戴望舒也因之獲得了「雨巷詩人」的稱號。《雨巷》作於 1927 年夏，詩人隱居江蘇小城松江，感受到了「在這個時代做中國人的苦惱」[14]。詩中循環、跌宕的旋律和複沓、迴旋的音節，襯托了一種彷徨、徘徊的意境，傳達了詩人寂寥、惆悵的心理情緒，從而間接地透露出痛苦、迷茫的時代氛圍。有人說它是現代詩歌韻律美的頂峰。但有意味的是戴望舒本人卻不喜歡這首詩，也許是因為它留有格律派的痕跡，太雕琢，太用心。戴望舒很快就找到了新的詩學要素。取代了《雨巷》的是《我底記憶》。戴望舒的好友杜衡在《望舒草》序中說：從《我底記憶》起，戴望舒可說是在無數的歧途中間找到了一條浩浩蕩蕩的大路，並完成了「為自己製最合自己的腳的

13 卞之琳：《〈魏爾倫與象徵主義〉譯序》，《新月》，第 4 卷第 4 期。
14 同註 10。

鞋子」的工作。這浩浩蕩蕩的大路也是三〇年代一代現代派詩人所走的路，其詩學的重心就在於「意象性」：

我底記憶是忠實於我的，
忠實甚於我最好的友人。
它生存在燃著的烟捲上，
它生存在繪著百合花的筆桿上。
它生存在破舊的粉盒上，
它生存在頹垣的木莓上，
它生存在喝了一半的酒瓶上，
在撕碎的往日的詩稿上，在壓乾的花片上，
在淒暗的燈上，在平靜的水上，
在一切有靈魂沒有靈魂的東西上，
它在到處生存著，像我在這世界上一樣。

用實用性語言來說，這一大段詩只剩最後一句就夠了，但詩人卻羅列了一系列意象，這正是意象性語言，也是詩歌語言之所以區別於日常語言的本質之處。《我底記憶》堪稱是意象性的典範之作。

戴望舒在新詩史上的意義尤其體現在「古典美」中。《雨巷》的更內在的美感就來自於古典氛圍。詩歌不僅化用了古典搭配（如「一個丁香一樣地／結著愁怨的姑娘」就使人聯想到李商隱的「芭蕉不展丁香結，同向春風各自愁」，李璟的「青鳥不傳雲外信，丁香空結雨中愁」），同時也營造了具有古典背景的江南水鄉的文化氛圍。「油紙傘」、悠長而寂寥的「雨巷」、丁香般的「愁怨」、「頹圮的籬牆」既是江南小城的寫真，也暗示著一個「杏花春雨江南」的古典文化傳統。詩中的「寂寥」、「愁怨」、「太息」、「彷徨」、「夢」、「靜默」等諸般感受都在這個悠遠的文化背景裏找到了依託，從而生成了一種古典美。戴望舒有些詩連形式也是古典的。《古意答客問》便是一首擬古詩，近於古典詩賦中的主客問答體，表達的也是寄情山水的隱居情懷。《秋夜思》則是一首「古題新詠」，它的秋思的主題、悲秋的情懷以及諸如「鮫人」、「木葉」「天籟」、「弦柱」、「華年」、「陽春白雪」、「吳絲蜀桐」等意象都使《秋夜思》納入了古典文本的浩瀚長河中。

1936 年由何其芳的《燕泥集》、卞之琳的《數行集》和李廣田的《行雲集》合成的詩集《漢園集》問世，三位差不多同時就學於北京大學的青年詩人也獲得了「漢園三詩人」的稱號。他們有著共同的學院背景、大體相似的文學資源和相通的融會中西詩學的藝術旨趣，譬如何其芳（1912-1977）就既沉迷於晚唐五代「那些精緻的冶艷的詩詞，蠱惑於那種憔悴的紅顏上的嫵媚，又在幾位班納斯派以後的法蘭西詩人的篇什中找到了一種同樣的迷醉」。[15]他的詩因而呈現出鮮明的唯美主義色彩，有精致、嫵媚、淒清的美感。《預言》是他的成名作，這首詩的特殊之處是化用了希臘神話中水仙之神那喀索斯與回聲女神埃科的故事。埃科愛上了美少年那喀索斯，卻得不到他的回報，因而傷心憔悴得只剩下了聲音，但又無法首先開始說話，只能重複別人的話語，故稱「回聲（echo）女神」。那喀索斯則是自戀者的形象，他只迷戀自己的水中

15　何其芳：《夢中道路》，《何其芳研究專集》，成都，四川文藝出版社，1986 年，164 頁。

的倒影，終日顧影自憐鬱悶而死，神讓他變成了一朵水仙花。《預言》這首詩便是模仿女神埃科的口吻的傾訴，打動讀者的是「我」對「年輕的神」的無望的愛情。抒情主人公感情熾烈而深沉，傾訴的調子有一唱三嘆之感，最終卻給人一種無限惆悵的命運感。它歌唱的是青春、愛情以及與兩者相伴的痛楚和悵惘情懷，連同何其芳的其他清新而憂鬱的詩作，成為苦悶青春期的教科書。《預言》出人意表之處在於選擇了女神埃科作為抒情主人公「我」，這種設計和構思堪稱別出心裁，顯示出何其芳超常的想像力。但如果讀者不瞭解詩中的神話故事，則大都會把「我」誤認為詩人自己。

與何其芳的自戀式的傾訴不同，卞之琳（1910-2000）的詩歌更多地借鑒了 T.S.愛略特的「思想知覺化」和「非個人化」的傾向。他使抒情主人公的形象在詩作中淡出，更著迷於虛擬「戲劇化處境」。《斷章》便是這樣一首詩：

你站在橋上看風景，
看風景人在樓上看你。
明月裝飾了你的窗子，
你裝飾了別人的夢。

詩人自己解釋說這首詩的創意是著重在「相對」上，單一的「你」和單一的「看風景人」都不是自足的，兩者在看與被看的關係和情境中才形成一個網絡。意象性原則在這裏被突破了，立足於抒情主人公「我」的基礎上的現代新詩慣常的抒情方式也被新的詩學要素替代。卞之琳貢獻了一種「情境的美學」，這種「情境」是將傳統的「意境」與西方詩歌的小說化、戲劇化技巧相融會的結果，讀者從他的詩中捕捉到的，是日常生活的場景和情境，但一經卞之琳點化，便蘊涵了豐富深長的回味和耐人咀嚼的人生哲理。其中隱含了一種將普通生活審美化的高超本領。《道旁》、《尺八》、《白螺殼》、《距離的組織》、《音塵》都是情境化的代表作。看這首《航海》：

輪船向東方直航了一夜，
大搖大擺的拖著一條尾巴，
驕傲的要旅客對一對錶——
「時間落後了，差一刻。」
說話的茶房大約是好勝的，
他也許還記得童心的失望——
從前院到後院和月亮賽跑。
這時候睡眼朦朧的多思者
想起在家鄉認一夜的長度
於窗檻上一段蝸牛的痕跡——
「可是這一夜卻有二百海浬？」

詩人擬設的是航海中可能發生的情境。茶房懂得一夜航行帶來的時差知識，因而驕傲地讓旅客對錶。乘船的「多思者」在睡眼朦朧中想起自己在家鄉是從蝸牛爬過的痕跡來辨認時間的跨度的，正像鄉土居民往往從貓眼裏看時間一樣。而同樣的一夜間，海船卻走了二百海浬。如同《斷章》一樣，《航海》也表現出一種相對主義的觀念，即時空的相對性，同時也可以看出航海所代表的現代時間與鄉土時間的對比。驕傲而好勝的茶房讓旅客對錶的行為多少有點可笑，但航海生涯畢竟給他帶來了嚴格時間感。這種時間感與鄉土時間形成了對照。最終，《航海》的情境中體現出的是兩種時間觀念的對比，而在時間意識背後，是兩種生活形態的對比。

現代派中的重要詩人還有廢名、林庚、曹葆華、南星、路易士等。廢名（1901-1967）的詩追求玄理和頓悟，有禪宗趣味，也因之顯得晦澀難懂。另一以晦澀著稱的詩人是曹葆華（1906-1978），著有《無題草》等。他的詩中復現率最高的意象是「夢」，文本描繪的幾乎都是具有超現實色彩的夢境，技巧也因此表現為聯想的突發性、跳躍性和非邏輯性。相對清澈明快的是林庚（1910-2006）的詩，他追求新的格律形式，但他清新的想像和敏銳的感受力仍衝破了格律的可能束縛，顯示出一種別樣的詩質：

春天的心如草的荒蕪
隨便的踏出門去
美麗的東西到處可以揀起來
少女的心情是不能說的

——《春天的心》

第三節　「新感覺派」小說的都市幻影

從異域文學中汲取藝術靈感／都市的體驗與文本形式／劉吶鷗、穆時英／施蟄存二十世紀三〇年代，大上海都市文化畸形發展，催生了以批判都市文明為主要任務的左翼作家群以及順應廣大市民趣味的通俗作家群。此外也出現了第三大作家群體，他們出沒於喧囂騷動的十里洋場，盡情享受現代都市物質和商業文明，同時又受西方現代藝術尤其是電影的薰陶，具有鮮明的文學先鋒意識。由於他們直接受到日本的「新感覺派」的影響，因此被稱為中國的「新感覺派」小說家。

日本自明治維新開始，就走上了全盤西化的道路，文學思潮也受西方的巨大影響。西方的現代主義如達達派、未來主義、表現主義也紛紛於世紀初在日本登陸。並造就了日本第一批現代派文學。1924 年，代表作家橫光利一、川端康成、片岡鐵兵等創辦同人雜誌《文藝時代》，開始了「新感覺派」運動，強調在物質文明高度發展的時代，人們應該以新的感覺方式來體驗、認識和表現世界，尤其以視覺、聽覺作為認識現代世界的出發點。「感覺」由此成為新感覺派文藝觀的核心，注重傳達瞬間感覺體驗、潛意識以及內心世界。

中國三〇年代的新感覺派小說正受到日本的直接影響。劉吶鷗（1900-1939）是最早認識到上海的都市現代性的作家，也是介紹日本新感覺派的第一人，1928 年翻譯片岡鐵兵等人的小說合集《色情文化》，同年在《無軌列車》上發表意識流小說，並於 1930 年出版了短篇小說集《都市風景線》。新感覺派的更重要的兩個作家是穆時英（1912-1940）和施蟄存（1903-2003），前者著有《公墓》、《白金的女體塑像》、《聖處女的感情》等，後者著有《梅雨之夕》、《善女人的行品》、《將軍底頭》等。正是這些小說集構成了中國現代文學中最重要的現代派小說。

新感覺派小說最凸出的意義在於它是真正觀照現代大都市的文學。可以說，鄉土文化在中國文化傳統中占據著主導地位，鄉土在地域和文化上具有廣延性，甚至也覆蓋了都市文化。三〇年代上海的左翼作家儘管身居都市，但採取的態度卻是從都市遙望鄉村，或是以鄉村為背景來觀照都市。上海在大部分來自鄉土的左翼作家眼裏是一種異己的存在，甚至是萬惡之源。而新感覺派小說家則是由上海洋場社會塑造出來的作家，也同時是真正從內容到形式都有大都市氣息的作家。

新感覺派注重都市的感受和體驗，注重對都市風景的炫奇式的展覽。不過單有這些是不夠的，新感覺派小說家更值得矚目的成績在於他們創造了真正的都市文本形式，從而把都市風景線的外在景觀和對都市的心理體驗落實到了小說形式層面，或者說，他們獲得了把體驗到的都市內容與文本形式相對應的詩學途徑。

其一，新感覺派小說家擅長於捕捉都市化意象。

「都市」構成了新感覺派小說中的真正主角。「都市」本身便是一個集合性的意象，它派生出琳琅滿目的具體化意象，譬如汽車、服裝、廣告、舞廳、咖啡館、摩天大樓、霓虹燈、電影院等等。這一切都生成為小說中的文學意象，是都市文化中標誌性的符碼，疊加在一起織成了當時風景線，反映了大都市的外在景觀。而其暗含著的內在景觀則是充滿了商業化和娛樂氣息的消費文化，是中產階級和市民階層的生活習慣、節奏、態度和情趣。其中更為核心的意象是「舞廳」。新感覺派的名篇如《夜總會裏的五個人》、《上海的狐步舞》等都離不開舞廳的固定場景，正像老舍寫北京離不開茶館一樣。

其二，在文本形式層面整合現代都市的體驗和感性。

新感覺派並沒有產生波德萊爾在巴黎世界中生成的現代都市哲學，他們真正的價值在於提供了對都市的豐富的感性直觀體驗。在小說中他們充分調動了各種現代技巧來傳達都市的感性。譬如他們追求視覺、聽覺、味覺、觸覺、嗅覺等諸種感官的複合體驗和通感，學習和借鑒電影蒙太奇的技巧，致力於小說場景的無序化組接，打亂敘事時間和結構，在形式上活用印刷字體衝擊讀者視覺感受，省略標點造成意象與場景的密度等等。這些形式都啟動了文學的感性和小說的想像力，傳達出現代都市所展示的人類心理體驗和感性存在的新視野。然而小說家們更多地沉溺於都市的感官刺激，震驚於光怪陸離的意象時間的震驚體驗。如果說茅盾代表的左翼作家背後有著廣袤的鄉土周圍參照背景的話，那麼新感覺派小說家則缺乏反思的背景，也就缺乏自反式的觀照。先鋒性的形式實驗尚未獲得深刻的生命體驗和哲學升華的底蘊，從而顯出一種文化貧血症。

其三，新感覺派的小說敘事模式與都市生活型範之間的內在對稱性。

在新感覺派小說中，傳統的線性故事講述方式被一種「圓圈式」的場景敘事代替。舞廳的視角堪稱是新感覺派小說核心的視角。小說敘事者往往追尋著舞廳中的主人公的眼睛，場景的呈示有如一個電影搖鏡頭：

> 蔚藍的黄昏籠罩著全場，一隻 saxophone 正伸長了脖子，張著大嘴，嗚嗚地衝著他們嚷。當中那片光滑的地板上，飄動的裙子，飄動的袍角，精緻的鞋跟，鞋跟，鞋跟，鞋跟，鞋跟。蓬鬆的頭髮和男子的臉。男子的襯衫的白領和女子的笑臉，伸著的胳臂，翡翠墜子拖到肩上……獨身者坐在角隅裏拿黑咖啡刺激自家兒的神經。
>
> ——《上海的狐步舞》

有意味的是，相隔十幾行後這一段場景一字不改地倒著又重新敘述了一遍。它造成一種空間化而非時間性的敘事效果。也只有這種非線性時間的迴旋式敘事模式才能把舞廳場景逼真地傳達出來。在這種敘事模式中很難再生成有頭有尾的完整故事，舞場上邂逅的男女大都是逢場作戲，如劉吶鷗《兩個時間的不感症者》中女主人公就承認還沒有「跟一個 gentleman 一塊兒過過三個鐘頭以上呢」，這種短暫的邂逅時間自然無法涵容綿延幾載甚至終生不渝的愛情故事。完整的故事性隱退了，敘事成為空間化結構。這使得小說很難以複雜離奇的故事性情節取勝，只能側重於挖掘心理、潛意識、瞬間體驗和感覺世界。

在新感覺派中真正沉溺於都市題材的小說家是劉吶鷗和穆時英，而比較特異的是施蟄存，他的小說題材更為廣泛和多樣。他更擅長狀寫現代人在都市中的孤獨和疏離感，尤其注重挖掘都市市民的深層心理世界。這種傾向最終發展為他的心理分析小說的創作。《梅雨之夕》、《春陽》都揭示了都市男女隱秘而曲折的內心流程，寫他們卑微的渴望的萌動與無聲無息的破滅，力圖展現現代都市男女特有的情愛方式。《將軍底頭》、《石秀》等小說則是以心理分析的手法重新演繹古代題材，透過潛意識探索人性構成了施蟄存心理分析小說的核心追求。與劉吶鷗和穆時英比起來，施蟄存有同樣鮮明的現代意識和相對傳統的敘事技巧和平緩的節奏，他也比前兩者更有講故事的本領。在他的小說都市圖景背後，掩映著一個鄉土背景，這一鄉土背景有時是潛藏的，有時則直接介入到都市現實中來，構成著化減都市焦慮與孤獨的緩衝地帶，也為現代都市生活注入了異質的成分。這一鄉土維度，是其他的新感覺派作家很少具備的，它為施蟄存的小說帶來了一種懷舊的氣息和一份古典的詩情。

第四節　現代話劇的先鋒實驗

接受象徵主義影響／超現實幻想和人的潛意識的揭示／陶晶孫／陳楚淮

現代話劇作為一種純粹的「舶來品」，在創生伊始就深受西方話劇的影響。在現實主義和浪漫主義之外，西方的現代主義話劇也影響了中國現代劇壇，形成了連貫的現代主義話劇實驗和探索。

最早接受象徵主義影響的戲劇家郭沫若、田漢都是在「新浪漫主義」的名目下開始話劇實驗的。郭沫若這個時期的幾部詩劇《黎明》、《女神之再生》、《孤竹君之二子》便受到了當時稱之為新浪漫戲劇的梅特林克的《青鳥》以及霍普特曼的《沉鐘》的影響。田漢寫於 1920 年的劇本《Violin and Rose》（小提琴與薔薇）的副標題即是「新羅曼主義的悲劇」。但劇本的核心美感風格卻是浪漫的和唯美的。「小提琴」和「薔薇」分別象徵著藝術與愛情，文本表現的是事業與愛情的衝突，象徵寓意直露而淺顯。田漢在同一年創作的《靈光》則最早在劇本中引入了夢幻，但這種夢幻不同於純粹象徵劇中超現實的夢，夢中女主角的所見都具有具體的現實內容，耶穌的「靈光」也出於對她愛國之情的感召。劇中大量的象徵意象如「絕對之國」、「歡樂之都」、「淒涼之境」等也都具有具體的現實指向。這個時期對西方象徵主義的借鑒還停留在簡單的模仿層次。

洪深在美國留學的時候與奧尼爾同班，回國後創作的《趙閻王》就受到奧尼爾的著名劇本《瓊斯皇》的影響。這本是一個寫實的題材，但劇本從第二幕起「借用了歐尼爾底《瓊斯皇》中的背景和事實——如在林子中轉圈，神經錯亂而見幻境，眾人擊鼓追趕等等」[16]，在劇本中引入了具有超現實色彩的幻象場景。劇本精心營造了一個陰森恐怖的「大樹林」的舞臺場景，既為主人公幻覺的產生提供了心理邏輯基礎，又象徵著人物的潛意識的黑暗世界，使《趙閻王》成為較早在舞臺上連續表現幻象的實驗劇作。但從總體上看，

[16] 洪深：《戲劇集・導言》，《中國新文學大系》。

劇本開頭、結尾兩幕純粹寫實的風格與中間七幕富於表現主義意味的幻象呈現之間具有一種割裂感。

二〇年代初更執迷於先鋒話劇實驗的劇作家是陶晶孫。這一時期他的重要作品有《黑衣人》和《尼庵》。《黑衣人》創作於 1922 年，寫的是太湖邊上一個精神病患者「黑衣人」在風雨交加的雷電之夜產生了幻視和幻聽，用手槍反擊實際上並不存在的「強盜」，結果誤殺了自己的弟弟的故事。黑衣人作為一個「本是有精神病的系統」的家族的後代，比起洪深的「趙閻王」更符合邏輯。《黑衣人》的死亡和瘋狂的主題與表現幻象的技巧之間也更為和諧。這齣劇的難度在於舞臺上並沒有直接表現具體的幻象，作者只能調動音響、燈光、布景等舞臺因素營造一個陰森恐怖的氣氛，來間接表現黑衣人的幻覺。舞臺環境和氣氛由此具有一種氛圍性象徵的色彩，從人物身上黑色的服飾，舞臺上表現的黑暗，到月黑風高的規定情境，都烘托與暗示了「死亡」的主題。甚至黑衣人形象本身就是一個「死神」的象徵。《黑衣人》具有以下兩點獨特的文學史意義：一方面，作者對於戲劇體裁自身特有的媒介有著自覺的理解和運用，充分發揮了舞臺的諸種元素（布景、服裝、燈光、音響等）的象徵表意作用，奠定了以情調的暗示烘托人物心理和傳達文本意蘊的藝術模式；另一方面，表現幻象和心理變形的藝術方式獲得了與瘋狂、死亡、恐懼等人類潛意識域的母題內容層面更內在的統一性。從此，現代話劇領域對象徵主義和表現主義手法的運用，幾乎都與劇作家對人類深蘊心理內容以及生命體驗的揭示建立了不可分割的聯繫。

「死亡」主題在陶晶孫的《尼庵》中也得到了延續。《尼庵》處理的是兄妹畸戀的題材。妹妹落髮的「死一樣的」尼庵象徵著對於塵世生活的寂滅，哥哥千辛萬苦找到了妹妹，試圖喚醒她對於庵外世界的熱望，但妹妹逃離了尼庵卻投湖自盡。這種對死亡主題的興趣在二〇年代中期具有現代主義色彩的話劇實驗中有著更普遍的反映。白薇的《琳麗》和向培良的《生的留戀與死的誘惑》都直接在舞臺上出現了死神的形象。向培良筆下的死神是一個「全身蒙著深藍色的紗的女性」，「緩緩上來，走得又慢又閑雅」，象徵著主人公人生歷程的最後解脫。高長虹的《一個神秘的悲劇》則是一齣純粹的象徵劇，劇中的人物以 A、B、C、D、E 五個字母代替，每個符號都各自代表了一種抽象的觀念。其中 A 是一個老人的形象，對人生充滿了歷盡滄桑的徹悟感，最後「把絕望交還給了天空」，選擇了自戕的道路。在這齣劇中，觀念的演繹代替了情節的線索，人物則有符號化和象徵化的特徵，使劇本顯得晦澀難懂，從而為現代話劇史提供了幾乎絕無僅有的抽象劇的範例。過於隱微的表現手法或許是在它之後幾乎無人再去問津這種形式的主要原因。

二〇年代末三〇年代初另一個前衛劇作家陳楚淮登上了劇壇。他的代表作有《桐子落》和《骷髏的迷戀者》。兩齣劇都表現了象徵派劇作家所偏嗜的「死亡」情結。《桐子落》寫於 1929 年，是一齣幾乎無情節的話劇，寫一位母親在一個陰雨綿綿的夜晚靜靜地死去。劇本耐人尋味的地方是結尾以油燈的枯滅隱喻和暗示了母親的死，傳達出一種陰森的氣氛。與這種氣氛相應和的，是窗外淅淅瀝瀝的雨聲伴隨著桐子落地的響聲。桐子的墜落與人物的死亡構成了一種同構的對應關係。這種象徵藝術受到了梅特林克關於「無聲之言」戲劇觀念的影響。在梅特林克看來，神秘劇中象徵意蘊的傳達不在戲劇動作而在語言。所謂的語言，並不是指戲劇中人物的對白，「而是指那種語言之外的另一種語言，換言之，即是無用之言或是無聲之言」；「凡是乍看時毫無用處的語言，在劇本中則是最關緊要，因為其中含有真味。這另一種語言，和那必要的語言相較，你許會覺得是多餘的；但是細加研究，便覺唯有這另一種語言，才能使得靈魂傾聽，唯有應用這種語言，才能訴諸靈魂。」[17]陳楚淮的《桐子落》中的母親，正是在傾聽桐子墜地之聲中死去的，在那一下一下的清響中，讀者仿佛聽見死神一步一步逼近的腳步聲。油燈無聲的枯竭和桐子有聲的墜落，看上去都是不介入戲劇衝突和不參與情節進程的閑筆，實際上卻與母親的死緊密聯繫著。這「含有真味」的「另一種語言」，是陳楚淮劇本中象徵詩藝的精髓所在。

陳楚淮的《骷髏的迷戀者》也實踐了「無聲之言」的藝術。這齣劇寫的是一個酷愛骷髏的詩人，沉迷於骷髏所象徵的死亡的詩意中，忘掉了室外的鮮花與明媚的陽光，甚至聲稱：「女人，什麼東西？怎麼可以同我的骷髏相比！？」當死神的形象真的出現在舞臺上的時候，詩人才意識到他所失去的「人間的樂趣」：

---

[17] 參見陳瘦竹：《象徵派劇作家梅特林克》，《時與潮文藝》，第 4 卷第 2 期，1944 年。

詩人：現在，我想放下骷髏，暫時放下我那寶貴的骷髏，去找人間的樂趣，誰知還未找到，你就來了。

死神：把青春交給骷髏的人，永遠找不到人間的樂趣，這是他們的命運。

詩人：這是生之留戀，什麼人都有的。

死神：死是把你從這個世界渡到別個世界，一個更和平更幽靜的世界。死不是可怕的這一點，詩人總會知道。

詩人：我知道，可是我不相信我知道的是對的。

這段對話，透露了劇本的象徵題旨：「把青春交給骷髏的人，永遠找不到人間的樂趣。」但實際上，這齣劇的內涵遠為豐富。詩人和死神的對話具有一種複調意味，即生之樂趣與死的和平構成了並置的兩種觀念型態。作者對雜陳的觀念也表現出一種非確定性判斷。這一切，都使《骷髏的迷戀者》在文本意蘊上趨於複雜化。與這種複雜化的意蘊相適應的，是劇本表現手段也趨於豐富。死神的形象在向培良的《生的留戀和死的誘惑》中還只作為象徵性的符號出現，而在這齣劇中則生成為一個重要的角色。同時，陳楚淮嘗試了道具的象徵表意技巧，作為道具的骷髏，以一種「無聲之言」吐露著文本的「真味」，標誌著中國現代實驗戲劇在技巧上已漸趨成熟。

第十一章

茅盾、巴金及現代長篇小說

現代文學進入第二個十年，長篇小說的創作經過不斷的嘗試和探索，已經出現了明顯的發展勢頭。在這一過程當中，茅盾的長篇小說創作起到了重要作用。從某種意義上講，茅盾的《蝕》三部曲和《子夜》等作品真正完成了現代長篇小說的藝術構架。單純從長篇小說的藝術構架來看，茅盾、巴金、李劼人等作家的創作具有鮮明的代表性，他們尤其擅長創作三部曲式的長篇巨著，儘管他們各自的審美追求和藝術風格並不相同。

第一節　茅盾：冷峻理性的小說大家

創作前的理論修養／《蝕》三部曲與《虹》：風格的初顯／《子夜》：長篇藝術構架的確立與成熟／「農村三部曲」等短篇小說創作／社會剖析派小說的形成和影響

茅盾（1896-1981），原名沈德鴻，字雁冰，1927 年發表第一篇小說《幻滅》時，用茅盾作筆名。浙江省桐鄉縣烏鎮人，出生於書香門第，自幼受到比較開明的家教，父親是清末秀才，通曉中醫；母親也通文理。這使他從小得到「新學」的薰陶。10 歲時父親去世，母親承擔起撫養與教育兒子的重擔，她剛毅的性格，給茅盾留下深刻的影響。1913 年，茅盾考入北京大學預科第一類，經過三年學習後，由於家境日益窘迫，經親戚介紹進入上海商務印書館擔任編輯工作，開始翻譯編纂中外書籍，並在《學生雜誌》、《學燈》等刊物發表文章。1920 年，茅盾在上海參加了馬克思主義小組的活動，1921 年加入中國共產黨，積極投身於共產黨所領導的社會鬥爭，是最早從事共產主義運動的知識份子之一。

「五四」時期，面對各種各樣的社會思潮和文藝思潮，許多人感到不知所措。但茅盾從中看出了新文學的希望和方向，對之進行冷靜的審視和估價。早在 1920 年發表的《「小說新潮」欄宣言》中，他就明確地指出：「我們對於舊文學並不歧視；我們相信現在創造中國新文學時，西洋文學和中國舊文學都有幾分幫助。我們並不想僅求保守舊的而不求進步，我們是想把舊的做研究材料，提出它的特質，和西洋文學的特質結合，另種一種自有的新文學出來。」[1]從中我們可以看出茅盾的辯證的、開闊的文學視野。1921 年，茅盾與鄭振鐸、周作人等人發起成立文學研究會，並接手《小說

1 參見《小說月報》，第 11 卷第 1 號，1920 年 1 月。

月報》的主編工作，對之進行全面革新，使這個刊物由原來的鴛鴦蝴蝶派基地變為新潮文學的核心刊物。文學研究會是中國現代文學史上最早出現的新文學團體，其宣言聲稱：「將文藝作為高興時的遊戲或失意時的消遣的時候，現在已經過去了。我們相信文學是一種工作，而且有時與人生很切要的一種工作。」從有益人生出發，認為文學應該反映社會的現象，表現並且討論一些有關人生一般的問題，是文學研究會成員所共有的態度。文學研究會的成立與《小說月報》的革新，對中國新文學的現實主義文學傳統的形成與發展，起到了巨大的推動作用，而這兩者均與茅盾的影響密切相關。

從 1921 年至大革命之前，茅盾的文學活動除了大力翻譯介紹歐洲文學之外，主要是從事文藝理論批評工作，倡導為人生的寫實文學，是當時新文學領域中最有影響的文學理論家與文學批評家。以《小說月報》為活動中心，茅盾系統地闡述了他「文學為人生」的現實主義文藝主張。就具體的文學方法而言，茅盾倡導的文學思潮受到了以左拉為代表的自然主義文學流派的巨大影響。這一流派繼承法國現實主義的文學傳統，極端強調對現實的刻繪，要求作家把社會現實作為實驗室，進行細緻的的科學觀察和研究。茅盾希望通過倡導自然主義來克服當時空泛、感傷、膚淺的舊派小說，他認為自然主義最大的目標是「真」，主張事事實地觀察，把所觀察的照實描寫出來，「左拉這種描寫法，最大的好處是真實與細緻……這恰巧說明和上面所說的中國現代小說的描寫正相反對」。[2]茅盾大力倡導自然主義，乃是看到它所帶來的文學方法的優點，但是他也清醒看到自然主義本身的弊端，因而反對單一地提倡它們：「自然派只用分析的方法去觀察人生表現人生，以致見的都是罪惡，其結果是使人失望，苦悶，正如浪漫主義的空想虛無使人失望一般，都不能引導健全的人生觀。所以浪漫主義固有缺點，自然文學缺點更大」[3]，認為新文學不僅要「表現人生」，還要「指導人生」，不僅要以人道主義精神揭示出社會和人生的病苦，還需指出未來的希望以激勵人心，喚醒民眾，給他們力量。不論是用寫實的方法，還是用象徵的比喻的方法，其目的總是表現人生。他說，「人生是一個杯子，文學就是杯子在鏡子裏的影子。」[4]茅盾多次強調文學的目的就是表現人生，是人生的反映：這是他現實主義文學理論的核心。他還進一步強調作家應該到現實生活中去觀察體驗人生，然後才能進入表現人生與描繪人生的過程。茅盾自己在大革命失敗以後走了職業作家的道路，正是遵循了他自己的理論主張：「真實地去生活，經驗了動亂中國最複雜的人生的一幕。」[5]

茅盾對現實主義理論的提倡，對 20 世紀中國現實主義文學的發展，發揮了重要的作用。他對現代文學的設計帶有

---

[2] 茅盾：《自然主義與中國現代小說》，《小說月報》，第 13 卷第 7 期，1922 年 7 月。

[3] 茅盾：《為新文學研究者進一解》，《茅盾全集》第 18 卷，北京，人民文學出版社，1989 年，18 頁。

[4] 茅盾：《文學與人生》，《茅盾全集》第 18 卷，269 頁

[5] 茅盾：《從牯嶺到東京》，《茅盾研究資料》中冊，北京，中國社會科學出版社，1983 年，2 頁。

很強的理性化色彩，雖然他的理論觀察與現代文學後來的發展不相符合，但是深深影響了他本人日後的文學創作，這種理性精神和激進思維的結合對理解茅盾的文學創作是十分重要的。

茅盾不僅是中國現實主義文學理論的重要倡導者，並且他還身體力行，以自己的創作實踐來展示現實主義的特有魅力。他的文學成就主要體現在長篇小說創作上，這些作品在現代文學史上佔據了舉足輕重的地位，標誌著中國現代長篇小說走向成熟。

1926 年，茅盾赴廣州參加北伐革命。1927 年 7 月汪精衛反共前夕，茅盾離開武漢，到廬山作短期養病之後，於 8 月底到達上海，因被國民黨通緝，蟄居小樓。這場國共分裂給沒有足夠思想準備、還沉浸於勝利的希望中的茅盾以極大的精神打擊。整整十個月，他帶著幻滅、矛盾的心態，反覆思考民族的前途和自身的境遇，思索著大革命的成敗聚散和知識青年的生死沉浮：「我是真實地去生活，經驗了動亂中國的最複雜的人生的一幕，終於感到了幻滅的悲哀，人生的矛盾，在消沉的心情下，孤寂的生活中，而尚受生活執著的支配，想要以我的生命力的餘燼從別的方面在這迷亂灰色的人生內發一星微光，於是我就開始創作了。」[6]這樣，茅盾完成了他的第一部長篇小說《蝕》三部曲（《幻滅》、《動搖》、《追求》），以現實主義藝術家的創作手法，真實再現了青年知識份子的人生悲劇，真實記錄了一批青年知識份

6　《從牯嶺到東京》，《小說月報》，第 19 卷第 10 期，1928 年。

子在大變動時期的矛盾，表現了他們在「革命前夕的亢昂興奮和革命既到面前時的幻滅；革命鬥爭劇烈時的動搖；幻滅動搖後不甘寂寞尚思做最後之追求。」[7]

《幻滅》中的章靜女士是一個天真的夢想家，中學時代她熱心於學生運動，但看到學潮中的同伴很快沉迷於交際戀愛之中，失望之餘來到上海，企圖以靜心讀書逃避現實。她有理想，但現實生活卻使她的愛情和革命理想屢經「幻滅」：她愛上同學抱素，但很快就發現抱素是一個輕薄的玩弄女性的人，而且還是一個軍閥的暗探，她的愛情經歷了第一次幻滅。她受北伐革命勝利的召喚，在同學李克的教育動員下，從上海奔赴漢口，嚮往著那裏的「新生、熱烈、光明、動的生活」。她「滿心想在『社會服務』上得到應得的安慰，享受應享受的樂趣了」，但等待她的仍舊是幻滅。短短三個月內她先後換了三次工作（政治宣傳、婦女、工會），見到的都是混亂、浮誇、醜陋，她感到厭惡不滿，苦悶徬徨。後來她到傷兵醫院當看護，愛上了年輕的連長強猛，正當她沉浸於愛情的幸福時，強連長傷好奉命開赴前方打仗，這使她又有了愛情的第二次幻滅，正像她自已說的「我簡直是做了一場大夢，一場太快樂的夢」。

《動搖》是寫湖北某縣黨部的部長方羅蘭，面對混入商民協會當上委員的劣紳胡國光的軟弱、姑息。「動搖」便是指方羅蘭對胡國光的反革命陰謀和對革命的進攻束手無策、舉棋不定，在政治上表現出嚴重的動搖。最終，胡國光

7　同上註。

發動暴亂，方羅蘭仍企圖以「寬大中和」來平息這場「仇殺」，結果卻只能逃出城外，狼狽不堪。《動搖》以小指大，以一個小縣城的風雲變幻，折射了整個北伐革命運動的內在危機，是十分深刻的。

《追求》寫大革命失敗後一群青年知識份子苦悶、失望、頹廢、憤激的心態，表現他們重新進行人生抉擇的無奈追求。小說寫了三類人：一類是張曼青，他在對政治失望之後，轉而追求「教育救國」，到城郊去當中學教員。但是，他不僅不能救出那些被誣為「不堪造就」被開除的純潔的學生，他也不能救出自己。他追求理想中的女性，把朱近如的沉靜緘默當作美德，其實那不過是為了掩蓋她的淺薄鄙俗，結果婚後由於思想的差異而造成了痛苦。第二類是王仲昭，為擺脫苦悶，他熱心於對報紙實行改革。但是「半步主義」的改革，僅僅是多登了幾篇「舞場印象記」而已，而且這改革的目的也是為了得到他「神聖的對象」陸俊卿的青睞。但是陸俊卿卻意外地「遇難傷頰」，使他對事業與愛情的追求全部落空。第三類是章秋柳，她在白色恐怖下找不到出路，無聊苦悶，只能在舞場、影戲院、旅館、酒樓裏追求「熱烈的痛快」了。《追求》中的這些知識青年在大革命失敗後所經歷的是比章靜女士更深的幻滅，人們從中看到了大革命失敗後的某種時代氣氛，某些人物身上的「時代病」。

《蝕》三部曲是反映大革命的一部重要小說，三部作品各自獨立成篇，但又有著內在的聯繫，均以大革命前後的一群小資產階級知識份子的生活經歷和心靈歷程為素材，深刻揭示了革命營壘中林林總總的矛盾和在動蕩中的階級分化。《蝕》三部曲中的人物是當時社會客觀存在的，經過作者的加工、提煉、升華後體現在作品中的，具有一定的典型性。作者特別善於刻畫性格各異的女性形象。章靜女士怯弱、游移、多愁善感；章秋柳放蕩、頹廢，以享樂與感官刺激來「報復」她所厭惡的現實。作者借助這些形形色色的人物，展現大革命失敗後的社會病象。

就結構而言，茅盾在《蝕》三部曲中雖然沒有直接把紛繁複雜的風雲展現出來，卻通過作品中的人物在時代洪流中的沉浮，使讀者窺見社會的動蕩和歷史的蛻變。作者自覺貼近生活，迅速的反映時代變化，使得《蝕》富於很強的歷史感和時代感，已經顯示了茅盾的現實主義的藝術特徵。

在完成了《蝕》三部曲之後，茅盾進一步探索自己創作的方向。在長篇評論《讀〈倪煥之〉》中，他明確提出「現代寫實派」必須表現「時代性」的美學原則。所謂表現「時代性」就是要表現「時代空氣」，表現「時代會給予人們以怎樣的影響」，表現「人們的集團活力又怎樣將時代推進了新方向」。[8]正是在追求時代性的前提下，茅盾逐漸形成了著重從政治經濟的方向把握社會生活的審美視角，從而大大提高了中國現代小說反映生活的廣闊性。

長篇小說《虹》（1929 年）就是茅盾及時地實踐其理論主張的作品。在這部整體感很強的現實主義作品中，作者把知識青年尋求新的生活道路放在較為廣闊的歷史背景下進行描寫，刻畫了他們如何衝破牢籠走上與人民大眾攜手戰

---

8 茅盾：《讀〈倪煥之〉》，《文學周報》，第 8 卷第 20 號，1929 年 5 月 12 日。

鬥的艱難的心靈歷程。此時的茅盾以基本擺脫了大革命失敗的陰影，以一種高昂的格調完成了一次新的思想蛻變。《虹》通過女主人公梅行素的變化，勾勒出「五四」至「五卅」期間，新女性從「人的覺醒」到「社會覺醒」的心靈歷程。梅行素是克服「數千年來遺傳的女性弱點」，從封建禮教的纏繩中掙脫出來的新女性形象。她先是愛上表兄韋玉，卻被嫌貧愛富的父親嫁給貨鋪老闆柳遇春。在柳家她得不到婚姻幸福，憤而搬回父家，但是敵不過傳統女性的弱點和本能的欲望衝動，重新回到夫家。這裏，作者從文化沉積和思潮變遷，心理需要和生理衝動等多層面寫出中國最初覺醒的婦女受舊家庭制度和倫理觀念束縛的沉重的精神負擔。韋玉病重，命在旦夕，而柳遇春阻礙他們最後的見面，這為梅行素最終走出柳家提供了機會。終於，她作為一個「獨立的人」，走入社會，這意味著梅行素開始了「社會覺醒」的歷程。這以後，她執教於師範，險些落入軍閥惠師長的魔爪，於是她衝出夔門來到上海。她學習革命理論著作，「眼前展現了一個新宇宙」，決心獻身革命，以戰士的姿態走在「五卅」示威隊伍中，莊嚴的宣告：「時代的壯劇就要在這東方的巴黎開演，我們應該上場，負起歷史的使命來」。

過去學術界對茅盾早期小說創作如《蝕》、《野薔薇》、《虹》等不太重視，而比較關注於其中後期的作品。其實，茅盾早期的作品已經顯示出茅盾的個性和底蘊，比如，早期小說對新女性的成長發展的關注與描繪，實際上已經暗示了茅盾後期作品如《腐蝕》中的進一步發展。又如，茅盾在《蝕》三部曲中雖然沒有直接把紛繁複雜的風雲展現出來，卻通過作品中的人物在時代洪流中的沉浮，使讀者窺見社會的動盪和歷史的蛻變。作者自覺貼近生活，迅速地反映時代變化，使得《蝕》富於很強的歷史感和時代感，已經顯示了茅盾的現實主義的藝術特徵。再如，《虹》反映了近代中國最初覺醒的知識女性的艱難曲折的心靈變遷歷程，則顯示出茅盾小說包舉萬象的史詩般的氣質。

長篇小說《子夜》的問世，標誌著茅盾創作的一個高峰，奠定了他在現代文學史上舉足輕重的地位，同時也標誌著現代長篇小說的成熟。

1930 年，茅盾參加了「左聯」，積極投身左翼文藝運動。這一期間，茅盾因患病，遵醫囑休息，這使他有閑暇常到表親的公館，跟身為廠長、銀行家、交易所經紀人、商人或公務員的同鄉故舊談話；他也曾兩次返鄉，收集了大量的生活素材。與此同時，這一時期的思想界爆發了關於中國社會性質問題的論戰，出現了三種觀點，一是新思潮的觀點，他們認為中國社會的性質仍然是半封建半殖民地社會，推翻代表帝國主義、封建勢力和官僚資產階級利益的蔣介石，是當前革命的任務，領導這一革命的是無產階級。二是托派觀點，認為中國已經走上了資本主義道路，反帝反封建的任務應由資產階級來領導。三是一些資產階級學者的觀點，認為中國的民族資產階級可以在既反共又反帝也反官僚買辦階級的夾縫中求得生存和發展，建立歐美式的資產階級政權。《子夜》的寫作意圖在於駁斥托派認為中國已經走上了資本主義道路，反帝反封建的任務應由資產階級來擔任的觀點，也針對當時自稱資產階級學者的觀點。茅盾強調運用科學的理論對社會現象進行理解與分析，認為只有用科學的態度分析、解剖社會，揭示社會本質，具有社會科學家氣質的小說家，才稱得上是一個優秀的小說家。《子夜》就是茅盾用社會科學觀察社會，將社會科學精密的剖析與現實小說的藝術描寫出色融合起來的結果。廣博的理論修養給了他對複雜紛繁的現實生活的洞察分析能力，使他的作品具有理性化的特徵；豐富的生活體驗又使他最大限度地避免了概念化，終於使《子夜》獲得了極大成功。

《子夜》的故事發生在 1930 年的兩個月裏，通過主人公吳蓀甫從企圖發展民族工業到這一理想破滅的過程，展示了 30 年代中國社會的廣闊畫面——工人罷工、農民暴動、當局鎮壓人民革命運動、帝國主義掮客的活動、中小民族工業的被吞併、公債場上驚心動魄的鬥爭、各色地主的行徑、資本家家庭內部的矛盾……在很大程度上反映了當時複雜的社會矛盾。

《子夜》是「五四」以來第一部真正具有宏大而複雜的現代結構的長篇小說。結構嚴謹宏大，全景性、大規模、多視角地反映時代社會，同時又主線凸出，主次分明，縱橫交錯，有張有弛。作品多線索同時展開，情節交錯發展，形成蛛網式的密集結構，而這些線索又都層次脈絡清晰。小說從吳老太爺進上海寫起就立意新穎，這既揭示出土地革命的背景，又以吳老太爺猝死象徵著封建地主階級已退出歷史舞臺，開始了新興資產階級的悲喜劇。接著為吳老太爺辦喪事，把實業金融界巨頭，軍界、政界、輿論界、學界的名流，以及吳的三親六戚，主僕賓朋聚於一堂，引出了全書的重要人物和多條矛盾線索：借雷鳴的出場引出吳蓀甫家庭的內部矛盾；借徐曼麗的出場引出吳蓀甫和趙伯韜的矛盾；借費小鬍子告急電報，引出吳蓀甫與農民的矛盾；借莫乾丞的報告引出吳蓀甫與工人的矛盾；借客廳中人們的高談闊論點出軍閥混戰的背景以及朱吟秋等實力不厚的民族資本家的處境。這樣一些紛繁的線索頭緒，就將主人公置身於矛盾的中心，立體化地顯示其性格，同時展示出廣闊的時代風貌。接下來，作者採取橫斷面的表現方法，截取了吳蓀甫的公館、交易所、裕華絲廠三個空間為情節的聚集點，聯接了中國城市和鄉村、商場和戰場、工廠和遊樂所、旅館和家庭，情節展開得張馳有度，活潑多變，多種矛盾同時出現，互相糾纏，既有利於揭示主人公的多重性格，又便於揭示各種矛盾的內在聯繫和相互影響。小說以吳蓀甫雄赳赳地接老太爺來上海避難開始，又以吳蓀甫灰溜溜地攜家眷到牯嶺避暑結束，首尾呼應，暗示著不同社會勢力的生死浮沉。《子夜》宏大的結構藝術，大大擴充了現代小說表現時代社會生活的容量，與其反映的紛繁複雜的內容形成和諧的統一。

茅盾是一位擅長心理描寫的作家，《子夜》凸出表現了他這方面的才能。在《子夜》中，茅盾對人物在不同條件下的心理反應，把握得很敏銳準確，針對不同人物的不同精神狀態以及同一人物不同時間的不同心理，分別採用不同的語言，富有強烈的個人色彩，給人留下深刻印象。他不僅努力挖掘與揭示人心理的深刻社會歷史內容，同時又十分注意調動一切心理描寫手段，加以綜合運用，以多種角度，並通過對人物潛意識和幻覺的描寫豐富人物性格，同時也運用了象徵主義手法，如吳老太爺的進城與死亡，用來象徵封建僵屍在現代社會的風化，《太上感應篇》的多次出現，帶有明顯的暗示與寓意。而聲音和色彩在場景描寫中的應用也為作品增色不少。

《子夜》成功塑造了眾多的藝術形象，其中以各類資本家的形象系列最具典型意義，是茅盾對現代文學人物畫廊的重要貢獻。其中心人物吳蓀甫更是充滿鮮明的個性矛盾：他年輕時遊歷歐洲，嚮往西方資本主義，有著發展中國獨立民族工業的雄才大略。他剛毅、頑強、果斷，有魄力，有手腕，更有現代科學的管理之才。憑藉著這些優勢，他完全能成為工業時代的英雄。然而，他卻生不逢時，處在帝國主義、軍閥政治和工農革命運動的多重浪潮的圍擊中，處在民族資產階級內部為個人利益的互相傾軋中。他憎恨外來的帝國主義及買辦資本家，但自己又鎮壓家鄉的農民運動，殘酷地剝削壓榨工人；他不僅同官僚買辦資本家矛盾重重，而且同中小民族資本家庭內部也結下了許多矛盾，和妻子貌合神離；他既有道貌岸然，專幹事業的一副面孔，同時又有姦汙女僕、玩弄交際花的卑劣醜行……這一形象表徵著整個民族資產階級的特性。他的悲劇命運，是客觀的社會和歷史條件導致的結局。作者將吳蓀甫置身於多方面的錯綜複雜的關係中，刻劃了他既剛強又軟弱的性格特徵。吳蓀甫的性格是一個鮮明的矛盾統一體，他有時果決專斷，有時狐疑惶惑，有時滿懷信心，有時垂頭喪氣；表面上好像是遇事成竹在胸，實質上卻是舉措乖張。作為大家長，在家裏雖然頤指氣使，但卻不能彌合家庭成員中的裂痕。妻子林佩瑤懷戀著意中的情人；弟弟在燈紅酒綠的都市生活的誘惑下日益墮落；妹妹被光怪陸離的上海嚇得重新拿起《太上感應篇》。偌大的一個家庭中，沒有一個人能為他排憂解難，他真正是孤家寡人、眾叛親離。因此，他在與有帝國主義作後盾的買辦階級搏鬥時，不能不感到政治上和經濟上的軟弱無力。這種軟弱性投影在他性格上就造成了他在頑強、冷靜、果斷背後的空虛惶惑、悲觀失望，最後導致精神上的崩潰。作者還通過不同性格的對比映襯主人公的性格：趙伯韜的詭詐、腐朽，襯托出吳蓀甫有理想，努力幹事業的一面；杜竹齋的優柔寡斷、謹小慎微，襯托出吳蓀甫的果斷有氣魄；唐雲山對經營的外行，襯出吳蓀甫的手腕與才幹；林佩瑤的追求溫情襯出吳蓀甫的冷酷無情。

茅盾以長篇小說見長，但是也寫了大量的短篇小說，其中不乏名篇。《林家鋪子》和「農村三部曲」是他最具代表性的短篇小說。

《林家鋪子》寫於 1932 年 6 月，它敘述的是「一・二八」前後江南小鎮林家雜貨店倒閉過程的故事。小說以林老闆的掙扎與破產為情節主線，以林小姐的婚姻糾葛為副線將故事有主有次、有張有弛的展開，批抨了統治當局派趁民族危難之機，大肆掠奪、敲詐和欺壓小商人以及窮苦農民的罪行，將批判的鋒芒指向了那無法安身立命的社會。《春蠶》、《秋收》、《殘冬》（合稱為「農村三部曲」）反映的也是中國農村的生活狀況，描寫的是 30 年代淞滬戰役前後江南農村蠶農老通寶一家的悲慘生活，揭示了半封建經濟社會中農民的悲慘處境，具有深厚的時代意義。它既反映了深刻的社會現實，也描繪了一幅濃郁的江南水鄉風土人情的優美畫卷，作品中的景物描寫自然生動，工細的筆墨中含有深刻的象徵意味，為烘托人物的心境作了殷實的鋪墊。

縱觀茅盾的創作，他在現代文學史上率先突破了「五四」和 20 年代文學局限於反映古老鄉村生活的題材，開始了大規模地表現西方資本主義工業文明衝擊下的、處於急劇變動中的半封建和半殖民地的都市生活。並且，隨著文學所反映的生活內容的變化，茅盾對中國現代小說表現形式也做了新的開拓，以深厚的社會科學理論修養，開闊的思想、生活、藝術視野，在作品中對社會現象進行了深刻的透視與分析，大大提高了中國現代小說反映生活的可能性，豐富並發展了現實主義創作方法。但是，茅盾的小說創作也存在著一定程度上的缺陷：高度的理性介入不免會造成主題先行的弊端，精細的結構設計則會造成情感與細節的空疏。事實上，在茅盾不太成功的作品裏，概念化與材料堆積的弊病格外明顯。

茅盾作品所具有的諸多特點：從政治經濟學角度來剖析社會矛盾，全景性的大規模結構，客觀冷峻的敘述態度，塑造典型環境中的典型形象等等，為後來的現實主義小說創作提供了一個模式，因而產生了深遠的影響。後起的不少左翼作家，延續了茅盾開拓的方向，形成了一股鬆散但是風格近似的小說流派，一般習慣稱為「社會剖析派」小說。這一派作家中比較著名的有沙汀、艾蕪與吳組緗。

沙汀（1904-1992），原名楊朝熙，四川安縣人。他的舅父是四川一個袍哥組織的首領，沙汀因之而得以經常出入於縣城和鄉村之間，對四川農村的基層政權及地主豪坤、幫會組織的情況，有了較為深入的瞭解。他中學時代接受「五四」新思潮的影響，並開始愛好文藝。30 年代初，他開始進行文學創作，曾與艾蕪一起得到魯迅的指導，並在抗日戰爭和解放戰爭時期成為具有獨特風格與廣泛影響的小說作家。

沙汀是一個具有獨特風格的作家，他的小說與張天翼同樣以暴露和諷刺而著稱，卻不同於張天翼活潑流動的行文及輕快峭刻的語言風格，他將諷刺手法與悲劇藝術相融合，小說帶有鮮明的四川地方色彩。他善於從自己熟悉的生活經驗中尋找創作素材，通過對四川農村世態人情和風俗習慣的描寫，反映出人物帶地域色彩的性格特徵和時代風雲，使得他的作品生活實感強，而且充滿濃郁的鄉土氣息；往往不直接表露對醜惡現象的看法，而是冷峻地對客觀現實進行具體描繪，讓反面形象顯示出自身的矛盾與荒謬；經常通過對人物性格的生動刻畫，對富於喜劇性的矛盾衝突的深刻揭示，以及運用風趣而口語化的語言，使作品洋溢著一種熾熱的諷刺力量。他的小說，對中國現代諷刺小說的發展作出了重要的貢獻。

沙汀在抗戰以前的作品大都收集在《航線》、《土餅》與《苦難》三個短篇小說集中。以四川農村和小城鎮為背景，集中暴露了舊社會的黑暗腐敗，反映出舊中國農村動蕩不安的現實。抗戰爆發後，沙汀的創作出現了明顯的轉折並取得重大成就。這時，作者從上海回到了四川，川西北農村陰沉鬱悶、滯重閉塞的生活方式及其造就的鄉間土豪的飛揚跋扈和底層民眾的愚昧孱弱、備受欺淩的精神狀態，成為作家文學創作的沃土。憑著對故鄉生活的熟悉與對以往創作經驗的總結，他很快獲得了新的藝術視角。他把筆觸指向那些借抗戰以營私、大發國難財的基層官吏和土豪劣紳，撕下他們冠冕堂皇的抗戰外衣。寫於 1938 年的短篇小說《防空——在「堪察加」的一角》，是現代文學中最早暴露國民黨假抗戰的作品之一。作者通過以防禦敵機空襲為己任的防空主任，竟被一枚未爆炸的舊炸彈嚇得魂不附體的醜劇，一針見血地揭露了統治當局官吏投機、鑽營、昏瞶無能的可恥嘴臉。沙汀這一時期的文學創作已經顯現出他所特有的文學風格，為後來的發展奠定了基礎。

艾蕪（1904-1992），四川新繁縣人，在成都省立第一師範學習期間，由於不滿學校舊教育和反抗包辦婚姻，1925 年離家出走，漂泊於中國西南邊境和馬來西亞、緬甸、新加坡等地。他在昆明紅十字會做過雜役，在緬甸克欽山的馬店掃過馬糞，在仰光給中國和尚打過雜。這種流浪生活，為他從事文學創作奠定了生活基礎。

抗戰前，艾蕪出有《南行記》、《南國之夜》、《夜景》等短篇集和中篇《芭蕉谷》、散文集《漂泊雜記》等。這些作品大都取材於他本人的流浪經歷，描寫了西南邊境上農夫、士兵、流浪漢、趕馬人、滑竿夫等下層人民的生活。值得一提的是，艾蕪從不採取靜觀的態度和第三者的立場來描寫這一切，他跟他筆下這些輾轉於生活底層的人物一起經受著坎坷生活和殘酷命運的磨練，代他們傾訴內心的激憤，也從他們襤褸和粗野的外表下去掘現精神的美。艾蕪的小說一開始便帶有獨特的風采。它們以濃郁的異國風光和邊遠地區的異地風習為陪襯，以人物在不安定的、多災難的流浪生活和殖民地的屈辱生活中的頑強求生意志為內核，將寫景、敘事、抒情和刻畫人物交織在一起，表現出一種昂揚與憂鬱奇特兼雜的格調與浪漫的色彩，形成一種浪漫抒情小說的新範型，從而為 30 年代前半期的小說創作增添了新的色調。

《南行記》是艾蕪的第一部小說集，初版於 1935 年，收作品 8 篇。小說採用第一人稱敘事，帶有濃郁的。雖然小說中的「我」不能完全等同於作者，但艾蕪富於傳奇色彩的南行經歷無疑是小說最主要的現實素材和情感基礎。《山峽中》是《南行記》中的名篇，作品通過一個漂泊的文人「我」的眼睛，透視了社會獨特的一角，描繪了一群被拋出正常的人生軌道，用非正常手段謀生的「山賊」的傳奇生活。作品充滿了原始的神秘色彩，艾蕪率先在現代小說中塑造了前所少有的「山賊」的藝術形象，這是對現代小說描寫領域的重要開拓。作品在景物描寫上很有特色，不僅增添了鮮明的地方色彩，而且烘托了環境以及人物的性格和心理。例如小說開頭有一大段景物描寫，在讀者面前呈現的是「巨蟒似的索橋」、「凶惡的江水」、「野蠻的山峰」、「破敗而荒涼的神祠」、「金衣剝落的江神」，這是一幅陰鬱、寒冷、恐怖的夏天山中之夜的景象。這段描寫渲染了陰暗的氣氛，預示著故事的悲劇性。

吳組緗（1908-1994），原名吳祖襄，安徽涇縣人。1929 年入清華大學經濟系，後轉到中國文學系。在清華讀書的時候參與過「社會科學研究會」，對中國社會的經濟問題有過研究。1949 年任清華大學教授和中文系主任，新中國成立後一直在北京大學任教授。

少年時代的吳組緗曾接觸過族內一些貧苦勞動者，從而較多地瞭解下層人民的生活境遇。童年、少年時代的皖南山村生活積累，成了他以後小說創作的豐富的材料庫。所以他的小說創作總是以皖南山村為基地，寫他「所熟悉的人和事」。

1930 年之前，吳組緗就已開始了文學活動，但是就題材和表現方法看，仍然沿續著「五四」時期的道路，在身邊題材的描寫中思考著某些社會問題。他在 1930 年以後幾年間的創作開始「轉變」，從個人的情感逐漸移向社會，「慢慢從自己的小天地探出頭來，要看整個的時代與社會」。就在這時，茅盾的《子夜》問世，為吳組緗從事社會剖析提供了藝術上的範例。他認為：「中國自新文學運動以來，小說方面有兩位傑出的作家：魯迅在前，茅盾在後。茅盾之所以被人重視，最大緣故是在他能抓住巨大的題目來反映當時的時代與社會；他能懂得我們這個社會。他的最大的特點便是在此。」[9]在隨後創作的代表作《一千八百擔》中，他便採取了類乎《子夜》的社會剖析的寫法。小說副標題為：「七月十五日宋氏大宗祠速寫」，描寫了擁有二千戶人家的宋氏家族代表的一次宗祠集會，各房代表均為這一千八百擔穀子而來，各懷心思，爭執不休，欲瓜分這一千八百擔義莊存穀，醜態百出。正當鬧得不可開交之時，外面闖進一大群饑民——他們都是義莊的客民、佃戶，搶走了這一千八百擔存穀。小說將人物置於衝突之中，將傳統宗法制解體過程中人性的醜態描寫得淋漓盡致。小說發表後，茅盾為之發表評論，認

9　《文藝月報》創刊號，1933 年 6 月。

為它很有力地刻畫出了崩壞中的舊式社會的側影，顯示了30 年代錯綜複雜的社會關係的全貌。

吳組緗不僅善於剖析 30 年代皖南農村由於經濟危機而致急劇破產的社會現狀，而且更善於表現經濟破產過程中人們道德倫理方面的劇烈變化。吳組緗的另外一篇代表作《樊家鋪》，描述的就是在城鄉經濟崩潰、社會動蕩不安之際，一個母女之間結怨仇殺的故事。吳組緗的作品，真實地寫出了現代中國社會動盪不安的現實，具有較高的現實主義成就。

第二節　巴金：燃燒青春與生命的作家

無政府主義與《滅亡》／《激流三部曲》／叛逆者形象與忍耐者形象／「藝術的最高境界是無技巧」

巴金（1904-2005），本名李堯棠，四川成都人，出生於四川成都一個官宦家庭。巴金的母親待人寬厚，是一個疼愛孩子、體諒下人的賢妻良母。母親的教導使年幼的巴金懂得去愛一切人，不管他們是貧是富，懂得去幫助那些處於艱苦處境中需要幫助的人們。巴金後來回憶說：「因為受到了愛，認識了愛，才知道把愛分給別人，才想對自己以外的人做一些事情。把我和這個社會聯繫起來的也正是這個愛字，這是我的全性格的根底」。正是因為母親的愛與教導，使童年的巴金和「下人們」建立了深厚的友誼。不幸的是，年幼的巴金不久就失去父母，在家庭中受到他房長輩的欺壓，開始接觸到社會冷酷、殘忍、不合理的一面，真切地感受到家庭專制對年輕人身心的摧殘，因此對社會上一切壓制人性發展的專制制度都深惡痛絕，這些家庭影響對巴金後來的文學創作產生了難以估量的影響。

「五四」思潮的廣泛傳播，給巴金的生活帶來了生機。巴金和他的大哥經常傳看《新青年》、《每周評論》等新思潮刊物，如饑似渴地吸收潮水般湧來的各種文化思潮。在大哥的資助下，他去法國留學。在留學期間，巴金廣泛閱讀了盧梭、伏爾泰等人的著作，對俄國民粹派、民意黨人等人的傳略非常感興趣，接受了無政府主義的極大影響，並且翻譯了克魯泡特金的著作（「巴金」這個筆名，大約與當時巴金崇尚的俄國兩位無政府主義者巴枯寧、克魯泡特金的名字有關，但巴金本人並不認同這一解釋）。最初，巴金沒有打算從事創作，他研究無政府主義，一心尋找的是中國的出路，並幻想成為職業革命家。但是，遠離家鄉的孤獨感，思念家鄉和親人的苦悶，國內風起雲湧的革命運動的高漲，這一切促使巴金拿起了筆去抒寫心中的理想、激情與苦悶。1928年，他發表了第一部小說《滅亡》。小說塑造了一個充滿矛盾的、有著憂鬱病態性格的青年。主人公渴望平等、博愛、公正，對專制暴政充滿憎恨，忘我地投身於秘密團體的活動，把洩憤、復仇當作革命和獻身的正義行為。《滅亡》將熾熱的激情與酣暢的筆墨融合一處，使作品彌漫著濃郁的悲劇氣氛和悲壯的進取精神，顯示了巴金的藝術才華。一經問世，就引起了強烈的反響。巴金從此登上文壇，一舉成名。

此後，在漫長的文學生涯中，巴金創作了大量的文學作品，主要有中長篇小說《新生》，「愛情三部曲」（《霧》、

《雨》、《電》），「激流三部曲」（《家》、《春》、《秋》），「抗戰三部曲」（亦稱「火」三部曲），以及《憩園》、《第四病室》、《寒夜》等（他是中國現代文學中寫三部曲最多的作家，他所寫的三部曲總字數佔他全部小說的一半以上，影響則遠遠超過其餘作品）。巴金最優秀的作品是那些以家庭為題材的文學作品，他善於從大家庭來剖析整個社會的本質，體現了作家自身人生經歷與文學作品的高度融合、文學作品與時代社會的高度融合。「激流三部曲」（《家》、《春》、《秋》）就是其中的代表作，它以「五四」運動前後的社會現實為背景，展現了一個大家庭在巨大的社會變革中的興衰變遷、垂死掙扎，以及最終走向全面崩潰的必然趨勢。它描寫的「家」，所展示的只是社會的一角，卻構成了「五四」時代家族歷史的縮影。在《家》中，作家著重寫了高家祖孫之間的矛盾衝突，寫了大家長高老太爺如何在絕望中死去，孫兒一輩的高覺慧如何衝出家庭的束縛，奔向社會廣闊的天地。在《春》中，作家又引入了另一個大家庭——周家，對照地描寫了父女兩代人的衝突，並以淑英和惠兩個女性的不同結局，為青年人反對家族專制指出了道路。《秋》的氣氛更加悲哀、肅殺，留在高家的地主們一個個沉溺於聲色之中，加速著自行滅亡的進程；而那些無力反抗家長壓迫的弱小者，則加倍地受到心靈的摧殘，不可挽回地成了舊制度的陪葬，為這毫無價值的生活方式增添了犧牲品。小說結尾時，作家給了人們一絲希望的亮色，當高家老屋即將出賣，整個家族處於解體的時候，受過新思想教育的女性琴滿懷信心地宣稱：「秋天過了，春天就會來的。」作者在鮮明的時代背景下，從熟悉的生活、人物及切身感受入手，以雄健的筆觸描寫了大家族自身的腐朽和衰敗，表現了他們在精神上、道德上的頹落和衰竭，也寫出了他們為了維護自身存在所進行的種種掙扎及其失敗，從而揭示出大家族所面臨的不可克服的矛盾和危機，描繪和展現了大家族必然走向崩潰的歷史趨勢。

巴金描寫家庭生活、抨擊舊式大家族的腐朽與罪惡的系列創作是以「激流三部曲」的第一部《家》為起點的。據統計，自 1933 年到 1951 年，開明版《家》共再版 33 次，成為中國新文學中最暢銷的作品之一。《家》中所寫的大家族，是作為當時中國制度的一個縮影來表現的。這裏有二十幾個大大小小的主子，幾十個供他們驅使、奴役的僕人、轎夫；尊卑分明，等級森嚴，儼然是一個小小的王國。在這裏，最高一層的統治者是高老太爺，他是高家統治者的代表，也是制度及其權力的主要象徵，從作品中可以看到，高老太爺一生慘淡經營，得到的主要是兩件東西：金錢和權勢。這是他過去全部行為的結果，也是他以後賴以維持其統治地位並使其家族「發達下去」的依據。他用金錢養兒孫，使整個家庭終日過著奢侈的生活；也以此為手段，使「整個一大家人都得聽他的話」。他用權勢鎮壓反抗，把最富於叛逆精神的覺慧關在家裏，不許他到外面參加學生運動；也是用這種權勢，強迫覺民同孔教會長馮樂山的孫女結親，以實現兩個家族的帶有政治性的聯姻，並拆散覺民同琴這一對戀人。這樣做對高老太爺來說是很自然的，是他本性的表現，是他為維護統治所採取的必然步驟。然而，「時代不同了」，這一切結果都適得其反。正如巴金所指出的，高老太爺怎麼也不會想到「他的錢只會促使兒子們靈魂的墮落，他的專制只會把孫子們逼上革命的路。他更不知道他自己後代在給這個家庭挖墓。」他的後代克安、克定用高老太爺給他們積下的金錢，賭博、嫖妓，胡作非為，直到後來偷竊和變賣家產，從內裏把家庭掏空。金錢只養出了一群蠹蟲和敗家子，家庭首先就敗在他們手裏。最後，克安、克定的腐敗墮落徹底暴露，高老太爺怒斥克定並罰他跪在地上打自己耳光，還覺得不能解氣的時候，「一種從來沒有感到過的悲哀突然襲來，很快地就把他征服了」。他意識到「他的努力只造成了今天他自己的孤獨。今天他要用他最後掙扎來維持這個局面，也不可能了」。顯然，他已陷入絕望之中，預感到家庭已處於零落飄搖的境地，不禁哀嘆道：「全完了，全完了！」而另一方面，高老太爺手中的權勢則加劇了青年一代的反抗和鬥爭，促使他們更堅定地同家庭決裂，而且他的權勢也終於失去威力，再不能「我說要怎樣做，就要怎樣做」，不得不答應覺民取消由他一手包辦的婚姻，不得不向年輕一代的反抗讓步。最後他的一切努力都歸於失敗，作為統治的象徵，他終於心力交瘁。這一切表明，正如高家年輕一代所常說的那樣，「如今時代不同了」，巨大的歷史潮流正在衝垮大家族根基，大家庭的崩潰已經成為不可阻擋的趨勢。

《家》在藝術上取得了眾所周知的成就，它結構宏大，人物眾多，線索紛繁，但是巴金寫來卻有條不紊，舉重若輕，沒有刻意追求。既有縱向情節的發展，又有橫向場面的架構，縱橫交錯，將一個大家族的衰亡過程展示得清清楚楚，許多場面描寫通過主要情節的發展和人物內心感受加以勾連，形成一個有機的藝術整體，從而使故事張弛結合，跌宕有致，同時也使人物處於矛盾交錯之中。巴金一直很偏愛古典名著《紅樓夢》，《紅樓夢》中對大家族的複雜紛亂的日常生活的描繪，顯然給了巴金很大的啟發。

巴金善於塑造大家族中的各類人物形象，也善於塑造社會底層普通家庭的各類人物形象，尤其善於刻畫同類人物的不同性格。在《家》中，他成功地塑造了一批家庭中不同性格、不同遭遇的人物形象，特別是覺慧、覺新、瑞玨、鳴鳳、高老太爺等，都栩栩如生。在他所塑造的人物群像中，兩類人最為光彩奪目，那就是叛逆者和忍耐者。

在《家》中，其主人公覺慧就是一個典型的叛逆者的形象，是一個「幼稚而大膽的叛徒」，他的叛逆性格主要是在家庭內部同舊勢力的鬥爭中表現出來的。在認識上，他是高家所有人當中最清醒的一個，他第一個看出了家庭必然崩潰的趨勢，並渴望它儘早瓦解。在反家庭鬥爭中，他總是站在最前列。他反對大哥覺新的「作揖哲學」和「抵抗主義」，而信奉「不顧忌、不害怕、不妥協」的人生哲學，並以此作為行動指南鼓勵自己和同伴。尤其可貴的是他敢於蔑視以高老太爺為首的專制家長的權威，並針鋒相對地與他們進行鬥爭。他積極參加學生運動，公開支持覺民抗婚，反對請神驅鬼的行為，他勸說覺新為嫂嫂的生命安全而鬥爭。覺慧的反抗是勇敢的，卻又是幼稚的。作家既寫了覺慧性格中大膽叛逆的一面，同時也寫出了他的「幼稚」。覺慧的「幼稚」，凸出表現在他對對手缺乏足夠的認識，過高的估計了個人反抗的作用。高老太爺死前，為了緩和一下祖孫的矛盾，做了一個姿態，說馮家親事不提了，覺慧就以為二哥的逃婚鬥爭勝利了。於是，他帶著似乎打敗了千軍萬馬的勝利豪情而歸家了。覺慧的思想性格帶有「五四」時期一般小資產階級知識份子的狂熱性的弱點。但也正因為如此，他才是真實的，才具有深刻的內蘊。

與覺慧的大膽叛逆相反，作為他兄長的覺新卻是一個忍耐者的形象，同時也是《家》中性格內涵最豐富的一個。這是一個在專制主義重壓下備受精神折磨的病態靈魂，是一個為舊制度所薰陶而怯弱和忍讓的人，一個禮教的犧牲品。一方面，他是長房長孫，這一地位賦予他權力與財產及大家庭中的地位，他甘願逆來順受，一味奉行「作揖哲學」，做一個舊禮教舊制度的維護者。另一方面，他也看過一些新書報，受到「五四」新思想的薰陶，體會到自己寄生的這一大家族的腐朽性，不斷感到良心上的折磨。覺新在一系列迫害面前屢屢退卻妥協，其根源就在於制度以及倫理道德觀念，他是一個悲劇人物，從他的身上，作者控拆了殘酷、無情、腐朽的社會和家庭。

巴金是一個注重抒發自我熱情的作家，不習慣以故事的敘述者、事件的旁觀者進行創作。《家》具有濃烈的抒情藝術風格，很有些類似俄國作家果戈理和屠格涅夫的風格。在巴金看來，小說創作是生活的一部分，而不是玩弄雕蟲小技的職業。他曾經說過，他的創作就是「掏出燃燒的心」、「講心裏話」，激發人們「對光明愛惜，對黑暗憎恨」。他最看重的是作家個人的情感在作品中的真誠流露，追求「藝術的最高境界是無技巧」。巴金自己始終在作品中作為一個特殊的角色，充滿激情，奔走呼號，抒發情感，評判曲直。這使他的作品達到一種忘情忘我的純真境地，這是巴金作品得以感人至深的魅力所在，但同時又暴露出作者不善於節制感情和文字的不足。他的小說是青春的樂章，是熾熱欲燃的至情文學，是「五四」以後二三十年間時代激情和青年情緒的歷史結晶。在那個困難煎熬著覺醒、毀滅孕育著新生的時代，一個熱血青年很難不受這類作品中感情的洪流的影響。

需要說明的是，在評論巴金小說創作的時候，我們不能忽略巴金作品中潛含的宗教色彩，尤其是基督教色彩。這貫穿了巴金一生的創作歷程。在巴金的充滿激情的文字抒發中，是充滿了博愛精神、犧牲勇氣和懺悔意識，時時體現出強烈的宗教情緒的。巴金曾經說過：「有信仰，不錯！我的第一部創作《滅亡》的序言的第一句話就是：『我是一個有信仰的人。』」[10]《滅亡》中就多次直接或者間接地引用了《聖經》中的語句，並表露出強烈的贖罪意識。比如，《滅亡》中李冷、李靜淑兄妹就發出這樣的誓言：「我們宣誓我們這一家底罪惡應該由我們來救贖。從今後我們就應該犧牲一切幸福和享樂，來為我們這一家，為我們的人民贖罪，來幫助人民。」可以說，《滅亡》奠定了巴金創作中懺悔意識的基調，但是它的描寫卻比較抽象和單薄，比較意象化。「激流三部曲」則真切地投入了作者的生命體驗，不僅揭示了一個宗法大家族的滅亡趨勢，並且滲透作者愛與恨交織的情感內在，一種贖罪和懺悔的宗教情結，從而成為作品的深層次的主題之一。

10　巴金：《愛情的三部曲——作者的自白》，天津《大公報》，1935年12月1日。

巴金小說的風格有一個發展和轉變的過程，由早期情緒的外洩到後期憤懣的內蘊，藝術上由粗獷趨於精美。初期的長篇小說《滅亡》，「愛情三部曲」（《霧》、《雨》、《電》）等，初步顯示了巴金小說善於描寫家庭題材以及充滿激情的特點；30 年代問世的「激流三部曲」（《家》、《春》、《秋》），從《家》到《秋》，不但小說的基調是從高昂轉向低沉，而且在敘述方式上也由主觀的傾訴型轉向客觀的敘述型。尤其是《秋》，幾乎沒有明顯的故事線索，完全由著生活的自然發展，如實地記錄了這個家族一天天的敗落進程，大量的生活細節描寫支撐著小說的框架，讀起來令人感到瑣碎、沉悶、冗長，但小說的藝術效果也令人感到更加逼近於生活。《秋》發表於 1940 年，當時作者的敘事風格已經開始轉變，到了 1944 年發表的中篇小說《憩園》和後來的長篇小說《寒夜》，一種新的風格已經定型，小說的藝術技巧也顯得更加圓熟。

第三節　「大河小說」：現代長篇的新嘗試

「大河三部曲」：融合歷史與現實的多卷本長篇巨著／多重性格的人物形象系列／多重色彩的風俗民情畫

李劼人（1891-1962），原名家祥，四川華陽縣人。1908 年秋考入成都高等學堂分設中學。1911 年投身於「四川保路同志會」的保路風潮，「五四」運動後，赴法國勤工儉學，開始從事法國文學的研究翻譯工作，深得左拉、福樓拜、莫泊桑諸作家的滋養，形成自己描寫生活的細膩真切之風。1924 年回國，先後任《川報》、《新川報》等報紙刊物的主編、編輯，並在成都的大學當教授。

李劼人最具代表性的著作是長篇小說《死水微瀾》（上海中華書局，1936 年）、《暴風雨前》（中華書局，1936 年）和《大波》（中華書局，1937 年 1 月至 7 月），通稱為「大河三部曲」。「大河小說」（法文 roman-fleuve）是近代法國小說的重要體式，其特徵是以多卷體連續小說的形式表現時代歷史的社會生活全貌，巴爾扎克的《人間喜劇》、左拉的《盧貢–馬卡爾家族》等都是大河小說。1925 年，李劼人剛從法國回來，便萌生了用法國大河小說的文學形式來書寫中國現代歷史的念頭。經過十年的醞釀，終於一舉創作了這部一百四十萬字左右的鴻篇巨製。這三部長篇小說依時間順序，囊括了以成都為中心的四川社會自甲午戰爭到辛亥革命這十餘年間的人間悲歡、思潮演進和政治風雲，稱得上是一部二十世紀初葉四川社會生活的編年史巨著。

三部曲的第一部《死水微瀾》以距成都不遠的一個叫天回鎮的小鎮為背景，以小鎮雜貨鋪老闆娘蔡大嫂與當地袍哥頭子羅歪嘴的戀愛苟合為情節主線，生動展現了 1900 年前後幾年成都平原的社會狀況和社會風俗的變遷，把天回鎮作為民族歷史的縮影和象徵，揭示出晚清以降中國社會在長久沉澱之後積聚著大變動之力的歷史趨勢。《暴風雨前》採取的是雙重線索、兩條主線的結構方式：即維新派和成都半官半紳郝達三的家庭生活，又由郝達三接連起上層社會和下層社會兩條複線，展開錯綜複雜的關係和鬥爭，反映了維新運動的勃興、紅燈教會的撲滅和廖觀音的被殺、革命黨的起事和失敗、舊式大家庭的糾葛以及底層人們的生活，展現了重大歷史變革之際社會思潮的激盪和人們思想意識的裂變。《大波》則採用了多層次複線發展的結構方式，全面展現了四川保路運動的整個過程。整個作品以同志會、革命黨起義為代表的革命力量為一方，以清王朝、趙爾豐、端方為代表的勢力為另一方。作品中的一半是真人真事，與此同時，作家也虛構了不少中下層人物，這些人物都被捲進了時代的「大波」中，他們的盛衰沉浮取決於保路運動這個事變，每個人都必須選擇自己的陣營。作家注重表現保路運動這場歷史變革對社會民眾的影響，由此揭示出志士仁人探索民族命運的艱難步履和民族意識的覺醒。從總體上看，《大波》拘於歷史事實和正面處理生活題材的約束，因而限制了作品的深度發展。因此，儘管《大波》的篇幅數倍於《死水微瀾》和《暴風雨前》，然而藝術水準反倒不及後者，這也許是李劼人本人所始料不及的。

在「大河」三部曲中，李劼人對特定時代環境下人們社會觀、歷史觀、政治觀、道德觀和愛情觀的變化展開了綜合而又獨立的剖析，塑造了數百個五花八門的人物形象，其中有聲有色個性鮮明的就達上百個之多：有「遊手好閑、掌紅吃黑、茶坊出、酒館進、打條騙人、專檢魅頭」的流痞和袍哥舵把子；有奉了洋教便立時「橫了起來」的教民爆發戶；有科舉時代提過考籃的八股老酸；有滿嘴洋話的留洋學生；有得了便宜「連屁股上都是笑」的市井之徒；有激進的革命黨人，保守的立憲黨人和騎牆的「冬瓜黨」人；有狡黠刁滑的「官油子」；有專靠金錢捐來官銜的顯貴；也有專「拿人血來染紅自己頂子」的酷史；還有佃農工匠、洋牧師、少爺小姐、男僕女傭、打手掮客、酒鬼煙鬼、妓女等等，可以說在那個特定歷史舞臺上該上場的人物都上場了。與其他現代作家不同的是，在李劼人的筆下，沒有一個高大完美的人物形象。李劼人把他的那些殘缺不全的人物與特定時代的發展和整個民族的命運緊緊拴在一起，因而這些人物的缺陷越加明顯，他們也就越具有歷史的深度和廣度，因此具有了真實的現實概括力。李劼人這種獨特的藝術眼光為現代文學使增添了一批鮮有同伴的藝術典型。

「大河三部曲」反映的是一個「新也新不得，舊也舊不得的時代」，作品中的人物毫無例外地打上了這種歷史特點的烙印，半新半舊是這些人物形象的總風貌，多重矛盾是他們性格的總特徵。在李劼人筆下，那些知識份子多是「舊也舊不到家，新也新不到家，膽子又小，顧忌又多」的角色。在改朝換代的時代暴風雨面前，他們最容易接受時代的新因素，但也最容易使自己固有的舊因素同時代發生衝突，因而使自身的弱點暴露得最充分。在革命緊要關頭，「平日額頭上掛著志士招牌的那些人當然有的請了病假，有的悶聲不響，有的甚至逢人就聲明：『本人歷來便是兩耳不聞窗外事，一心只讀聖賢書的好好先生』」。同樣，那些專事革命工作的革命黨人、保路同志軍和運動的領導者們，也都不是什麼高大的英雄，甚至「在他的大鏡子裡，那些革命英雄簡直是很可笑的」[11]。例如，在《大波》中舉足輕重的保路運動領導人蒲殿俊，在人民的支持下終於迫使趙爾豐下臺，成立了「大漢四川軍政府」。但「黃袍尚未加身，他就有點昏了」，整天忙於服裝、文稿這些瑣屑俗務之中，以至於東校場點兵時槍聲一響，他竟翻牆狼狽而逃，使剛成立 12 天的軍政府就此垮臺。

在「大河三部曲」中，塑造得最為拿手的是那些生命力旺盛的人物形象：他們是特定歷史時代和社會環境混合產下的怪胎，他們性格的各個層次都顯示出與眾不同的怪像，他們命運的每一階段都包含著比別人更多的矛盾。比較典型的就是羅歪嘴。他 15 歲就開始「打流跑灘」，並「加入了哥老會」，以他的經歷和本領，混到了「縱橫八九十里，只要羅五爺一張名片，盡可吃通」。並且能「走官府，進衙門」。這種特有的生活經歷使他對生活也有著獨特的理解。儘管三十好還是光桿一個，但他覺得「家有啥子味道？家就是枷！枷一套上頸項，你就休想擺脫。女人本等就是拿來耍的，……老是守著一個老婆已經是寡味了，況且討老婆，總是討的好人家女兒，無非是作古一些經驗死板的人，那有什麼意思？」他正是按照自己的這種理解過著吃喝嫖賭無所不為的放蕩生活。同時，他對社會也有深刻的認識，他說：「洋教並不兇，就只洋人兇，所以官府害怕他。」「因為他們槍炮厲害，連皇帝老官都害怕他們。」「百姓本不怕洋人的，都是被官府壓著，不能不怕。」而官府「自然也和百姓一樣，被朝廷

11　曹聚仁：《文壇五十年》續編，北京，東方出版中心，1997 年，247 頁。

壓著，不能不怕。」在他的思想裏有一種對洋人、朝廷和官府的自發的反叛意識，只是在當時，這種自發意識沒有、也不可能轉為自覺的行動，所以這並沒有改變羅歪嘴游民無產者的本質屬性。他心狠毒辣，性情放蕩，但又愛打抱不平，拔刀相助，這些都體現了他那袍哥大爺的特有氣質。特別是他和蔡大嫂的那場「情好」，「黷到彼此都著了迷！」「黷到彼此都發了狂！」其中也確實包含著羅歪嘴的真情實意，像他那樣，「大江大海都攪過來的。卻在陰溝裏翻了船！」可見他對蔡大嫂的一片癡情。但是，一旦蔡大嫂在情網中不能自拔，提出要同他私奔，以便「名正言順」地做「長久夫妻」時，卻被他婉言拒絕，這既是他對女人逢場作戲的放蕩性情的一貫表現，但同時也更多地體現出他對自身地位與命運的深刻瞭解。最後他因吃官司而倉惶出逃，這本身就是社會給他和他同蔡大嫂的這場「情愛」所安排的最好結局。

李劼人還塑造了許多獨具韻味、風姿奇異的女性。由於李劼人本人翻譯過相當數量的描寫婦女生活的法國小說（如福樓拜的《包法利夫人》），福樓拜、莫泊桑、左拉等法國作家刻畫女性形象的方式，無疑給他很大啟發。在整個「大河三部曲」中，三個女主人公蔡大嫂，伍大嫂和黃太太佔據著重要地位，是矛盾衝突的中心，是溝通思路的關鍵，是把握全局的「英雄」。李劼人傾注在人物身上的愛與憎，以及對生活的獨到見解，正是在著力表現人物性格的過程中顯現出來的，而這種性格的力量在「大河三部曲」中，三個女主人公身上體現了驚人的魅力。其中，以《死水微瀾》中的蔡大嫂刻畫得最為成功。她是一個不安於生活傳統規範、有強烈性格的女人，柔媚而富野性，聰明又放浪。她羨慕浮華與虛榮，城市生活給她以遙遠的夢想，時代也使她不安於「三從四德」的傳統封建道德規範，羨慕成都街道的繁華，夢想到大戶人家過太太似的生活。但包辦婚姻打破了她的幻想而被嫁到天回鎮。但是，感情上的浪漫幻想使她不能忍受蠢如木頭、毫無男子漢氣質的丈夫蔡順興，她便一頭栽進羅歪嘴的懷抱。當郫縣打教堂案發，蔡順興受牽連入獄後，為了救出自己的丈夫，也為了貪圖享樂的生活，又嫁給顧天成做了顧三奶奶。她視封建的倫理道德如糞土，敢想敢做，時代和現實造就了她驚世駭俗的性格，是一個光彩奪目的人物。我們可以看出蔡大嫂與福樓拜的《包法利夫人》是有相似之處的。《暴風雨前》中的伍大嫂是一個能幹、大膽、潑辣的女人，她熱情奔放，輕佻無知，放任感情，雖然被人欺騙和生活所迫而失身，但她不甘沉淪，為追求幸福和生存而大膽地抗爭。《大波》中的黃太太聰明能幹，嘴尖舌利，放蕩不羈，在大風大浪中鎮定自若，果斷決行。圍繞在她身邊的男人，都是畏首畏尾，不中用的，只有她才真正把握了現實，以放蕩的方式挑戰傳統禮教。

在藝術表現方面，「大河三部曲」具有其獨特的民俗史特色，補充了茅盾式長篇小說所忽略的「民俗史」視角。在這三部曲中展現了一幅幅四川特有的時代風俗畫面：青羊宮盛況空前的花會和勸業會，成都東大街熱鬧非凡的燈會，南校場上震驚全川的運動會和講演會；新開張的「衛生理髮館」和尚懸著「發明蒸餾水飽茶」的第一樓茶館，以及那些遍佈成都的「耗子洞」小茶攤；川江裏劈浪行駛的新型大輪船和來回穿梭著賣唱及供人偷吸鴉片煙的小花船，成都大街小巷到處跑著的各色各樣的轎子和川西平原上「咿咿呀呀」的嘰咕車；成都皇城壩裏數不清的各種擔子、攤子、籃子和躲在各個角落裝水煙的簡州娃，少城公園裏特有的那些「滿吧兒」……這一幅幅別有風味的畫面生動地反映了特定歷史條件下社會的政治、經濟、文化生活的各個側面，從而使我們對時代的演進既有一種生活的整體感，又能深深體察到歷史長河的的細微流動。

此外，作為一個極富地方特色的作家，李劼人在運用方言口語方面也取得了獨特的成就，整個三部曲呈現出一種濃郁的四川風味。方言口語與人物個性的結合，產生了特殊的藝術效果，使他的語言藝術明顯地不同於現代文學史上其他任何一個作家。在三部曲中，同是達官顯貴，郝達三滿口之乎者也，表明著舊學根底之深和封閉型的經歷，葛寰中則張嘴天南海北，橫貫中西，顯示著閱歷之廣、腦筋之活；同是留洋學生，蘇興煌總是康慨激昂，新名詞不斷，尤鐵民則發議論必談革命，談革命必論英雄，論英雄必談美女，相同的經歷體現了內心世界的極大差別；曾師母每句話必定伴隨著那毋容置疑的反問「是不是呢？」表明她仰仗洋人勢力的狂妄和自負；羅歪嘴等一干粗人，「分明是一句好話，而必用罵的聲口兇喊出來」；同是罵人，蔡大嫂罵得伶牙俐齒，罵伍大嫂罵得粗聲野氣，黃太太罵得溫文爾雅而又暗含殺機，因此這三位同具四川辣味的女人，辣的滋味就很不相同：蔡大嫂的辣味裏含有一種純樸清香和誘人迷醉的甘美；伍大嫂的辣味中則有一股直率坦蕩的野性、沉淪與自強相交織的苦澀；黃太太的辣味過後卻又給人留下一種矜持孤傲帶來的酸味……可以說，李劼人語言藝術的獨特魅力是其作品的魅力不衰、活力長存的一個重要原因。

第十二章

老舍與現代市民小說

第一節　老舍的文學史地位及創作生涯

老舍的文學史地位／生平／創作歷程

老舍是中國現代文學史上一位多產作家，一生共創作了一千多部（篇）作品，約八百萬字，尤其在長篇小說創作上取得了舉世公認的成就。老舍是第一個把中國市民階層的命運、心理、情感引入中國文學，建立了完整的市民形象體系的作家；也是第一個在文學中全方位地致力於締造北京文化的作家，被看作是「京味小說」的鼻祖，他的小說全景式地展示了北京的風土人情和市民生活，成為了北京文化的表徵。老舍是現代文學的幽默大師，尤其貢獻了長篇幽默小說的形式，佔據了中國現代喜劇文學的一個重要的位置。同時，老舍也是一個語言藝術的大師，創造了具有獨特的幽默風格和鮮明的民族色彩的雅俗共賞的語言形式。

老舍（1899-1966）生於北京，原名舒慶春，字舍予，筆名老舍，滿族，在北京一個清貧的旗人家庭中長大，從小諳熟城市貧民生活，熱愛為市民階層喜聞樂見的北京戲曲和說唱藝術。1913 年考入北京師範學校，1918 年畢業後擔任方家胡同小學校長，1920 年被任命為教育部通俗教育研究會會員，1922 年 9 月到天津南開中學任國文教師。1924 年赴英國，在倫敦大學東方學院任漢語講師。在英國期間，大量閱讀康拉德、威爾斯等西方小說，同時開始自己的文學創作。1925 年創作第一部長篇小說《老張的哲學》，接著又寫了《趙子曰》（1926 年）和《二馬》（1929 年），在《小說月報》上陸續發表，這幾部致力於探索「國民的劣根性」的作品的問世，初步奠定了老舍「京味兒」小說的寫作風格。《老張的哲學》連載到第二期時，開始使用「老舍」的筆名。1929 年夏天，老舍離開英國，回國的途中在新加坡任中學教師半年。1930 年回國後，在山東濟南齊魯大學任教，此後的幾年中，著有以新加坡華僑兒童的生活為題材的帶有童話色彩的小說《小坡的生日》（1931 年）、含有政治諷喻的寓言式作品《貓城記》（1932 年）以及長篇小說《離婚》（1933 年）等。

《離婚》是老舍重返京味小說的重要作品，標誌著老舍開始找到自己最理想的題材和風格，標誌著老舍第一個創作高峰的出現。這一時期，老舍也迎來了短篇小說寫作的黃金時期，著有《趕集》、《櫻海集》、《蛤藻集》等小說集。《柳家大院》、《黑白李》、《月牙兒》、《微神》、《老字號》、《斷魂槍》等都顯示了老舍多方面的藝術才秉。1934 年老舍到青島山東大學任教，1936 年，老舍辭去教職，專門從事創作，成為他自己所謂的「職業寫家」。同年 9 月，在《宇宙風》上連載代表作《駱駝祥子》，次年發表中篇小說《我這一輩子》，長篇小說《牛天賜傳》、《文博士》等也在 1936 年出版單行本。其中的《駱駝祥子》是老舍足以傳世的最優秀的長篇小說，也是中國現代文學中堪與魯迅的《阿Q 正傳》、沈從文的《邊城》媲美的不可多得的經典之一。

抗日戰爭爆發後，老舍積極投入抗戰文藝宣傳工作，1937 年底赴武漢，參與籌備「中華全國文藝界抗敵協會」，1938 年 7 月，隨「文協」遷往重慶。這一時期，老舍寫相聲、快板配合抗日宣傳的需要，努力用各種文藝形式進行創作，在小說雜文之外，「還練習了鼓詞，舊劇，民歌，話劇，新詩」[1]。此外，還寫有話劇《殘霧》、《面子問題》、《歸去來兮》等。到了 1944 年老舍開始發表描寫淪陷區北平人民生活的長篇小說《四世同堂》，重新回到了自己最擅長的題材和藝術領域，《四世同堂》的問世，也標誌著老舍的第二個創作高峰的來臨，小說包括《惶惑》、《偷生》、《饑荒》三部，表現了抗日戰爭期間，淪陷區人民的苦難經歷以及艱苦抗爭，以祁家祖孫四代以及他們居住的小羊圈胡同為中心，鋪展錯綜複雜的故事情節和五光十色的歷史風俗畫面。這是老舍在大後方懷著深深的鄉愁寫就的作品，字裏行間充盈著對故鄉的愛戀。儘管老舍沒有經歷小說所描繪的淪陷生活，主要依靠二手材料創作，但是記憶與印象裏的北京依舊栩栩如生。這一時期，老舍還著有長篇小說《火葬》（1943 年）。1946 年，老舍應美國國務院的邀請，赴美講學一年，期滿後便留在美國，其間創作了《四世同堂》的第

1　老舍：《三年寫作自述》，《抗戰文藝》，第 7 卷第 1 期，1941 年 1 月 1 日。

三部《饑荒》和長篇小說《鼓書藝人》，出版有《我這一輩子》單行本，短篇小說《微神集》、《月牙集》以及《老舍戲劇集》等。

1949 年 12 月老舍回國，次年，發表了三幕劇《龍鬚溝》。1951 年被北京市人民政府授予「人民藝術家」稱號。1957 年發表話劇代表作《茶館》，成為老舍的戲劇高峰。1961 年開始創作自傳體長篇小說《正紅旗下》，只寫出 11 章，最終未能完成，但是已經表現出藝術上爐火純青的造詣。1966 年 8 月 24 日在「文化大革命」中遭受迫害自沉於北京太平湖。

第二節　京味文化的締造者

什麼是「京味兒」／藝術化的北京／北京的文化史價值／魂牽夢繞的鄉土／最後的回眸／對北京文化的審視

在 30 年代京海對峙的格局中，北京是不可或缺的文化維度。但是作為一個有著自身悠久歷史與傳統的都市的形象，北京在文學中被充分地表達，還是在老舍的文學創作中。與 30 年代的京派不同，只有老舍是傾盡畢生之力去描繪和塑造北京，他在京派作家之外，創造了「京味文學」的傳統，從這個意義上說，老舍是京味文化的締造者。

「所謂『北京味兒』，大概是指用經過提煉的普通北京話，寫北京城，寫北京人，寫北京人的遭遇、命運和希望。」[2]老舍創作生涯中的絕大部分作品，差不多寫的都是北京。北京構成了老舍小說和戲劇所講的故事的獨一無二無法替代的背景，正如老舍在《景物的描寫》中所說，這個作為背景的北京，「使整個故事帶出獨有的色彩，而不能用別的任何景物來代替。在有這種境界的作品裏，換了背景，就幾乎沒有故事」。而且老舍作品裏的北京往往與虛構絕緣，是經得起從景觀地理學的意義上進行實地考察的。「老舍筆下的北京是相當真實的，山水名勝古蹟胡同店鋪基本上用真名，大都經得起實地核對和驗證。」[3]因此，老舍的北京，給人一種地方風物志一般的真實感，即使他的小說情節和故事是出於虛構，但是真實的地理和人文環境的勾勒，使老舍的作品具有一種真實生動的寫實效果。

僅僅從題材和背景的角度著眼自然不能說明老舍之於北京的全部意義。老舍在北京的風俗地理人文風貌之外，還真正寫出了北京的內在文化底蘊以及靈魂，「字裏行間的這樣那樣的氛圍、意象、境界、精神等等，的確無法僅僅用『北京題材』來涵蘊包容，它們都屬於北京特有的靈魂和神韻，即『京味』。」[4]因此，老舍所營造的「京味兒」，更是北京作為一種底色、氛圍甚至境界的存在。老舍的「京味小說」所創造的市民世界和風土人文圖景，傳達著北京特有的靈魂和神韻，構成了一種文化史奇觀，濃縮著社會史、文學史、

2　舒乙：《老舍著作與北京城》，《走近老舍》，北京，京華出版社，2002 年，380 頁。

3　同上註，382 頁。

4　樊駿：《認識老舍》，《走近老舍》，34 頁。

心靈史等多重內容。在老舍之後，人們觀照北京文化，就不能不帶著老舍所塑造的心態和目光。從這個意義上說，老舍塑造的是藝術化的北京，以及對北京的藝術化的觀照方式。

其中，從文化視野出發是考察老舍的「京味」的更行之有效的角度。老舍作品的濃郁的「京味兒」集中體現在對北京風物、世態人情、習俗風尚、文化底蘊的刻繪，以及對北京方言和大眾口語的運用上。其中北京的社會風俗文化和風土人情的描繪，使老舍的筆下展開了一幅現代北京的「清明上河圖」。正是這種總體性的風俗文化和風土人情的地理人文畫卷，使老舍的作品鮮明地體現出一種文化史的價值。文化堪稱是老舍筆下的最重要的「主人公」。老舍作品中的文化，並沒有停留在民俗展覽的層面，而是與市民社會的存在方式息息相關，最終深入到北京人的生存方式和北京特有的人倫關係之中，獲得了整體性。他筆下的世態人情與民風民俗，都試圖升華到文化的視野，從而使其具有更深厚的底蘊，反映了市民階層的生存狀態、心理習慣和觀念型範，構成著小說中的意義的載體甚至就是意義世界本身。這種文化視野的介入，也使老舍真正成為了雅俗共賞的作家。在現代作家中，老舍是少有的能俗能雅的大家，而其中「俗」的維度，更是老舍獨一無二的品性。這是老舍出身於市民並與市民文化打成一片的結果。

40 年代的費孝通在《鄉土中國》一書中揭示了中國社會的鄉土性特徵。許多內陸文化也堪稱是鄉土的延伸，當上海已經成為所謂的「東方的巴黎」的同時，北京仍是傳統農業文明的故鄉，被研究者們稱為「一座擴大了的鄉土的城」。

尤其在土生土長的老舍的眼裏，北京是永遠魂牽夢繞的鄉土，是「家」與「母親」的象徵：

> 我真愛北平。這個愛幾乎是要說而說不出的。我愛我的母親。怎樣愛？我說不出。在我想作一件討她老人家喜歡的事時候，我獨自微微的笑著；在我想到她的健康而不放心的時候，我欲落淚。言語是不夠表現我的心情的，只有獨自微笑或落淚才足以把內心揭露在外面一些來。我之愛北平也近乎這個。誇獎這個古城的某一點是容易的，可是那就把北平看得太小了。我所愛的北平不是枝枝節節的一些什麼，而是整個兒與我的心靈相粘合的一段歷史，一大塊地方，多少風景名勝，從雨後什剎海的蜻蜓一直到我夢裏的玉泉山的塔影，都積湊到一塊，每一小的事件中有個我，我的每一思念中有個北平，這只有說不出而已。（《想北平》）

一個「想」字，道出了老舍對北京的深情，這是一種發自心靈深處的愛，是難以用語言形容的，因此，老舍惟有把他對故鄉的愛比作愛母親，這稱得上是一種血緣般的維繫。老舍聲稱「我的最初的知識與印象都得自北平，它是在我的血裏，我的性格與脾氣裏有許多地方是這古城所賜給的」。在離亂的 40 年代，老舍回顧自己的創作生涯時，稱其文字中的「十之七八是描寫北平。我生在北平，那裏的人、事、風景、味道，和賣酸梅湯、杏兒茶的吆喝的聲音，我全熟悉。一閉眼我的北平就完整的，像一張彩色鮮明的圖畫浮立在我的心中。我敢放膽的描寫它。它是條清溪，我每一探手，就摸上條活潑潑的魚兒來」[5]。老舍的藝術生命正是由北京塑造的，同時他也以畢生的精力和熱情去塑造特有的京味文化，這是一種文學家和鄉土之間互相依存的圖景。

老舍的創作充分展示了具有鄉土傳統北京所特有的一些恒久不變的魅力。如他的小說《老字號》所描繪的那樣：

> 多少年了，三合祥是永遠那麼官樣大氣：金匾黑字，綠裝修，黑櫃藍布圍子，大杌凳包著藍呢子套，茶几上永遠放著鮮花。多少年了，三合祥除了在燈節才掛上四隻宮燈，垂著大紅穗子；此外，沒有半點不像買賣地兒的胡鬧八光。多少年了，三合祥沒打過價錢，抹過零兒，或是貼張廣告，或者減價半月；三合祥賣的是字號。多少年了，櫃上沒有吸煙卷的，沒有大聲說話的；有點響聲只是老掌櫃的咕嚕水煙與咳嗽。（《老字號》）

「多少年了」的排比句式，強調的正是一種時間上的永恒性，北京正是在這種永恒甚至靜止的時間中顯出諸種氛圍和特徵：莊嚴、氣派、雍容、安詳、自足、溫馨等等，即一種內在的「京味兒」，這其中濃縮著中國傳統文化的精粹和魅力，對老舍這樣的土生土長的知識份子而言，是一種永遠的誘惑。同時，北京的博大精深，寬宏雅量，也使老舍深深著

5　同註 1。

迷。正像老舍在《離婚》中所說：「北平能批評一切，也能接受一切，北平沒有成見。北平除了風，沒有硬東西。」

隱含在老舍的北京文化深處的還有一種蒼涼感：老北京的傳統詩意已經被正在行進中的城市化和現代化進程衝擊和吞沒。中國知識份子在理性上是歡迎工業化和現代化的；但是進入無意識領域，進入情感與審美層面，就有一種難以割捨的鄉土情結，在傳統美的一去不復返中產生一種深深的失落感。對老舍而言，失去的還不僅是傳統的美感和文化，而且同時失去的是一種精神故鄉。在這個意義上，老舍所塑造的京味文化為人們保存了一份老北京甚至是老中國的詩意，老舍對北京的觀照類似於一種最後的回眸，讓人回味無窮[6]。

老舍並不是對北京文化一味讚美和陶醉，從創作伊始，老舍對北京所代表的傳統文化就持一種自覺的批判態度，從《老張的哲學》、《二馬》、《離婚》，到《駱駝祥子》、《四世同堂》、《正紅旗下》，都可以令人感受到老舍對國民性的批判的鋒芒，老舍的創作，大體上說匯入的仍是中國現代文學的改造國民性的主題。只是他所擅長的是文化的視域，他的批判國民性的主題，也因此主要體現為文化批判。他把相當一部分精力投入到對北京文化的長久審視和批判中。在他的眼裏，北京既有輝煌的可資炫耀的歷史，同時也沿襲著傳統文化的惰性，有漸趨平庸、保守和沒落的特徵。北京市民也往往具有一種天子腳下的盲目的優越感，善於自

6　參見錢理群、吳曉東：《彩色插圖中國文學史・新世紀的文學》，北京，中國和平出版社，1995年。

欺，追求享樂，易於滿足，不思進取，同時又沾染上了現代西方文明的時代病。老舍的改造國民性的設想，就集中在對北京文化和北京市民劣根性的揭露和批判中。

老舍的絕大部分作品中的批判的視角都指向一種文化批判，這既是老舍的長處，也構成了老舍的局限——無法深入到人性層面。只有到了《駱駝祥子》的寫作中，老舍的批判才具有了深入人性的深度，同時也才從制度上進入對現代性的反思。

第三節　老舍筆下的市民世界

「市民詩人」／市民形象的長廊／老舍筆下的四類市民／《駱駝祥子》／對城市文明病的敏銳體察與反思

老舍的作品大多取材於城市下層居民的生活，最初的《老張的哲學》、《趙子曰》和《二馬》寫的就是北京的生活以及北京人在海外的經歷，從而在創作伊始就進入了老舍最熟悉也最擅長的題材領域。其間經過寓言體小說《貓城記》的變革之後，《離婚》、《牛天賜傳》等很快又重新回到北京市民生活的題材，進而迎來了《駱駝祥子》、《我這一輩子》、《四世同堂》等小說的高峰，為中國現代文學史呈現了一幅全方位的市民生活圖景，建造了完整的市民形象體系，老舍也因此獲得了「市民詩人」的讚譽。

他的筆下市民形象系列構成的是北京文化的最重要的組成部分，對於考察中國現代史上市民生活形態，無論是從社會學、政治學，還從民俗學與人類學的角度，都提供了完整而逼真的材料。而從文學性的角度說，則呈現了中國現代文學史上不可多得的市民形象的長廊，許多人物形象都生動鮮明，栩栩如生、呼之欲出。

老舍筆下有四類市民形象。

第一類是老派市民，主要由商人，小職員，旗人，家庭主婦等構成，大都是晚清封建文化塑造的產物，如《二馬》中的老馬，《牛天賜傳》中的牛老者，《離婚》中的張大哥、老李，《四世同堂》中的祁老太爺、祁天佑等。其中《離婚》中的張大哥構成的是老派市民的生動而典型的代表：

> 張大哥一生所要完成的神聖使命：作媒人和反對離婚。在他的眼中，凡為姑娘者必有個相當的丈夫，凡為小夥子者必有個合適的夫人。這相當的人物都在哪裏呢？張大哥的全身整個兒是顯微鏡兼天秤。在顯微鏡下發現了一位姑娘，臉上有幾個麻子；他立刻就會在人海之中找到一位男人，說話有點結巴，或是眼睛有點近視。在天秤上，麻子與近視眼恰好兩相抵銷，上等婚姻。近視眼容易忽略了麻子，而麻小姐當然不肯催促丈夫去配眼鏡，馬上進行雙方——假如有必要——交換相片，只許成功，不准失敗。
>
> 自然張大哥的天秤不能就這麼簡單。年齡，長相，家道，性格，八字，也都須細細測量過的；終身

> 大事豈可馬馬虎虎！因此，親友間有不經張大哥為媒而結婚者，他只派張大嫂去道喜，他自己決不去參觀婚禮——看著傷心。這決不是出於嫉妒，而是善意的覺得這樣的結婚，即使過得去，也不是上等婚姻；在張大哥的天秤上是沒有半點將就湊合的。（《離婚》）

張大哥代表的老派市民，是保守文化的體現者，渴望與世無爭，安安穩穩過日子，反對既成秩序的破壞，講體面，排場，氣派，追求精巧的生活藝術，如老舍後來在《正紅旗下》中寫的那樣：「二百多年積下的歷史塵垢，使一般的旗人既忘了自譴，也忘了自勵。我們創造了一種獨具風格的生活方式：有錢的真講究，沒錢的窮講究。生命就這麼沉浮在有講究的一汪死水裏。」他們講禮，講老規矩，謙和，溫厚，但懦弱，苟安，一生沉醉於小刺激和小趣味裏，生命的無用和空擲是這些人的最大悲劇。老舍本人與這些老派的市民有千絲萬縷的聯繫，他為這些老派市民譜寫的是一曲挽歌，同時也是老北京代表的傳統文化的挽歌。老舍一方面看到老北京文化必然衰落的一面，另一方面則又有懷有深深的惋惜。老舍對待他筆下的這些老派市民的態度，是溫情中又有批判。正是這種複雜的態度使這類老派市民成為老舍塑造的最成功的一類人物形象。

第二類是新派市民。以《老張的哲學》中的藍小山，《離婚》中的張天真、小趙，《牛天賜傳》中的牛天賜、《四世同堂》中的丁約翰、祁瑞豐為其代表。他們是東方文化與西式文化的雜交和混合所塑造的畸形的市民形象，講虛榮，講擺設，拾人牙慧，不中不西，是淺薄型的市民，其中最糟糕的則是小趙、藍小山一類的洋場惡少。

第三類是「正派市民」或者說是理想市民形象系列，主要有《老張的哲學》中的趙四，《趙子曰》中的李景純，《二馬》中的李子榮，《離婚》中的丁二爺，《四世同堂》中的錢默吟等，是老舍探索新的社會理想和出路的載體。但是正是這些形象身上卻體現了舊小說中的俠客以及無政府主義小說中刺客的影子，微服夜行，鋤奸懲惡，從而使老舍的作品最終透出一些微茫的光亮，但仍然掩蓋不了這類理想市民的形象在總體上的蒼白。老舍自我評價說：「假如我有點長處的話，必定不在思想」，「我的見解總是平凡」。在需要一種前瞻意識和歷史預見力的時候，老舍多少顯露出思想力的不足。

最後一類是「城市貧民」，主要有《駱駝祥子》中祥子、妓女小福子，《我這一輩子》中的老巡警，《四世同堂》中的車夫小崔、剃頭匠孫七，《鼓書藝人》中的藝人方寶慶等。

貧民形象的典型代表是祥子。《駱駝祥子》也是老舍小說創作的代表作，集中刻畫的是人力車夫祥子的遭際和命運。祥子在農村破產後來到城市，尚未脫農民的烙印，有淳樸的天性和堅忍的性格。老舍格外讚賞他身上所體現出的原始生命力的一面，「小說一開始，關於他的外形的描寫，關於他拉車的刻畫，都寫得很有光彩，簡直成了青春、健康和勞動的讚歌。」[7]他立志買一輛車自己拉，做一個獨立的勞

[7] 樊駿：《論〈駱駝祥子〉的現實主義》，《文學評論》，1979 年 1 期。

動者。經過三年的辛苦勞作，他終於換來了一輛洋車，但卻在軍閥戰亂中被兵匪搶走；接著又被偵探詐去了他僅有的積蓄。小說還用相當一部分篇幅寫了祥子和虎妞的糾葛。潑辣醜陋的老姑娘虎妞是車廠主人劉四的女兒，她對幸福的渴望和追求令人同情，但她富家小姐頤指氣使的派頭又引人厭憎。她設計使並不愛她的祥子與她結合，卻葬送了祥子最後一份對愛情和家庭的夢想。連續不斷的打擊使祥子的願望「象個鬼影，永遠抓不牢，而空受那些辛苦與委屈」，而他所喜愛的小福子的自殺，則使祥子對生活的希望完全破滅，最終在都市中徹底墮落。「他吃，他喝，他嫖，他賭，他懶，他狡猾」，小說結束時，祥子已經淪為一具行屍走肉，一個「個人主義的末路鬼」。

評論者一般認為，在祥子墮落的命運中，隱含著老舍對於病態城市文明與人性的思考。在老舍看來，祥子的悲劇在於現代城市文明對人性的傷害，對心靈的腐蝕，老舍自稱小說試圖「由車夫的內心狀態觀察地獄是什麼樣子」。北京作為首善之區與文化之都的反面，卻是一個現代文明的地獄，構成了祥子悲劇命運的深層原因，正像小說中寫的那樣：「人把自己從野獸中提拔出，可是到現在人還把自己的同類驅到野獸裏去。祥子還在那文化之城，可是變成了走獸。一點也不是他自己的過錯。」

在祥子的身上，因此體現著老舍從人性以及現代性的角度對城市文明病的敏銳體察與反思，體現了作者對 30 年代中國都市發展形態和文明現狀的深刻認識。

第四節　老舍小說的藝術成就

老舍的幽默藝術／幽默的審美化與平民化特徵／作為敘事大師的老舍／對說書藝術的借鑒／講述式的語態／反諷性評論／「語言藝術家」

老舍堪稱是中國現代的幽默大師，在中國現代喜劇文學中佔有舉足輕重的地位，尤其貢獻了長篇幽默小說的類型。

老舍的早期作品多少受到了英國幽默文學的影響，表現出幽默風趣和機智冷峭的特點。長篇小說《老張的哲學》、《趙子曰》和《二馬》即是「立意要幽默」的寫作，充分顯露了幽默才華和捕捉喜劇性因素的超凡本領。他善於從新舊雜陳的現實中挖掘笑料，尤其在所謂新派人物的不倫不類的行為舉止和思想觀念中提煉出詼諧的因素。這一點，在取材於大學生生活的《趙子曰》中得到集中表現，正如老舍自己說的那樣：「我在解放與自由的聲浪中，在嚴重而混亂的場面中，找到了笑料，看出了縫子。……在輕搔新人物的癢癢肉。」[8]到了後來《離婚》中的張天真更是活化出新人類的錯亂和淺薄：

> 天真漂亮，空洞，看不起窮人，錢老是不夠花，沒錢的時候也偶爾上半點鐘課……愛「看」跳舞，假裝有理想，皺著眉照鏡子，整天吃蜜柑。穿著冰鞋上

---

[8] 老舍：《我怎樣寫〈趙子曰〉》，《宇宙風》，第 2 期，1935 年 10 月 1 日。

> 東安市場，穿上運動衣睡覺。每天看三份小報，不知道國事，專記影戲園的廣告。非常的和藹，對於女的；也好生個悶氣，對於父親。（《離婚》）

老舍早期的小說偶爾有鬧劇的成分，風格也不免流於油滑，用文學史家的概括，體現的是「京油子」式的「貧嘴」，為了營造笑謔的氣氛，會削弱對黑暗的揭露、對惡行的憤慨以及對弱者的同情諸般力量，從而弱化了主題的嚴肅性。其後老舍經歷了對幽默藝術的自我反思過程，長篇小說《離婚》即是老舍重新「返歸幽默」的新嘗試，也是老舍的幽默藝術趨於成熟的作品，在這部小說中，老舍決心「把幽默看住了」。作者開始學習更好地駕馭幽默的才能，《離婚》也因此「有了技巧，有了控制」：

> 勻淨是《離婚》的好處，假如沒有別的可說的。我立意要它幽默，可是我這回把幽默看住了，不准它把我帶了走。饒這麼樣，到底還有「滑」下去的地方，幽默這個東西——假如它是個東西——實在不易拿得穩，它似乎知道你不能老瞪著眼盯住它，它有機會就跑出去。可是從另一方面說呢，多數的幽默寫家是免不了順流而下以至野調無腔的。那麼，要緊的似乎是這個：文藝，特別是幽默的，自要「底氣」堅實，粗野一些倒不算什麼。[9]（我怎樣寫《離婚》）

9　老舍：《我怎樣寫〈離婚〉》，《宇宙風》，第 7 期，1935 年 12 月 16 日。

《離婚》的成功在於風格的「勻淨」和底氣的「堅實」。其中的幽默「出自事實本身的可笑，可不是從文字裏硬擠出來的」。深厚的生活底蘊使《離婚》獲得了底氣，也使作者有了空前的自信——對自己的幽默藝術的底氣十足的信心。在這一階段，老舍更習於從常規的生活形態中發現非常態的地方，更傾向於從生活與人性現象中洞察喜劇意味；同時，《離婚》也表現出作者的節制的藝術，滲透在幽默之中的，是力透紙背的對人物的憐憫和同情，正像老舍在《談幽默》一文中寫的那樣：「諷刺家的心是冷的，而幽默家的心是熱的，」[10]從而沒有讓幽默失於浮泛的笑謔和冷漠的嘲諷；同時又不失一種距離感，一種「浸潤在親切體貼中的心理距離」，從而使幽默和機智終成一種審美的態度。老舍的幽默還表現出平民化的特徵，按趙園在《北京：城與人》中所說，是「一種北京市民特有的智慧形態」。「北京人以其智慧領略了歷史生活的諷刺性，又以其幽默才能與語言才能（幽默才能常常正是一種語言才能）解脫歷史、生活的沉重感，自娛娛人。幽默也是專制政治下小民唯一可以放心大膽地擁有的財產。老舍不無幸運地承受了這份財產。他的幽默，他的文字間的機趣，的確大半是源自民間的。」[11]

老舍也是一個敘事大師，有出色的講故事的本領。他的敘事也有一種源自民間的平民化特徵，這與他對北京民間和市井藝術的熟稔分不開，也與他對於書場藝術形式以及傳統章回體小說的借鑒密切關聯。在敘事藝術上，老舍自覺地借

10　老舍：《談幽默》，《宇宙風》，第 23 期，1936 年 8 月 16 日。

11　趙園：《北京：城與人》，北京，北京大學出版社，2002 年，44 頁。

鑒了說書藝術，小說中擬說書人的敘事者的選擇奠定了老舍別具一格的敘事風格，表現出鮮明的「講述口吻」[12]。如小說《離婚》的開頭：

> 張大哥是一切人的大哥。你總以為他的父親也得管他叫大哥；他的「大哥」味兒就這麼足。（《離婚》）

作者極力營造一種書場的效果，時時意識到有觀眾在聽，敘事模式中也表現出與讀者進行直接交流的格局，表現為敘事者經常代替讀者發問：

> 老張也辦教育？
>
> 真的！他有他自己立的學堂！（《老張的哲學》）
>
> 怎麼辦呢？只有兩個大字足以幫助我們——活該！（《二馬》）
>
> 怎麼過這個雙壽呢？祥子有主意……（《駱駝祥子》）

尤其在《駱駝祥子》中，「老舍把說話口氣為主要特徵的小說敘述方式，發揮得淋漓盡致。有時候乾脆就直截了當地以『介紹』、『說』這樣的詞語面向讀者，使對方產生近距離的聽覺感」[13]：

---

[12] 吳福輝編：《二十世紀中國小說理論資料》，第 3 卷（1927-1937），北京，北京大學出版社，12 頁。

[13] 周思源：《白話真正的香味是怎樣燒出來的——老舍小說語言藝術觀念的嬗變》，見《老舍研究論文集》，北京，人民文學出版社，2000 年，77 頁。

> 我們所要介紹的是祥子，不是駱駝，因為「駱駝」是個外號；那麼，我們就先說祥子，隨手兒把駱駝與祥子那點兒關係說過去，也就算了。
>
> 有了這點簡單的分析，我們再說祥子的地位，就像說——我們希望——一盤機器上的某種釘子那麼準確了。（《駱駝祥子》）

這種講述式的語態，既平易又生動，有助於縮短與讀者間的情感距離，使讀者迅速認同作者意圖，彰顯了老舍平民化的敘事姿態。

說書技藝在老舍小說中的表現形式之一，是敘事者大量評論性干預的運用。一般來說，現代小說的發展趨勢是小說家儘量避免在小說中直接發表評論，追求作者退出作品，極力減少敘事者的評論性干預。而老舍卻反其道而行之，他的小說中的敘事者在小說中往往發表大量的評論。這種評論性干預，看似與現代小說的創作趨勢相反，但卻形成了老舍卓爾不群的敘述風格。同時，老舍還發明了一種反諷性評論，並使這種反諷性評論成為老舍諷刺藝術的重要技巧，大意是：如果一般的評價性評論是取得敘述主體各部分之間意見一致的手段，那麼反諷性評論就很明顯地暴露主體各部分間的分歧，使主體的分化變成主體的分裂。由此，體現著小說價值立場的隱含作者與講故事的敘事者之間就產生了較大的距離，甚至兩者所各自代表的立場和價值觀有時截然相反，敘事者的話就不再可信，甚至要從反面來理解。這種反諷性評論構成的敘事干預在老舍的《老張的哲學》、《趙子曰》、《離婚》等諷刺幽默小說中常常出現。「在這些小說中，反諷干預通常會表現為對預設價值和各種成規的認可，正如擬說書人的敘述者所說，老張『確乎是鎮裏——二郎鎮——一個重要人物！老張要是不幸死了，比丟了聖人損失還要大。因為哪個聖人能文武兼全，陰陽都曉呢？』（《老張的哲學》）敘述者似乎默認了暴力的效應及惡人的成功，但觀眾卻會流露出默契的會心的微笑。」[14]這種反諷性干預，構成了老舍把諷刺因素編織進敘事形態的重要技術手段。

老舍也是一個無與倫比的語言大師。語言的創造是老舍的自覺：「我們創造人物，故事，我們也創造言語。」[15]尤其在《駱駝祥子》、《四世同堂》和《正紅旗下》等標誌著老舍語言藝術高峰的作品中，其語言更加成熟。老舍注重「語言文化」的開掘和提煉，稱自己的語言追求原汁原湯的本色，追求原味兒，對北京市民口語的藝術加工尤其卓有成效：「文字要極平易，澄清如無波的湖水。因為要平易，我就注意到如何在平易中不死板。……從容調動口語，給平易的文字添上些親切，新鮮，恰當，活潑的味兒。」[16]一方面老舍重視北京口語的平實、淺易、生動、鮮活，另一方面又著力吸取北京話的繁複清亮的韻味。譬如老舍稱他小說《四世同堂》中女主人公小順兒媽的北平話「辭彙豐富，而語調清脆，像清夜的小梆子似的」。這也正可以用來形容老舍自

---

14 王鶴丹：《說法中現身——老舍小說中的敘述者》，《走近老舍》，369 頁。

15 《老舍文集》，15 卷，北京，人民文學出版社，1990 年，526 頁。

16 老舍：《我怎樣寫〈駱駝祥子〉》，《青年知識》，第 1 卷第 2 期，1945 年。

己的語言：繁複、講究、漂亮，有聲音形象，發展到極致就會體現為動聽比意義還要重要。老舍也因此被譽為「語言藝術家」，這在中國現代作家中幾乎是首屈一指的。

第十三章

沈從文及京派小說家

1934 年 1 月 10 日，沈從文在《大公報》文藝副刊發表了《論「海派」》一文，無意間引發了一場「京派」和「海派」的論爭。這場論爭看似偶然，卻從根本上反映了 30 年代的文學格局，是鄉土與都市兩種文化背景的對峙在文學中的體現。其中蘊涵著 20 世紀中國文學的諸多基本母題：傳統與現代，東方和西方，鄉土與都市，沿海與內陸等等，折射著古老農業中國在向現代工業文明轉換過程中的豐富景觀。

「京派」作家是指 20 年代末到 30 年代居留或求學於以北京為中心的北方城市、堅守自由主義立場的作家群體，其基本成員是大學教師和大學生，以《大公報》文藝副刊、《文學雜誌》、《水星》為主要陣地。代表作家有沈從文、廢名、朱光潛、凌叔華、蕭乾、李健吾、蘆焚、林徽因、卞之琳、何其芳、李廣田、林庚等。其中最重要的小說家當是沈從文。

第一節　「鄉下人」與「城裏人」

「鄉下」的經驗與身分體驗／從沅水流域追溯文化的源頭／湘西世界的自在性與自足性／兩類都市題材／現代文明的審視者／帶有「自卑情節」的創作心理／民族反思在抗戰之後的繼續延伸

沈從文，原名沈岳煥，苗族人，1902 年出生於湘西鳳凰縣。鳳凰地處湘西沅水流域，是湘、川、鄂、黔四省交界，土家、苗、侗等少數民族聚居區，地處偏僻，文化落後，因此，成名後的沈從文常自稱「鄉下人」。沈從文出身於行伍世家，高小畢業後當過幾年兵，「五四」運動後接觸到了新文學，開始憧憬外面的世界，在 1921 年脫離了軍隊到北京求學。進大學未果便開始練習寫作，1923 年起以「休蕓蕓」等筆名陸續發表作品。從此便一發不可收拾，共創作了四十餘本作品，其中，重要的短篇小說結集有《龍朱》、《旅店及其他》、《虎雛》、《阿黑小史》、《月下小景》、《八駿圖》、《從文小說習作》、《新與舊》、《主婦集》等，中長篇小說有《邊城》、《長河》等。此外有散文《從文自傳》、《湘西》、《湘行散記》、《燭虛》等，成為現代史上最多產的作家之一，創造了中國文壇一個「鄉下人」的神話。

「鄉下人」在沈從文那裏不僅是對自我身份的自謙性的體認，同時也表徵著他的經驗背景、文化視野、美感趣味和文學理想。他有著豐富的「鄉下」經驗，當兵的幾年中輾轉於沅水流域周邊地區，諳熟於湘西的風土民情，見識過上千人的集體殺戮。這使邊地生活和民間文化構成了他的創作最重要的源泉。尤其是故鄉的河流沅水及其支流辰河，在沈從文創作生涯中更扮演了舉足輕重的角色。在《我的寫作和水的關係》中，沈從文這樣談到故鄉的河流：「我在那條河流邊住下的日子約五年。這一大堆日子中我差不多無日不與河水發生關係。走長路皆得住宿到橋邊與渡頭，值得回憶的哀樂人事常是濕的。」「我雖然離開了那條河流，我所寫的故事，卻多數是水邊的故事。故事中我所最滿意的文章，常用船上水上作為背景，我故事中人物的性格，全為我在水邊船上所見到的人物性格。我文字中一點憂鬱氣氛，便因為被過去十五年前南方的陰雨天氣影響而來。」辰河帶給了沈從文經驗、靈感和智慧，也給沈從文的創作帶來地域色彩。正是通過這條河水，沈從文把自己的創作與屈原所代表的楚文化聯繫在一起。兩千年前，屈原曾在這條河邊寫下神奇瑰麗的《九歌》，沅水流域也是楚文化保留得最多的一個地區。沈從文的創作，正是生動復現了楚地的民俗、民風，寫出了具有鮮明地域特色的鄉土風貌。於是，在他的筆下出現了剽悍的水手、靠做水手生意謀生的吊腳樓的妓女、攜帶農家女私奔的兵士、開小客店的老闆娘、終生漂泊的行腳人……這些底層人民的生活圖景，為我們展示了一個色彩斑斕的湘西世界。湘西作為苗族和土家族世代聚居的地區，是一塊尚未被儒家文化等外來文化徹底同化的土地，衡量這片土地上的生民的生存方式，也自有另一套價值規範和準則。沈從文的獨特處正在於力圖以湘西本真和原初的眼光去呈現那個世界，在外人眼裏，不免是新鮮而陌生的，而在沈從文的筆下，卻保留了它的自在性和自足性。儘管沈從文最初向世人展示湘西世界的時候不無幾分民俗展覽的成分，但當他逐漸成熟之後，他的湘西便成為一個福克納小說中「約克納帕塔法式」的文學世界。在這個意義上，沈從文實現了他作一個「地方風景的記錄人」的願望。他以帶有幾分固執的「鄉下人」姿態執迷地創造了鄉土景觀，「不管將來發展成什麼局面，湘西舊社會的面貌與聲音，恐懼和希望，總算在沈從文的鄉土文學作品中保存了下來。」因此，他筆下的湘西世界構成了鄉土地域文化的一個範本，「幫助我們懂得，地區特徵是中國歷史中的一股社會力量」。[1]當 20 世紀中國文學不可避免地走向世界文學的一體化進程的時候，沈從文正是以鄉下人的固執的目光，為我們保留了本土文化的最後的背影。

而當沈從文把目光轉向「城裏人」時，則或多或少減弱了幾分自信心，也影響了他的判斷的分寸感。貫穿他的創作始終，沈從文對都市一直沒有太多的好感，他把城市文化視為一種扭曲人性的虛僞的掩飾的做作的文化，恰與湘西的自然淳樸的民風形成了對比。他的都市題材大體上可以分為兩類，一是寫上流社會和上層家庭的無聊甚至糜爛的生活，一是嘲諷高級知識份子，如作家、學者、教授等。前者以《紳士的太太》最為有名，後者則有《八駿圖》為代表作品。所謂的「八駿」，指的是客居青島的大學的達士先生連同他周圍的七位教授。小說追尋了達士先生的視角，使我們看到了他對七位教授的矯揉造作和虛僞變態的冷嘲熱諷，然而，到了結尾，達士先生也受到了海灘上一個神秘女子的魅惑，推

[1] 金介甫：《沈從文傳》，北京，時事出版社，1990 年，4 頁。

遲了歸期，並向自己的未婚妻撒謊。原來，他自己也被置於小說敘事者的審視之中，最終仍與其他七教授為伍。這多少有些反諷的意味，技巧自然比作者直接說話要高明得多。但由於沈從文批判的意圖太過明顯，諷刺的意味充斥於字裏行間，最終仍有失分寸感。

有論者從創作心理的角度出發，稱沈從文有鄉下人的自卑情結，可能觸摸到了沈從文較隱秘的潛意識角落。但他的批判意識和眼光卻是值得重視的，他在左翼作家以及新感覺派小說家之外，提供了又一種審視都市文明的姿態和立場，而且是他人所無法替代的。

第二節　用詩構築的生命牧歌

《邊城》的人類學意義／在無奈命運下對各色人物的觀照／體驗人性中莊嚴、健康、美麗的一面／神話題材中的原始性內容與浪漫氣質的呈現／「文體家」的敘事藝術／作品所顯示的詩意特徵

如果說早期的沈從文筆下的湘西還不乏民俗展覽的色彩，那麼，《邊城》在 1943 年的出現，則標誌著「湘西世界」已上升為一個具有人類學價值的文學世界，一個由高超想像力建構的想像的王國。

《邊城》的基本情節是二男一女的小兒女的愛情框架。掌管碼頭的團總的兩個兒子天保和儺送同時愛上了渡船老

人的孫女翠翠，最終兄弟倆卻一個身亡，一個出走，老人也在一個暴風雨之夜死去。這是一個具有傳奇因素的悲劇故事。但沈從文沒有把它單純地處理成愛情悲劇。除了小兒女的愛情框架之外，使小說的情節容量得以拓展的還有少女和老人的故事以及翠翠的已逝母親的故事，小說的母題也正是在這幾個原型故事中得以延伸，最終容納了現在和過去、生存和死亡、恒久與變動、天意與人為等諸種命題。此外，小說還精心設計了主要情節發生的時節——端午和中秋，充分營造了具有地域色彩的民俗環境和背景。這一切的構想最終生成了一個完整而自足的湘西世界。

籠罩在整部小說之上的是一種無奈的命運感。小說中的人物都具有淳樸、善良、美好的天性，悲劇的具體的起因似乎是一連串的誤解。沈從文沒有試圖挖掘其深層的原因。他更傾向於把根源歸為一種人事無法左右的天意，這裏分明有古希臘命運悲劇的影子。但如果我們從沈從文筆下的湘西世界的總體的大敘事的角度考察《邊城》，則不難發現他的真正的命意在於建構一個詩意的田園牧歌世界，支撐其底蘊的是一種美好而自然的人性。他把《邊城》看成是一座供奉著人性的希臘小廟，而翠翠便是這種自然人性的化身，是沈從文的理想人物。在這些理想人物的身上，閃耀著一種神性之光，既體現著人性中莊嚴、健康、美麗、虔誠的一面，也同時反映了沈從文身上的浪漫主義和古典主義式的情懷。正是在這個意義上，沈從文自稱是「最後一個浪漫派」。這種浪漫氣質在他的筆下還表現為對神話故事的追尋。他熱衷的神話題材一方面積澱了原始性內容，尤其積澱了楚文化和少數民族的文化淵源；另一方面也稟賦著濃郁的浪漫氣息，構成了沈從文所追求的神性的主要載體。如《月下小景》直接改寫佛經，《龍朱》寫的是苗族的傳說故事，《媚金・豹子・與那羊》則直接以本民族神話為題材。而在神話追求的背後，是對理想生存方式的尋找。用沈從文自己的話說，即追求一種「優美、健康、自然，而又不悖乎人性的人生形式」。[2]

但沈從文同時又是具有現代意識的作家，他的習用的語彙是「常」與「變」。這使他在思索湘西世界常態的一面的同時，又在反思變動的一面。他一方面試圖在文本中挽留湘西的神話，另一方面已經預見到湘西世界的無法挽回的歷史命運。從這個意義上說，《邊城》正是「失樂園」的母題再現。[3]小說結尾寫作為小城標誌的白塔在祖父死去的那個夜晚轟然圮坍。白塔顯然不僅關係著小城的風水，它已成為湘西世界的一個象徵。塔的倒掉由此預示了一個田園牧歌神話的必然終結。這就是現代神話在本質上的虛構的屬性。「這個詩意神話的破滅雖無西方式的劇烈的戲劇性，但卻有最地道的中國式的地久天長的悲涼」，沈從文的湘西世界中「沉靜深遠的無言之美正越來越顯出超拔的價值與魅力，正越來越顯示出一種難以被淹沒被同化的對人類的貢獻」。[4]而到了他未完成的長篇小說《長河》中，牧歌的優美與雋永的旋律中，已交織了沉重與憂鬱的不和諧音，這就是現代文明投

2　《〈習作選集〉代序》，《沈從文選集》，第 5 卷，成都，四川人民出版社，1983 年。

3　參見王德威：《小說中國》，台北，麥田，1993 年，257 頁。

4　李銳：《另一種紀念》，《讀書》，1998 年 2 期。

射到看似自足的湘西世界上的影子。這也正是整個鄉土中國的必然命運，誠如沈從文自己所說：「中國農村是崩潰了，毀滅了，為長期的混戰，為土匪騷擾，為新的物質所侵入，可讚美的或可憎惡的，皆在漸漸失去了原來的型範。」[5]而當沈從文深入到湘西生活的內部，直面生存處境的時候，我們就看到了湘西世界更本真的一面，看到宗法制度下的悲哀與殘酷，由此便「觸摸到沈從文內心的沉憂隱痛，」以及「那處於現代文明包圍中的少數民族的孤獨感。」

沈從文是少有的「文體家」。他對文本形式有著鮮明的自覺意識，在敘事層面寄寓著審美化衝動。寫於 1930 年的短篇小說《燈》便是把鄉土背景和都市現實境遇結合為一體的小說，身居都市中的敘述者「我」為了打動令他傾心的女子，精心編造了一個關於「燈」的故事，故事中的老家人是淳厚質樸的鄉土背景的象徵。但意味深長的是小說的結尾，敘事者無意中洩露了機關：關於老家人的故事不過是一個想像化的虛構，這種敘事類似於套盒結構，套在外面的更大的盒子最終消解了講述中的故事的旨意，從而在小說結構層面透露出沈從文筆下的湘西圖景的想像化的特徵。結構層面的內在張力和駕馭敘事的技巧都標誌了沈從文已具備了卓然大家的素質。《新與舊》也是這樣一篇小說。它敘述的是一個劊子手在兩個不同的歷史時段價值錯位的故事。小說上下兩部分的開頭都有「編年史」式的時間標示（「光緒某年」與「民國十八年」），兩個時間標示暗示著「傳統」和「現代」的

5　《論中國現代創作小說》，《沈從文選集》，第 5 卷。

界分。尤其是後一個時間直接表徵著小說題旨中所謂「新」的一維。然而當沈從文把這兩個時間所統領的敘事段並置在同一個文本中之後，所生成的意圖卻發生了偏轉，新與舊的對壘被打破了，兩者間價值內涵的對立也趨於消解。這使《新與舊》成為中國現代文化的一個寓言。它揭示的是一個新舊錯雜的時代，對於打破決定論的線性歷史觀，瓦解現代性的有關「進步」的整一性圖景，是一個難得的文本。

沈從文的特出貢獻還有他所創造的小說文體，研究者們或概括為詩化小說，或稱為抒情小說。前者強調小說文體的詩意特徵，後者則注重小說中涵容的情感意緒。他的成熟時期的小說尤其善於造境，試看《邊城》中寫翠翠夢裏聽到儺送在山崖上為她唱歌一段：

> 老船夫做事累了睡了，翠翠哭倦了也睡了。翠翠不能忘記祖父所說的事情，夢中靈魂為一種美妙歌聲浮起來了，彷彿輕輕的各處飄著，上了白塔，下了菜園，到了船上，又復飛竄過懸崖半腰——去做什麼呢？摘虎耳草！白日裏拉船時，她仰頭望著崖上那些肥大虎耳草已極熟悉。崖壁三五丈高，平時攀折不到手，這時節卻可以選頂大的葉子作傘。

揉幻境、想像、聯想於於一體，字裏行間則灌注著流動的意緒，是沈從文的抒情韻致的典範。

沈從文的散文在他的文學創作中有著不小的分量，尤其是《湘行散記》和《湘西》，是鄉土牧歌的更具真實形態的部分。如果說，他的小說世界中的湘西有現代傳奇的成分，散文則更是鄉土寫實，我們看到的，可能是更逼真的湘西世界。《湘行散記》創作於 1934 年，寫的是沈從文離開故鄉後第一次歸鄉途中的觀感，由於觀照故鄉的視角和心態都發生了變化，與小說相比，讀者更能體會到深沉的現實感觸。同時，沈從文進一步實踐著他在小說中就大量運用的夾敘夾議的筆法，在議論的部分更進退裕如地思考關於歷史和生命的抽象命題。這種寫法在他 40 年代的散文中發揮到了極致。

散文中一如既往的是沈從文的詩化文體，這種抒情詩的筆觸在散文中更具一種動人的品質：

> 黑夜佔領了全個河面時，還可以看到木筏上的火光，吊腳樓窗口的燈光，以及上岸下船在河岸大石間飄忽動人的火炬紅光。這時節岸上船上都有人說話，吊腳樓上且有婦人在黯淡燈光下唱小曲的聲音，每次唱完一支小曲時，就有人叫嚷。甚麼人家吊腳樓下有匹小羊叫，固執而且柔和的聲音，使人聽來覺得憂鬱……此後固執而又柔和的聲音，將在我耳邊永遠不會消失。我覺得憂鬱起來了。我彷彿觸著了這世界上一點東西，看明白了這世界上一點東西，心裏軟和得很。（《鴨窠圍的夜》）

流淌在文字中的是憂鬱的詩情，這是沈從文把個人的一己體驗投入到大千世界之中的結果，構成這種體驗的底蘊的，是作家的同情和悲憫。

40 年代的沈從文任職於西南聯大，迎來了生命的沉潛時期，開始把「察明人類之狂妄和愚昧，與思索個人的老死痛苦」當成「偉大的事業」。[6]歐戰的爆發更使他的思考的疆域從民族的存亡上升到整個人類的成毀，上升到對人性和現代文明的反省層面。他常常端坐在一小小院落中的老槐樹下，看著日影由樹幹枝葉間漏下，「心若有所悟，若有所契，無滓渣，少凝滯」。散文集《燭虛》正是這種沉潛思索的產物，標誌著沈從文後期創作的高峰：

> 我需要清淨，到一個絕對孤獨環境裏去消化消化生命中具體與抽象。最好去處是到個廟宇前小河旁邊大石頭上坐坐，這石頭是被陽光和雨露漂白磨光了的。雨季來時上面長了些綠絨似的苔類。雨季一過，苔已乾枯了，在一片未乾枯苔上正開著小小藍花白花，有細腳蜘蛛在旁邊爬。河水在石罅間漱流，水中石子蚌殼都分分明明。石頭旁長了一棵大樹，枝幹蒼青，葉已脫盡。我需要在這種地方，一個月或一天。我心需同外物完全隔絕，方能同「自己」重新接近。（《燭虛》）

第三節　京派文化與京派作家

「京海」對峙和衝突與 30 年代中國社會的重要主題／深含著傳統文化底蘊的「學院背景」／文體中普遍帶有的抒情性／蕭乾／蘆焚／林徽因等。

6　沈從文引周作人《偉大的捕風》，參見《燭虛》，《沈從文全集》，第 5 卷。

「京海」的對峙和衝突是 30 年代中國社會的重要主題。它的一個主導層面，是鄉土文明與都市文明的衝突。蘆焚在 40 年代曾說：「中國的一切城市，不管因它本身所處的地位關係，方在繁盛或業已衰落，你總能將它們歸入兩類，一種是它居民的老家。另外一種——一個大旅館。」[7]在蘆焚眼裏，上海就是這樣一個大旅館，尤其是對那些棲身於亭子間，以稿費為生的都市職業寫作者而言；而北京則是「居民的老家」，是心靈的故鄉，是溫馨的鄉土。30 年代的老舍，在遊歷了歐洲幾大「歷史的都城」之後，寫了一篇有名的散文《想北平》：

> 就倫敦、巴黎、羅馬來說，巴黎更近似北平，不過，假使讓我「家住巴黎」，我一定會和沒有家一樣的感到寂苦。巴黎，據我看，還太熱鬧。自然，那裏也有空曠靜寂的地方，可是又未免太曠；不像北平那樣既複雜而又有個邊際，使我能摸著——那長著紅酸棗的老城牆！面向著積水潭，背後是城牆，坐在石上看水中的小蝌蚪或葦葉上的嫩蜻蜓，我可以快樂的坐一天，心中完全安適，無所求也無可怕，像小兒安睡在搖籃裏。

老舍道出的正是北京的鄉土特徵：一是靜寂安閑，有「小兒睡在搖籃裏」般的家的感受，不像上海這類大都市有高速

---

7 師陀：《〈馬蘭〉小引》，《師陀研究資料》，北京，北京出版社，1984 年，75 頁。

的節奏，而可以一整天坐在石上背靠城牆看風景，生活相對輕鬆。二是接近自然、田園與農村，有「採菊東籬下」的隱居情境，其中包含著田園牧歌般的文化價值底蘊。這些都昭示了在 20 世紀工業文明日漸進逼的過程中，北京的鄉土背景依然可以構成文人們的心靈支撐與價值依托的基礎。它是「最高貴的鄉土城」，是鄉土中國的一個縮影。因此，京派文化在某種意義上說是鄉土文化的典型象徵。沈從文的湘西世界，蘆焚的果園城，廢名的黃梅故鄉，都可以納入到廣延化了的京派文化之中。

京派作家的學院背景，又賦予了京派文化以新的內質，即以傳統文化的底蘊去對抗和融化西方文明和現代都市文明。從這個意義上說，京派文化並不完全採取保守主義的文化立場和姿態，京派的作家們也正試圖用另一種方式建立現代性的文明景觀。他們並不是以狹隘的心態去拒斥西方文明，但對資本主義商業文明又保持警醒和反思的立場。這一切，都作用於京派作家的文學觀念和主張。一方面，他們以自由主義的姿態反對政治和意識形態對文學的干預和制約；另一方面，又以對「純正的文學趣味」的追求，來對抗文學的商品化。在 30 年代的歷史語境中，京派文化堪稱是一種邊緣化的存在，在海派三大作家群體的強大聲勢面前，多少顯得有些微弱，但京派作家所追求的文化價值和人文理想，他們對人的尊嚴、對和諧生命境界的追求以及對傳統文化的固守，都將穿透歷史的時空，具有某種永久的啟示意義。

京派作家共通的特質是他們的文體都帶有一種抒情性，這可能關係到作為一個後發展的民族國家，其文學所帶有的雙重的文化和美學特徵：一方面是現代性的焦慮，其中交織著對現代性的既追求又疑慮的困惑；另一方面則是在現代性的強大衝擊下，面臨本土的傳統美感日漸喪失所帶來的悵惘體驗和挽歌情懷。京派的抒情品質和詩意正生成於這種挽歌式的意緒。正像本雅明在《普魯斯特的形象》中說：「的確有一種二元的幸福意志，一種幸福的辯證法：一是讚歌形式，一是挽歌形式。一是前所未有的極樂的高峰；一是永恒的輪迴，無盡的回歸太初，回歸最初的幸福。在普魯斯特看來，正是幸福的挽歌觀念——我們亦可稱之為伊利亞式的——將生活轉化為回憶的寶藏。」在京派小說家那裏，所謂的「太初」與「最初的幸福」正是生命之出發地，是本土的固有經驗，是為鄉土之根立傳的衝動。小說家們的文化動力便來自於對本土經驗的眷戀和回歸的渴望，廢名的《橋》、沈從文的《邊城》、蘆焚的《果園城記》等小說中都有凸出的體現。沈從文以其自我宣稱的人性的希臘小廟為他的地緣政治意義上偏僻的鄉土「邊城」立傳，其中隱含了百年孤獨式的主題。廢名則乾脆在假託的故鄉土地上營造了一個鏡花水月的桃園世界。《橋》可以看作是廢名對鄉土和傳統文化的一次詩意的回眸。比起其他詩化小說來，《橋》中的鄉土世界是一個相對完足的詩意世界，一個傳統文化的烏托邦。這也是一個回溯性的世界。它呈現給我們的，亦如本雅明所說，是一種「挽歌形式」，是對傳統的具有幻美特徵的詩性文明的一曲挽歌。

就京派作家的具體創作而言，他們每個人都有自己相對獨立的風格，彼此之間很難混淆。其中以小說著稱的，除沈從文、廢名之外，重要的小說家有蕭乾、蘆焚、林徽因等。

蕭乾（1910-1999）著有短篇小說集《籬下集》、《栗子》、《落日》以及長篇小說《夢之谷》等。他的前期的作品值得注意的是「兒童視角」的運用。但他的兒童視角所展現的卻是一個成人世界，含辛茹苦的母親與寄人籬下的處境從一個孩子的眼睛見出，就別有一種酸楚的意味。這類作品有《籬下》、《矮檐》等。同樣出身於教會學校，蕭乾看到的更多的是宗教的陰暗的一面，這使他的另一類宗教題材的小說不同於許地山和冰心的作品，而帶有強烈的批判色彩。《皈依》、《鵬程》、《曇》等篇都把鋒芒指向教會的僞善和冷酷，在一定程度上揭示了基督教在中國當時社會條件下與殖民主義相似的歷史作用。這種圖景是其他京派作家筆下不曾有過的，也使蕭乾在京派作家群中有著自己的區別性的聲音。

這些創作都或多或少顯示出蕭乾的個人成長背景對他的小說的決定性作用。這在他的長篇《夢之谷》中體現得尤為明顯。《夢之谷》是一部自傳體成長小說，依據的是作者自己的一次流浪和愛情經歷。小說以第一人稱敘述了一個18 歲的北京青年隻身流浪到嶺東，在一家中學教國語，卻深受語言隔閡之苦。在一次偶然的機緣中，「我」結識了一個也說一口純正的國語但卻有不幸遭際的「盈」，兩個人同病相憐，產生了愛情，在「夢之谷」中度過了一段甜蜜的日子。但美好的時光總是短暫的，姑娘後來被一劣紳霸佔，一場驚心動魄的戀情遂以悲劇告終。這使《夢之谷》具有一種震撼心靈的力量，這種力量來自於男女主人公在喪失的過程中巨大的創痛體驗，來自於它的抒情筆觸所渲染的強烈的悲劇氛圍，可以說，《夢之谷》是失落者所傾訴的的美麗的挽歌。而「我」所經歷的具有原型意味的成長模式也昭示了一個人只有經過喪失才能走向成熟的必經之旅。同時，小說中的「夢之谷」情境也喚起了讀者對美好事物的集體性記憶，在作者充滿詩意的筆下，兩個人的幽谷仿佛是一塊樂土：

> 那是一段短短的日子，然而我們配備了一切戀愛故事所應有的道具：天空星辰那陣子嵌得似乎特別密，還時有隕落的流星在夜空滑出美麗的線條。四五月裏，山中花開得正旺，月亮像是分外皎潔，那棵木棉也高興得時常搖出金屬的笑音。當我們在月下坐在塘旁，把兩雙腳一齊垂到水裏時，沁涼之外，月色像是把我們通身鍍了銀，日子也因之鍍了銀。

小說出版於 1938 年，在戰爭環境中，「夢之谷」的超塵脫俗的品質與時代背景顯然是格格不入的，它在文壇未引起太大的反響是很自然的。

除了沈從文和蕭乾，京派作家中的另一個「鄉下人」是蘆焚。蘆焚（1910-1988）更成熟的時期當是 40 年代以師陀為筆名時期，但 30 年代已經顯示出強勁的創作勢頭，著有《谷》、《里門拾記》、《落日光》、《野鳥集》等小說集。其中《谷》與曹禺的《日出》、何其芳的《畫夢錄》一起，獲得了《大公報》文藝獎金。

沈從文之外，蘆焚在京派小說家中最具才秉。他不像蕭乾，把自己揉入作品，而更為超脫、冷靜和客觀。「他有一顆自覺的心靈，一個不願與人為伍的藝術的性格，在拼湊，渲染，編織他的景色，作為人的活動的場所。」[8]他擅長以素描的技法勾勒民俗與自然風景，並在風景的襯托下刻畫鄉土人生百態。但他不擅工筆式的精雕細刻，而更長於刻繪木刻般的人物輪廓，最終凸顯出的是一個個的人物群像，總體上構成了他的鄉土世界。從這個意義上說，「鄉土」才是他的真正的小說主角。這正像在後來的《果園城記》中把那失去的樂園——果園城寫成主人公一樣。

如果說沈從文自稱「鄉下人」多少是一種姿態的話，那麼蘆焚也自認為「鄉下人」則是一種自我期許，他以「鄉下人」的眼光呈示的鄉土世界也因此比沈從文少了幾分想像，多了幾分真實。也許只有他的鄉土世界才真正是原生的，「是活脫脫的現實」，遠離田園牧歌的擬想，而代之以中原農村的衰敗與荒涼。李健吾認為蘆焚的世界與《湘行散記》的作者的精神「背道而馳」，可謂頗具眼光。

但蘆焚的小說卻有一種內在的詩意，同時正憑藉這種詩意，蘆焚匯入了京派小說家的大陣營中。這種詩意源於他的散文化傾向，也和場景化的敘事技巧有關。而從敘事視角上看，則可能根源於他的小說的「回溯性敘事」格局。儘管蘆焚的小說在京派中最具諷刺性，但回溯性的故事講述方式，

8　《〈里門拾記〉——蘆焚先生作》，《李健吾批評文集》，珠海，珠海出版社，1998 年。

卻是一種沉湎的方式，從而把小說中的故事拉遠，化為一種綿長的回聲。

作為一代才女的林徽因（1904-1955）是京派中的沙龍女主人。她在中國現代文學史上的位置有些像英國女作家佛吉尼亞·沃爾夫，均是名門閨秀，優越的地位和優裕的生活使她們有條件把文學真正作為獨立而自由的人生與藝術理想，從而是天然的「為藝術而藝術」派。林徽因的《九十九度中》就被京派批評家李健吾看作「最富有現代性」的實驗性作品，擇取了溽暑的北平一天中的一個個片斷場景，「其中包含著一種獨特的看法，把人生看作一根合抱不來的木料」。[9]但儘管批評家都把《九十九度中》視為林徽因的代表作，她更具有性別特徵的作品還是描繪大家閨秀心態和體驗的小說。《鍾綠》、《文珍》、《綉綉》等篇是她的更本色的作品，滲透了小說家自己的切身體驗和感悟。但沙龍的格局卻最終圈囿也劃定了林徽因的小說世界。

第四節　廢名的田園小說

特殊的風味和意境／《橋》中小說世界的雙重意義／連貫的詩化小說的歷史線索／中國古典詩文影響的具體呈現／玄想小說的一種類型

9　《〈九十九度中〉——林徽因女士作》，《李健吾批評文集》。

廢名（1901-1967），原名馮文炳，字蘊仲，湖北黃梅人，1924 年入北京大學英文系。讀書期間開始創作，著有小說集《竹林的故事》（1925 年），《桃園》（1928 年），《棗》（1931 年）。此外，有長篇小說《莫須有先生傳》、《橋》（1932 年）等。他稱得上是京派小說的鼻祖，同時又自成一家，文學史研究者更習慣稱他的小說為田園小說。

廢名的小說以其田園牧歌的風味和意境在中國現代小說史上別具一格。《竹林的故事》、《桃園》、《橋》是其中的典型代表，以未受西方文明和現代文明衝擊的封建宗法制農村為背景，展示的大都是農村的老翁、婦人和小兒女的天真善良的靈魂，有一種淨化心靈的力量。他的這類小說，尤其受傳統隱逸文化的影響，籠罩了一種出世的色彩，同時又濡染了一種淡淡的憂鬱與悲哀的氣氛。因此周作人說，「廢名君小說中的人物，不論老的少的，村的俏的」，都在一種悲哀的空氣中行動，「好像是在黃昏天氣，在這時候朦朧暮色之中一切生物無生物都消失在裏面，都覺得互相親近，互相和解。在這一點上廢名君的隱逸性似乎是很佔了勢力」[10]。更能印證周作人上述論點的，是只出版了上部的長篇小說《橋》。

《橋》於 1925 年開始寫作，前後延續了十餘載，是廢名的精心之作。這部小說沒有總體上的情節構思和連貫的故事框架，通篇由片斷性的場景構成，男主人公小林和兩位女主人公琴子、細竹雖然構成了經典的三角戀愛模式，但彼此

10　周作人：《〈桃園〉跋》，上海，北新書局，1929 年。

間的關係遠沒有《紅樓夢》中寶、釵、黛三人間那麼複雜，小說的每一章寫的幾乎都是讀書作畫，談禪論詩，撫琴吹簫，吟風弄月，每一章獨立成段落。這一切使《橋》逸出了經典意義上的小說成規。

《橋》的田園牧歌的情調，使人聯想起陶淵明的《桃花源記》，它是在幻想裏構造的一個烏托邦。……這裏的田疇，山，水，樹木，村莊，陰，晴，朝，夕，都有一層縹緲朦朧的色彩，似夢境又似仙境。這本書引讀者走入的世界是一個「世外桃源」。同時《橋》的世界中也有《紅樓夢》和《鏡花緣》的女兒國的影子。琴子和細竹的形象正是純美的女兒國世界的象徵。無論是桃花源，還是女兒國，都是東方的理想國，在這個意義上，《橋》中的具體人生世相，不過是一個烏托邦化的充滿詩意的東方理想境界的象徵圖式。因此，《橋》中的小說世界獲得了雙重意義：它既是文本中的具體意境的生成，又是周作人所謂的「夢想的幻景的寫相」，象徵了一個烏托邦夢。這種烏托邦色彩與「詩化小說」的文體是統一的。

「詩化小說」的概念可以追溯到法國象徵派詩人古爾蒙在 1893 年提出的原則：「小說是一首詩篇，不是詩歌的小說並不存在。」從此，「詩化小說」作為融合了敘述方式和詩意方式的類型，在西方小說史上一直綿延不絕。而中國現代詩化小說的傳統則可以說是由廢名奠定的，從廢名，到沈從文、何其芳、馮至、汪曾祺，構成了一條連貫的詩化小說的線索。

周作人指出，廢名小說獨特的文體價值在於「文章之美」[11]。廢名小說語言的精煉、濃縮，正得益於古典詩詞的影響。如《橋》中的文字：「一匹白馬，好天氣，仰天打滾，草色青青。」可以說充滿了跳躍、省略和空白。廢名還擅長直接引古詩入小說，如「琴子心裏納罕茶鋪門口一棵大柳樹，樹下池塘生春草」，古典詩境被移植進現代文本中，既凝練，又不隔，同時喚起了讀者對遙遠年代的古樸、寧靜的田園風光的追溯和嚮往。而他的詩化文體的最凸出的特色是追求意境的營造：

> 實在他自己也不知道站在那裏看什麼。過去的靈魂愈望愈渺茫，當前的兩幅後影也隨著帶遠了。很像一個夢境。顏色還是橋上的顏色。細竹一回頭，非常驚異於這一面了，「橋下水流嗚咽」，仿佛立刻聽見水響，望他而一笑。從此這橋就以中間為彼岸，細竹那裏站住了，永瞻風采，一空倚傍。

一個普通的生活情景，在廢名筆下化為一個空靈的意境，充滿詩情畫意，有一種出世般的彼岸色彩。

受佛教和禪宗的影響，廢名的小說意境追求理念和禪趣，有一種玄學意味。這一點在《莫須有先生傳》和《莫須有先生坐飛機以後》（1947 年）中得到更充分的體現。廢名創作這兩部小說時帶有幾分「涉筆成書」的遊戲態度：「笑罵由之，嘲人嘲己，裝痴賣傻，隨口捉弄今人古人，雅俗並

11　周作人：《〈棗〉和〈橋〉的序》，上海，開明書店，1932 年。

列。」莫須有先生是一個喜劇人物，頗有點兒像塞萬提斯筆下的堂吉訶德，作者借助這個虛構的「莫須有先生」淋漓盡致地表達自己的哲理和玄想，使小說主人公成為廢名的觀念代言人：

> 莫須有先生對於花橋的橋字又那麼思索著……他以為橋總是空倚傍的，令人有喜於過去之意，有畏意，決不像一條路，更不是堆砌而成像一段城池了。而就橋的門洞說則花橋下面是最美麗的建築了，美麗便因為偉大，遠出乎小孩子的尺度，而失卻了莫須有先生小橋流水的意義了，故他對著橋思索著。他不知道橋者過渡之意，凡由這邊過渡到那邊去都叫做橋，不在乎形式。
>
> （《莫須有先生坐飛機以後・五祖寺》）

這是典型的廢名文體風格，其觀念的偶發性和跳躍性使讀者很難追蹤作者的思路。廢名的玄想其實並非指向具體而明晰的觀念形態，他執迷的更是一種觀念的氛圍和思考的意向。試圖從中探尋廢名所思考的系統化的觀念形態是徒勞的。他的小說之所以以「晦澀」著稱的最重要的原因恰在於此。廢名的「莫須有先生」系列，為中國現代小說史提供了一種獨特的觀念小說或玄想小說的類型。

第十四章

禮拜六派的通俗小說

第一節　雅俗格局的演變

通俗小說的歷史沿革／與新文學小說的複雜關係／民族國家話語和市民話語的消長互動

在中國古代等級分明的文類體系中，通俗小說指的是宋元以後興起的白話章回體小說，其對立面是文言筆記體小說。通俗小說產生了遠遠超過文言小說的優秀作家和優秀作品，中國古代小說的榮耀和成就大半應歸功於通俗小說。到了近代，文類體系的大規模位移造成了雅俗界域的交叉混亂，文體類型對於雅俗格局的決定意義開始動搖。清末文壇最重要的現象，是小說地位的大翻身，由文學的最邊緣急劇滑向正中心。雅與俗，新與舊，中與西，犬牙交錯，動蕩變幻。在民族革命浪潮和文學市場機制的雙重語境下，通俗小說一方面追求啟蒙精神、教誨色彩，另一方面又辭氣浮露，迎合世俗。於是，具有現代意義的通俗小說便在清末民初之交登場了。

1912 年，中華民國建立，傳統的文化秩序禮崩樂壞，而強大的學院知識份子文化集團尚未形成。突然間出現了主流文化相對的「意義真空」，這使得民國初年的文壇，成為通俗小說的一統天下。這一時期的通俗小說作家，後來長期被稱為「鴛鴦蝴蝶派」或「禮拜六派」。「鴛鴦蝴蝶派」得名於這些作家經常寫作纏綿悱惻的才子佳人小說，所謂「卅六鴛鴦同命鳥，一雙蝴蝶可憐蟲」[1]，而且他們的筆名別號中往往有鴛、蝶、鵑、鶴、雛、鸞、燕等字。「禮拜六派」則得名於一份重要的代表性刊物《禮拜六》。該刊創辦於 1914 年 6 月 6 日，在《〈禮拜六〉出版贅言》中，主編王鈍根（1888-1950）所表達的辦刊宗旨是提倡一種健康的娛樂，認為買笑覓醉等其他娛樂「不若讀小說之省儉而安樂也。」《禮拜六》前後兩個階段共出了 200 期，內容「大抵是暴露社會的黑暗，軍閥的橫暴，家庭的專制，婚姻的不自由等等」[2]，基本上與時代思潮同步，既注重趣味和娛樂，又注重保持一種傳統文人的格調。需要注意的是，禮拜六派認為自己是「雅」，而新文學是「俗」。他們所標榜的趣味是「雅趣」，既反對文學成為意識型態的工具，也反對文學成為誨淫誨盜的毒品。

禮拜六派並不是一個有組織的文學派別或團體，其成員以興趣相投合，其思想隨時代而遷徙。他們的文學觀念既駁雜又矛盾，既有西方思潮的影響，又有陳腐道學的延續，文

1　該聯詩句始見於晚清魏子安《花月痕》第 31 回，又曾見於鴛蝴派作家張春帆《九尾龜》第 12 回和李定夷《䨮玉怨》第 26 回。

2　周瘦鵑：《閑話〈禮拜六〉》，《花前新記》，南京，江蘇人民出版社，1958 年。

學主張與創作實際也往往不能一致。大體上說來，他們是文學改良派，但他們並沒有系統而堅定的理論主張，他們的創作受到的是由文化市場折射過來的時代要求的間接制約，這就決定了他們的創作風貌雖然進步但不具有先鋒性，雖然媚俗但又要追求高格調。這樣的文學恰好能夠滿足大多數近現代讀者既關心社會又尋覓消遣的心理需要，因此成為佔據文學市場的主流讀物。禮拜六派的作品以通俗小說為主，分為社會、言情、武俠、偵探、歷史、宮闈、掌故、滑稽等類型。隨著時代的變遷，這些類型之間進行著不斷的分化組合，但總的精神是保持與世俗溝通的創作姿態和適應大多數讀者審美水準的藝術風貌。「鴛鴦蝴蝶派」或「禮拜六派」雖然只是一個階段性的存在，但這種通俗小說卻伴隨著中國的現代化進程一直延續下來。

禮拜六派產生於新文化運動開始之前，它本身其實也是一場自發的文學改良運動。禮拜六派宣傳西洋文明，主張社會改革，提倡一種帶有名士趣味的中產階級生活觀念。他們對傳統社會的批判和控訴，對文學技巧的探索和創新，都已經為新文化運動的到來做好了充分的準備。新文化運動開始之後，對禮拜六派進行了嚴厲的攻擊，以至於「禮拜六派」或「鴛鴦蝴蝶派」在文學史上長期成為一個貶義詞。但是現代通俗小說並未因此而停滯萎縮，相反卻經過調整綜合而日益發展壯大。它的規模和影響，並不低於新文學小說。它擁有一個悠久的藝術傳統，一支龐大的創作隊伍，一個廣闊的消費市場和數量驚人的作品。現代通俗小說不僅是大多數現代讀者的實際讀物，而且與新文學小說之間存在著複雜的互動關聯。這種關聯的總和構成了現代小說的整體雅俗格局。

在現代小說的雅俗格局中，新文學小說對通俗小說的批判和利用是自覺的，而對通俗小說的借鑒和受其影響則是不自覺的。通俗小說向新文學小說學習和靠攏是自覺的，而保持自身與世俗溝通的娛樂性和曉暢性是不自覺的。二者都既有精品亦有次品，既有獨創性的經典亦有模式化的雷同，它們的差別是類型上的，而不是審美等級上的。新文學是「組織」型文類，旨在組織民眾，組織現代國家。通俗文學是非組織型文類，旨在供現代國家的民眾消費。所以，新文學自居大雅的地位，對通俗文學的批判和改造都是十分嚴肅認真的。而通俗文學一方對此並不十分認真，他們主張平等競爭，「只要作品有進步，無論這作品是何人做的，都應該提倡，不必把新舊的界限放在心裏。」[3]事實上，早期新文學在結構、技巧等敘事學方面得益於通俗小說甚多，而越到後來，越演變成雙向的交流。現代文學的雅俗格局在一定意義上可以視為民族國家話語和市民話語的消長互動。當民族國家的聲音相對強大之時，通俗小說便會受到比較大的貶抑，反之，通俗小說便會興旺繁榮。但通俗小說即使在處境艱難之時，也仍然受到廣大讀者的歡迎和保護。新文學所承載的先鋒意識，往往是經過通俗文學的傳遞才成為全社會的普遍思潮。應該說，新文學小說和現代通俗小說是彼此依存，缺一不可的，二者共同組成的雅俗格局，使得 20 世紀的中國

3　胡寄塵：《一封曾被拒絕發表的信》，見芮和師等編：《鴛鴦蝴蝶派文學資料》，福州，福建人民出版社，1984 年，181 頁。

小說既呈現出現代化的風采，同時又蘊涵了對現代性的反省和批判。

第二節　一枝獨秀的民初五年

1912 年至 1917 年：獨居文壇中心的通俗小說／言情小說家群體／徐枕業／李定夷／包天笑／周瘦鵑／天虛我生／社會小說家群體／李涵秋、孫玉生／歷史小說領域／楊塵因、葉小鳳／小說與現代新聞、出版、印刷業的聯姻

現代通俗小說是從 1912 年中華民國建立開始的。到 1917 年新文化運動之前的民初五年，通俗小說獨居文壇中心，呈現出異常的繁榮。這種繁榮一方面得益於晚清小說界革命所造成的小說熱，另一方面得益於現代報刊業的飛速發展。而民國建立之初思想文化界的紛亂擾攘，莫衷一是，則為小說放下「啟蒙」的重擔，回歸娛樂的本相，提供了絕好的外部環境。與其前後的晚清小說和「五四」小說相比，民初通俗小說不是理論先行的「運動」小說，所以對文本自身的興趣遠勝於對文本之外的興趣。在對傳統小說的革新改造和對西方小說的吸收借鑒上，民初五年是一個相當重要的階段。

1912 年，鴛鴦蝴蝶派的一部經典奠基作問世了，這就是徐枕亞用駢文創作的十幾萬字的言情小說《玉梨魂》。該書先連載於《民權報》副刊，1913 年出單行本後，再版數

十次，總銷量達數十萬冊，曾被改編成話劇和拍過無聲影片。這部作品揭開了現代通俗小說的序幕。

徐枕亞（1889-1937），名覺，別署東海三郎、泣珠生、青陵一蝶等，江蘇常熟人。參加革命團體南社，任《民權報》編輯，還曾創辦《小說叢報》。這兩份報紙雲集了眾多鴛鴦蝴蝶派作家，發表了許多鴛鴦蝴蝶派作品，因此分別被稱為鴛鴦蝴蝶派的「發祥地」和「大本營」。[4]《玉梨魂》是徐枕亞根據自己在愛情婚姻上的不幸遭遇寫的中國第一部以寡婦戀愛為題材的長篇小說。書中寫就教於異鄉的多情才子何夢霞，客居在遠親崔家，兼做崔家小兒鵬郎的塾師。鵬郎孀居的的母親白梨影是一個姿質高潔、多愁善感的才女。何白二人在詩函贈答的交往中，彼此產生了強烈的愛慕。然而二人的心中都橫亙著禮教的堤防，只能望風灑淚，對月傷懷，在情與禮的交戰中身心俱瘁。白梨影為擺脫無奈，遂設計將受過新式教育的小姑崔筠倩許配給何夢霞。但何夢霞用情專一不移，白梨影為促成此事自戕身體，殉情而亡。崔筠倩因婚姻不能自主而抑鬱寡歡，也不久病故。何夢霞遵白梨影遺囑，東渡日本求學，後回國參加辛亥起義，戰死在武昌城下，其時懷中還揣著與白梨影贈答的詩冊，用殉國的方式完成了殉情。小說詞句優美雅致，號稱「有詞皆艷，無字不香」，寫得繾綣纏綿，哀感動人，散發出強烈的悲情魅力，一時被譽為「千秋恨史」。不久，徐枕亞又用《玉梨魂》的

4　參見鄭逸梅：《民國舊派文藝期刊叢話・小說叢報》，見魏紹昌編：《鴛鴦蝴蝶派研究資料》，上海文藝出版社，1984 年，380 頁。

題材改寫成中國第一部日記體的長篇小說《雪鴻淚史》。此外還有《雙鬟記》，《余之妻》等作品。

《玉梨魂》的紅極一時，有幾個方面值得注意。

一是以駢文做小說，既不同於林紓式的古文和梁啟超式的「新文體」，也不同於傳統白話和「五四」式的西化文體。這標誌著現代通俗小說在語言上可以突破「低俗」的話本模式，不必再借用「有詩為證」來攀附高雅。以駢文做小說，唐代有張鷟的《遊仙窟》，清中葉有陳球的《燕山外史》，但那主要是藉小說顯示才學，篇幅和影響都不大。而從《玉梨魂》開始，駢文小說形成了一個浪潮，影響到此後的通俗小說，普遍追求語言上的「裝飾美」。所以現代通俗小說在語言層面上，有時比新文學小說要顯得「優雅」。

二是大悲劇的結局，三個主要人物全部死去。中國古代的才子佳人小說多以大團圓收場，至晚清吳趼人的《恨海》和符霖的《禽海石》等幾部作品，開始出現對悲情的偏愛。《玉梨魂》則是「蜂愁蝶怨」，一悲到底。悲劇氣氛與駢文語言結合起來，使言情小說融入了中國詩文的感傷傳統，自然提高了其審美品位。此後的現代言情小說基本上都是以「裝飾美」加「感傷美」作為其主調。悲劇結局除去審美意義外，還涉及到是否能夠直面人生的問題。周作人曾說：「近時流行的《玉梨魂》，雖文章很是肉麻，為鴛鴦蝴蝶派的祖師，所說的事，卻可算是一個社會問題。」[5]「五四」時期

---

[5] 周作人：《中國小說裏的男女問題》，《每周評論》，第7期，1919年2月2日。

對大團圓主義的批判以及「問題小說」的流行，實際上在民初五年已埋下了伏筆。

三是敘事技巧上十分講究，既借鑒了西方小說的視角變換和用景物烘托人物心理，又發揮了駢文本身富於意境及象徵功能的特長，從晚清小說混雜矛盾的敘事狀態下前進了一大步。有學者（夏志清）認為這本書的結尾，如日記之引用，敘述者之愛莫能助，蒼涼景象之描述等等，都預告著魯迅小說的來臨。「五四」小說採用的許多西化技巧，實際是通俗小說成功實踐的產物。

民初五年與徐枕亞並稱言情小說「三鼎足」的還有吳雙熱、李定夷二人。吳雙熱（1884-1934），名光熊，字渭魚，後改名恤，號雙熱，江蘇常熟人。曾與徐枕亞同學，後同為《民權報》編輯。他的代表作《孽冤鏡》與徐枕亞的《玉梨魂》同時在《民權報》上隔日登載。《孽冤鏡》的主人公王可青迫於父命，先後兩次娶巨富高官之女為妻，備受包辦婚姻折磨，父母也被悍婦氣死，而他自由結交的貧寒才女薛環娘卻因不能與他結合，含悲病逝。最後王可青病憤交加，自縊在薛環娘的墳前。《孽冤鏡》的敘事結構極為靈活，在當時具有一定的「先鋒性」。吳雙熱另有一部《蘭娘哀史》，也是著名的哀情小說。吳雙熱除了擅寫哀情小說外，還寫有相當一批滑稽小說，如《軍門之犬》，《快活夫妻》和《滑稽四書演義》等。

李定夷（1889-1964），字健卿，別號墨隱廬主，江蘇常州人，也曾任《民權報》編輯。他的代表作《霣玉怨》寫一對才子佳人劉綺齋、史霞卿一見鍾情，彼此心許。然而史霞卿有個狠毒淫蕩的繼母，先將霞卿害入娼門，後又逼她另配富室。幸有俠客誅其繼母，其父應允劉、史二人婚事。但忽又謠傳劉綺齋覆舟喪生，史霞卿多重刺激之下咯血而死。劉綺齋傷心欲絕，遁入空門。《蹼玉怨》之後，李定夷又創作了《鴛湖潮》，《美人福》，《伉儷福》等。至此以徐、吳、李為代表，掀起了一股「駢四驪六，刻翠雕紅，哀感頑艷」的哀情小說熱潮。所謂「哀情小說」，有人解釋道：「這一種是專指言情小說中男女兩方不能圓滿完聚者而言，內中的情節要以能夠使人讀而下淚的，算是此中聖手。」[6]民初言情小說名目繁多，諸如「苦情」、「怨情」、「慘情」、「奇情」、「幻情」、「俠情」、「諧情」、「趣情」、「艷情」……但其中以哀情為主旋律。

著名的言情小說家除了上述者外，還有包天笑，周瘦鵑，天虛我生和王鈍根、嚴獨鶴等。

包天笑（1876-1973），名公毅，字朗孫，江蘇吳縣人，南社成員。他既是鴛鴦蝴蝶派的重要作家，又是鴛鴦蝴蝶派的重要組織者，被稱為通俗文學的「無冕之王」。他曾創編《小說時報》，《小說大觀》，《小說畫報》等許多鴛蝴派重要刊物，發表過一些具有指導性的文學改良主張，培養提攜了一批鴛蝴派的作家文人。他翻譯了《馨兒就學記》，《苦兒流浪記》，《迦茵小傳》，《空谷蘭》等大量外國小說，創作有《碧血幕》，《瓊島仙葩》，《上海春秋》，《留芳記》等各種類型的作品。他的著名短篇《一縷麻》寫一位新

---

6 許廑父：《言情小說談》（一），見芮和師等編：《鴛鴦蝴蝶派文學資料》，39 頁。

舊教育都出人頭地的美女，本來與一個風雅才子相戀，卻迫於家庭「門當戶對」的要求，嫁給了一個傻子。她結婚次日患了白喉症，傻子不怕傳染，悉心照料。待她病癒康復，傻子卻染疾身亡。她戴麻掛孝，感激流淚，甘為傻子守節，長齋禮佛。包天笑作品的思想比較複雜，對舊事物既有批判又有留戀，對新事物既有嚮往又有疑懼，這也正是鴛鴦蝴蝶派的整體特點。

周瘦鵑（1895-1968），原名祖福，字國賢，別署「紫羅蘭庵主人」，原籍江蘇吳縣，生於上海，出身貧寒，以勤奮寫作成為著名作家，自稱「文字勞工」。主編過《申報・自由談》，《禮拜六》，《半月》，《紫羅蘭》等，翻譯過《福爾摩斯偵探案全集》，《亞森羅蘋案全集》，《歐美名家偵探小說大觀》，《歐美名家短篇小說叢刊》等，得到當時主持通俗教育研究會的魯迅褒獎稱讚：「用心頗為懇摯，不僅志在娛悅俗人之耳目，足為近來譯事之光……固亦昏夜之微光，雞群之鳴鶴矣。」[7]周瘦鵑的創作，體裁多，數量大，尤其愛寫哀情小說，比之徐、吳、李「三鼎足」還要後來居上，更勝一籌，因此被稱為「哀情巨子」。他的《恨不相逢未嫁時》寫一位畫家遇到了理想中的絕色美人，而女方卻身受包辦婚姻的束縛，在婆家備遭虐待，後來又隨凶暴的丈夫遠去他方，臨行前二人對泣悲嘆：「恨不相逢未嫁時」。《此恨綿綿無絕期》以女主人公的第一人稱口吻寫其丈夫在辛亥革命中身受重傷，不久於人世。丈夫有一好友，才貌俱

---

[7] 魯迅：《〈歐美名家短篇小說叢刊〉評語》，《教育公報》，第 4 章第 15 期，1917 年 11 月 30 日。

佳，鍾情於女主人公，丈夫有意從中撮合。但女主人公的愛情專注於丈夫一身，謝絕了好友的誠意，最後丈夫死去，女主人公陷入無邊的哀傷。周瘦鵑的作品帶有愛情至上的理想主義色彩，有時情節上顯露出圖解觀念的痕迹，但由於他寫得一往情深，文筆流麗雋雅，又十分講究結構技巧，因此能夠獨樹一幟，曾被稱為「是當今青年小說家中最負時譽的一個人」[8]。哀情小說之外，他的「愛國小說」和社會小說也有一定成就。

天虛我生（1879-1940），本名陳蝶仙，杭州人，曾任《申報・自由談》主編，翻譯過一批偵探小說，創作以言情小說為主。他的名篇《玉田恨史》除首尾兩段外，通篇是一個女子的獨白。女主人公出嫁後，與丈夫伉儷甚篤，婆母一家也都待她甚好。小說細緻委婉地寫出了夫婦二人以心換心、無微不至的真情。寫丈夫異地求學，夫妻兩地相思之纏綿，寫小別重逢之歡悅，寫丈夫猝死之巨痛，乃至寫主人公求死之心，恍惚之情，都真切動人。小說的心理描摹相當出色，既讚美了建立在愛情基礎上的夫妻關係，又批判了割肉療親等迷信觀念。能夠打破倫常觀念來寫夫婦情感，是哀情小說的歷史進步。

這些早期鴛鴦蝴蝶派創作，既有商業化的一面，又有嚴肅認真、精益求精的一面。作家們往往將自己的小說視為「文章」，不僅以此來展示才學，而且以此來自我表現。他們的許多作品都有生活「原型」，甚至就來自作家自己的身世。

8　嚴芙蓀：《周瘦鵑》，見魏紹昌編：《鴛鴦蝴蝶派研究資料》（史料部分），457頁。

這些言情小說在當時的歷史條件下，已經比較深地觸動了封建婚姻問題，並且將具有現代意義的愛情觀念引入中國。鴛鴦蝴蝶派作家推崇愛情至上，表達平民思想，講究「國家」觀念，這些都是中國小說現代化的第一步。

民初五年除了言情小說之外，延續晚清傳統的社會小說也有一定成就。李涵秋（1874-1923），名應漳，江蘇揚州人。他的《廣陵潮》是一部百萬字的巨著，從 1909 年寫到 1919 年，通過主人公雲麟的感情經歷，廣泛展示了從鴉片戰爭到五四之前的中國社會變遷和思潮，塑造了一組時代激流中的典型人物。該書結構龐大，人物鮮明，語言生動，具有很高的文學價值和社會史價值。在其影響下，出現了許多以「潮」字命名的小說，如海上說夢人的《歇浦潮》，網蛛生的《人海潮》等。孫玉聲（1863-1939），即海上漱石生，在清末寫成了一百回的《海上繁華夢》，民初又寫了一百回的《續海上繁華夢》。該書以妓院風光為主，廣泛描寫了上海作為一個消費社會紙醉金迷的各個方面，在當時影響很大，「年必再版，所銷不知幾十萬冊。」

在社會小說領域，這時還出現了「黑幕小說」的始作俑者，即平江不肖生的《留東外史》。小說主要描寫了民初留日學生的風流遊樂生活，既有展示，也有批判。平江不肖生後來主要創作武俠小說。

在歷史小說領域，楊塵因的《新華春夢記》是揭露袁世凱復辟醜劇的，發表於袁死之後僅數月，頗受歡迎。葉小鳳的《古戍寒笳記》是寫明末清初抗清鬥爭的，在歷史的背景上融入武俠色彩，語言勁健，格調悲壯，寄寓了一個失意英雄的現實感慨，對以後的歷史小說和武俠小說產生了一定的影響。

鴛鴦蝴蝶派作家的短篇小說從題材到形式都已呈現出現代氣息。主要短篇集有徐枕亞的《枕亞浪墨》，劉鐵冷的《鐵冷碎墨》等。這些小說廣泛運用倒敘、插敘和人稱變換等新式手法，可以說在技術上為五四小說的誕生做好了全面的準備。總之，民初五年的通俗小說類型齊全，無論思想觀念還是敘述技巧都比晚清前進了一大步，尤其是借助與現代新聞、出版、印刷業的聯姻，插上了商業化的翅膀，因此得以一枝獨秀，格外繁榮。

第三節　面向現代觀念的調整

在新文學的壓力下被迫調整審美趣味／由哀情主調向多種旋律的轉變／與新文學的有限交鋒／「大規模描寫中國社會」的藝術氣魄對新文學社會剖析小說的滲透與影響／演變中的創作／華倚虹、江紅蕉／張恨水／武俠小說的恢復生機和逐漸類型化／平江不肖生／趙煥亭、姚民哀／程小青等

民初通俗小說正在興旺繁榮之時，新文化運動開始了。新文學作家首先將通俗小說作為攻擊的目標。通俗小說界一方面不擅長理論攻防，另一方面也的確存在新文學所攻擊的許多事實，因此禮拜六派的作家們只好在我行我素地以創作實績表明自己的生命力的同時，自覺不自覺地進行藝術調

整。在整個 20 年代，通俗小說在文學市場的實際影響仍然是大於新文學的。

通俗小說的調整首先表現在言情小說由哀情主調向多種旋律的轉變。例如周瘦鵑在 1914-1916 年的《禮拜六》前 100 期所發表的作品，主要是淒慘哀傷的愛情悲劇。而在 1921-1923 年的《禮拜六》後 100 期所發表的作品，不但增加了很多社會問題的內容，而且結局也有許多比較完滿的。如《十年守寡》寫主人公再嫁，《真》寫一對情侶分而復合。嚴獨鶴（1889-1968）的小說不但寓意深刻，而且構思精妙。他的《月夜簫聲》通過主人公三次聽簫，既寫出了吹簫女的悲涼命運，又折射出辛亥革命前後的社會變遷。他的《紅》是《紅》雜誌創刊的點題之作，寫一個藝名「客串紅」的演員男扮女裝，利用精湛的演技實施復仇計劃，戲中套戲，將一個「紅」字點染得十分精彩。在語言方面，包天笑在 1917 年 1 月就在《小說畫報》創刊號上提出「小說以白話為正宗」。此時更受新文化運動影響，通俗小說普遍採用白話，徐、吳、李式的駢四驪六體告一段落。

針對新文學界對「黑幕小說」的批判，禮拜六派進行了一定的回擊。他們認為新文學的《沉淪》等作品才是「黑幕小說」。這實質上是兩派文學家對「黑幕」的理解不同。新文學家認為黑幕的本質在於趣味主義的文學觀，展示醜行而不加批判，如李定夷 1920 年出版的《新上海現形記》，即為二十多起騙局的簡單拼湊。通俗小說家更多從道德角度來考慮黑幕，認為不應該描寫有違傳統倫理的內容。禮拜六派的小說一般都迴避性描寫，他們認為新文學中的性描寫是誨淫誨盜的。而新文學家則認為自己的性描寫是反封建的藝術必需。黑幕小說的發達實際上與新聞自由和社會的民主進步有一定關係。單純暴露隱私的作品有時會使人反感，但黑幕小說「揭秘發微」的功能往往在其他類型的小說中表現出來。

調整期重要的社會小說，除了李涵秋的《廣陵潮》還在繼續連載外，晚清「花界小說」《九尾龜》的作者張春帆（1872-1935）又在 1925 年開始續寫了該書的後十二回。此外，包天笑的《上海春秋》，畢倚虹的《人間地獄》，江紅蕉的《交易所現形記》，葉小鳳的《如此京華》，程瞻廬的《茶寮小史》以及平襟亞的《人海潮》，海上說夢人的《歇浦潮》、《新歇浦潮》，都影響較大。這些小說視野比較開闊，表現出一種「大規模描寫中國社會」的氣魄，對新文學的社會剖析小說具有相當的影響。

畢倚虹（1892-1926），名振達，號幾庵，別署清波、婆娑生，江蘇儀征人。生於官宦世家，16 歲時即任兵部郎中。辛亥革命後棄政從文。曾以「春明逐客」的筆名寫過《十年回首》。1922 年 1 月至 1924 年 5 月，他在周瘦鵑所編的《申報》副刊「自由談」上連載《人間地獄》，反響熱烈，甚至被譽為「文壇唯一健將」、「今之小說無敵手」。該書「以海上娼家為背景，以三五名士為線索」，將傳統的「狹邪小說」題材人情化，凸出描寫士與妓之間的純情。書中的人物大多都有原型，寫得言行鮮明，栩栩如生。該書的獨特意義一是能從全社會的角度將青樓看做「人間相」的具體展示，二是從「人」的角度來看待妓女，這樣的思想觀念在當時是相當可貴的。

江紅蕉（1898-1972），江蘇蘇州人。受包天笑和畢倚虹等人的影響和鼓勵，從事小說創作。他的言情小說大多「秀麗有致」，結局和美。1922 年至 1923 年，他在《星期》上連載《交易所現形記》，詳細描寫了上海金融界的內幕，帶有一定的「黑幕」色彩。小說中的投機商以造謠詐騙起家，彼此傾軋、出賣，唯利是圖，醜惡糜爛。該書對後來茅盾的《子夜》有一定的影響，具有社會資料史的價值。

包天笑的《上海春秋》，海上說夢人（即朱瘦菊）的《歇浦潮》、《新歇浦潮》，網蛛生（即平襟亞）的《人海潮》，都是以上海為背景的長篇社會小說。它們窮形盡相地描摹了這個中國第一個現代化大都會的生活百態，不僅具有保存歷史記憶的價值，而且其旁觀的敘事距離，寫實的敘事筆法，都對後代作家具有重要的參考意義。

通俗小說的調整除了表現在語言技法方面外，在創作陣容上也不斷推出新人。新作家能夠帶來新的知識結構和藝術眼光，使得通俗小說與時俱進，適應現代社會的需要。張恨水就是新一代通俗小說家中的佼佼者，他與包天笑、李涵秋、徐枕亞、周瘦鵑被並稱為鴛鴦蝴蝶派的「五虎將」。

張恨水（1895-1967），原名心遠，祖籍安徽潛山。自幼博覽群書，喜愛文學。1918 年任《皖江日報》總編輯，開始發表小說作品。「五四」運動後到北京任多家報社的編輯記者。1924 年 4 月，張恨水在《世界晚報》開始連載百萬字的巨著《春明外史》，在讀者中產生了轟動效應，成為著名作家。《春明外史》以新聞記者楊杏園為主人公，以他與妓女梨雲和才女李冬青的戀愛悲劇為中心，廣泛揭示了北京文化界、商業界、娛樂界的生活真相，作者自稱「用做《紅樓夢》的辦法，來做《儒林外史》」[9]。張恨水的文筆典雅，注意刻畫人物性格，對西方小說的景物描寫和心理描寫多有借用，他立志要作一個通俗小說的改革派，並為此投入了大量的思考和探索。當《春明外史》還在連載之時，他又於 1927 年 2 月開始在《世界日報》連載另一部百萬字的長篇《金粉世家》，從而奠定了他一流小說家的地位。《金粉世家》以宦門公子金燕西與平民女子冷清秋從婚戀到離散的過程為主線，以一個總理的大家庭為描寫核心，開啟了現代文學「封建大家庭批判」題材的先河。它的結構勻稱，人物和情節都經過先行的整體構思，使用了大量的內心獨白和景物襯托，這些都對此後的新文學和通俗文學的社會小說產生了很大影響。

通俗小說在調整過程中，一方面學習西方小說的新式技法，另一方面則保持和發揚自己的特長，這凸出表現在武俠小說方面。

武俠小說自從晚清的《三俠五義》以來，幾十年間沒有佳作問世。到了民初五年之後，才漸漸恢復生機。1923 年，終於產生了幾部重要的武俠小說：平江不肖生的《江湖奇俠傳》，趙煥亭的《奇俠精忠傳》，姚民哀的《山東響馬傳》。這幾部作品在創作界和讀書界掀起了持久不衰的武俠小說熱潮，並初步奠定了現代武俠小說的藝術風貌。

平江不肖生（1890-1957），本名向愷然，湖南平江人。曾兩度去過日本，參加過討袁等革命活動。1916 年的黑幕小

9　張恨水：《我的小說過程》，見張占國、魏守忠編：《張恨水研究資料》，天津，天津人民出版社，1985 年，274 頁。

說《留東外史》使他成為知名小說家。而 1923 年 1 月在《紅》雜誌發表的《江湖奇俠傳》則轟動到難以想像的地步。該書「以湖南省平江、瀏陽交界地居民爭奪趙家坪之歸屬問題為主線，以昆侖、崆峒兩派劍俠分頭參與助拳為緯，帶出無數緊張熱鬧生動有趣的故事情節」。書中許多故事都有真實來源，但作者加以誇大渲染，並添加了飛劍道術等奇幻成分，帶有「神怪武俠小說」的色彩。全書新舊雜糅，結構也比較混亂。但是書中製造的相對自由的江湖世界和人物的高超技擊能力，深深吸引了讀者。《江湖奇俠傳》十幾年暢銷不衰，根據其部分情節改編的多集電影《火燒紅蓮寺》也名揚一時。同年 6 月，平江不肖生還在《偵探世界》上連載了另一部武俠小說《近代俠義英雄傳》，以大刀王五和霍元甲為主要人物，將俠義與民族尊嚴結合起來，在武功描寫上則比較注重寫實性與科學性，提出了武功分「內家」和「外家」等武學理論，結構也相對完整。平江不肖生還有《江湖怪異傳》等十幾部長篇武俠小說，他的短篇武俠小說從藝術上說寫得更加精彩，帶有一定的「鄉土小說」味。由於對武俠小說的巨大影響和貢獻，平江不肖生被尊為現代武俠小說的鼻祖。

趙煥亭（1877-1951），原名紱章，河北玉田人。他的《奇俠精忠傳》以清代的平亂故事為題材，穿插了許多趣聞逸事。他採用說書人的敘述技法和方言土語，使作品詼諧生動。他的著名作品還有《大俠殷一官佚事》，《英雄走國記》等。在武學理論上，他除了與平江不肖生一樣強調「內力」、「罡氣」外，還將所有技擊騰挪修煉之術統稱為「武功」，成為武俠小說的一個核心術語。在 20 年代的武俠小說界，趙煥亭的聲譽僅次於平江不肖生，他們被並稱為「南向北趙」。

姚民哀（1894-1938），江蘇常熟人。南社成員，擅長說書。他的《山東響馬傳》是以 1923 年 5 月發生的「臨城劫車案」為素材寫成的融記實性與傳奇性為一體的武俠小說。姚民哀常年奔走各地，熟知江湖社會掌故，知識淵博，擅長溯源辨流，娓娓道來。他將各種下層社會組織當作一個整體來細緻描寫，從而形成一種獨特的「會黨小說」，被稱為「幫會武俠之祖」。

向、趙、姚等人的武俠小說，恢復了俠的自由精神，建立了一套武學術語，採用了許多新式技巧，從而促進了武俠小說的類型化，使武俠小說漸漸成為通俗小說的主力之一。

通俗小說中的偵探小說是從西方引進的。晚清和民初，《福爾摩斯探案》等作品得到大量的譯介。許多中國作家也開始嘗試。比較有成就的是程小青、孫了紅、俞天憤、陸澹安、張碧梧、趙苕狂等。

程小青（1893-1976），原名青心，別署繭廬。祖籍安徽安慶，生於上海。因家貧靠自學成材。幾十年投身於偵探小說的翻譯創作和理論探索。從 1914 年開始寫作「霍桑探案」系列，仿效英國作家柯南道爾的「福爾摩斯—華生」模式，以「霍桑—包朗」模式展開了一個偵探世界。程小青的作品布局嚴謹，格調嚴肅，塑造了一位正直高尚、敏銳智慧的大偵探霍桑的形象，在讀者中吸引了一大批「霍桑迷」。名篇有《江南燕》，《案中案》，《怪房客》，《險婚姻》等。1998 年，國家追授程小青偵探小說「終身貢獻獎」。

偵探小說作家大多有自己的偵探系列。如孫了紅筆下的魯平，陸澹安筆下的李飛，張碧梧筆下的宋悟奇，趙苕狂筆下的胡閑等，都較受讀者歡迎。偵探小說對作家的專門化技巧要求很高，許多作家難以長期堅持。1923 年 6 月，第一個偵探文學期刊《偵探世界》創刊，但辦滿一年 24 期後便因稿荒停刊。只有程小青和孫了紅堅持創作下去。

歷史類作品這一時期有蔡東藩的《歷朝通俗演義》，《西太后演義》，許嘯天的《清宮十三朝演義》和包天笑的《留芳記》等，往往拘泥於史實而文筆不夠生動，有時又帶有新聞體的色彩。短篇小說在這時向類型化、風格化發展，如張捨我擅寫「問題小說」，徐卓呆擅寫滑稽小說，何海鳴擅寫「倡門小說」等。

通俗小說界在組織形式上沒有新文學中的文學研究會、創造社那樣的嚴密團體，他們有兩個成員交叉、組織鬆散的社團，即 1922 年 7 月成立於上海的青社和 1922 年 8 月成立於蘇州的星社。兩社都沒有宣言、章程和正式的機關刊物。通俗小說就在這種順其自然的默默努力中，走向它的中興。

第四節　與新文學比翼齊飛

在「文藝大眾化」旗幟下的某種「合流」跡象／主題的現代性在 30 年代的呈現／「南向北趟」的影響仍在延續／武俠小說後期的「五大家」／抗戰條件下的現代通俗小說

通俗小說在新文學的批判和排擠下，不但沒有滅絕萎縮，反而進一步明確了自己的藝術定位，穩步擴大了自己的創作陣容和閱讀市場。這使得新文學開始反思自身的立場和姿態。從 1930 年起，新文學界連續開展了三次文藝大眾化的討論，在創作上也明顯增加可讀性，並在長篇小說領域取得了大面積的豐收。與此同時，通俗小說也走向成熟，與新文學一起構成了 30 年代現代文學的整體繁榮。

在社會言情小說領域，張恨水（1895-1967）成為最負聲望的小說大家。1929 年，他應上海《新聞報》副刊主編嚴獨鶴之邀，精心創作了一部《啼笑因緣》，迅即風靡全國，婦孺皆知。小說寫富家子弟樊家樹在北京天橋結識了天真美麗的鼓書女郎沈鳳喜，他決心打破門第觀念，與沈鳳喜建立平等的愛情關係。容貌酷似沈鳳喜的豪門小姐何麗娜也在追求樊家樹，而樊家樹鄙視她的浮華奢靡。正當樊家樹資助沈鳳喜讀書自立，二人情好日篤之時，沈鳳喜卻在樊家樹回鄉探母期間，被劉將軍威逼利誘娶走。樊家樹在俠客關壽峰、關秀姑父女的幫助下，約沈鳳喜逃走，卻被愛慕虛榮的沈當面拒絕。後來，沈鳳喜被劉將軍摧殘致瘋。關氏父女救出被綁架的樊家樹，並撮合他與放棄了奢華生活的何麗娜結合。小說的基本故事框架是常見的多角戀愛，即樊家樹在沈、何、關三位各具特色的女子之間的感情經歷。但張恨水一是寫出了波瀾起伏、引人入勝的故事情節，二是凸出了人道主義的平等觀念和揭露社會黑暗的中心主題，三是塑造出一組性格鮮明、具有一定典型意義的人物形象。因此這部只有 20 多萬字的作品勝過了許多百萬言的巨著，成為通俗小說中的一流精品。該書多次被改編成各種電影戲劇和曲藝形式，它與徐枕亞的《玉梨魂》，李涵秋的《廣陵潮》，平江不肖生的《江湖奇俠傳》被合稱為禮拜六派的「四大說部」。

從《啼笑因緣》開始，張恨水有意識地加快了改良通俗小說的步伐。30 年代是他創作的多產期，他連續創作了反映西北人民苦難生活的《燕歸來》，反映倫理觀念衝突的《現代青年》，反映東北抗戰鬥爭的《東北四連長》，反映下層人民苦難的《夜深沉》等作品。他的創作態度日趨嚴肅，既注重思想主題的現代性，又力圖在藝術形式上翻新求變。張恨水的努力為現代通俗小說開闢了一條明朗而又艱辛的道路。

30 年代聲望僅次於張恨水的社會言情小說家是身居天津的劉雲若（1903-1950）。他本名兆熊，曾任《北洋畫報》編輯、《商報畫刊》主撰等職。1930 年任《天風報》副刊主編時，發表長篇處女作《春風回夢記》，一舉成名，此後連續推出代表作《紅杏出牆記》等數十部作品。因其小說描寫天津世態為主，文筆酣暢，搖曳多姿，故有「天津張恨水」之譽。「與張恨水作品比較，他不甚關注筆下人物存在的歷史維度，而特別注意在情節衝突所展現的情境中，去描繪主人公們的主觀情緒和心態流變。」[10]劉雲若塑造了一系列的「至性人」，既注重人物命運的悲歡離合，又能使不同人物的性格彼此映襯搭配，為通俗小說的人物塑造提供了寶貴的經驗。

10　劉揚體：《流變中的流派——「鴛鴦蝴蝶派」新論》，北京，中國文聯出版公司，1997 年，190 頁。

著名的社會言情小說作家還有北京的陳慎言（1887-1957）和上海的王小逸（1895-？）等，他們均是 20 年代進入文壇，到 30 年代成為通俗小說陣營的實力新銳。

武俠小說除了南向北趙的影響仍在延續外，姚民哀的「會黨武俠小說」也越來越獨具魅力。他的《四海群龍記》、《箬帽山王》等作品，視野開闊，掌故豐富，將驚險的武俠傳奇與神秘的會黨歷史結合起來，既具有紀實性的資料價值，又開拓了武俠小說的一個新領域。他還開創了「連環格」的寫法，讓多部小說的人物情節彼此補充照應，形成一個總的體系。這些都對後來的武俠小說創作產生了深遠的影響。

此時，武俠小說界又出現了一位曾一度與向、趙、姚齊名的顧明道（1897-1944）。1928 年，顧明道創作了俠情小說《荒江女俠》，將武俠和情愛融為一體。書中主人公方玉琴和岳劍秋，不僅是一對除暴安良的好搭檔，二人於出生入死中更經歷了種種纏綿、誤會，最後琴劍和諧，結成美眷。此書的轟動程度直追平江不肖生的《江湖奇俠傳》，曾被改編為十三集電影和其他藝術形式。顧明道將武俠、言情、冒險和愛國熔為一爐的寫作方式，也對後來的武俠小說產生了深刻的影響。顧明道還有《怪俠》、《草莽奇人傳》、《國難家仇》等重要作品，他的短篇言情小說也有一定成就。把武俠與歷史結合起來的是以「碧血丹心」系列聞名的文公直（1898-？），他從 1928 年始，陸續創作了《碧血丹心大俠傳》、《碧血丹心於公傳》和《碧血丹心平藩傳》，以明代忠臣于謙的事蹟為主線，借古寓今，張揚中華民族的俠烈精神，文字沉雄，描寫戰場廝殺條理清晰，其思想境界和創作姿態在武俠小說中都是比較高的。

向、趙、顧、姚、文五人代表了 20 世紀舊派武俠小說前期的成就。舊派武俠小說的後期，出現了成就更大的「五大家」，其中成名最早的是還珠樓主。

還珠樓主（1902-1961），原名李善基，後名李壽民、李紅。生於四川長壽縣書香世家，自幼薰浸於舊學，博覽佛道典籍，兼習武術氣功。半生漂泊，經歷坎坷。1932 年，他在天津《天風報》開始連載《蜀山劍俠傳》，後由勵力出版社逐集出版，一直寫到 1949 年尚未終卷。該書融神話、志怪、劍仙、武俠為一體，創造了一個表面看來荒誕不經，實際上高度綜合了中國傳統文化，深含普遍哲理，自成邏輯體系的宏偉的藝術世界。小說中的劍仙們幾乎無所不能，他們操縱著各式各樣的類似高科技武器的法寶，這裏表現出人類戰勝自然、戰勝死亡的強烈願望和對人體潛能、人類智慧的自信求索。小說針對國土淪喪的現實，凸出正邪兩道的鬥法，弘揚人道主義的正氣，文筆汪洋恣肆，尤其擅長大段的自然風光描寫，絢爛雄奇，並處處體現出淵博的學識。小說的缺點是篇幅過長，結構不夠講究，人物性格也欠豐滿。還珠樓主的文化精神、超人想像，極大提高了武俠小說的藝術品位，以後的武俠小說作家幾乎都受到了他的影響。還珠樓主的重要作品還有《青城十九俠》，《雲海爭奇記》，《蠻荒俠隱》，《峨嵋七矮》等，因大多與《蜀山劍俠傳》有關，被稱為「蜀山系列」。

相對於社會言情小說和武俠小說的興盛，30 年代的偵探小說沒有明顯的突破。只有一份名為《福爾摩斯》的小報和程小青、孫了紅等少數專門作家。滑稽小說較好的作品南有程瞻廬（約 1881-1943）的《唐祝文周四傑傳》，北有耿小的（1907-1994）的《五里霧》。歷史小說有張恂子、張恂九父子分別寫的《紅羊豪俠傳》和《神秘的上海》等。短篇小說在敘事模式上已經與新文學小說十分接近，向愷然、姚民哀、徐卓呆等人的短篇都很耐讀。現代通俗小說發展到抗戰前夕，經過艱辛的調整，一方面出現了可喜的中興，另一方面也進一步暴露出固有的局限，於是便產生了與新文學大幅度融合的客觀需求，這一需求在抗戰的條件下，轉化成了現實。

國家圖書館出版品預行編目資料

中國現代文學史. 上編, 1917-1937 年 /
程光煒等合著. -- 一版. -- 臺北市 : 秀威資訊科技, 2010.04
面 ; 公分. -- (大陸學者叢書 ; CG0017)
(語言文學類 ; CG0017)
BOD 版
ISBN 978-986-221-435-0 (平裝)

1.中國當代文學 2.中國文學史 3.文學評論

820.908 99004883

BOD Books on Demand

語言文學類 CG0017

中國現代文學史 上編

（1917～1937 年）

作　　者 / 程光煒、劉勇、吳曉東、孔慶東、郜元寶　合著
主　　編 / 宋如珊
發 行 人 / 宋政坤
執行編輯 / 黃姣潔
圖文排版 / 黃莉珊
封面設計 / 蕭玉蘋
數位轉譯 / 徐真玉　沈裕閔
銷售發行 / 林怡君
法律顧問 / 毛國樑　律師
出版發行 / 秀威資訊科技股份有限公司
台北市內湖區瑞光路 583 巷 25 號 1 樓
電話：02-2657-9211　傳真：02-2657-9106
E-mail：service@showwe.com.tw

2010 年 4 月　BOD 一版
定價：490 元

讀者回函卡

感謝您購買本書，為提升服務品質，請填妥以下資料，將讀者回函卡直接寄回或傳真本公司，收到您的寶貴意見後，我們會收藏記錄及檢討，謝謝！

如您需要了解本公司最新出版書目、購書優惠或企劃活動，歡迎您上網查詢或下載相關資料：http:// www.showwe.com.tw

您購買的書名：____________________

出生日期：________年________月________日

學歷：□高中（含）以下　□大專　□研究所（含）以上

職業：□製造業　□金融業　□資訊業　□軍警　□傳播業　□自由業

□服務業　□公務員　□教職　□學生　□家管　□其它_____

購書地點：□網路書店　□實體書店　□書展　□郵購　□贈閱　□其他

您從何得知本書的消息？

□網路書店　□實體書店　□網路搜尋　□電子報　□書訊　□雜誌

□傳播媒體　□親友推薦　□網站推薦　□部落格　□其他__________

您對本書的評價：（請填代號　1.非常滿意　2.滿意　3.尚可　4.再改進）

封面設計____　版面編排____　內容____　文／譯筆____　價格____

讀完書後您覺得：

□很有收穫　□有收穫　□收穫不多　□沒收穫

對我們的建議：____________________

請貼
郵票

11466

台北市內湖區瑞光路 76 巷 65 號 1 樓

秀威資訊科技股份有限公司 收

BOD 數位出版事業部

....

（請沿線對折寄回，謝謝！）

姓　　名：＿＿＿＿＿＿＿＿　年齡：＿＿＿＿　性別：□女　□男

郵遞區號：□□□□□

地　　址：＿＿＿＿＿＿＿＿＿＿＿＿＿＿＿＿

聯絡電話：(日)＿＿＿＿＿＿＿＿　(夜)＿＿＿＿＿＿＿＿

E-mail：＿＿＿＿＿＿＿＿＿＿＿＿＿＿＿＿